⑫ 倪匡珍藏限量紀念版

衛斯理傳奇之

追龍

（含：仙境・追龍・蠱惑）

倪匡 著

無窮的宇宙，
無盡的時空，
無限的可能，
與無常的人生之間的永恆矛盾，
從倪匡這顆腦袋中編織出來。

——金庸

目錄

仙境

追龍

目錄

蠱惑

仙境

序言

「仙境」這個故事，是一個悲劇故事，比鏡花水月更悲劇，因為滿山谷的寶石，是真實的存在，可是到了那山谷，一不小心人就會變成怪物，而且是逐步變化，恐怖莫名。

這個故事的背景相當特別，男主角多情得很，一對新婚夫婦的悲慘遭遇，也很令人同情，是不是藉很多悲劇性的遭遇，表示了人類追求仙境的虛幻呢？連自己也說不上來。

倪匡

第一部：一幅奇特的油畫

天突然冷了下來，接近攝氏兩度。皮膚對寒冷的感覺，就是以這個溫度最敏感，街頭上看到的人，雖然穿著很臃腫，但是都有著瑟縮之感。

我從一個朋友的事務所中出來，辦公室中開著暖氣，使人有一種昏昏沈沈的感覺，出來給寒風一吹，反倒清醒了不少，我順著海邊的道路走著，風吹在臉上，感到一陣陣的刺痛。

我將大衣領翻高，臉也偏向另一邊，所以我看到了那幅油畫。

那幅畫放在一家古董店中，那家古董店，是市中很著名的一家，規模很大，不但售賣中國古董，也賣外國古董，唯一的缺點，就是東西擺得太淩亂，據說，那也是一種心理學，去買古董的人，人人都以為自己有幸運可以廉價買進一件稀世奇珍，所以古董店商人才將貨品隨便亂放，好讓客人以為店主對貨品，並沒有詳細審視過，增加發現稀世奇珍的機會。

但事實上，每一份貨品，都經過專家的估價，只要是好東西，定價一定不會便宜。

那幅將我的視線吸引過去的油畫，就隨便地放在牆角，它的一半，被一隻老大的銅鼓遮著，另一邊，則是一副很大的銅燭台。

所以，我只能看到那幅油畫的中間部份，大約只有三尺高、四尺寬的一段。

然而，雖然只是那一段，也已經將我吸引住了，我看到的，是一個滿布著鐘乳石的山洞，陽光自另一邊透進來，映得一邊的鐘乳石，閃閃生光，幻出各種奇妙的色彩來，奇美之極。

就那一部份來看，這幅油畫的設色、筆觸，全是第一流的，油彩在畫布上表現出來的那種如夢幻也似絢爛繽紛的色彩，決不是庸手能做得到的。

我站在櫥窗之外，呆呆地看了一會，心中已下了決定，我要買這幅畫。

我對於西洋畫，可以說是門外漢，除了叫得出幾個中學生也知道的大畫家名字之外，一無所知，但我還是決定要去買這幅畫，因為它的色彩實在太誘人了。

我繞過街角，推開玻璃門，走了進去。

古董店中的生意很冷落，我才走進去，一個漂亮的小姐便向我走了過來。

古董店，卻雇用時裝模特兒般美麗的售貨員，這實在是很可笑的事，或許這是店主人的另一種的招徠術吧！

那漂亮的小姐給了我一個十分動人的微笑，道：「先生，你想買什麼？」

我知道古董店的壞習慣，當你專門要來買一件東西的時候，這件東西的價格，就會突然高了起來，所以我也報以一個微笑，道：「我只是隨便看看，可以麼？」

我得到的回答是：「當然可以，歡迎之至。」

於是，我開始東張西望，碰碰這個，摸摸那個，每當我對一件東西假裝留意的時候，那位漂亮的小姐就不憚其煩地替我解釋那些古董的來歷：這是十字軍東征時的戰矛，那是拜占庭時代的戰鼓，這件麼，我們也不知它的來歷，先生你有眼光買去，可能是稀世珍品。這個印加古國的圖騰，用來作為客廳的裝飾最好了。

一直到我來到了那幅畫的前面，我站定了身子。

從近處來看，那幅油畫上的色彩，更具有一種魔幻也似的吸引力，我移開了銅鼓和燭台，整幅畫，畫的是一個山洞。

那山洞的洞口十分狹窄，在右上方，陽光就從那上面射下來，洞口以乎積著皚皚的白雪，山洞深處十分陰暗，但是在最深處，又有一種昏黃色的光芒，好像是另有通途。

當我站在那幅畫前，凝視著那幅畫的時候，彷佛像是已經置身在這個山洞之中一樣，那實在是很奇妙難言的感覺，我看了很久，這一次，那位漂亮的小姐，卻破例沒有作什麼介紹。

我看了足有三分鐘之久，我知道我臉上的神情，已無法掩飾對這幅畫的喜悅了，任何有經驗的售貨員，都可以在我的神情上，看出我渴望佔有這幅畫，我剛才的一番造作，算是白費了。

那實在不能怪我太沈不住氣，而是這幅畫，實在太逗人喜愛了。

我終於指著這幅畫問道：「這是什麼人的作品？」

那位小姐現出一個抱歉的微笑，道：「這幅畫並沒有簽名，我們請很多專家來鑒定過，都無法斷定是誰的作品，但是那毫無疑問，是第一流的畫。」

「是的。」我點著頭：「它的定價是多少？」

那位小姐的笑容之中，歉意更甚，道：「先生，如果你要買它的話，那你只好失望了。」

「為什麼？」我立時揚起了眉：「這幅畫，難道是非賣品麼？」

那位小姐忙道：「當然不是非賣品，兩天之前，有位先生也看中這幅畫，已買下它了。」

我的心中十分惱怒，這種惱怒，自然是因為失望而來的，我的聲音也提高了不少，道：「既然已經賣了，為什麼還放在這裏？」

大約是我的聲音太高了，是以一個男人走了出來，那是一個猶太人，可能是古董店主，他操著流利的本地話，問道：「這位先生，有什麼不滿意？」那位小姐道：「這位先生要買這幅畫，可是我們兩天前已賣出去了。」

我悻然道：「既然已賣出去了，就不該放在這裏！」

那猶太人陪著笑，道：「是這樣的，這幅畫的定價相當高，兩天前來的那位先生，放下了十分之一的訂金，他說他需要去籌錢，三天之內，一定來取。」

我忙道：「我可以出更高的價錢！」

那猶太人道：「可是，我們已經收了訂金啊！」

「那也不要緊，依商場的慣例，訂金可以雙倍退還的，退還的訂金，由我負責好了，這幅畫的原來訂價，是多少錢？」

猶太人道：「兩萬元，先生。」

「我出你兩萬五，再加上四千元退訂金，我可以馬上叫人送現鈔來。」

我望著那猶太人，我知道那猶太人一定肯的了，世界上沒有一個猶太商人，肯捨棄多賺錢的機會，而去守勞什子的信用的。

那猶太人伸手托了托他的金絲邊眼鏡，遲疑地道：「先生，你為什麼肯出高價來買這幅畫，老實說，我們無法判斷得出那是什麼時代和哪一位大師的作品。」

「我不管他是什麼時代的作品，我喜歡這幅畫的色彩，它或許一文不值，你別以為我是發現了什麼珍藏！」

猶太人的神色，十分尷尬，他忙道：「好的，但必須是現鈔！」

「當然，我要打一個電話。」

「請，電話在那邊。」那位漂亮的小姐將我引到了電話之前。

我打了一個電話給我進出口公司的經理，要他立即送兩萬九千元現鈔，到這家古董店來。我的公司離這家古董店相當近，我估計，只要五分鐘，他就可以到達了。

在那五分鐘之間，那猶太人對我招待得十分殷勤，用名貴的雪茄煙招待著我，讓我坐在一張路易十六時代的古董椅子上。

五分鐘後，公司的經理來了。

經理是和一個滿面虯髯、穿著一件粗絨大衣的印度人一起走進來的。那印度人的身形十分高大，經理在走進來時，幾乎被他擠得進不了門。

結果，還是那印度人先衝了進來。

那印度人一進來，猶太人和那位漂亮小姐的臉上，都有一種不自然的神情。

我還未曾明白究竟是發生了什麼事間，那印度人已從大衣袋中，取出了一隻牛皮紙信封來，那信封漲鼓鼓地，顯然是塞了不少東西。

他將那信封，「拍」地一聲，放在桌上，道：「這裏是一萬八千元，你數一數。」

他話一說完，便立時向那幅油畫走去。

在那一剎間，我完全明白是怎麼一回事了！

那印度人，就是在兩天前，付了訂金要買那幅油畫的人，現在，他帶了錢，來取畫了！

我心中不禁暗罵了一聲，事情實在太湊巧了，如果我早三分鐘決定，取了那幅畫走，那就什麼都不關我的事情了。

這時，經理已經走到了我的身邊，我立時道：「我的錢已經來了！」

我知道，我只要說一句話就夠了，那猶太人一定會將那印度人打發走的。

果然，猶太人立時叫道：「先生，慢一慢，你不能取走這幅畫！」

印度人呆了一呆，道：「為什麼，這信封中是一萬八千元，再加上訂金，就是你要的價錢。」

猶太人狡猾地笑著，道：「可是這幅畫……已經另外有人要了，這位先生出兩萬五千元！」

印度人怒吼了起來，他揮著拳頭，他的手指極粗，指節骨也很大，一望便知，他是一個粗人，他大聲道：「我是付了訂金的。」

「我可以加倍退還給你！」猶太人鎮定地說：「如果你一定要這幅畫，你可以出更高的價錢！」

印度人罵了一句極其粗俗難聽的話，道：「這算什麼？這裏是拍賣行麼？我不管，這幅畫是我的了！」

他一手提起了那幅畫來，那幅畫足有三呎高，七呎長，他一提了起來，就將之挾在脅下，可見得他的氣力，十分驚人。

可是，就在他提起畫的那一剎間，猶太人也拿起了電話，道：「如果你拿走這畫，我立即報警！」

印度人呆了一呆，他仍然挾著那幅畫，向我走了過來，在我身邊的經理，看見巨無霸一樣的印度人向前走了過來，不由自主，向後退了兩步。

那時候，我多少有點歉然的感覺。因為從那印度人的情形來看，他不像是一個經濟寬裕的人，不然，他就不必費兩天的時間來籌那筆款項了。而他仍然去籌了那筆錢來，可見他對這幅畫，確然有過人的愛好，那麼，我這時是在奪人所好了。

所以，盡管我十分喜歡這幅畫，我也準備放棄，不想再要它了。

可是，我的心中剛一決定了這一點，那印度人的一句話，卻使我改變了主意，那印度人來到了我的面前，竟然出口罵人道：「豬玀，你對這幅畫，知道些什麼？」

一聽得他出口傷人，我不禁無名火起，我冷冷地道：「我不必知道這幅畫，只要知道我有兩萬九千元就行了，豬玀，你有麼？」

那印度人揮著他老大的拳頭，他的拳頭已經伸到了離我的鼻子只有幾吋時，我揚起手來，中指「拍」地彈出，正好彈在他手臂的一條麻筋之上。那印度人的身子陡地一震，向後退了開去，他仍然緊握著拳，但是看來，他已放棄了向我動手的意圖，他大聲道：「你不能要這幅畫，這是我的！」

如果他不是上來就聲勢洶洶，而是直接講這樣的話，那麼我一定不會與他再爭執的。可是，我也不是脾氣好的人，我已經決定要懲戒那印度人的粗魯，而我懲戒他的方法，便是讓他得不到那幅畫。

我冷笑著，道：「那是店主人的畫，他喜歡將畫賣給誰，那是他的事！」

印度人轉過身去，吼叫道：「再給我三天時間，他出你多少，我加倍給你！」

猶太人眨著眼，我出他兩萬五千元，如果加倍付給他，那便是五萬元了。

這幅油畫，雖然有著驚心動魄，夢幻也似的色彩，但是，它並不是一幅有來歷的名畫，老實說，是無論如何值不到五萬元那樣的高價的。

這時，我的心中不禁有些疑惑起來。要就是這個印度人的神經有些不正常，要就是這幅畫中，有著什麼獨特的值錢之處，不然，以他要化三天時間，才能籌到另外的三萬元而言，為什麼他一定要這幅畫？

猶太人一聽得印度人那樣說，立時表現出極大的興趣來，他剛才還在拿起電話，裝模作樣要報警，趕那印度人出去的。

但這時，他卻滿面堆下笑來，道：「先生，你不是在開玩笑吧！」

「當然不是，這裏是兩萬元，那是訂金，三天之內，我再帶三萬元來取畫，過期不來，訂金沒收！」印度人一面說著，一面又惡狠狠地望著我。

在這時候，我不禁笑了起來，我雖然好勝，但是卻絕不幼稚。

如果這時候，我再出高過五萬元的價格，去搶買這幅畫的話，那我就變成幼稚了。而且，我看到那印度人滿額青筋暴綻的樣子，分明他很希望得到那幅畫，這種神情，倒很使人同情。

是以，當他向我望來之際，我只是向他笑了笑，道：「朋友，你要再去籌三萬元，不是一件容易的事吧！」

印度人的額上，又冒出了汗來，天那麼冷，他的額上居然在冒汗，可知道他心情的緊張，已到了何等地步。他道：「那不關你的事。」

我道：「如果你肯為你剛才的粗言而道歉的話，那麼，我可以放棄購買這幅畫。」

印度人瞪大了眼，道：「我剛才說了一些什麼？」

「你口出惡言罵我！」

印度人苦笑了起來，道：「先生，我本來就是粗人，而且，我一聽得說你以更高的價錢買了那幅畫，我心中發起急來，得罪了你，請你原諒我！」

他那幾句話，講得倒是十分誠懇，我本來還想問他，為什麼要以那麼高的價錢去買這幅畫的，但是我轉念一想，他那樣做，一定有他的理由，他未必肯告訴我，若是我問了他不說，那豈不是自討沒趣？

是以，我站了起來，道：「算了，你既然已道歉了。那麼，我不和你競爭了，你仍然可以以兩萬元的價格，買這幅畫。」

這一來，那猶太店主即發起急來，他忙道：「先生，你為什麼不要了？唉，你說好要的啊！」

我笑著，道：「剛才你似乎對這位先生的五萬元更感興趣，所以我不要了。」

我一面說，一面已向門外走去，當我和經理一起來到古董店門口的時候，一陣寒風，撲面吹來，令得我陡地呆了一呆，縮了縮頭。

就在那時，那印度人也挾著畫，從古董店走了出來，印度人直來到了我的身邊，道：「先生，你有兩萬九千元，是不是？」

我怔了一怔，印度人的這個問題，實在是來得太突兀了，我有兩萬九千元，和他有什麼關係，除非他知道我身邊有巨額的現鈔，想來打劫我，如果他那樣想的話，那他就大錯而特錯了。

我凝望著他，印度人大約也知道自己的問題太古怪了些，是以他忙道：「先生，我的意思是，你有錢，而且你又喜歡這幅畫，那麼，我們或者可以合作，不知道你是不是有興趣？」

我不禁奇怪了起來，道：「合作什麼？」

印度人道：「這件事，如果你肯合作的話，我們不妨找一個地方，詳細談一談！」

我仍然望著那印度人，心中奇怪，他想和我合作些什麼，反正我是一個有著太多的空閒時間，沒有事找事做的人，和他去談談，也不會損失什麼。

所以我只考慮了極短的時間，就道：「好的，離這裏不遠，有一家印度俱樂部，地方也很清靜，我們到那裏去坐坐怎麼樣？」

「好！好！」印度人滿口答應著。

我請經理先回去，那印度人仍然挾著那一大幅油畫，我和他一起走過了一條馬路，走進了一幢大廈，我所說的那俱樂部，就在大廈的頂樓。

我和他一起走進電梯，那幅油畫十分大，要斜放著，才能放進電梯中。電梯到了頂樓，我和他一起走出來，來到了俱樂部的門口。

門口一個印度守門人，忽然對我雙手合十，行了一個禮，我不禁感到突兀，因為我來這裏不止一次，從來也沒有人向我行禮的。

在我一呆之際，我隨即發現，那看門人並不是在向我行禮，而是向我身後的那印度人。

那印度人卻大模大樣，連頭也不點一點，像是根本未曾看到看門人在向他行禮一樣，就走了進去。

那時候，我的心中，已經十分疑惑了，而越當我向前走去時，我的疑惑便越甚。

因為俱樂部中每一個職員，都向我身後的印度人行著禮，我向一個職員道：「請給我一間房間，我和這位先生有話商談。」

那職員連聲答應著，將我們帶到了一個自成一角的小客廳之中，躬身退了出去。

那印度人直到此時，才放下了那幅油畫，他的手臂一定已挾得很酸了，是以他揮著手，道：「好重！」

我好奇地望看他，道：「看來，你好像是一個地位很高的人。」

印度人苦笑了起來，他並不回答我的問題，只是指著那幅畫，道：「先生，你為什麼也要買這幅畫，我可以聽聽你的理由麼？」

我道：「我已說過了，我喜歡它夢幻也似的顏色，我一看就喜歡它了。」

那印度人望了我半晌，從他的神情看來，他起初好像不願相信我的話。

然而我知道，他終於相信了。

他道：「是的，這幅畫的色調真不錯。」

我立時反問道：「那麼，你為什麼一定要買這幅畫呢？有什麼特殊的原因在？」

那印度人坐了下來，雙手托著頭，發了一會怔，才道：「我們要討論的就是這一點了，先生，你對畫中的那山洞有興趣麼？」

我不禁皺了皺眉，因為一時之間，我難以明白他那樣說，究竟是什麼意思。

我道：「這是一幅寫生畫？世上真有一個那樣的山洞？那是真的？」

印度人道：「是，那是真的，如果我有三萬元，我想，我就可以到這山洞中去。」

我完全不明白他那樣說是什麼意思，化三萬元買一幅畫，和化三萬元，到畫中的地方去一次，那是截然不同的兩件事！

可是那印度人卻將這截然不同的兩件事，混為一談，這不是太奇特了麼？

我望著那印度人，一時之間，不知該如何回答才好，那印度人卻忽然跳了起來，向前衝去，衝到了放在牆邊的那幅畫前。

我只好說他是「衝」過去的，因為他決不是走去，他衝到了畫前，指著畫中，陽光射進來的地方，道：「看，這裏是入口處，從這裏進來，經過整個山洞──」

他一面說，一面手指在畫上移動著，指向畫的另一邊，陰暗而只有微弱光線的部份。

他仍然在說著，道：「通過山洞之後，那裏是另一個極狹窄的出口，走過那出口，朋友，我們就可以到達仙境，那是真正的仙境！」

他講到這裏，現出了一種不可抑制的興奮狀態來，手舞足蹈，滿面紅光，面上也現出一種中了邪一樣的神氣來，重覆看道：「那是真正的仙境！」

他突然轉過身來，盯緊了我，道：「明白了麼？有三萬元，我們就可以去！」

在那剎那間，我除了感到奇怪之外，還感到好笑，我道：「我們為什麼要到仙境去？」

印度人突然「哈哈」笑了起來，像是我的問題十分好笑一樣。

他笑了很久，才重覆著我的問題，道：「我們為什麼要到仙境去？朋友，在仙境之中，地上全是各種寶石，整座山都是黃金的，鑽石長在樹上，在河底的不是石塊，而是寶玉！」

我坐了下來，那印度人越說越是高興，道：「在仙境中，全是人世間沒有的東西，我們只要隨便帶一點出來，全世界的富翁，就會出最高的價錢，向我們購買，朋友，仙境之中──」

了！

聽到這裏，我的興趣完全消失了，而且，老實說，我還感到倒胃口。世上有很多財迷心竅的人，想像著各種可以無端發財的夢，這印度人，顯然就是其中之一

我冷冷地道：「聽來你好像已到過這仙境。」

我想，我只要那樣一問的話，那印度人一定答不上來，會很窘。那麼，我就可以狠狠地數落他一番，然後，拂袖而去，從此再也不要見到像他那樣，一天到晚迷信自己已掌握到了什麼寶藏的人。

但是，我卻料錯了，我那帶有譏諷性的問題才一出口，印度人便立時壓低了聲音。由於他將聲音，壓得如此之低，是以他的話，聽來有著一股異樣的神秘意味，他道：「是的，我去過。」

我不禁呆了一呆，他去過那仙境，這倒真是出乎意料之外的事！

但是，我卻只是呆了極短的時間，接著，我便「哈哈」大笑了起來，我笑得幾乎連眼淚都出來了。

印度人帶著一種瞭解和略帶憤怒的神情望看我，我笑了好久，才道：「你去過仙境？」

印度人還一本正經地點著頭。

我立時指著他，道：「那樣說來，你一定已經有很多來自仙境的寶物了，可是看你的情

形，你的全身上下，卻一點寶氣也沒有。」

印度人憤怒了起來，大聲道：「說了半天，原來你根本不信任我？」

我立時道：「自然不相信你，為什麼我要相信你？」

印度人的雙手，緊緊地握著拳，搖晃著，看樣子，他像是要打我。

打架我雖然不喜歡，但卻也絕不怕，是以當印度人搖拳頭的時候，我只是冷冷地望著他。

印度人搖了一會拳頭，沒有向我打過來，他反倒嘆了一聲，神情十分沮喪，道：「是的，你沒有理由相信我，我想，世上也沒有什麼人會相信那是真的，除了我之外，只有她才知道那是真的，但是，她雖然留下了那幅畫，她卻死了！」

印度人說話的聲音，越來越低，說到後來，他突然改用了一種印度北部的土語。

印度是世界上語言最複雜的國家，印度有各種不同的方言三千多種，其間的差別之大，遠在無錫話和潮州話之上，世上沒有人可以完全懂得印度所有的方言。

我也聽不懂他用那種方言，在喃喃自語，講了一些什麼，但是他用英語所說的那些話，卻引起了我的興趣，因為他提及，那幅畫是一個女性所畫的。

我問道：「這幅油畫是一個女人畫的？她已經死了？她是誰？」

印度人抬起頭來，看了我半晌，在他的雙眼之中，現出深切的悲哀來。

然後，他在身上取出一本破舊的日記簿來，打開日記簿，又取出了一張折疊的白紙來，他將那張白紙，打開了來，那是一張大約一呎見方的白紙，紙上用鉛筆畫著一幅速寫像。

那是一個印度少女的頭像，畫這幅速寫像的人，自然是第一流的藝術家，因為筆觸雖然簡單，但是卻極其傳神，那是一個十分美麗的印度少女。

我望了片刻，他又小心地將紙摺了起來道：「她是我的妻子，可惜她死了。」

我也嘆息著，道：「真可惜。」

第二部：土王總管的蜜月旅行

他道：「她和我一起到過仙境。宮中有很多畫師，她一直跟著畫師學畫，她很聰明，所以她出來之後，就畫下了這一個山洞，和真的一樣。」

這時，我真的感到迷惑了！

因為那印度人提到了「宮中」，而且，又提及那山洞，這使人不明白他究竟在說些什麼。

我決定將事情從頭至尾，弄一個清楚，是以我道：「你究竟是什麼人？」

印度人道：「我是巴哈瓦蒲耳，遮龐土王王宮的總管，這個身份，在印度是很特殊的，雖然現在印度政府已削去了土王的特權，但我仍然受到尊敬。」

對於他受到尊敬的這一點，那已是毫無疑問的事了，我幾乎以為他就是土王本人了。

那印度人又道：「我的全名很長，但是你可以叫我德拉，那是我名字的簡稱，我的妻子，我們都稱她為黛，她是宮中的侍女。」

我還沒有繼續發問，德拉便又道：「你一定會奇怪，像我這樣身份的人，為什麼會來到這裏，而且變得如此之潦倒？」

我道：「是的，我正想問你。」

德拉道：「遮龐土王不服政府的法令，政府下令軍隊進攻他的領地，那是一場可怕的戰爭，但是外國人卻完全不知道有這樣的戰事。遮龐土王失敗了，他放火焚燒自己的宮殿，燒死了他自己。」

我很關心那印度少女，因為她的那種神態，實在惹人憐愛。

我又問道：「你的未婚妻也是死在這場戰事中的？」

「不是。」德拉搖首道。

印度人嘆息了一聲，接著道：「她早已死了，在她死後不久，戰爭就發生，當宮殿起火的時候，我只來得及帶了她畫的這幅畫逃了出來，這幅畫的體積很大，我只好在逃出土王的領地之後，將之寄放在一個熟人家裏，他是一個海員，卻不料他將我這幅畫賣了，直到幾天前，我才發現了這幅畫，所以我一定要將它買下來。」

對於德拉這個人的身份和遭遇，我總算大致上已弄明白了。

而有許多事，也是不問可知的，在遮龐土王失敗之後，德拉自然到處過著流浪的生活，他一直在極困難的環境中過日子，他能活到現在，可能還是仗著他那個王宮總管的身份。但是我不明白的事，是關於那仙境。

這時，我對德拉的觀感，多少有點改變，因為他既然有著那樣的身份，而且，印度又是一個光怪陸離得使人無法想像的古老國家，遮龐土王所在的地方，又是世人還不知道的空白地區。

在那樣的地方，有一些稀奇古怪的事發生，倒也並不是不可能的事。

我想了片刻，問道：「那麼，關於你到過那仙境的事，這是怎麼一回事？」

德拉嘆了一聲，閉上了眼睛，道：「那是很久很久以前的事了，那一年，我只有十九歲，王宮總管的職位，是世襲的，我十六歲就當了總管，十九歲那年，遮龐土王將宮中最美麗的侍女黛，賞給我做妻子。她那一年，才只有十五歲。」

德拉講到這裏，才睜開眼來。

他又道：「十五歲的女孩子就成為人家的妻子，在印度以外的人，是很難想像的，但是在印度，那卻是很普通的事。」

為了不想他的敘述，時時中斷，我道：「我很明白這一點，你不必特別解釋。」

德拉又道：「在婚後，我們又得到三個月的假期，和十頭白象的賞賜，在這三個月中，我們可以隨便到土王的領地中任何一處地方去玩，我們帶著白象，往北走，我們都想到山中去。」

德拉略頓了一頓，道：「我們可以望到的山，所有的人都稱之為大山，那就是喜馬拉雅山。」

我用心地聽著，因為德拉的話，越聽越不像是在胡說八道了。

德拉又道：「我們從小在宮中長大，宮中有許多老人，講述過大山中的種種傳奇故事給我們聽，所以我們對大山十分嚮往，一有了機會，我們都想到大山中去，只有我們兩個人，渡過那一段快樂的時光。」

「我們一直向北走，一路上，所有見到我們的人，都全心全意款待我們，他們都很窮，但是他們卻將最好的食物給我們。黛是一個十分善良的人，她好幾次看到那些人窮困的情形，都哭了起來，我們走了十多天，才來到山腳下，大山看來很近，但是走起來卻遠得很。」

「我們自宮中帶了很多必需品出來，所以我們毫不困難，便在山中找到了一個溫泉，我們在溫泉的旁邊搭了營，每天在白雪和掛滿了冰柱的山縫中追逐嬉戲，過著神仙一樣的日子，直到有一天——」

德拉講到這裏，頓了一頓。

我並沒有說什麼，只是等著他說下去。

他並沒有停了多久，便道：「那一天，我們走得太遠了，等到滿山的積雪，全都被晚霞映得一片金紅之際，我們找不到回來的路途了。越是急，越是找不到路，天色迅速黑了下來，我們總算從一個狹窄的山縫中擠了進去，那是一個山洞。」

我忍不住道：「就是畫上的那山洞？」

德拉點著頭，道：「是的，就是那山洞。但當時天色早已黑了，我們也看不到什麼，山洞中比較暖一些，但也很冷，我們相擁著，幾乎一夜未曾入睡，等到陽光射進山洞中時，我們都呆住了，我們看到了從來也未曾看到過的奇幻的色彩，先生，黛在這幅畫上表現出來的，實在不足十分之一！」

我靜靜聽著，道：「你所指的仙境，就是這個奇妙的山洞？」

「不是，當時，我們一見到那樣奇妙的山洞，寒冷和疲倦全消失了，我們一起向山洞深處走去，在那裏——」

德拉講到這裏，起身將那幅油畫，移動了一下，指看油畫中陰暗的那一角道：「就從這裏走進去，那是一條狹窄得只好側著身子通過的山縫，我們擠了進去，當我們擠出這山縫時，我們兩人，都整個呆住了！」

「你們到了仙境？」我問。

德拉的呼吸，突然變得急促起來，他道：「是的，我們到了仙境，那真是不可想像的，那真正是不可想像的事！」

德拉揮著手，我猜想，他在敘述的，一定是二十多年之前的事了，但是看他這時的神情，仍然這樣如癡如幻，如果我仍然認定他所說的一切全是謊言，那顯然是一種很不公平的判斷。

我忙道：「你慢慢地說，不要緊張。」

事實上，我的勸說，一點用也沒有。我看到他的手指在發著抖，道：「那是仙境，真正的仙境，在陽光之下，我們看到的是無數的寶石、鑽石，遮龐土王的財產很驚人，但是他的寶藏，與之比較起來，只是，什麼也不是！」

德拉講到這裏，雙手揮舞得更快，他道：「當時，我是在鑽石上打滾，每一顆鑽石，都有雞蛋那麼大，紅寶石的光芒，映得我們的全身都是紅的，還有一種閃著奇異的像雲一樣光彩變幻的寶石，那麼多寶石，除了仙境之外，在其他任何地方，都是見不到的！」

當德拉講到這裏，他的雙眼之中，更現出了一種魔幻也似的神采來。

我也聽得出了神，因為寶石自古以來，就是最吸引人，最能震撼人心的東西。人和寶石之間的關係，幾乎是心靈相通的。

寶石，在科學的觀點來看，當然是沒有生命的東西，但是，寶石似乎有一種特殊的吸引人的力量，自古以來，有好多著名的寶石，甚至被認為有超人的力量：幸運的或是邪惡的力量。

所以，當德拉在敘述著他曾到達過一處地方，那地方有著這麼多寶石之際，那實在是很引人入勝的事。他突然停了下來，我也沒有出聲，我們之間，靜默了好一會。

然後，德拉的神智，顯然已回復了正常，他的語調，也不像剛才那樣激動了，他道：「別以為我是沒有見過寶石的人，所以才會大驚小怪！」

我搖頭道：「我並沒有那樣以為，事實上，印度土王對於各種各樣的寶石，收藏之豐富，是舉世聞名的。」

德拉道：「我已經說過，遮龐士王的藏寶也十分多，每年兩次，我都參加寶藏的檢查工作，我已經可以說是見過許多許多寶石的人了，但是在仙境中的寶石，唉，我不知該如何形容才好？」

我問道：「那麼，你有沒有帶一些出來？」

「若是依著我？」德拉苦笑著：「那一定是滿載而歸了，但是黛卻說，那定是神仙所有的東西，人是不能擁有那麼好的寶石，我用種種話勸說她，但是她一定不讓我取，一顆也不許！」

「你真的沒有取？」「是的，沒有，因為我深愛著黛，我不會做黛不喜歡的事，那些寶石雖然可愛，但即使全部加在一起，也及不上黛，你明白麼？」

想不到這個粗魯的印度人，對於愛情的真諦，竟有如此透澈的認識！

我道：「你這樣想法倒很對，那麼，現在你又為什麼念念不忘那些寶石呢？」

德拉悲哀地道：「現在，黛已經死了啊！」

由於德拉的聲音，那樣充滿了悲哀，是以我也不由自主，嘆了一口氣。我道：「你還未曾講完，後來，你們怎麼樣？」

德拉道：「我們欣賞著那些寶石。那些寶石，實在是令人如癡如醉的，足足盤桓了半天，我們陶醉在寶石在陽光下各種色彩的變幻之中，然後，在黛的一再敦促之下，我們才離開。」

德拉的聲音越來越低沈，道：「在歸途中，她一直感到不舒服，等我們回到土王的宮中時，黛真的病倒了，她病了三個月，就死了。」

德拉用手掩住了臉，好一會，才又道：「她是在病中畫成那幅畫的，在她死後不久，戰事就發生了，我也離開了遮龐，一直在外面流浪。」

德拉總算講完了他的故事。我望了他半晌，才道：「你的意思是，如果我們有足夠的旅費的話，還可以再回到那地方去？」

「是的？」德拉的手有些發抖：「我們可以到達那仙境，然後，我們是全世界最富有的人。」

我道：「你可以一個人去，為什麼不？」

德拉的答案，卻是出乎我意料之外，他道：「因為我害怕！」

我呆了一呆，道：「害怕，為什麼？」

德拉道：「我和黛一起到了仙境，黛在一離開時，就感到了不舒服，接著她就病倒了，而且，不論用什麼方法都無法醫治好，那自然是神仙對我和她誤闖仙境的一種懲罰！」

我立時道：「如果真有懲罰，那麼，神仙的懲罰，應該加在你的身上，因為你想將寶石帶出來，黛既然竭力阻止了你，為什麼神仙還在罰她？」

德拉道：「我不明白，我一直不明白何以神仙不懲罰我，但是我卻不敢一個人再到那地方去。」我又問他，道：「那麼，你選擇一個完全陌生的異國人，來談及這件事，並且和他一起到那仙境去，你不認爲這件事太突兀了麼？」

德拉瞪大了眼睛，道：「我從來也未曾想到過這一點，你……你不是也喜歡黛的畫麼，我以爲，你是一定肯和我一起去的。」

對於德拉未曾想到人家會感到突兀這一點，我倒也是有理由相信他的。因爲我和他相識的時間雖然不多，卻也可以知道他是一個粗魯、率直的人了。

我考慮了一會，道：「這事情，我還要想一想，要和我妻子商量一下。」卻不料德拉一聽到我的話，精神突然緊張了起來，他伸手按住了我的手臂，道：「不能，你不能對任何人說起有關仙境的事！」

我看到他那麼緊張，不禁又是好氣，又是好笑，道：「什麼？你認爲我連對妻子說一聲也不，就能和你一起到喜馬拉雅山去麼？」

德拉縮回手來，搖著頭，道：「你不能說，絕不能說，如果你認爲不能去，那就不要去好了！」

我望了他半晌，他說得那麼認真，這証明他剛才所說的，有關「仙境」的一切，也全是真的了。我如果要不給妻子知道我的目的，離開家三兩個月，那大約是沒有問題的，但是我卻也沒有必要對那個印度人屈服。

印度人所說的那個「仙境」，究竟還是十分虛無縹緲的，不見得真有那樣一個地方。可能那只是高山積雪中的一種反光作用，一種幻覺！

所以，我站起身來，道：「既然那樣，那麼就算了，謝謝你告訴了我地球上有那麼奇妙的地方，我不會對任何人提起這件事的！」

德拉望著我，我已準備離去，德拉忙道：「等一等，我甚至不知道你的姓名！」

我將我的名字，告訴了他，並且告訴了我公司的電話，請他有事找我的話，可以打這個電話和我聯絡。然後，我就獨自離去。

當我走出那幢大廈門口的時候，寒風依然十分凜冽，我貼著街邊走著，在走過一家珠寶公司的時候，我不由自主，停了下來。

珠寶公司的櫥窗中，陳列著很多名貴的寶石，但在我對寶石的知識而言，那些還都不算是第一流的上乘寶石，我呆立著，想著德拉的故事。

德拉所說的那地方，可以說是地圖上的空白，即使像德拉那樣，當地的土著，也不會經常有機會深入喜馬拉雅山的。

在深邃、高聳的喜馬拉雅山中，可以說包涵著亙古以來，未爲人知的神秘。

那麼，在這神秘的高山中，是不是會有德拉所說的那樣一個仙境呢？

我在珠寶公司門口，站立了很久，才繼續向前走去。

我又走進了一家書店，在書店中買了很多有關喜馬拉雅山的書籍。

當我回到家中，開始一本又一本地閱讀那些書籍之際，我才知道自己對於喜馬拉雅山的知識，實在太少了。有一本記載在喜馬拉雅山中搜索「雪人」的書中，記載說探險隊在山中，沒有找到「雪人」，但是卻發現了幾個「隱士」。

那些隱士，連他們自己也不知道在山中多久了，他們只是坐在山洞中冥想，從他們的生活環境來看，他們實在是無法生活下去的。

但他們毫無疑問是活人，而且還將活下去。

另一本由英國探險隊寫成的書，記載著尼泊爾北面，山谷中的一座寺院，由兩個西藏高僧主持，探險隊中，沒有人能夠明白這座寺院是如何建成的，他們每人只帶著二十公斤的裝備，尚且幾經困難，才到達這個深谷，但是那座寺院的梁木，直徑卻在一英呎以上，是什麼辦法把這樣大的木頭運進來的？

自然，寺院中的僧侶，完全過著與世隔絕的生活，寺院中保存的黃金之多，也是令人吃驚的，整座佛像，全是由黃金鑄成，而且還鑲滿了寶石！更有一本書，記載著西藏人能夠在看來完全不可能的情形，翻過山脊，他們有自己的行走路線，那種行走路線，是飛機也探測不出的。

當我深夜時分，還在閱讀那些書籍的時候，我的腦子之中，已充滿了各種奇怪的幻想。

我直看到清晨時分才睡覺，做了一夜怪夢，第二天睡到下午才起來。

當我可以開始我一天的活動時，幾乎已是傍晚時分了，我好幾次想將那印度人德拉對我講的事講給白素聽，但是爲了遵守我的諾言，我卻沒有說出口來。

白素卻也看出了我心神不定的情形，她似笑非笑地望著我，道：「心中有事，瞞著老婆的人，我看是最痛苦的人了！」

我給她說中了心病，不禁有點尷尬道：「有一個印度人，講了一個古怪的故事給我聽，可是他卻又不許我講給別人聽！」

白素伸手拍著額，道：「印度人，我倒忘了，公司打了兩次電話來，說有一個印度人找你！」

我忙道：「那一定就是那古怪印度人了，他的名字叫德拉，他——」

白素不等我說下去，便阻止了我，道：「你既然答應過人家不說，還是不要說的好，那印度人留下了一個地址，你要不要去找他？」

白素轉過身，將壓在電話下的一個小紙片，交到了我的手中。

第三部：深入大山

我看那小紙片的地址，那是一座廟，一座印度教的小廟宇。我略想了一想，道：「這件事實在很怪異，我想去看看他。」

白素微笑著，道：「去吧，何必望著我？我什麼時候阻止過你的行動了？」

我在她的臉頰上吻了一下，轉身出了門，當我駕著車，來到了那座小廟宇之前的一條巷子口，那條巷子窄得車子根本無法駛進去。

我才停好車，就有一大群印度孩子叫嚷著，湧了上來。印度實在是一個奇異的國家，這個國家中的人，要就是富有得難以想像，要就是赤貧，似乎沒有中間階層的，那一大群在寒風中還赤腳的印度孩子用好奇的眼光望著我，我不理會他們，向前走去。

當我穿過了那條巷子之際，我看到兩個印度老人坐在牆下，我走到他們的身前，道：「我是來見德拉的，德拉約我在這裏見面。」

那兩個印度老人，本來只是懶洋洋地坐著，一副天塌下來也不理會的神氣，可是一等到我說出了德拉的名字，他們立時站了起來，道：「德拉在廟中。」

他們自動在前帶著路，我跟著他們，走進了廟中，只見廟中有不少人在膜拜，光線黑暗得驚人，那些舊得發黑的神像，在那樣的黑暗中，看來更有一股異樣的神秘之感，我從一扇很狹窄的門中，走了進去，穿過了一條走廊，來到了一間小房間中。

德拉在那房間中，他坐在地上，一看到了我，他像是極意外一樣，立時跳了起來，道：「你來了，你居然肯來，我太高興了！」

我笑著，道：「為什麼你以為我會不來？你講的故事，是那麼具有吸引力！」

德拉將那兩個印度老人趕了出去，鄭而重之地關上了門，他的神情很緊張，道：「你對我的提議，考慮過沒有？你是不是願意和我一起去？」

我回答得很痛快，道：「我願意和你一起去，但是，我必須將事實的真相，至少告訴我的妻子，不然，我可以替你保守秘密，但我也不會到那麼遙遠的地方去。」

德拉來回地踱著，我道：「或許你對我的妻子不瞭解，或許你還不知道我是什麼樣的一個人，我可以簡單地和你說一說。」

德拉頻頻點著頭，顯然他也急於知道他的合夥人是怎樣的一個人。

我雖然只是「簡單地說一說」，但是也化了不少時間，我將我生平遇到幾件怪異莫名的事，對德拉講了一遍，其中大多數事件，白素都是參與其間的。

德拉是一個很好的聽眾，當我在敘述那些事的時候，他一聲不出，只是用心地聽。

等到我講完，他才道：「行了，我相信這是我的運氣，碰到了像你那樣的人，如果你妻子有興趣的話，我想可以邀她一起去。」

我笑了起來，這是我意料之中的事，我知道德拉在聽到了我的話之後，是一定會有那樣反應的，我道：「那倒不必了，我們只要讓她知道我們是去做什麼，那就足夠了，我看，你得先去見她。」

德拉立時答應，道：「好的，我先去見她，我要將仙境和黛的事告訴她，還有，我要將黛畫的那幅畫送給你的妻子。」

我道：「那不必了，這幅畫你是用高價買來的，算是我向你買的好了。」

不料我的話，卻令得德拉突然之間，憤怒了起來，他嚷叫道：「黛的畫是無價寶，我要將它送人，你再多出錢，我也不賣！」

我自然不會和德拉在這樣的事情上吵下去的，是以我只是聳了聳肩，沒有再說什麼，德拉在那小房間的一角中，挾起了那幅畫來，我們一起離開了那座廟宇。

等到我和德拉一起來到我家中的時候，天色已經黑了，我們度過了一個很愉快的晚上，德拉向白素講述了黛的事情，而白素不斷讚嘆著那幅奇妙的畫。

德拉直到午夜時分方離去，我們已約好了明天再見面，立時去辦旅行的手續。

等德拉走了之後，我才問白素，道：「你認為他所說的一切可靠麼？」

白素想了一想，道：「我認為他不是一個富有想像力的人，他很難平空想出這樣的事來。」

我又問：「那麼，你是認爲在那荒僻的山中，真有著那樣一個仙境的了？」

白素笑道：「那並不算是什麼奇怪的事情啊，我們人類，對於自己所居住了幾十萬年的地球，所知實在是太少了，是不是？」

我無話可答，白素的話很有道理，人類不但對於其他天體的知識貧乏得可憐，對於自己所居住的地球，也一樣所知極少，隨便舉一個例子，長江和黃河是世界著名的河流，但我們只知道長江和黃河的源頭，是在可可稀立山。實際上我們知道多少？如果說這就是「知」了，可以說一無所知！

我點著頭，道：「好的，那我一定要和德拉到達那地方，我會揀其中最美麗的一塊寶石，帶回來給你！」

白素蹙著眉，呆了片刻，才道：「你最好不要想著那些寶石，就當它是一次神奇的旅行就是了！」

我「哈哈」大笑，道：「不是爲了寶石，誰願意在那樣的天氣到喜馬拉雅山去。」

白素沒有和我再爭執下去。她只是道：「寶石不過是色彩艷麗的石塊而已，你去証明真有那樣的一個地方，才是重要的。」

我明白白素的意思。

白素的意思是，如果我純粹是爲了財富而到那麼遠的地方去，那是不值得的。

所以我點頭道：「我明白了，我不會那麼傻的。」

白素笑了越來，當晚，我繼續看著有關喜馬拉雅山的書籍。接下來的三天，我和德拉，都忙著辦理一切手續，我的手續比較容易，但是德拉卻比較麻煩，因爲他顯然不是受印度政府歡迎的人物。

第四天中午，我和德拉一起上了飛機。

旅途中的一切，是沒有什麼值得記述的，還是跳過去的好，這一跳，得跳過二十二天。我們在到了原來屬於遮龐土王統治的地區之後，一切就進行得很順利了。

雖然土王早已死了，土王的勢力已經不存在，但是德拉還是很有辦法，他弄到了十頭大象，和應用的東西。那一天黃昏，我們到了遮龐土王原來的宮殿之前。

宮殿已經不存在了，只剩下一片廢墟，但即使只是一片廢墟，也可以看出昔年這座宮殿的豪華，一根一根高聳的石柱，在晚霞的照映之下，泛出一片灰紅色的光芒來，有一股極度的蒼涼之感。

德拉站在廢墟之前，神情十分難過。

可以想像得到，他的心情一定不會好過的，他親身經歷過土王宮殿中的繁華，但是現在，土王的宮殿，卻只剩下殘垣斷壁，那實在不是一件令人高興的事。

德拉站了很久，當晚，我們並沒有離開宮殿的廢墟，而只是在廢墟之中，找到了一個差堪棲身之處，燃起了篝火，過了一夜。

第二天，我們帶著象群出發，向北走。

一路上，德拉只是不住地在說著，當年他和他的新婚妻子，曾在什麼地方停過，在什麼地方歇過腳，他的情緒，顯得很不穩定。

例如他經過一株大樹，那株大樹是他們兩人以前經過時在樹下乘過蔭，他就會欷噓一番，甚至抱住了樹幹，號淘大哭起來。

開始的時候，我總還勸一勸他，可是到了後來，我也懶得去勸他了，因爲我感到他的情緒，或者是在得到了發洩之後，會變得更好一些，一連走了幾天，離白雪皚皚的高山，漸漸近了，村落也越來越稀少。

那一眼望過去，綿亙無際的高山，自然是喜馬拉雅山。但是喜馬拉雅山只是一個統稱，山中有上千個峰，上萬個谷，絕大多數是從來也沒有人到過的，也根本沒有正式的名稱。

德拉指著一個個高聳的山峰，告訴著我當地人對這些山峰的稱呼，當地土語是一種音節極多，而且相重複的語言，我實在無法記得那麼多。

到了第八天晚上，我們搭起營帳來過夜的時候，離高山已經極近了，估計只有一天的旅程。

那天晚上，我們在營帳前升起了火，德拉坐在火堆前，他顯得很沈默。

我望了他好久，他仍然沒有開口，這不免使我覺得十分奇怪，我道：「你今天為什麼不講話？」

我問了幾次，他都沒有回答我，我想，那大約是就快到山中了，他一定是在想念著黛的緣故，可是過了半晌，他忽然抬起了頭來。

我發現他的臉很紅，或許那是由於燈光照映的緣故，他期期艾艾對我道：「有一件事，我一直瞞著你，未曾告訴你。」

我不禁呆了一呆，道：「什麼事？」

德拉道：「當年，我……我們……」

我看到德拉那種吞吞吐吐的樣子，心中立時生出了一種被欺騙的感覺，我大聲喝道：「究竟你有什麼事瞞著我，快說！」

德拉給我大聲一喝，更現出十分吃驚的神色來，他搖著手，道：「你別發怒！」

我實在又是好氣，又是好笑，道：「你究竟說不說？你有什麼事瞞著我！」

德拉嘆了一聲，像是在剎那間，下了最大的決心，他道：「當年，我和黛去得十分遠，我們是在深山之中，離這裏還有很遠。」

我道：「自然是在深山之中，你總不能希望在平地上，會有遍地寶石的地方！」

「我不是這個意思，我的意思，當年我們曾在無意之中，越過了國界，那直到歸途時才發覺。」德拉終於將他要講的話，講了出來。

在那一剎間，我呆了一呆，一時之間，還不明白他那麼說，是什麼意思。

可是我究竟不是一個蠢人，就在剎那間，我明白他的意思了！

我身子一挺，直跳了起來，厲聲罵道：「你這個流氓，你是說，你講的那個仙境，並不是在印度的境內，而是在——」

我講到這裏，只覺得怒氣攻心，難以再講得下去。

德拉對於「流氓」這個稱呼，顯然覺得很悲哀，是以他的神情，十分難看，他苦笑著，道：「是的，仙境不在印度，在西藏那邊！」

我雙眼瞪得老大，俯視著他，他一動也不動地坐著，望著那堆篝火。

我望了他有三分鐘之久，然後，我什麼也不說，就轉身走進了營帳之中。

我實在沒有什麼可說的了，自然，我想大罵他一頓，揍他一個飽，但是那又有什麼用？

我浪費了那麼多時間，旅程上也毫無愉快可言，跟著那印度流氓，來到了喜馬拉雅山麓。但是到了這裏，這傢伙才說出，他說的那個仙境，卻原來是在西藏。世界上再蠢的人，也該知道現在的局勢下，西藏和印度的邊境，會有什麼後果！

是以我在走進營帳去的時候，我已經有了決定：明天天一亮就回去！

我躺在墊子上，在那樣的情形下，我自然沒有法子睡得著，我大約躺了半小時，德拉走了進來，他一聲不出，坐在他的墊子上。

然後，又過了好久，他才道：「你準備回去了，不再到仙境去了，是不是？」

我大聲道：「當然是！」

德拉嘆了一聲，道：「我很抱歉，我不能否認，我利用了你，但是我不會忘記自己過錯的，我一定要報答你，當我回來之後，我會將我得到的東西，任你挑選，作爲我的報答。」

我冷笑著，道：「你一過邊界，就會丟了性命，你以爲可以逃得過雙方的巡邏隊麼？」

德拉道：「在印度方面，那地方幾乎沒有什麼巡邏隊，而在西藏方面，在那地點的附近，現在有一隊幾年前武裝反抗失敗退下來的西藏康巴族人，我會說他們的語言，事實上，如果我不告訴你的話，你也決不可能知道我們在行進途中，已越過了國界。」

我狠狠地道：「我甚至知道康巴人的鼓語，但是那不中用，我不再向前去，你要去的話，是你的事，我也不是第一次被人騙了，你大可不必放在心上！」

德拉聽了我的話之後，顯得很難過。

他轉過臉去，對住了營帳的一角，我也根本不去睬他，自顧自閉目養神。

我在不知不覺中睡著了，然後，在不知睡了多久之後，我就被一種極爲奇怪的聲音所驚醒，那種聲音，在朦朦朧朧中聽來，好像是有幾千幾萬頭老虎，一起在吼叫一樣，實在駭人之極！

而當我被那種聲音吵醒，一彎身坐了起來之後，我便立時聽了出來：那是風聲！

我們的營帳，這時正在左右搖晃著，吊在營帳中間的一盞馬燈，晃動得更厲害，蕩起來的時候，碰在營帳正中的木柱上，發出「拍拍」的聲響來。

我向營帳的一邊看去，德拉並不在，正在我疑惑間，德拉已鑽進營帳來，他望著我，苦笑了一下，道：「天氣變壞了！」

我心中仍然在生氣，是以我冷冷地道：「那和我沒有關係，我又不到山中去，天氣變壞了，要回去，總是可以的。」

德拉低頭坐了下來。

風勢好像越來越勁，營帳也搖晃得更加厲害，德拉坐了一會，移到了柱旁，伸手扶住了營帳中間的那根柱子，風聲緊得像是有許多鈍刀在刮著營帳的帆布一樣，我們帶來的象群，更發出聽來十分淒厲的尖叫聲，令人彷佛是世界末日到了。

德拉靜默了半晌，才自言自語道：「不論天氣多麼壞，我還是要去。」

我立時道：「本來你前去，還有百分三十的生還機會，現在，你若是再向前去的話，生還的機會是零！」

德拉的聲音十分乾澀，他道：「死就死了吧！」

我望著他，道：「中國有一句古話，叫作『人為財死』，我看你就是這種人了！」

德拉搖著頭，道：「在印度，我們也有相同的話，但是我倒不單是為了財，我一直在懷疑黛的死因，所以我無論如何，還要到仙境去一次！」

我望著他，道：「你認為天氣在短期內會變好？」

德拉道：「不會，壞天氣既然已開始了，就決不是一個月之內能變好的，我想，我這次大約是不會生還的了，好在我沒有什麼親人！」

我又望了他半晌，心中覺得十分古怪，因為天下居然有那樣不怕死的人！

在那樣壞的天氣之中，進入亙古積雪的高山，會有什麼樣的結果，那實在是盡人皆知的，而且，他還要越過邊境！他那種不怕死，自然不是什麼勇氣，而只不過是一種麻木而已。

而這種麻木，當然是由於他妻子的死亡，替他造成的。是以我認為已不值得再和他多說什麼了。

我又躺了下來。德拉在喃喃地道：「我剛才出去，察看了一下我們帶來的象——」

象的淒厲的叫聲，仍然在持續著，我忙道：「那些象怎麼樣了？」

「它們很不安定，可能會奔散。」德拉回答著。

我不禁皺了皺眉，象群如果奔散的話，那麼我的回程，也會發生困難了。我的心中立時懷疑，是不是德拉這傢伙，為了不想我回去，在象群的身上，做了什麼手腳？

德拉既然曾騙過我一次，就難保他不會再騙我！

我正想責問他時，突然之間，一下刺耳之極的象叫聲，突然傳了過來，德拉也在剎那間，陡地跳了起來，我忙道：「怎麼了？」

在馬燈的燈光照耀之下，德拉的面色，變得極其難看，他張大了口，像是想叫什麼，可是還未曾叫出聲來，我便已經覺得一陣震動，像是忽然之間，發生了劇烈的地震一樣！

接著，營帳突然倒塌了，一頭大象，像是變魔術一樣，衝了進來，巨大的象腳，恰好向我，踏了下來！

我絕不是一個應變遲鈍的人，但是一切來得實在太突然了，突然得使我完全無法應付，我身子一滾，避開了那大象的前腳，但象的後腳還是向我踏了下來。

我不由自主，怪叫起來，也就在那一剎間，德拉突然滾了過來，在我的身上，重重撞了一下，撞得十分大力，我一連打了幾個滾，營帳跌了下來，蓋在我的身上，使我什麼也看不到。

在那幾秒的時間內，真正是到了世界末日，我只感到不知有多少象，就在我身邊，奔了過去。

我竭力掙扎著，在帆布中掙出了頭來，風大得使我睜不開眼來。我背對著風，才能勉強看到眼前的情形，我看到象群已經奔遠了，我絕想不到，笨重的大象，在飛奔之際，勢子竟如此之快！

我定了定神，回想起剛才的情形，不禁出了一身冷汗，我立時開始尋找德拉，因爲若不是在千鈞一髮之際，德拉推了我一下的話，我一定已被首先衝過來的那頭大象踏中了！

被一頭一噸以上重的大象踏中一腳，會有什麼後果，那是我一想起來，冷汗出得更多的事！

我四面看著，看不到德拉，接著，我看到一幅帆布，德拉就在帆布之下。

他伏著，掙扎著想站起來，我忙俯身下去，道：「怎麼，你被象踏中了麼？」

德拉抬起頭來，喘著氣，道：「你在開玩笑麼？若是我被象踏中，那我已成肉醬了！」

我鬆了一口氣，將他扶了起來，他發出了大聲的呻吟來，捧著左腕，我向他的左腕一看，就知道他的腕骨，已經斷折了！

我不禁皺了皺眉，道：「你的手——」

德拉道：「骨頭折斷了。剛才我滾過來的時候，用的力道太猛，手腕撞在地上，折斷了。」

我呆了半晌，不禁苦笑了起來。

事情在突然之間，發展到了這一地步，那實在是沒有什麼好說的了。

我們沒有了象群，也一定喪失了很多裝備，天氣又那麼惡劣，但是德拉既然是因爲救我，而斷了腕骨，我難道能捨他而去。

看來，我自然只好陪他進深山去了。

德拉的斷腕一定十分痛，我在我們儲放裝備的地方去看了看，還好，驚惶的大象，只摧毀了小部份，藥箱還在，風大得幾乎無法迎風前進，只好彎著身，吃力地向前一步步地走著。

我來到了德拉的身邊，用手摸了摸他的斷腕，還好，他折斷的地方，好像並沒有碎骨，我替他紮了起來，大聲道：「我們先設法回去，等你養好了傷再說。」

德拉也大聲道：「我不礙事，可以繼續前進，你不必理我了。」

我用更大的聲音道：「你以為我會捨你而去麼？我們一起到仙境去！」

德拉望著我，搖著頭，我用力拍著他的肩頭，道：「我已經決定了，當然，那是極度的冒險，但只當我被象踏死了，那又怎樣？」

德拉突然彎著身子，向前走了出來，來到了一塊大石之旁，背風坐著，我也到了他的身邊，背著風，講話也容易得多了。

德拉坐了下來之後，喘著氣，道：「你要弄清楚一點，我並不是為了要你和我一起前去，才將你踢開去的，你完全可以不去。」

我的心中多少有點憤怒，我也大聲道：「你也得弄清楚一點，並不是我硬要求你帶我去，而是你求我去的。」

德拉沒有再說什麼，這一晚，我們就靠著大石坐著，直到天亮。

天亮之後，風勢小得多了，但是當太陽升起之後，我站起來向山上看去時，看到山中，升起了白茫茫的一片，看來像是霧，但卻又不是霧，我不知那是什麼現象。德拉也站了起來，他道：「風吹到山中去了，你看到沒有，那是被旋風捲起來的積雪，積雪揚到半空，又落下來，積雪中全是細小的冰粒，那比下大雪更麻煩，到了山中，可能根本看不到眼前的物事！」我聽得出德拉的弦外之音，他是在故意強調困難，好叫我不要去。

然而，我豈是嚇得倒的人。

我冷冷地道：「別先說到了山中的情形，我看我們是不是能趕到山腳下，還大有疑問哩！」

德拉也苦笑了起來，趁著風雪小了，我們去整理殘剩下來的東西。

由於我們沒有了大象替我們負載，所以我們剩下的東西雖然不多，但還得拋棄一大部份，德拉真是一個壯漢，他雖然傷了手腕，但是動作一樣有力，他負了五十公斤的裝備。

我自然負得更多，那全是必需品，全是少得不能再少的了。

我們負著重，艱難地向前走著，那一天，行進的速度十分慢，一直到了黃昏時分，我想不會走得超過二十里，但是我們離山更近了。

入夜之後，寒風砭骨，我們搜集枯枝，燃起了兩個大火堆，喝著滾熱的湯來禦寒，整個晚上，為了維持火堆的不熄，我和德拉每人只睡半夜。

第二天，我們繼續向前走，已經根本沒有路了，全是高低不平的石岡子，石岡子越來越高，我們已經進入山區了，第二天的晚上，我們是宿在一個山洞中的。

到了第三天的中午，我們已置身在山中了，四面望去，除了高聳雄峻的山峰之外，幾乎沒有別的任何東西，我們不像是在地球上，而像是完全到了另外一個星球上！

處身在那樣的境地中，人類拚命向太空，向別的星球去探索，實在不足以表示人類的進步，而且，恰恰相反，是暴露了人類好高騖遠的弱點。地球是人類生存了幾十萬年的星球，但是至今為止，人類對於地球知道了多少？

對於自己世世代代居住的星球，不求甚解，反倒竭力想去瞭解別的天體，這不是很滑稽的事麼？

我們在山中走著，漸漸地攀上一個高坡，當我們來到了這個高坡的頂上之際，我們回頭看去，甚至看不到一個腳印。

因為風吹動著積雪，冰粒像是浮沙一樣地滾動著，幾乎是在我們才一提起腳來時，便將我們的腳印，蓋了過去。而我們兩人站在高坡上，仰望積雪的高峰，只覺得我們兩個人，渺小得如同芝麻一樣。

積雪被風捲了起來，雖然我們都穿著厚厚的禦寒衣，但是細小的冰粒，仍然從一切隙縫中鑽進來，每一個細小的冰粒進入衣服內，就像有人在身上刺了一針一樣，使人不由自主要發抖。

我坐在高坡的雪地上，德拉則站著，持著望遠鏡，在四面察看著，他看了一會，才道：「不錯，當年我和黛是翻過了這高坡，向西北去的，我們在那裏，找到了一個溫泉，就在溫泉旁紮營的。」一聽到有溫泉，我不禁為之精神一振，忙道：「那我們快趕路吧！」

我們幾乎是連滾帶爬，滾下那高坡去的，那樣的確省力不少，也使我們在天黑之前，來到了那溫泉之旁。當我離溫泉還有一百碼左右的時候，我就已經呆住了，我實在想不到，在那樣的崇山峻嶺之中，竟有那樣的一個好地方，那簡直就是仙境了！

溫泉從一個山縫中湧出來，形成一條尺來寬的小溪，蜿蜒向前流著。

在溫泉的源頭，全是光禿禿的。鮮黃色的岩石，看來很醜惡，但是那條小溪淌出了不多遠之後，石縫之中長滿了野草、灌木，我向前奔去，奔到了溫泉的附近，就在石上躺了下來，岩石觸手也有一種溫暖的感覺，就像是鵝絨被一樣。

本來，我們計劃在到了溫泉之後，先吃一個飽，睡一大覺。

可是，德拉的情形卻和我一樣，當我們在溫暖的岩石上躺了下來之後，誰也不想再起來。我們實在也太疲倦了，是以不一會就睡著，睡得十分之甜。

這一覺，我們一直睡到第二天中午才醒過來，這才飢腸雷鳴，弄了一餐飽食，德拉又開始講述他當年和他的妻子，如何以這裏為營地，過著神仙一般的日子，等我們吃飽了之後，又吸了兩袋辛辣的印度土製煙絲，德拉才站了起來，道：「我們迷路的那一晚上，是從這裏走過去的，我們明天一早走，下午就可以到達了。」

我呆了一呆，才道：「那樣說來，這裏離邊境，已經不很遠了？」

德拉點著頭，道：「是的，很近，你看，你看，不是很平靜麼？什麼事也沒有，如果我不對你說，你也一定不會想到這一點的，是不是？」

我道：「可是我很不高興有人騙我。」

德拉的神情顯得很尷尬，他低下頭去，不敢望著我。他的那種神情，不禁使我想起，這傢伙，可能還有別的事在瞞著我。

但是我的那種念頭，卻只不過在腦際略閃了一閃而已，並沒有繼續想下去。

第四部：寶山仙境

那一天整個下午，真是令人舒暢，在如此疲乏的旅行之後，躺在岩石上，有著溫泉在附近，根本不覺得寒冷，但是放眼望去，卻全是皚皚白雪，這真是無窮的樂趣。風暴似乎並不是侵襲所有的山區，旋風一定已吹到別的地方去了，這裏十分平靜。

我們在未來，自然還可能有許多危險，但是卻誰也不願想起這些。

當晚，我們又睡得很好，當第二天清晨醒來時，疲勞全都消失了，我們並沒有帶裝備，只不過帶了一點糧食就出發了。

因爲據德拉說，下午時分，就可以到那奇異的山洞，也就是那幅油畫所畫的地方，那山洞之中十分暖和，如果一切順利的話，我們可以在山洞中過夜，第二天再回來。

我們向前走著，步履輕鬆，德拉手腕骨折斷，並沒有出現惡化的情形，雖然還不能十分用力，但也對事情並沒有多大的妨礙，因爲我們在峽谷中走著，不需要攀越高山。

說我們在峽谷中走著，那或許不是十分恰當，因爲我們不是走在峽谷的底部，而是走在峽谷的中間，也就是貼著一邊峭壁，在向前走著，在我們的腳下，才是黑沈沈的峽谷底部。

我們可以落腳的地方，也根本不是路，而只是凸出在峭壁上的石塊，石塊自然不是連續的，是以在很多情形下，我們只好跳過去。

到了中午時分，我們才鬆了一口氣，因爲已穿過了那個峽谷，我不禁向德拉道：「當初你們兩個人，怎會到這種地方來遊玩的？」

德拉的神情有點黯然，他道：「那還是黛提議的，她說那樣才好玩，她還說，如果我們之中，有一個跌下去了，另一個人，就一定也得跟著跳下去。」

我沒有再說什麼，因爲德拉第一次經過這裏的時候，他們兩個人的年紀都還很輕，年紀那麼輕，自然是什麼事都做得出來的。

當我們又向前走了約莫一哩光景時，前面出現了兩堆很大的石塊，堆得有十幾呎高，看來像是兩個極其突兀的小山峰一樣。

德拉指著那兩個石堆道：「看，這就是邊界了，我們快要過邊界了！」

一聽到要過邊界了，我的神經，不禁緊張了起來。但是，我隨即發現，那種緊張是多餘的，這裏除了我和德拉兩個人之外，別說沒有別的人，再想找別的生物，也找不出來。

這種邊界，自然只是象徵式的，我們兩人若是有興趣，大可以將之向南或向北，移上三五里，也決不會有什麼人知道的。因爲這裏根本是人跡罕至，可以說是一點用處也沒有的地方。

我們十分輕鬆地走過了那兩堆大石，倒是德拉的神情，開始緊張了起來。

我想，這一定是快要到那個奇異的山洞的緣故。

德拉急急向前走著，他自然是完全認出了當年行進的途徑，是以才會走得如此之快的。他越走越快，快得我幾乎跟不上。

那地方地勢相當平坦，自然，到處全是突如其來的嶙峋大石，但是可以繞過那些大石走過去。

走了一小時左右，德拉突然停了下來，伸手向前指著，道：「你看！」

我循他所指看去，看到了一塊極大的、圓鼓形的大石。那塊大石看來很完整，倒像是人工鑿出來的一樣，德拉的神情很激動，他指著那大石，道：「當時，天色也很黑了，我們找不到回去的路，我們只想在那大石下相擁著過一夜，但就在那大石下，有一道石縫，可以通到那個奇異的山洞去！」

我也興奮了起來，忙道：「那我們還等什麼？」

我們兩人，一起向前奔去，我們實在都奔得太快了，以致我們都被地上的積雪，弄得滑跌了好幾跤，才奔到了那塊大石之下。

就在那塊大石之旁，有著一條呎許來寬的石縫，那石縫只能供人側著身擠進。

德拉道：「小心些，山洞是在下面的。不要一擠進去之後，就跌了下去。」

他一面說，一面已擠了進去，我跟著也擠了進去，我雙手用力抓住了石角，在擠進那石縫之後，我已禁不住發出驚嘆聲來。

那山洞中的情景實在太美麗了！

這時，我所看到的那山洞中的情景，和那幅油畫中的情形，略有不同。那幅油畫所畫的情形是在早上，陽光恰好由那石縫中照射進來，是以整座山洞之中，都有一種燦爛奪目的光芒，而這時，我所看到的山洞，是處在一種朦朧的、柔和的光線之中。然而現在的情形，比陽光燦爛時，更來得美麗，那些鐘乳石，在閃耀著一種迷幻的光彩，山洞中的石塊，像是都蒙上了一層夢一樣的光彩。

我鬆開了手，跳了下來，張開了雙手，轉著身子，欣賞著這山洞中的奇景。

當我在才一看到那幅油畫之際，我實在是無法相信世上真有那樣一個山洞的，但是，我現在已經置身於一個這樣的山洞之中了。

德拉直奔到了兩塊大石之間，然後，在那兩塊大石之間，蹲了下來。

我沒有去問他爲什麼要那樣做，因這實在是不問可知的，那地方，一定是當年他和他的妻子，在迷途之後，找到了這山洞，就在那裏過夜的所在。

我奔到了山洞的洞壁之前，用手去觸摸那些奇異的石頭，又在觸摸那些晶瑩的、色彩絢爛得難以形容的鐘乳石，當時我的情緒，由於極度的興奮，而有一種迷醉的成份在內。

我來到了德拉的面前，大聲道：「起來，還等什麼，我們爲什麼還不到仙境去？我們可以說十分容易就來到了這裏，還等什麼？」

德拉緩緩地站了起來，他向山洞的陰暗處，望了一眼。我聽得他說起過，向山洞深處走去，再擠出一道窄窄的石縫，就是仙境了。

是以我也不等他的回答，就向前走了出去。

但是，我只走出了兩步，便聽得德拉叫道：「等一等，我有話說。」

我突然轉過身來，在剎那間，我的心中，也不禁充滿了戒心。

因爲在世界上，同心合力去做一件事，但是等到事情成功之後，卻又你爭我奪的例子，實在太多了，當我在轉過身來的那一剎間，我甚至準備接受德拉突然向我拋來的一柄飛刀！

當我轉過身來，眼望到了德拉臉上那種悲苦的神情之際，我的心中，不禁興起了一陣慚愧之感，因爲德拉顯然沒有害我之心，我疑惑地問道：「還等什麼？」

德拉苦笑著，道：「有一件事，我一直弄不明白，我不明白黛的死，是不是和她到過仙境有關。」

我立時回答，根本未曾經過考慮，我道：「當然不是，爲什麼你們兩人一起到過仙境，她死了，你卻沒有事，由此可知是無關的。」

德拉慢慢地向前是來，他臉上的神情，顯得更悲苦，他緩緩地道：「黛死得十分慘！」

我皺了皺眉，道：「那是過去的事了，沒有什麼人在結束生命時會快快樂樂的。」

德拉又沈緩地道：「我說她死得十分慘，你知道她死前的情形麼，她已整個變了樣子，變得幾乎不像是一個人了，你知道她最後是怎麼死的？」

我呆了一呆，在那一呆之際，我的頭腦，也登時冷靜了下來。

我剛才的那種狂熱消失了，因爲我聽出德拉的話中，有嚴重的事。

我道：「我自然不知道，我只知道她死了，你並沒有告訴過我，她是怎麼死的，是不是？」

德拉突然哭了起來，道：「她變了，她變得根本不像一個人，像……我完全說不上她像什麼，她其實還沒有死，她變得很大力，她完全變了，最後，是土王下令，將她射死的！」

剛才，我還只是呆了一呆，但現在，我卻完全呆住了。德拉的話，聽來可說是語無倫次之極，但是，卻也怪異到了極點。

我雙手按在他的肩頭上，搖動著，道：「你究竟想說些什麼？」

德拉雙手掩住了臉，他簡直是在聲嘶力竭地叫著，道：「她不是病死的，她生了病之後，一天一天在變，最後變成了一個妖怪，她想衝出土王的宮殿去，但是被衛士射死了。」

德拉講的話，我完全聽明白了，但是，如果他以爲我會相信的話，那麼他就大錯特錯了！

我鬆開了他的肩頭，後退了一步，冷笑道：「德拉，你直到現在，才講給我聽那些，是什麼意思，你的意思是不要我到仙境去麼？」

德拉呆了半晌，也像是一時間不明白我這樣講是什麼意思一樣。然後，他搖了搖頭，道：

「你弄錯了，我的意思是，我們兩人到仙境去，如果其中一個，也和黛一樣的話，那麼，另外一個人，不能用對付黛的方法對付他，黛是活著的啊！」

我越聽越不明白，事情實在太撲朔迷離了，而在如今那樣的情形下，我也不想去細問，因為仙境就在眼前了，誰耐煩理會得那麼多？

本來，我是根本不相信人世間有德拉所說的那樣的一個「仙境」的。

但這時，我已經身在這個奇異的山洞之中，就算是世上最固執的人，也會相信「仙境」就在眼前了。是以我只是應道：「自然是，我們快向前去！」

德拉深深地吸了一口氣，我們一起向山洞的陰暗處，走了過去。

這時侯，我們兩人的呼吸，都不由自主，顯得很急促，我們很快就來到了那一道窄縫前，德拉走在前面，我走在後面，我們側著身，擠過了那條狹窄的石縫，漸漸地，我看到了前面的光亮。

我和德拉，終於擠出了那山縫。

在擠出了那山縫的那一剎間，我看到了眼前的情形，德拉他簡直可以說是一個騙子，或者說，他是一個形容能力太差的人！

德拉曾經用許多言語，向我描述過「仙境」中的一切，但是他所形容的，不及我這時所目擊的百分之一！我首先看到的，是一個極大的深坑。在那個直徑約有二十呎的深坑中，四面的石塊上，全都是一大顆一大顆的寶石。

或者是我們慣於以一「顆」來形容寶石，事實上，那些寶石，絕不是一顆一顆，而是一大塊一大塊的。

我急急向前走去，踢出了一塊鑽石，我俯身將那塊鑽石，拾了起來，那塊鑽石壓在我的掌心，沈甸甸地。我估計大約有三公斤重，它的形狀，是天然的結晶形，在陽光下，泛著奪目的淺綠色的光彩。

我從來也未曾聽說過有淺綠色光彩的鑽石，但是毫無疑問，這時我托在手中的，是一塊鑽石，我的手不禁在微微發著抖。

我自問不是一個貪財的人，就算是一個貪財的人，一到了這裏，不論他的貪財程度是如何之甚，總也可以得到滿足的了！

但是我的手，還是在發抖，因爲那實在太驚人了，那麼大塊的淺綠色的鑽石！

然而，我並沒有將那塊鑽石托了多久，便將之拋了開去，因爲我又發現了一大塊紅寶石。

那塊紅寶石是一個薄片，說它是薄片，那是對它的面積而言的。它大約有一寸半厚，面積在三平方尺以上，呈不規則形。

當我將那塊紅寶石舉到了我的面前時，通過那紅寶石望出去，我眼前所有的一切，全變成血一樣紅，我放下了那塊紅寶石，又撈起了兩把大大小小，根本連名堂也叫不出來的寶石，然後，又任由它們自指縫中漏下來。

我向前奔去，一路踏著大塊大塊的鑽石，我看到了一大塊黃金，那是真正的純金，像是有人溶了，澆成一塊的，我走過去，抱住了那塊黃金。

但是我根本無法移得動分毫，那塊黃金，至少也有幾千公斤。

在那塊黃金上，還露出許多寶石的尖角來，那些寶石深嵌在黃金中，一定是溶金子時放進去的，等黃金凝結時，寶石就在裏面了。

我一直奔到了坑邊，那坑很深，我沿著坑邊，抓住坑壁上的寶石、鑽石，向下攀下去，一直來到了底部，整個坑的底部，全是金黃色，我不知那一層黃金有多麼深，多麼厚，那完全是無法估計的。

我在坑底的黃金上，躺了下來，發出了一連串毫無意思的叫嚷聲來。

過了好久，我才發現，何以在一到了「仙境」之後，就未曾聽到過德拉的聲音？

我大聲叫著：「德拉！德拉！」

德拉在我叫了十幾聲之後，來到了坑邊，我道：「你不感到高興麼？」

德拉卻答非所問，道：「我找到那東西了。」

我呆了一呆，跳了起來，道：「你找到了什麼？」

德拉道：「我不知道那是什麼，但是黛接近過它，我沒有碰過它，我想，那就是使黛生病，又使黛變成妖精的東西。」

我攀上了那個深坑，德拉的手，向前指了一指，我看到他所指的，是一堆十分難看的赭褐色的東西，那東西，看來像是一堆陶土。

我向那堆東西走過去，德拉忙道：「別接近它，我想它是不祥之物。」

我停了下來。本來我是沒有那麼容易就聽德拉的話的，但是因爲我處身在那樣的環境之中，不論那一堆是什麼，我都不會去管它的了。

我抬起頭來，道：「你看怎麼辦？我們攜帶多少東西出去？」

德拉卻仍然怔怔地望著那堆東西，不出聲。

我大聲叫著他的名字，道：「喂，你到這裏來，究竟是爲了什麼？」

德拉卻像是傻了一樣，站在那堆東西前不動，我來到了他的身邊，在他的眼前，搖晃著我的雙手，而我的左手，則抓著一把寶石。

如果我就那樣，離開這個所在，回到文明世界中的話，那麼，我只消在人前鬆開手，將我雙手中的鑽石和寶石放開來的話，那麼就可以成爲世界上最出風頭的人了。

可是，我雙手在德拉的眼前晃著，德拉卻並不望向我，依然看著那堆東西。

我略呆了一呆，開始感到了一點，那便是，我從一開始起，就料錯了德拉的爲人。

當我一想到了這一點時，我鬆開手，任由我手中的鑽石和寶石落在地上，和其他的寶石相碰撞，發出清脆悅耳的聲音來。

我怔怔地望著德拉。

從我一聽到德拉講及那個「仙境」的事開始，我就以爲德拉是一個財迷心竅的人。現在，我可以說，我完全料錯了，德拉到這裏來的目的，根本不是爲了遍地的黃金和寶石，他主要是爲了要弄清他的妻子，是怎麼死的。

在他的心中，黛顯然就是一切，那些黃金和寶石，根本全不在他的心上。這一點，從他這時注視著那堆東西的神情上，可以得到充份的証明。

一想到了這一點，我不禁有些慚愧起來，因爲一到了這裏，我的行動，完全像是一個財迷心竅的人。雖然如果有人嘲笑我的話，我可以自辯，說那完全是一個人在看到了那堆黃金和寶石之後的自然反應，但是我先認爲人家是財迷，結果自己卻反而那樣，心中多少有點不好意思的那種感覺。

我望了德拉一會，又去看那堆東西。

這時，德拉的手，在微微地發著抖。

他的手一面在發著抖，一面在伸向那堆東西，口中在喃喃自語，道：「黛一定是碰過這堆東西，所以才變成了妖怪的。」

當他在那樣講的時候，他的手指尖，離那堆東西，只不過三兩吋了！

我本來絕不相信什麼人會變成妖怪那樣的事，但是在那種的情形下，當我一看到德拉的手指，快要碰到那堆東西之際，我卻也不禁立時叫了起來，道：「你知道，還去碰它？」

德拉一定是太聚精會神了，以致他在一時之間，可能忘記了我的存在。所以，我一出聲，他身子一震，嚇了一跳，然後縮回手來。

當他縮回手來之後，轉過頭來望我，在他的臉上，帶著一種極其深切的悲哀，他道：「有人說，黛生來就是妖怪，也有人說，這一場戰爭的災禍，就是黛帶來的，我要証明黛不是妖怪，要証明是這堆東西，使黛變成妖怪的，我一定要証明！」

我略呆了一呆，德拉對黛的愛情，竟是如此之深切，這也是我始料不及的。

我搖了搖頭，道：「你不能証明什麼，黛早已死去了，而且已不存在了。」

德拉又轉過頭去望著那堆黑不溜丟的東西，道：「我記得很清楚，我第一次來到這裏的時候，完全被這裏的一切吸引住了，根本沒有看到這堆東西，但是黛卻看到了它，黛一面撫摸著它，一面還對我說，你看，這是什麼？這好像不應該是仙境中的東西？」

德拉講到這裏，略停了一停，才又道：「她摸撫著這堆東西，大約有一分鐘，當時她就說有點頭暈，所以才離開了的，而當時我全然未曾注意。」

我靜靜地聽他說完，才道：「你雖然想起了這一點，但也不能証明什麼。」

德拉的語言，卻出奇地平靜，道：「可以的，我有辦法証明這一點的。」

突然之間，我想我已明白德拉的意思了，是以我不禁陡地打了一個寒噤，忙道：「你是說——」

德拉道：「是的，我也要撫摸這堆東西，看看我是不是也會變成妖怪。其實我早已可以一個人來的，而我一直要等另一個人和我一起來，也是爲了這個原因。」

我苦笑了起來，道：「德拉，看來你不像是一個善於撒謊的人，但是你卻向我撒了一連串的謊，你不是到這裏來尋求財富的，根本不是！」

當我一開始講話的時候，德拉已經將他老大的手掌，放到那堆物事上面去了，他的手，在撫摸著那物事的粗糙的表面。

我想出聲制止他的，但是我轉了轉念，卻並沒有說出制止他的話來。那是因爲在那刹間，我想到了兩點。第一、我不怎麼相信撫摸一堆石塊，會使人變成妖怪，因爲那似乎太無稽一些了。第二、德拉既然是爲了這一目的而來的，就算我阻止他，又有什麼用？

德拉一面撫摸著那堆東西，一面道：「如果我變成了妖怪的話，那麼，寶石和黃金，對我還有什麼用處呢？我想求你一件事，我帶你到這裏來，你可以由你自己的心意取得報酬，但是，你卻要看著我，在我的身上，發生些什麼變化，如果我也成爲妖怪——」

我立時道：「那太無稽了，你怎麼會？」

可是，我的話剛一說完，德拉突然後退了一步，他的手，也已經離開了那堆東西，在那刹間，我看到他的臉色，變得十分蒼白，他的身子搖晃著，像是他不是站在平地上，而是站在一艘搖晃不定的船隻的甲板上一樣。

他終於站立不穩，身子向地上跌去，他坐在地上，臉上更蒼白。

看到了那樣的情形，我也不禁呆住了。

他感到了頭暈，要不然他是絕不會那樣搖擺著身子跌倒的！

而黛，據德拉所說，也是在撫摸了那堆東西之後，感到頭暈，感到不舒服，以致於跌倒的，看來，那堆東西果然有一種神秘的力量！

當我發呆之際，德拉已經站了起來，他緩緩地吸了一口氣，望著我，道：「剛才是怎麼一回事，可是忽然間發生了地震麼？」

我緩緩地搖著頭，道：「什麼事也沒有發生，只有你突然搖著身子，跌倒在地上。」

德拉雙手捧住了頭，道：「我感到了頭暈，和黛一樣，我感到了頭暈，我……我……」

看他的神情，也不知道他是高興，還是難過，他向前走出了幾步，在一大堆黃金上坐了下來，低著頭。

過了好半晌，德拉才道：「我的計劃已逐步開始實現了，我會病，病得很辛苦，最後，我會變成妖怪，但是不論我變成什麼，我絕對不會傷害你的，我求你守在我的旁邊，看我發生什麼變化。」我苦笑了一下，道：「黛病了多少天？」德拉道：「大約十三天。」

我道：「那也不是辦法。我們帶來的糧食，也不夠十天之用，而且如果你病了，在這裏，也絕得不到什麼照料，我們還是快離開吧！」

德拉望了我半晌，才道：「如果我開始病的話，就算得到最好的照料，也是不會好的，我不能離開這裏，我變成妖怪，會嚇壞很多人的。」

我仍然搖著頭，道：「如果你不肯離開的話，我也不能在這裏陪你，並不是我不肯，你想想，沒有足夠的糧食，難道我和你一起餓死在這兒？」

德拉道：「你說得對，你可以離開幾天，帶了足夠的糧食，再回到這裏來。不過，只准你一個人回來，不准你帶著別人一起來，而且，你走的時候，也只准空手離去，我無法命令你回來，但是這裏的寶石和黃金，會使你盡快回來的。」

聽得德拉那麼說，我心中不禁十分憤怒，我冷冷地道：「你有什麼辦法可以阻止我拿東西出去？」

德拉卻突然一伸手，在他的衣服之中，取出了一柄已經十分舊，槍身上生滿了鏽的手槍來，對準了我，道：「憑這個！」

那柄手槍雖然已經十分舊了，但是毫無疑問，完全可以發射的！

我心中的憤怒，可以說到了頂點，我厲聲道：「你是一個騙子！」

德拉的神情有點悲哀，他道：「我一面威脅你，但是我也要請你原諒，我只好那樣做，現在，你可以離開這裏，等你弄到了糧食之後，再回來。」

我連一秒鐘也沒有多耽擱，就轉過身，向前走去，而且，立即走到了那石縫之前，橫著身子，擠進了那石縫之中，一口氣走回到那奇異的山洞中。

一直到走到那山洞之前，我心中在想著的，只有一件事：我受騙了！

但當我來到了山洞之後，我的想法，多少有點改變，因爲德拉至少不是完全在騙我，這個奇異的山洞，是存在的，滿是黃金、鑽石和寶石的「仙境」，也是存在的，雖然我現在什麼也沒有得到，但是我卻的確看到過世上最大的鑽石，整個坑的黃金！

我在那山洞中，呆立了一陣，便出了那山洞，我們帶來的裝備，都留在山洞之外，我帶了一些我回程必需的裝備，開始往回走。我在開始回程的時候，根本沒有想到再回去，因爲德拉暗藏著一柄手槍（我一直不知道這一點），而且他還用手槍對付我！

看來，德拉會變成妖怪這一點，未必可信，但是他已變成了一個狂人，那卻是可以肯定的了，說不定他不想我得到那些財寶！

我一直向前走著，心中也一直極其憤然，當我開始以相當高的速度，走下一個山坡之際，我離開那個山洞，大約已有七哩到八哩之遙了，我由於心中實在氣憤，是以也未曾再注意到邊境不邊境的事。

而等到我想起這一點來的時候，卻已經遲了！

在許多岩石的後面，已冒出了足足有三十個人來，這三十個人的身上，都穿著用獸皮縫製的衣服，十分粗糙簡陋，但是他們手中的武器，卻全是很新的，幾乎全是一色的新式步槍。

那三十多人站在石後，步槍對準了我，令得我站在他們的包圍圈中，不知道該怎麼才好，等我定下神來時，他們依然站在石後不動，而我也仍然僵立著。

我勉力鎮定心神，打量著他們，他們每一個人的目光，都定神在我的身上，我發現其中至少有七八個是女人，他們的皮膚黝黑，神情堅毅而嚴肅，從他們身上的衣服來看，他們自然不會是什麼正規軍隊，但是他們的手中，卻又有著武器。

我在突然之間想起他們是什麼人了！

德拉曾經告訴過我，這個地區，現在是被一群武裝反叛的西藏康巴族人占領著。

那麼，毫無疑問，這些人就是康巴族人了！

他們的目光中，充滿著敵意，但是他們的神情，多少也有點好奇，因爲在這樣的地方，出現一個陌生人，那究竟是很不尋常的事。

我已經知道了他們是什麼人，是以也鎮定了下來，而且，我還可以說粗通他們的語言，所以我站著不動，一面用他們的語言道：「請放下你的槍，我決不是你們的敵人！」

一聽得我講話，那些人臉上，更現出好奇的神情來。而就在這時，又有三個人，以極快的速度，踏著雪，向前奔了過來。

奔在最前的，是一個中年人，他的神情很威武，穿著獸皮的衣服，腰際圍著一條子彈帶，帶上插著兩柄手槍。

第五部：在神前證明無辜

他一來到了近前，略停了一停，便直來到了我的面前，厲聲道：「舉起你的手來！」

我依著他的命令，舉起了手，但是我的語音，仍然十分平和，我道：「我不是你們的敵人！」

那中年人的聲音更是嚴厲，他道：「所有中國人，都是我們的敵人！」

我無意和他辯論政治上的問題，但是聽得他那樣激憤地講出這樣的話來，我卻忍不住要向他指出一個事實，我立時道：「朋友，你也是中國人。」

「不是！」那中年人叫了起來：「如果我是中國人，爲什麼中國人要殺我們？大批大批地屠殺我們？爲什麼要將我們的領袖逼走？爲什麼？」

我感到十分爲難地搖了搖頭，嘆了一聲，道：「真很抱歉，我無法回答你的問題，因爲我從來也未曾參與過這一切行動。」

「你是奸細！」那中年人伸手直指我的鼻尖。

而在那中年人叫出了這一句話之後，圍住我的那些人，神情也變得洶湧和激動起來，我知道「你是奸細」是一個十分嚴重的指責！

這種指責，是可以使我喪失生命的，我必須爲自己作辯護了。

我忙道：「你完全弄錯了，我只不過是一個由外地來的遊客，我和一個印度人一起前來的，在我的身邊，還有我的旅行護照，你可以查看。」

我的話已說得十分明白，但是那中年人的固執，卻實在令人吃驚，他立時道：「你可以假造的，你們可以假造一切，你們不是一直假造出對我們的友情，直到你們突然用機槍大炮來屠殺我們麼？」

我嘆了一聲：「我向你再說一遍，我決不是軍人，也不是和你們有敵對地位的人，我只是一個遊客。」

那中年人根本沒有多聽我解釋，他只是揮著手：「將他綁起來！」

我立時大聲道：「不必，你們要將我帶到任何地方去，我都不會拒絕，但你們不能侮辱我，那樣，當你們認識了錯誤後，向我道歉的時候，我也會容易接受些。」

那中年人緊盯著我，冷笑道：「聽來，你像是一個勇敢的人！」

我冷冷地道：「不敢說勇敢，但你們一定會知道，我不是你們的敵人，我是和遮龐土王宮中的總管一起來探險的一個外地人，對於你們和別人的爭執，一無所知！」

那中年人聽到了「遮龐土王」，雙眉揚了一揚，他道：「土王已經死了。」

「是的，死了已很久了，王宮也早已成了廢墟，我們是經過王宮的廢墟向前來的。」我說道。

那中年人又望了我一會，我以爲事情可以有一些轉機了，但是，那中年人立即又道：「你是我的俘虜，你必需服從我的命令，帶他回去！」

那中年人轉過身，向前走了出去，那幾十個人一起向我呼喝著。

我放下了手，他們並沒有來綁縛我，但是我卻也沒有任何可以逃走的機會。

我被他們包圍著，向前走去，我們經過了一條十分狹窄的山徑，那條山徑的盡頭，是一座滿是冰雪的峭壁，看來是根本沒有通道的了。

但是，到了峭壁之前，在峭壁的左側。卻有一條狹窄的山縫，那些人一個接一個，自山縫中走了進去，我也被夾在中間。

經過了那個山縫之後，又翻過了一個極其陡峭的山頭，我看到了一個小平原。

那小平原的四面，全是皚皚的冰雪，但是小平原上，卻是十分肥沃的土地，青草野花，美麗得像是世外桃源一樣！

那幾乎是不可能的事，但是卻實實在在，出現在我的眼前。

我一看到山腳下有縷縷的蒸氣在冒出來，就知道那個小平原一定是地下溫泉所造成的奇跡。在那個小平原上，搭著好多皮帳蓬，有不少女人，正搖著小孩，在帳蓬外操作著，一看到我們，都停下了工作，向我望來。

當我在他們的包圍下，漸漸走近的時候，我聽到了一連串的咒罵聲，那些咒罵聲，顯然全是對我而發的，我只好裝出一副泰然的神色來。

我被押進了一座牛皮帳蓬之內，那中年人隨即走了進來，在地上坐下，任由我站著，他問道：「你們對我們的營地，已知道了多少？如果我放你回去，你一定可以作詳細報告，你們的軍隊，就可以將我們趕盡殺絕了，是不是？」

我很平靜地道：「你完全弄錯了，如果你放我回去的話，我相信，我可以替你們安排撤退的途徑，使你們都安全返到印度境內去！」

那中年人怒道：「我們不離開我們的土地！」

我有點嘲笑地道：「你們的精神領袖，不也避開去了麼？何必那麼認真？」

那中年人怒道：「胡說，他是無所不在的，他就在我們的身邊，鼓勵我們戰鬥。」

我知道，在目前那樣的情形下，觸怒那中年人，對我是一點好處也沒有的，是以我不再和他說那些，只是道：「你沒有扣留我的必要，因為我不是你的敵人。」

那中年人狠狠瞪著我，我卻勉力鎮定著，那中年人忽然道：「你說你自己是無辜的，你可敢在神的面前，証明你的無辜麼？」

一聽得他那樣說，我不禁嚇了一跳。這些人，他們雖然懂得為反抗強權而戰鬥，但是在智識上而言，他們還是在半開化的狀態之中的。我也知道他所謂「神面前証明無辜」，是怎麼一回事，那一定是要我去做一件極危險的事，如果做到了，我就是無辜的，如果做不到，不消說，我遭到了凶險的話，那便是神對我的懲罰，死後還要落個不明白。很多落後民族，都喜歡用這種無稽的方法來考驗一個人是無辜的還是有罪的，那自然是可笑之極的事，我已立時準備拒絕他了。

可是，我的話還未曾出口，我就發現，如果我拒絕的話，那一定要被他們認爲我心虛了！因爲那中年人的話才一出口，圍在我身邊的所有人，都向我望來，在他們的眼神之中，都帶有一種挑戰的意味，像是他們都以爲我不敢接受這項挑戰。

我緩緩地吸了一口氣，在那一剎間，我完全改變了我的主意。

自然，去依那中年人所說，接受「神的考驗」云云，是一件極其無稽的事情。

然而，在目前的情形著來，那似乎是我改變處境的唯一辦法了。

是以我在望了中年人半晌之後，緩緩地道：「好的，我將如何在神的面前，証明我是無辜的，對你們是全然沒有惡意的？」

連那中年人在內，所有的人面上，都現出了一種極其驚訝的神色來。接著，他們便發出了一陣震動山谷的歡呼聲來。

這一陣歡呼聲，倒實在是出乎我意料之外的，但是更出乎我意料之外的事，卻還在後面，那中年人突然滿面笑容，向我走來。他熱烈地握著我的手，搖著我的臂，表現了一種異常的親熱。

他們是粗魯、獷蠻、率直的民族，我不相信他們會像一些有著優良文化傳統的民族那樣，懂得虛僞和做作，那中年人現在對我的親熱，顯然是出自真誠的，但是他的那種改變，卻未免太突然了！

我苦笑著，道：「為什麼你忽然對我表示歡迎了，你不是以爲我是敵人派來的奸細麼？」

那中年人笑著，道：「是的，我這樣認爲，但是你願意在神的面前，証明你的清白，只有一個真正的勇士才敢那樣做，而我們崇拜勇敢的人，即使他是敵人！」

我聳了聳肩，原來是那樣，我的心中，忽然想到了一個十分滑稽的問題。

我在想，如果我不能「証明」我的清白，因而死了，他們是不是會追悼我？

那中年人仍在熱烈地搖著我的手，道：「我叫晉美，是我們全族的首領，你別看我們現在人不多，我們本來，有兩千多戰士，他們大部份都戰死了！」

我沒有說什麼，因爲晉美那樣說的時候，語氣之中，一點也沒有悲哀，反倒充滿了自豪。反而是我，卻感到了深切的悲哀，因爲我四面環顧，我看到的壯年男人，不會超過兩百人，那也就是說，他們之中，十之八九戰死了！那自然是一個深切的悲劇，他們自己或者不覺得，但是我這個旁觀者，卻已深深感到這一點了。

晉美拉著我的手，道：「跟我來。」

我不能不跟著他向前走去，在我跟著他向前走去的時候，我曾在暗中，和他較量了一下腕力，我發現他是一個壯健如牛的男人。

在我們的身後，跟了很多人，當我回頭看去，我看到離我最近的，是四個戴著十分恐怖面具，披著毛茸茸大氅的人，他們的手中，都執著一面皮鼓。

這四個人，可能是他們族中的法師。照說，康巴族人也應該是佛教徒，但佛教徒在中國、印度和西藏，幾乎是完全不同的三種宗教了。佛教的教義融在民族性之中，喜歡作什麼樣的解釋都可以！

我們由一條很崎嶇的小路，登上了一個山頭，然後，我們踏著厚厚的積雪，來到了一座懸崖之前，一到了那懸崖之前，我就不禁吸了一口涼氣。

在懸崖之下，是一個極深的峽谷，一道急流就在那峽谷下流過，水挾著冰塊，發出如同萬馬奔騰也似的聲響來。

每當湍流撞在大石上，濺起老高的水花時，兩面峽谷，發出打雷似的聲響來。

峭壁上冰雪皚皚，兩面峭壁，相距約有二十公尺，就在兩面峭壁之間，有一道天然的石樑，那石樑在接近兩面峭壁處，約有三四尺寬，但是在中間部份，卻細得和手臂一樣。

而且，在那道石樑之上，積著一層厚冰，那層冰也不知是什麼時候留下來的了，可能自它積了上去之後，就一直也沒有溶化過，晶瑩透澈得如同是厚厚的一層水晶，一到了斷崖之前，晉美便指著那道石樑：「你得走過去，再走回來！」

我早已料到所謂「在神的面前証明清白」，是一件荒謬透頂的事情了，但是我卻還未曾料到，事情竟會荒謬到了這一地步！

別說那道石樑上結著冰，我只要一踏上去就會滑跌，就算不會的話，那石樑的中心部份，只有手臂粗細，是不是能負擔我身體的重量，還大有疑問。

我在那一時之間，不禁氣往上衝，我冷笑著，道：「你以為一個人有可能在這道石樑上走過去又走過來麼？」

晉美的回答，更令人啼笑皆非。

他竟然一本正經地回答我，道：「當然不能，沒有人可以做到過一點。連松鼠也難以在上面走來走去。」

我咆哮起來，道：「那你又叫我走來走去？」晉美冷冷地道：「如果你是清白的話，神會保佑你，使你平安無事！」

我狠狠地罵了兩聲，道：「他媽的神在哪裏？」晉美的回答卻十分富於哲理，他向我的胸口拍了拍，道：「在你的心裏，朋友！」

我的手心在冒著汗，山頭上的寒風凜冽，氣溫自然在零度以下，我的手心卻在冒著汗！

而那時候，那四個戴著奇形怪狀面具的人，卻已然漸漸用手掌拍起他們的皮鼓。我對於康巴人的鼓語，早有研究，但當時全然是為了一時的興趣而已，卻再也想不到，竟會有一天，聽康巴人用鼓聲奏出他們的死亡之歌來。

那四個人手勢動作急驟一致，他們腰際的小皮鼓，發出整齊劃一的鼓聲來。

我聽得懂他們的鼓聲是在說：「去吧，去吧！如果你是清白的，你什麼都能做到，如果你是罪惡的，神會令你永遠沈浸在罪惡的深淵中。」

我向那四人望了一眼，向晉美望了一眼，向所有在我身後的人望了一眼。

當我望了他們，看到他們臉上的神情之後，我知道，如果我這時，拒絕在這道石樑上走來走去的話，那麼，我就毫無疑問，會被他們推下深谷去，我的結果，可以說是一樣的！

我再望向那道石樑，心中在苦笑著，我走過這道石樑的機會是多少呢？

由於我和德拉要爬山的緣故，是以我一直穿著鞋底有尖銳鋼釘的釘鞋，釘鞋或者可以釘進石樑上的冰層中，但如果我不能平衡身子，或是那石樑根本負不起我的重量，那我就會掉下去了。

一想到我會掉下去，峽谷底部，湍急的水流聲，聽來更是震耳欲聾，我唯一差堪自慰的是，我想，我可能不等到跌下去，便完全失去知覺了。

在我呆立著的時候，鼓聲突然停止了！

晉美望著我的目光，又變得十分陰冷，他道：「你應該開始了！」

我苦笑。當一個人步向死亡的時候，滋味是怎樣的，我再清楚也沒有了！

我向前走去，來到了石樑之前，我一腳重重踏了下去，鞋底的尖釘，敲進冰層之中，我用力向下踏了踏，才跨出了第一步。

當我跨出了第一步之後，我已經完全在石樑上了。

石樑的開始部份十分寬，我不必怕什麼，因此，我又很快地跨出了第二步。

當我跨出第二步的時候，我的身子晃動了一下，石樑上的風似乎特別猛烈，我的面上和手上感到了一陣異樣的刺痛。

我背著風，吸了一口氣，雖然我知道，為了減少恐怖，我不該向下看，但是我還是向下，看了一下，我看到了洶湧的湍流，我感到了一陣目眩。

我連忙抬起頭來，又急速地向前，跨出了三兩步，在那不到三秒鐘的時間內，我心頭湧起了許多稀奇古怪的想法來。

我估計石樑到峽谷底的湍流，大約是兩百公尺。如果我跌下去。而水又夠深的話，我不一定死。世界著名的墨西哥斷崖的死亡跳水，高度是四百五十公尺！

當然，先決條件是要水夠深，水不夠深的話，我是絕沒有機會的。

一想到我決不是已經死定了的，我的膽子便大了許多，向前走出來的時候，也穩了許多，我張開雙臂，平衡著身子，一步步走去。

我已經快要來到石樑中間的部份了，那需要極度的小心。我已經小心之極的了，但是要就是他們的神不肯保佑我，要就是他們的神的力量，敵不過物理的規律，當我一腳踏下去的時候，石樑斷了！

我的身子向前一俯，我根本沒有任何機會，我的身子便從石樑中空的部份，直跌了下去，一陣自石樑上散落下來的碎冰，落在我的頭臉上。

我聽到晉美他們發出的怪叫聲，和急驟的鼓聲。在開始的一剎間，我的感覺甚至是麻木的，我幾乎不知道究竟是什麼事發生在我的身上。

我自然立即清醒了過來，我勉力扭了扭身子，雙手插向下，這時，我唯一的希望，就是下面的水夠深，可以使我插進水中去。

我的泳術十分精良，水雖然湍急，我自信還可以掙扎著冒起頭來，只要能在急流中冒起頭來的話，我就可以有生還的希望了。

我剛來得及想到了這一點，陡地，什麼聲音也聽不到，什麼東西都看不到了，我已經跌進了水中。

一到了水中，我就掙扎著，使我自己不再下沈，而變得向上浮起來。

我在水中翻滾著，被巨大的力量湧得向前滾了出去，但是我終於冒出了水面，我深深地吸了一口氣。

那實在是極其可怕的經歷，事後，我想起我居然沒有死，可以生還的最大原因，倒並不是那河的河水夠深，而是河水居然十分溫暖。

我在水中翻滾著，好幾次，我試圖接近一些大石，攀住了那些大石，我好爬出水面來，但是我根本無法做到這一點。

河水實在太湍急了，每到我順著水流，向前衝去，自己以爲這一次一定會撞中石塊之際，水流的力量將我衝開去，使我連碰到那些石塊的機會也沒有。

我一直被湍急的水流向前衝著，也不知被衝出了多麼遠，我在湍急的水流中，已經盡可能節省體力的了，但是我還是快要筋疲力盡了。我勉力支撐著，使盡了全身每一分氣力，我知道，只要能支撐得到河水流出這個峽谷，水流就會緩慢下來，我也就有希望了。

終於，水流兩旁的高山消失了！

自然，那絕不是說，河流已到了平原上，而是山勢不再那麼險峻了，被聚在峽谷中的河水，向四面八方奔流著，散了開來，形成數十道小溪，非但不急了，而且也變得淺了許多。

我在水中打了幾個滾，被衝進了一道溪水之中，掙扎著站了起來。

河水在一衝出峽谷之後，就變得冷不可當，當我站起來之後，寒冷的感覺更甚，像是有千百枚利針，一起在刺砸身子一樣，我的雙腿發著軟，水雖然是只到我的腰際，但是我還是一站起來就跌倒，接連跌倒了好幾次，才來到了溪邊。

我伏在溪邊上，雙腳仍然浸在冰冷的水中，溪岸的石上積著雪，我身上的衣服變得硬了，它們已結了冰，那種致命的疲乏和寒冷，實在使人消失了生的意志，覺得就此死去，讓痛苦隨著生命的消失一起消失，也是一件很值得的事。

我勉力抬起頭來，如果不是在那時，我看到在一塊岩石，近溪水的部份，生長著一大片苔蘚的話，我真可能就此流進溪水中淹死算了。

那片苔蘚生得很繁茂，平時看了，自然不會有什麼印象，但是在如今那樣的情形下，這一片綠得發黑的低等植物，卻給人以生的鼓舞。

我掙扎著站了起來，腳高腳低的向前走著，身上結了冰的衣服，發出「卡卡」的聲響來。我已記不清我是如何走進那個山洞的了，我可能是滾進去的。在山洞口，有一叢灌木，那叢灌木可以供我生火取暖，然而，我何來的火種？

在滾進了山洞之後，至少，砭骨的寒風，已不會再吹襲我了，我鼓起最後的一分氣力，跳著，跑著，而且脫下了我身上的衣服，然後，我再抓了兩把雪，在我的身上，用力擦著，直到皮膚擦成了紅色。

那樣一來，我的精神居然恢復了不少，同時，我一直將那包浸濕了的火柴夾在脅下，然後，又將半乾不濕的火柴頭，細心地放在手中轉動著，那樣，會使濕的火柴頭快一些乾燥。

我將洞口乾枯的灌木枝，盡可能地搬進山洞來，然後，小心地企圖將它們點燃。

在我的手幾乎已凍得僵硬的時候，我才燃著了一支火柴。在我一生之中，也可以說經歷過許多風險的了，但是我也決想不到，一支火柴和一個人的生命，在某種情形之下，會發生那麼密切的關係。

我的手在劇烈發著抖，火柴升起微弱的火頭，是死是生，全要看這一支火柴，能否點燃這一堆枯枝了。

抖動的手，終於使枯枝燃燒了起來，一股暖意，流遍全身，我也變得更有勁起來，又搬了更多的枯枝進來，在熊熊的火頭之旁，發出如同原始人一樣的呼叫聲來。

我焙乾了衣服，我從來未曾想到，穿起了乾的衣服，竟是那樣令人舒服，而在感到了舒服之後，我真正挪動一下身體的力道都沒有了，我就在火堆邊倒了下來，而且立即睡著了。

我不知睡了多久，我是被寒冷和如同猛虎吼叫似的聲音弄醒的，我醒了之後，翻了一個身，身子縮成一團，又睡了極短的時間。

但是由於風聲實在太驚人了，我不得不彎起身來，向洞口望去。

當我看清了洞口的情形時，我不禁呆了半晌，我的運氣實在太壞了，我看到大片大片的雪花，隨著旋風，捲進山洞來。

在半個山洞中，已積了有極厚的雪，在那樣壞的天氣之中，我可能寸步難行。

雖然，我如今勉強還可以在山洞中棲身，沒有枯枝可以供我取暖，我也沒有糧食，壞天氣不知要持續多久，看來我是死路一條了。

我冒著風雪，衝到了洞口，在洞口呆了片刻，又退了回來。

如果不是我眼前的處境如此糟糕的話，那麼，我這時在眼前看到的景色，可以說是在地球上能夠看到的最壯麗的景色了。

眼前白茫茫一片，遠處的山頭，根本完全看不見了，而近處的山頭在大片大片狂舞著，向下降落來的雪花之中，就像是幻影一樣，只存在於虛無縹緲的境地之中。旋風不時將地上的積雪捲起來，和天上飄落下來的雪花相撞擊，然後又散開來，飄舞著。

我站了大約一分鐘，在我的衣服上，已經積下了不少雪花，我退回洞中之後，不由自主地向我的那雙鞋子看了一眼，然後苦笑起來。

人餓急了可以吃皮鞋，但是我的攀山釘鞋，可供吃的部份，卻實在太少了，那我該怎麼辦呢？

如果我在這個山洞中不出去，只是枯守著，可能守到天色轉晴，但到那時，我已經可能餓得連舉步走出山洞的氣力都沒有了。

那樣的話，我還不如現在就出去冒冒險了！

我深深地吸了一口氣，將剩餘的小半盒火柴，小心藏了起來。我沒有任何食物，只好抓了幾把雪，在口中胡亂嚼著，吞了下去。

第六部：變成了妖怪

然後，我翻起衣領，冒著旋風，向外衝了出去。

當時，我就像是在進行一場賭博。我根本無法知道我會輸或者會贏，而當我走出了數十步之後，我又聽到了一陣隆隆的聲響。

我轉頭看去，看到大堆大堆的雪，自山坡上滾下來，那又是極其壯觀的奇景，但是我並沒有多佇足，我不斷地向前走著。

在那樣的情形下，我全然無法辨別前進的方向，我只能順著風勢走著，而風勢是在不斷變幻著的，是以不必多久，連我自己也不知身在何處了。

風勢似乎越來越猛，雪也越來越大，我實在無法再向前走了，但還是勉力支撐著，最後，我從一個斜度很大的山坡上，直滾了下去。

滾到了那山坡下，我喘了一口氣，那裏有一塊很大的、直立的石頭擋著，風不是那麼猛烈，我勉力自雪堆中翻起身來，倚在大石坐著。

當我坐定了之後，我看到就在我身邊不遠處，有兩團積雪，竟然在緩緩地抖動著。

我揉了揉眼，手背上的雪花，揉進了眼中，使我的眼睛發出了一陣劇痛來。當我再定睛向前看去時，我肯定我未曾看錯，有兩團積雪在動。

我的第一個念頭是：那可能是雪下有著兩個小動物，如果是的話，那我就獲救了，我高興得幾乎大聲叫了起來，我忙向前撲去，先將那兩團雪球，壓在身下，那兩團雪球並沒有發出什麼掙扎。

然後，我迅速地扒開雪，我首先看到兩對眼睛，那兩對眼睛，在一大團灰色茸毛之中，一看到了那兩對眼睛，我就陡地一呆。

因爲，那無論如何，不是野獸的眼睛。

我連忙翻起身來，將雪迅速扒開，我看到兩個十歲左右的孩子，掙扎著爬起身來，他們站起之後又跌倒，倒在雪地之後，再也沒有力量站起身來了，只是睜著他們烏溜溜的眼珠望著我。

這兩個可憐的孩子，一定是又凍又餓了。在那剎間，我似乎忘了自己，也是又凍又餓，就在死亡的邊緣了，我連忙將他們扶了起來。

他們的身上，都穿著獸皮衣服，戴著狐皮帽子，他們的手，凍得又紅又腫，我將他們扶了起來之後，已可以肯定他們一定是康巴族人的孩子。

我大聲問他們：「你們是怎麼一回事？」

那兩個孩子困難地搖著頭，看來他們已經衰弱得連說話的氣力也沒有了。

在如今那樣的情形下，體力的過度消失，是一件最最危險的事了。

我握住了他們的手臂，大聲道：「我們不能耽在這裏，我們一定要走，你們一定要跟著我走，明白麼？」

那兩個孩子總算聽明白了我的話，他們點著頭，我拖著他們，向前走去，在開始的時候，他們根本不能走，只是我拖著他們在雪地上滑過。

我自己已經是飢寒交迫，還要拖著兩個孩子向前走。那種疲乏和痛苦，實在令得我身內的每一根骨頭，像是都要斷裂一樣。

我好幾次想將那兩個孩子放棄算了！

但是，當我每一次有那樣的念頭時，我轉過頭去看他們，都看到他們也在竭力掙扎著，是以又使我打消了放棄他們的念頭。

這兩個孩子在開始的時候，甚至連走動的能力都沒有，那一定是他們在雪地中停留得太久，全身都凍得發僵了的緣故。

他們的年紀實在太小，小得還不明白如何在雪地中求生存的最重要的一點，那就是不論你多麼疲乏，都要維持身體的活動，走也好，爬也好，總之要動，當你一停下來的時候，死神就開始來和你會晤了。

當我拖著這兩個孩子前進的時候，他們自己也在竭力掙扎著，是以，他們的活動能力，也在逐漸恢復著，漸漸地，他們已可以自己走動了。而當我們在經過了一個山口的時候，淩厲的風，夾著雪片，向我們吹襲了過來，令得我們三個人，都不由自主，在雪地中打著滾。

我掙扎著站了起來，急於避開那山口的強風。

那兩個孩子，拉住了我的手，反要拖我向那山口走下去。

在那樣的風雪之中。我們是根本無法講話的，我只好搖著頭，同時伸手向前面指著，表示我們要繼續向前去，至少，要避開這個風口。

可是那兩個孩子卻十分固執，他們一定要向那山口走去，我心中惱怒起來，掙脫了他們的手，自顧自向前走去，他們卻又追了上來。

他們追著我，滾跌在地，我要十分艱難地才能轉過身，將他們扶了起來，當我扶起他們的時候，那兩個孩子向我大聲叫道：「向那裏去，那裏有庫庫！」

我大聲問道：「有什麼？」

「有庫庫！」他們回答著。

我呆了一呆，我不知道「庫庫」是什麼，他們指的，正是那個山口，從山口中捲出來的風，是如此強烈。我們如果要逆風走進山口去。幾乎是不可能的事。

但是，那兩個孩子在掙扎著站了起來之後，還是硬要拉著我向山口走去。

我暗嘆了一聲，雖然我不知道他們兩人口中的「庫庫」，究竟是什麼玩意兒，但是我卻也可以知道，他們那麼強烈地要求走進山口去，一定是有原因的。

這兩個孩子，當然不可能是外地來的，他們毫無疑問是康巴人的孩子。

那也就是說，他們雖然是孩子，但是他們對當地地形的瞭解，一定還在我之上，那叫作「庫庫」的地方，可能對我們目前的處境，有所幫助。

是以我點了點頭，和他們一起向那山口走去。

剛才，我們在經過那個山口之際，是被從兩面峭壁夾著的強風，吹得滾跌出來的，這時，逆著風，俯著身，硬要走進那山口去，那種痛苦的經歷，怕只有長江上游的縴夫，才能夠領會得到。

我們的身子，幾乎彎得貼了地，我們被凍得麻木的手指，在雪中探索著，抓緊一切可供抓緊的東西，然後，我們一寸寸地前進著。

而我們又不能將我們的身子，彎得太久，因爲雪片捲過來，會將我們蓋住，如果我們的身子彎得太久了，在我們的面前，便會堆起一大堆雪來！

我也完全無法知道我們究竟化了多少時間，在那樣的情形下，也根本想不到旁的事，只是拚命地，用盡了體內的每一分精力，和風雪搏鬥著。

我們好不容易掙扎到了山邊，在到了山邊之後，情形就好了許多。

我們可以抓住岩石的嶙角來穩住身形，不致被強風吹得身子打轉。

在我們又走出了一百多步之後，那兩個孩子，本來是一直抓住了我的衣服的，這時，他們突然鬆開了手，向一個很狹窄的山縫爬去。

我跟在他們的後面，一起擠進了那山縫。

才一擠進那個狹窄的山縫，我就覺得那兩個孩子，確然是有道理的了。因爲我聽得出縫的那一邊，傳來一陣「轟轟」的聲響，那是空氣急速流通所造成的回音。有這樣的回音，那就表示，在那石縫裏面，有一個體積相當大的山洞。

我們三個人一起向前擠著，山縫中，風已沒有那麼大，只不過卻冷得令人發顫，那兩個孩子用發顫的聲音叫道：「我們找到庫庫了！」

我正想問他們，什麼叫作「庫庫」，但是我還沒有問出口，我便已經知道，「庫庫」究竟是什麼了！

我們已擠出了石縫，在我面前的，是一個相當大的山洞，那山洞中，堆著許多東西，有一張一張的獸皮，有乾柴枝，還有吊在洞頂上，一隻又一隻被風乾了的野獸。我明白了，「庫庫」是一個補給站的意思，那兩個孩子知道這些食物，有可能使我們生存下去的一切！

當我看到了這一切的時候，我心中的快樂，實在是難以言喻的，我也像是一個小孩子一樣，和他們拉著手，跳著、唱著，不斷在山洞中打著轉。

那只是一個山洞，但是在我的眼光中看來，這個山洞，卻是真正的仙境了。

我很快就用火石打著了火，燃起了火堆來，然後，我們將一隻可能是獐子的獸體，放在火上烤著。當肉香四溢之際，我們爭著啃著那種堅硬的獸肉，讓汁水順著我們的口角流下來。

山洞中食物儲藏之豐富，足可以供我們兩個小孩、一個成人過上一年！

而我們自然不必在山洞中住上一年之久，暴風雪至多十天八天，就會過去，在暴風雪過去之後，我們就可以走出去了。

我在雪地中救了這兩個孩子，這兩個孩子又救了我！

這兩個孩子一定太疲倦了，當他們的口中，還塞滿著獸肉的時候，就已經睡著了。

我攤開了幾張獸皮，將他們抱到了獸皮之上，讓他們沈睡，然後，又在火堆上添上了不少枯枝，我也倒在獸皮上睡著了。

這大概是我有生以來，睡得最甜蜜的一覺，當我感到寒冷時，我知道那是火堆熄滅了，但是我卻仍然不願意醒過來，我將獸皮緊緊裹住身子，翻了一個身，又沈沈地睡了過去。

不知道睡了多久，我才醒來，火堆早已成了一堆白色的灰燼了，那兩個孩子還在睡，我又燃起了火堆，然後，叫醒了那兩個孩子。

他們揉著眼，站了起來，我裹著獸皮，擠到了那山縫口，兜了一大堆雪回來，我們嚼著雪，啃著獸肉，在山洞中一連躲了四天。

到第五天，我們睡醒的時候，陽光映著積雪，反射進山洞來，使得山洞中格外明亮，暴風雪已經過去了。那兩個孩子歡呼著，擠出山縫去。

我也跟了出去，我跟在他們後面，他們顯然對這一帶的地形很熟悉，毫不猶豫地向前走著，而在走出了兩三里之後，我也認識路徑了。

那正是我第一次被康巴人圍住，作爲俘虜，帶往他們營地的地方！

我自然知道，再向前去，就是晉美那一族人的營地，我想，我沒有必要再向前去了。

正當我打算叫住在前面奔跑的那兩個孩子，向他們話別之際，一隊康巴人已飛也似奔了過來，迅速地向我接近，而且，我也看出，帶頭的那個，正是晉美。

那兩個孩子，已奔進了那一隊康巴人之中，他們發出驚天動地的歡呼聲，兩個男人，將孩子抱了起來，孩子轉過身來，向我指著。

晉美也已帶著十來個人，向我奔了過來。

當那些人來到了我的面前之際，他們臉上的神情，像是看到了一具復活的僵屍一樣地古怪！

我向晉美揮了揮手，道：「真巧，我們又見面了！」

晉美絕對是一個勇士，可是他在聽了我的話之後，也足足呆了半晌，才道：「你，你不是從石樑上面，跌了下去麼？」

「是的！」我回答：「我會游水，所以僥倖得很，算是天神護佑吧，我沒有死。」

那時，那兩個孩子，已將其餘的人，引到了我的身前，兩個康巴人神情激動地對晉美道：

「是他在雪地中救了我們族中的兩個孩子！」

晉美立時以一種異樣的眼光望著我。

他的那種眼光之中，是充滿了感激的神色的。然後，那是突如其來的。他們所有的人，都向我湧了過來，抓住了我，將我向上拋了起來。

我第一次被他們圍住的時候，他們將我當成了敵人，但是這時，他們卻將我當作了恩人。

我被他們拋了又拋，然後，他們又擁著我，來到了他們的營地之中。

雖然我一再聲明，我不能久留，但是，我還是給他們硬留了兩天，臨走的時候，他們給了我很多乾糧，以及在雪地中行走必需的東西。

他們一直送我出來，直到我第一次被他們圍住的地方，他們才和我依依不捨地分了手。

我繼續向前走著，當和他們在一起的時栗，我幾乎已忘記了德拉了。

但是當我又開始一個人前進的時候，我又想起了德拉來，或者說，我又想起了德拉帶我到達的那個仙境來。就算我不是一個貪財的人，但是，那麼多的寶石和鑽石，無論如何，都是令人終身難忘的。我現在所在的地方，離得又不是太遠，我有足夠的糧食，可以支撐我的來回，唯一的麻煩就是神智不正常的德拉，和他那一柄手槍。

我在一面考慮著，我是不是應該回到「仙境」去，一面，我仍然不停地在向前走著。

而我立即發現，我自已的考慮，是多麼可笑，因爲我正是在向著那「仙境」所在的方向走著，在我的潛意識中，我已決定了要回到「仙境」去。

沒有什麼人是可以和他本身潛意識的決定相違抗的，我也不再多作考慮，我向前走去，當天黃昏時分，我已經來到了那個奇異的山洞中。

我在山洞中休息了一回，因爲我不知道德拉現在怎麼樣了。

德拉可能變得更瘋狂，他說不定一看到我，就會開槍射擊。我決定不能貿貿然就出現在他的面前。

所以，我決定等到天色完全黑了，才穿過山洞去，看看他是不是還在，我離開他已有七八天了，在這七八天中，他也有可能已離開了仙境。

我這時的想法是：德拉所說的一切，全是不可靠的，他在看到了那麼多的黃金寶石之後，就將我趕走，好獨吞仙境中的一切，我想他或者會在我之後，帶著他盡可能帶走的寶貝，離開了仙境。

想到這裏，我不禁苦笑了一下，因爲如果是這樣的話，那麼，他也一定遇上了那場暴風雪。

他是不是有運氣避過那場暴風雪呢？

而如果他講的一切都是真的話，那麼他現在當然還在那遍地都是黃金、寶石的仙境之中，而他又沒有糧食，那可能他早已死了。

我在山洞中休息了好一會，直到山洞之中，漸漸變黑了，那些鐘乳石都反射出一種黯淡的、迷人的光輝來，我才慢慢地向山洞的深處走去。

我經過了一段十分陰暗的山縫，當我快走出那條狹窄的山縫時，我的心情不由自主緊張起來。我實在說不上爲什麼會緊張，但在那時，好像已有一種預兆，感到會有一點極其奇怪的事情，將會發生。

我在出口處停了下來，天色已經很黑了，但是在黑暗中看來，仙境更是迷人，各種各樣的寶石，在黑暗之中。閃耀各種不同的光芒。鑽石自然是最易分辨的，東一塊西一塊，閃著高貴的、清冷的光芒的，就是鑽石了。

在仙境之中，黃金等於是泥土一樣，黯然無光，根本不是什麼名貴的東西，連給人一點名貴的感覺也沒有，而黃金事實上，當然是極名貴的東西！

我停了下來之後，四周圍靜到了極點，我甚至可以清晰地聽到我自己的心跳聲。

我的聲音並不是十分高，但是在靜得幾乎沒有任何聲音的情形下，聽來也十分突兀。我叫了一聲，沒有回音，又叫道：「德拉，我回來了！」

當我叫第二聲的時候，我已經不以爲我會得到任何反應，我已料定德拉一定已盡他的可能帶著仙境中的珍寶離開這裏了。

可是，出乎意料之外的，在我第二次出聲之後，我卻聽到了在一塊大石之後，發出了一下極其奇異的聲音來。那聲音很難形容，最確切的形容，那聲音，聽來像是一下驢叫聲。

我呆了一呆，心中陡地升起了一股寒意。

然而，我卻決不是一個膽小的人，既然有了聲響，我就一定要向前去看個究竟的。

我慢慢地向前走去，當我來到了那塊大石，約摸只有二十公尺的時候，我又聽到了接連兩下那樣的「驢叫」聲，令人毛髮直豎。

我不認為那是什麼野獸發出來的聲音，這時我離得那塊大石近了，而且，還接連聽到了兩下那樣的聲響，聽來，好像是一個人在極度痛苦的掙扎之下，所發出來的絕望呻吟聲。

我忙道：「德拉，是你麼？你還在？」

我一面說，一面加快了腳步，可是，當我又向前走出了七八步之際，我陡地站住了。

在那一剎間，我看到在那塊大石之後，搖搖晃晃，站起了一個人來，那人像是喝醉了酒一樣，他站了起來之後，像是站立不穩，身子向大石靠了一靠，又倒了下去，接著，又站了起來。

從那人站起來的身形高度來看，他正是德拉。

而且，從他的情形來看，他也毫無疑問，是在極度的痛苦之中。

所以，我只是略停了一停，便立時向前，奔了過去，我是想去將他扶住的。

然而，當我奔到了大石之前，伸出手去，要去扶他的時候，這一次，我卻真正呆住了，我忽然之間，僵立在那裏，在我的喉際，發出了可怕的聲音來，我實在是僵住了，在那剎間，我只覺我自己的頭皮在牽動，在發麻！

天雖然已經黑了，但是，有一些星月微光，映著四面山峰上的積雪，以及地上各種寶石的光芒，眼前的光芒，也相當柔和。

在那樣的情形下。我完全可以看清眼前的情形，而且，我和那東西，是隔得如此之近，只不過隔了一塊大石。而且，我的雙手還向前伸著，我的手指，離那東西，只不過幾寸！

我只說「那東西」，而不說德拉，實在是因爲在石後搖晃不定站著的，並不是德拉。那非但不是德拉，甚至不是一個人，我不知道那是什麼，所以只好稱之爲「那東西」。

它是略具人形的，可以說有一個頭，在那「頭」上，全是一個又一個透明錚亮大水泡。在那些大水泡之中，似乎還有許多液體在流動著，在那「頭」上，根本沒有五官。

那東西也不像有「手」，它的身體，好像是軟性的，可塑的東西一樣。

怪物那樣搖搖晃晃地站著，當我看清了它的情形之後，我怎能不駭然欲絕？

我想縮回我的雙手來，但是我實在太駭然了，我絕料不到，我會看到這樣一個怪物，是以我根本連縮回手來的力道也沒有。

我就和那東西，那樣對峙著，直到那東西的身子，突然向前俯來，像是想將它那滿是水泡的頭，放在我的手上之際，我方怪叫了一聲，向後退去。

我實在退得太倉卒了，是以才退出了兩步，我便被一大塊黃金，絆跌在地上。而當我跌在地上之後，大塊的鑽石和寶石，令得我全身發痛，鑽石和寶石，居然也有那麼討厭的地方，是我再也想不到的。

我在跌倒在地之後，看到那怪物像是忽然發起怒來，它發出了接連幾下可怕的聲音，接著，它突然向前衝了過來。

在它的前面，是有著一塊大石的，那大石至少有幾噸重，可是當他向前發力衝來之際，那塊大石，卻突然翻跌了下來。

當那塊大石翻跌下來之後，我看到了那怪物的全身，它居然有兩隻腳，而且，它的兩隻腳上，還穿著和我一樣的登山鞋。

它在慢慢地向我走來，我在那一剎間，完全明白了，不是什麼怪物，它就是德拉！

德拉變成了怪物！

在那剎那間，我不知想到了多少事，我想到，德拉所說的一切，全是真的。

黛變成了怪物，力大無窮的怪物，是以土王下令，將她射死，而現在，德拉也變成了怪物！

而德拉和黛，之所以全會變成怪物，都是因為他們曾接觸過那堆醜陋的、漆黑的東西之故！

當我想到這一切的時候，我仍然倒在地上，而那怪物，卻在漸漸向我移近。我又發出了一下怪叫聲，又向旁滾了開去，在我向旁滾開去的時候，地上那些可惡的寶石和鑽石，壓迫著我的肌肉，輾磨著我的骨頭，使我的全身，都痛得難以言喻。

我滾了幾滾之後，跳了起來，向外奔去。

那怪物像是十分憤怒，他不斷發出那種可怕的聲音來，尚幸他移動的速度十分慢，是以它追不上我，當我來到了那個深坑的旁邊時，我略停了一停。

那時，已經有足夠的時間，讓我鎮定下來了，我大聲道：「德拉，你能說話麼？」

可憐的德拉，他已不能說話了！

他不斷地發出那種驢叫也似的聲音來，向我逼近，我只得沿著深坑，不住後退。

那怪物（德拉）竭力地在前進，也已逼到了坑邊，他移動得十分困難，他那時的情形，就像是一大堆受熱要溶化的橡皮一樣，每向前走出一步，身子會矮上許多，然後，在又向前走來之際，身子又挺高起來，那情景實在是詭異到了極點。

我沿著那坑邊上，向後退著，一直退出了十來步，看來那怪物（德拉）已沒有那麼容易追上我了，我才大聲道：「德拉，你怎麼變成了那樣子。你還能說話麼？」

我由於心中十分驚恐，是以我的聲音，也變得異常地尖銳。

我希望德拉雖然變了形，但是還可以說話，那麼我就可以知道在他的身上究竟發生什麼事了！

但是，德拉顯然不能說話了，在他滿是大大小小水泡的頭部，發出了尖銳的，如同驢子受鞭打時發出的嗚叫一樣的聲音來。

從他突如其來，不斷地發出那種聲音這一點，我倒可以知道，他可以聽到我的話。

我的希望又增加了一些，我忙道：「如果你還可以聽到我的話，那麼，你別逼近我，你要知道，你……你現在的樣子很可怕。」

我的請求生效了，德拉果然停了下來。

當他停了下來之後。我至少又明白了一點，他的樣子，固然可怕到了極點，但是他對我，卻不是有惡意的，他的身子拚命在左右搖擺著。

看他的樣子，像是他的雙臂被繩索捆綁著，而他則在掙扎著將雙臂掙脫一樣。

但是事實上，他根本已沒有了手臂，或者說，他的手臂，已經溶化，和他的身子，黏在一起了，就像它是一個橡皮人，因爲受熱而橡皮開始溶化一樣。

他的身子劇烈地搖擺著，眼看他要站不穩了，而他卻就站在坑邊！

我忙道：「德拉，小心掉下去！」

可是，當我出聲提醒他的時候，卻已經遲了，他的身子向下一倒，向那坑中，掉了下去。

他掉下去時的情形，極其奇特，他的身子先向旁彎了下去，成了一個弓形，然後，跌了下去。

我陡地一呆，聽到了「砰」地一聲響，我連忙向那深坑底下望去。

那深坑的底下，全是黃金，黃金在月光之下，閃耀著一種奇異的光彩，德拉就跌在黃金之上，他伏著，一動也不動。

我自然想知道德拉是不是跌死了，但是我卻也沒有勇氣攀坑下去，看個究竟。

我站在坑邊上，在那剎間，我的心中，實在亂到了極點，因爲我根本無法想像，這一切究竟是如何發生的，如果說，德拉只不過是因爲曾撫摸過那黑褐色的、石塊一樣的東西，身體就會起變化，那麼……

我的身子，多少有點僵硬，我慢慢轉過身，向那堆東西看去。

在那麼多的黃金、鑽石和寶石之中，那堆東西，看來的確是極其醜惡的。它像是一堆古怪嶙峋的石塊，但是它何以會蘊有那麼大的力量？

我再回頭來，德拉仍然伏在在坑底下不動，我慢慢向那堆東西走去。但是來到了那堆東西，還有五六步的時候，我卻停了下來。

老實說，如果一碰到那堆東西，就會立即死亡的話，或者我還會冒著死亡的危險去試一下。我和德拉到這種地方來，本來就是一種冒死的行動！

但是，碰到了那東西，卻不是死亡，而是會變成那麼可怕的怪物，那實在使人不寒而慄，再也不敢接近那東西半步。

我又呆立好久，才慢慢向後退來。

那時，我的心中，實在是亂到了極點，照說，現在德拉多半已經跌死了，世界上只有我一個人，知道有這個充滿了寶石的仙境的存在，我可以盡我的力量，將最好的鑽石和寶石帶走。

我不必另外用什麼裝載的工具，只要將我的口袋塞滿就行了，那樣，當我回到文明世界的時候，我就是一等一的巨富了。但是當時，我卻一點也沒有想到那樣做。

寶石的光芒，固然極其誘人，但是生命的秘奧，卻更加誘人，我一面在慢慢向後退著，一面不斷在想只是：為什麼德拉會變成了怪物！

德拉變成了怪物，照德拉所說，他的妻子黛也變成了怪物，而且，在變成了怪物之後，力大無窮，這一點，德拉和黛，顯然也是一樣的！

因為德拉曾推倒了一塊大石，那塊大石，至少有好幾噸重！

我一想到這裏，又向那塊大石看去，我立時看到，在大石的旁邊，有一本簿子，那是一本小小的記事簿，在那本簿子旁邊，還有著一枝筆。

我的心中，陡地一動，連忙向前走去，來到了那本簿子之旁，我又呆立了一會，然後才俯身將那本簿子，拾了起來，我在那塊大石上坐了下來，打開了簿子來。

簿子上的字寫得很大，有時一頁上，只寫了兩三個字，而且寫得很潦草。我仔細地看著，一頁又一頁地翻過去，我化了大約一小時，才看完了簿中記載著的一切，然後，我又坐在石上發怔。

簿子中寫的，全是在我離開之後的情形，德拉將他這些日子中的變化，全記了下來。德拉的記載很簡單，而且到後來，有些字跡，簡直是無法辨認的。但是我還是弄清楚了大致的情形。我從簿子中的記載，知道德拉自己也知道自己的身體，在發生著可怕的變化。

在開始的幾天，他只是昏眩，然後，就全身發熱，接著，他形容自己的情形是「溶化」了。

對於他使用的這個字眼，我也有同感，因爲我確實感到他的身子，是在「溶化」之中。德拉自然無法看到他自己頭部所發生的變化，因爲他沒有鏡子，他只是知道他的身子發生了變化，而在他的記載中，他又一再強調，他的身子所起的變化，是和他妻子黛一樣的。

他這樣記述著：「我漸漸變得可怕了。但是我也變得和黛一樣了。」

我看完了他簿子中的記載，腦中更是紊亂，我又呆了片刻，才再到那坑邊，向下看了一下。

德拉仍然伏在坑底的黃金之上，和他剛才跌下去的情形一樣，他顯然已經死了！

當我又看到了那種可怖的情形之後，我的全身，突然起了一陣難以形容的戰慄感，我突然疾奔了出去。

我擠進了那石縫，在石縫中拚命擠著，也顧不得尖銳的石角，擦得我發痛。

我回到了那奇妙的山洞之中，而且，我也不在那山洞中久留，我帶了我留在山洞中的東西，又急急爬出了山洞，在雪地中間向前奔著。

在雪地中奔出了很遠，才摔倒在雪地上，我在積雪中打了幾個滾，才撐著身子，在雪地上坐了起來。

我在不住地喘著氣，連我自己也不明白，我這時候，那樣急速地喘著氣，是因爲剛才我不停地在雪地上疾奔，還是因爲我心頭的害怕。

也直到這時候，我才想到，我離開了那「仙境」，什麼也沒有帶出來。

我苦笑了一下，我之所以會苦笑，是因爲我已根本沒有再回到那「仙境」的打算。雖然我離那「仙境」如此之近，而且，在那裏有著那麼多令人著迷的寶石，但是我卻再也不回去了！

我很少在心中，產生過那樣的恐懼感，然而，在看了德拉記載在那簿子上的經過之後，恐懼卻已深深地盤踞在我的心中。

我沒有勇氣再多看一眼德拉那種可怕的情形！

我休息了片刻，又繼續向前走著，我並不後悔我未曾從仙境中帶出任何東西來，我只是不斷地在對自己說：希望我不要變成怪物，千萬不要。或許是由於心頭的恐懼，也或許是由於我急急在趕著路，我身上不斷地在出著汗，那使我有一種發黏的感覺。

我有了那種發黏的感覺時，我吃驚地大叫了起來，直到我將手放在眼前，清清楚楚看到了我的五隻手指，仍然分開著，而不是黏在一起了，我才停止了叫聲。

我抓了一把雪，在臉上擦著，那樣，可以使得我略爲清醒些。

我好像覺得我自己有點頭昏，而感到昏眩，那正是發生變化前的一種感覺，那又令得我悲哀地在雪地中坐了下來，全身發顫。

我坐了很久，才又起來趕路，一直到天明，我才發現，我感到頭昏，可能是因爲我太疲倦了，但是我又不想休息。我繼續向前走著。

我在山中，足足走了三天，才來到了一個村子之中，那裏，已是遮龐士王以前的屬地了。村中的人，借給我一頭瘦象，我騎在象背上，繼續趕路，從那一刻起，我才感到自己又回到了人世間，我又看到了人，而且，那些人看到了我並不吃驚，可見我沒有起變化。

然而，當我第一次有機會照鏡子的時候，我還是拿著鏡子，仔細地端詳著自己的臉。

第七部：強力的輻射力量

謝天謝地，我除了神情顯得極度憔悴之外，並沒有什麼特別的變化，我用力按著自己的皮膚，也不見得有什麼異狀。

直到這時，我才完全放下心。我在到達第一個市鎮之後，便立即找了一輛汽車，趕到最近的機場，然後，我搭飛機到了加爾各答。

我自然必須休息一下，所以我一下飛機，就到了當地的一個第一流的大酒店。印度是世界上貧富最極端的地方，窮的人，那種窮法，無法想像，而富有的人，那種窮奢極侈的享受，也是難以想像的。

在第一流的大酒店中。可以得到世界上最好的享受，我進了房間之後，先舒舒服服地洗了一個澡，然後，提起那套在雪地中打過滾，在湍流中浸過水的衣服，準備將它拋去。

但是，就在我提起衣服來的時候，「拍」地一聲，自褲腳的摺中，跌下了一塊寶石來。

那是一塊綠寶石，大約有大拇指大小，呈斜方的菱形結晶，在燈光之下，它發出那樣動人的光彩，以至在它周圍的，乳白色的地毯，也呈現出一片迷人的翠綠來。

它可以說是完美無疵的，當我將它湊近眼前的時候，透過它看出去，所有的一切，全是深碧色的，像是在一個夢境中一樣。

我呆了半晌，這顆綠寶石，自然是我從那「仙境」之中，無意中帶出來的。

這顆綠寶石，在那個仙境之中，可能絕不起眼。但是現在拈著它，我的手也不禁在微微發抖。

我呆了好久，才將它放進了衣袋之中，又呆坐了一會，然後，才吩咐侍者，送來了豐富的一餐，當侍者在收拾食具時，我向他要了一個市內最高貴的珠寶石店的地址。

當然，那毫無疑問，是一顆綠寶石。

我繼而一想，對於那麼多的寶石和鑽石，集中在一個地方，這件事，如何才能解釋呢？所以，我想將這顆綠寶石，交給有資格的珠寶商，去檢定一下。

當我走出酒店的時候，正是天色將黑的時分，酒店門口的街車，將我直送到了珠寶店的門口，我推門走進那珠寶店去。

那的確是一間第一流的珠寶店。

我才一推門進去，就有一個穿著印度傳統服裝的美女，向我笑殷殷地走了過來。

接著，便是一個中年人，向我十分有禮貌地鞠躬，我向店堂中看了一下，有幾個店員，正在對著幾個貴婦，展示著一盤鑽石。

我向那中年男人道：「我有一塊綠寶石，我想將它割成四塊，不知道你們是不是做得到？」

那中年人滿面堆笑，道：「可以，當然可以！」

他將我帶到一組沙發之前，和我相對，坐了下來，我將那顆綠寶石，自袋中取了出來，托在手上，在那剎間，我看到那中年人陡地吃了一驚！

別說那中年人吃了一驚，連我自己，也陡地一怔，因爲我攤開著手，將那顆綠寶石托在掌心，我的掌心，有一大半也成了碧綠色！

那中年人甚至還發出了一下低呼聲，他怔怔地望定了我的手心。

而他的低呼聲，也吸引了旁人的注意，一時之間，幾乎所有的店員，都將他們的視線，集中到我的手上來，那種情形，使我略感不安。

店堂中本來就很靜，等到每一個人的視線，都集中在我的手上之後，更是靜得出奇，那兩個正在選購鑽石的婦人最先出聲，她們用一種驚嘆的聲調低呼道：「啊，多麼美麗的寶石！」

坐在我對面的那中年人，手在發著抖，他一面伸出手來，一面望著我，道：「我……我可以看看它？」

他在我的掌心中，將那顆綠寶石取了過去，在他握住了那顆綠寶石之後，他的手，抖得更劇烈，以致他自口袋中取出來的放大鏡，也跌到了地上。

我將放大鏡拾了起來，他向我抱歉地一笑，道：「對不起，我實在太緊張了！」

我道：「我以為貴店是一家大珠寶店。」

他忙道：「是，當然是，我們可以說是亞洲寶石的中心，但是，我也可以說，在這以前，先生，我未曾見過那麼美麗的寶石！」

我感到很高興。

那中年人看來，是一個十分有經驗的珠寶商人，他那樣說，這就証明我從「仙境」中，無意之間帶出來的那塊寶石，的確是一件了不起的東西。

那時，有幾個店員，向我們坐著的地方，圍了過來，可是那中年人卻揮手，令他們走開去。然後，他將那顆綠寶石，放在放大鏡下，轉動著，仔細地觀察著，他看了足足有十分鐘之久！

我幾乎有點不耐煩了，他才站起身來，長長地吁了一口氣，道：「太美麗了，先生，它是完整無疵的，先生，我甚至願意用整家店子，來換你這塊寶石。」

那中年人竟講出了那樣的話來，這不覺令我吃了一驚，我道：「你或許對它的價值，估計錯誤了吧。」

「絕不會！」那中年男人充滿了自信心地說：「而且，你犯了一個錯誤，先生！」

「我犯了一個錯誤？」我有點奇怪。

他拈著那顆綠寶石，送到了我的面前，在我的眼前，立時泛起了一片碧光，我不知道他此舉是什麼用意，是以我只是望定了他。

他道：「你稱它爲什麼？」

我對珠寶的認識，也不算少，這是一顆綠寶石，難道我還會認不出來麼？所以，我立時道：「這自然是一顆綠寶石，不是麼？」

那中年人卻緩緩地搖著頭，他的臉上，現出十分莊嚴的神色來，道：「你錯了，先生，這不是綠寶石，這是一顆鑽石。」

「鑽石？」我幾乎驚叫起來。

「是的，獨一無二的，綠色的鑽石，我敢肯定，世界上僅此一顆，鑽石有粉紅色的，有淺綠色的，也有淺紫色的。但是那樣碧綠的鑽石，世界上僅此一顆！」

我呆了半晌，當我聽得他一再強調「世界上僅此一顆」時，我實在有好笑之感！

這顆綠寶石——就算它是綠色的鑽石吧，在這裏看來，是如此出色，但是在「仙境」中，它如果能引起人家的注意，那才是怪事，在「仙境」，只消你一俯身，隨便在地上抓一把，就可以抓起十塊八塊那樣的寶石來！

當然，我並沒有將這一切講出來，我只是道：「它是一顆鑽石，我倒未曾想到這一點。」

那中年人道：「如果不耽擱你的話，我可以用儀器來証明我的觀察，先生，我用精密儀器來測定它的硬度，測定它的折光率，証明那是一顆鑽石，你有時間麼？」

我忙道：「有，我很希望你能証明這一點。」

同時，我心中的好奇心，也到了極點，那幾乎是不可能的事！

誰都知道鑽石是如何形成的，鑽石浮現在地面上的機會，不是沒有，但是卻極少發生。這顆如果是綠色的鑽石，那麼，在「仙境」中，被我認爲是紅寶石的，可能是紅色的鑽石，那種淡黃色的，就可能是黃色的鑽石，爲什麼會有這麼多鑽石，浮在地面？

我想，爲什麼全世界，單獨在那地方，鑽石會呈現各種各樣的顏色？我心中在疑惑著，那中年人已站了起來，我也跟著站起，那中年人將這顆綠色的鑽石還了給我，道：「請你拿著它，請跟我來。」

當我跟著那中年人，進入一扇有著美麗的浮雕的門時，我仍然感到店中的每一個人，都在望著我，那中年人將我帶進了一間佈置得十分豪華的房間之中，但是我們在那房間中，並沒有停留多久，他又推開了一扇門，道：「請進來。」

我又從那扇門中走了進去，我看到，那是一間較小的房間，在那房間申，有著一張長案，壁間和桌上，是許多儀器。那中年人道：「我們通常，都在這裏檢定各種鑽石、寶石的品質，全世界只有三家店子有我們這樣的設備，另外兩家，在荷蘭的阿姆斯特丹。」

我點頭道：「我知道，那是世界鑽石買賣的中心。」

那中年人向我伸出手來，我將那顆綠色的鑽石，交到了他的手中。

他開始利用各種儀器，來測定我這塊鑽石。他工作了足足半小時，不斷地記錄著測定的結果。最後，他抬起頭來，在他的額上，滿布著汗珠，他呼了一口氣，道：「先生，已經毫無疑問了。」

他撕下一張紙，遞到了我的面前。

那張紙上，記錄著他測定的結果，我只看了看他記錄下來的硬度和折光率，便也可以肯定，那是鑽石。除了鑽石之外，世上決不會有同樣的礦物，具有這一切優點！

我抬起頭來，道：「看來你的觀察是正確的。」

那中年人一面抹著汗，一面道：「當然是，如果你知道了這是什麼，還想將它割切開來的話，那麼，這可以說是最愚蠢的決定了！」

他的神情多少有點激動，我來回走了幾步，在一張椅子上，坐了下來，道：「那麼，你以為它究竟價值多少？」

「那是無可估計的，因為世界上只有獨一無二的一顆，它如果放在國際珠寶市場上拍賣，所得的價錢，是無可估計的。」

那中年人說著，直來到了我的面前，盯著我，道：「恕我問你一個問題。」

我點頭道：「請說？」

他一字一頓地道：「你是從哪裡得到這鑽石的？」

我攤了攤手，道：「一個很偶然的機會，我不妨老實告訴你，我是拾到的。」

那中年人雙手互握著，他一定握得十分用力，因爲如果不是那樣，他的手指骨節，便不會發出「拍拍」的聲響來，他道：「拾到的？你運氣實在太好了！」

我道：「以你閣下對鑽石的認識而論，你能說出爲什麼鑽石有綠色的麼？」

那中年人在我的對面坐了下來，他皺著眉，道：「鑽石變色的原因很多，真正的原因，到現在還找不出來，但有一點倒是可以肯定的，那就是和強烈的輻射有關！」

我用心地聽著，突然之間，我的身子震動了一下，強烈的輻射！

我想起了德拉！

德拉在臨死之際，變得那麼恐怖，當時，我看到德拉的那種情形，就有一個模糊的聯想，可是那時，我心中實在太慌亂了，根本不及去細想一下。

直到此際，我聽得那中年人提起了「強烈的輻射」，我才陡地想了起來，我在看到了德拉之後，所聯想到的是什麼了！

我那時，聯想到的，是廣島在經過了原子彈轟炸之後，僥倖生存的一些人，因爲受了嚴重的輻射灼傷之後，所變成的可怖的形狀！

那些人並沒有立時死去，但是他們也沒有活了多久，而且可以說，他們是受盡了痛苦而死的。由於嚴重的輻射傷害，他們的皮膚和肌肉組織，起了根本的變化，形成了可怕的潰傷。

我自然沒有親眼看到過那樣的傷害，但是卻看到過很多那樣傷者的照片。那些照片，展示著核子武器是何等的醜惡和可怖，控訴著人類文化的畸形發展，反而給人類帶來了多麼大的禍害，使人印象深刻，永久難忘。

而德拉的情形，正和這些人相仿，或者說，比這些人更嚴重，那麼，他是不是受了嚴重的輻射力量的傷害呢？如果是的話，那麼，毫無疑問，那堆漆黑的東西，一定是輻射性極強烈的東西，是以才會一經過觸摸它，人體的組織就起了變化，變成了「怪物」！

當我想到這一點的時候，我的心中，實在是駭然到了極點！

我雖然未曾碰過那堆東西，但是我卻離得那堆東西很近，那麼，我是不是也沾染了輻射呢？

如果是的話，那麼，縱使暫時，我未曾發生變化，日久總是要發作的。我突然站了起來，那中年人望著我，道：「先生，如果你有意出售這塊鑽石，讓我們合作，我作你經理人！」

我的心中十分亂，是以直到那中年人說了兩遍，我才聽清楚他在講些什麼，我還沒有回答他，他又急急地道：「我並不是想獲得金錢，我只是想到榮譽，先生，這是世上唯一的一顆綠色的鑽石，我希望我自己的名字，能和它聯在一起。」

我望著他，點頭道：「可以的，但是我必須將這顆鑽石，再送去檢驗一下，我的意思，去檢查一下，它是不是含有過量的輻射。」

了。」

「輻射？」那中年人怔了一怔，「鑽石和輻射，又有什麼特別的關係？」

我苦笑了一下，道：「這其間的經過很複雜，我也無法向你詳細說明。我答應你就是了。」

那中年人急急地道：「先生，你住在什麼地方，可以留一個地址給我？」

我已經朝門口走去。那時，我所想的，和他所想的，全然是兩件事。我在想，那綠色的鑽石，是從何而來？爲什麼會有那麼多鑽石出現在那地方，爲什麼那裏會有一堆含有強烈輻射性的東西？

而那中年人在想的，卻只是這顆綠色的鑽石，可以值多少錢，可以替他帶來多大的名氣。

我實在沒有興趣和他說下去，是以我到了門口，就拉開了門，向外走去。直到我走出了一步，我方想起，我應該向他說聲再見。

我轉過身來，看到他正站在辦公桌前，按下了對講機的掣，對講機中傳出一個聲音，道：「有什麼吩咐？」

我就在那時候，道：「再見。」

那中年人的神色，像是十分吃驚，他忙道：「好的，再見！」

我沒有再去留意那中年人在做什麼，因爲我急於離去，我關上了門，獨自走出了店堂，剛才在店堂中選購鑽石的那兩個婦人還在，她們看到了我，向我迎了上來，像是想對我說些什麼。

但是我卻實在不想去理會她們，我急急地走到了門口，推開門，就向外走去。

我一直來到街角口，才停了一停。

那時，我腦中仍然十分紊亂，我不知道我自己是不是受了過量的輻射傷害，我也無法知道，現在在我口袋中的那顆綠色的鑽石，如果我繼續保有它，是不是會造成傷害。

而我必需弄清這一點，也就是說，我必需到一個有可以測量輻射的儀器的地方去。

我現在是在加爾各答，最近的，我最快可以到達的輻射量測定儀，是在什麼地方？他們是不是肯對一個說不出理由來的人，進行試驗？

我停了並沒有多久，便低著頭，匆匆向前走去。由於我的心緒實在太亂了，是以我根本沒有留意到周圍的事，直到我聽到，有一些腳步聲離得我實在太近了而站定身子時，卻已經太遲了！

我的後腦上，受了重重的一擊！

那一擊，令得我的眼前，剎那之間，迸出了無數五顏六色的幻像來，我也看到有兩個人，自我的面前，疾撲了過來。

而幾乎是在我的後腦，受到重重一擊的同時，我的頭已被緊緊箍住。

如果說我在那樣的情形下，還能夠想我是遇到了什麼事，那是不真實的，在那一剎間，我的一切動作，可以說全是下意識的本能。

我的雙臂向後一縮，肘部向後撞去，同時，我雙腳一起向前，踢了出去。

我還可以看到，向我撲來的兩個人，被我踢中了胸口，身子向後倒了下去，而就在那時，我的頭上，又受了第二下重擊。

我覺得天旋地轉起來，但是我還是掙扎著，在掙扎中，我的外衣被撕裂，襯衣也撕破了，我用力掙開了箍住我頸子的那條手臂，再抓住那條手臂，用力將一個人，摔得向前跌了出去。

那被我摔出去的人，好像壓在另外一個人的身上，但是我卻也無暇去察看他們的情形了，我在身上一鬆之後，便立時跌跌撞撞，向前奔著。

我那時的情形，就像是喝了過量的酒一樣，一面在向前奔，一面只覺得天旋地轉，兩旁的房屋，像是隨時隨地可以倒塌，向我壓下來一樣。

我這才發現，我是在一條巷子之中。

我向前奔出了十來步，終於一個踉蹌，向前跌了出去，我的肚子，或者曾被人打了幾拳，所以有要嘔吐的感覺，我伸手扶住了電線桿，低著頭。

就在那時候，「拍」地一聲，那顆綠色的鑽石，跌在地上。

我連忙伸手去拾那塊鑽石，可是我的手卻發著抖，我已經碰到了那塊鑽石，但是我卻無法將它抓住，只是將那顆鑽石，弄得在地上移來移去，突然間，鑽石消失不見了，我的手指，也不見了。

當我一看到我自己的手指不見了時，我陡地嚇了一大跳，登時之間，出了一身冷汗，我還以為，我已步了德拉的後塵，開始變怪物了。

那一陣極度的驚恐，令得我兩番受了重擊的腦子，多少清醒了些，我連忙將手伸到了眼前。可是，當我的手到了眼前，我卻清清楚楚看到，我手上的五隻手指全在，一隻也並沒有少去。

我又將手放到地上，手指又不見了。

直到我的手指再次「不見」，我才定了定神，這才看到，我的手指之所以不見，是因為我的手，伸進了陰溝的鐵柵之中。

那裏，正是一個陰溝的入水處，而我的那顆鑽石，已掉在陰溝中了！

我陡地一呆，掙扎著站了起來，這時，我已聽到我的身後，傳來了喧嘩的人聲，我已經清醒了許多，我知道，我已失去了那顆綠色的鑽石。

而如果我再不走的話，我可能還會惹上許多的麻煩，我已不想追究是誰來襲擊我的了，我連忙向前，疾奔了出去，奔出了那巷子。

我奔過了好幾條街道，才又來到了一條大路上，截住了一輛街車，回到了酒店。

到了酒店之後，我將頭浸在冷水中，當我的頭浸在冷水中的時候，我立時想到了那珠寶公司主人，在我離開時的那種奇異的神情。

我想，那些偷襲我的人，一定就是他派出來的，他看了我那顆綠色的鑽石，又聽說我要離開，就生了歹心，想來奪取我的鑽石了。

我將頭從冷水中抬起來，摸了摸後腦，腫起了兩塊，摸上去很痛。

這樣的兩個腫塊，本來決不是什麼重要的傷害，但是卻使我的心中，極其不舒服，因爲它們使我想起德拉在變了形之後的那些大水泡。

當晚，我倒在床上，幾乎一夜未曾闔眼，第二天一早，我又來到了那珠寶公司的門口，珠寶公司還沒有開門，我竭力記憶我昨天走過的地方，終於，來到了我被襲擊的那條巷子中。

而且，並不用多久，我也找到了那個陰溝口，有一個老年人，正在那電燈桿之旁，懶懶地靠著，我走到了那老年人的身邊，道：「老先生，如果我掉了一個銀元在這陰溝中，可以找得回來麼？」

那老年人望了望我，搖著頭，道：「當然找不回來了，這下水道，是直通到呼格里河去的。」

我呆了一呆，道：「下水道中的水流急到沖走銀元？」

那老年人笑了起來，道：「你自己聽聽。」

我彎下身，側著頭，已經可以聽到，下水道中水流湍息的嘩嘩聲，我不禁苦笑了起來，那顆綠色的鑽石，在隔了一夜之後，自然早被沖到了呼格里河之中，而流過加爾各答市區的呼格里河，河底的污泥之多是出名的，而就算不陷在河底的污泥中，也一定被沖到了恒河，說不定，已經被沖到印度洋去了！

自然，從此以後，再也沒有什麼人找得到它了！

我聳了聳肩，這顆綠色的鑽石，對別人來說，或者是價值連城的東西，但是對我而言，卻實在不算是什麼，因爲我曾到過那仙境，而且，我還記得到仙境去的路途，在仙境中，這樣的鑽石，多得可以用卡車來載送！

我沒有再停留，就回到了酒店中，先訂了機票，蒙著頭，直睡到了天黑，才離開了這個城市，幾天之後，我已經身在美國了。

在那幾天中，我後腦上的傷塊，已漸漸平復，我找到了一個美國從事原子反應研究的朋友，要他替我檢查一下，他雖然奇怪，但還是答應了我。

而在經過了檢查之後，我卻並沒有沾惹到什麼輻射。當天晚上，我和他詳談，我將德拉身體組織起變化的情形告訴他。他聽了之後，「呵呵」大笑道：「你腦子中古靈精怪的東西，什麼時候才想得完？」

我忙道：「那不是我想出來的，是真的。」

那位朋友望了我片刻，直到肯定我不是在開玩笑，他才道：「照你所說的情形看來，那個印度人，倒真是受到了極度的輻射灼傷，但是，直到目前爲止，地球上還沒有什麼物質，能發出那麼大的輻射能量來！」

我聽了他這句話，陡地站了起來。

在那剎間，我的心中陡地一亮，我想到了！

地球上沒有什麼物質能放射如此強的輻射能量，地球上也決不會有綠色的鑽石，更不會有那麼多的純黃金，和暴露在地面上的紅寶石。

那不是地球上的東西！

不是地球上的東西，又怎會在地球上呢？那或者是一顆殞星所造成的。天體中的一顆星，以極高的速度撞向地球，在經過大氣層的時候，一切東西全都摩擦生熱，而成爲氣體，但是堅硬的鑽石、黃金卻保留了下來，那能放出類似輻射能量的物質，也保持了下來。

那不知是什麼時候的事了，可能已有幾萬萬年，但它們卻一直在山谷中，只有三個人到過那裏，而現在，只有我一個人還生存著。

這是唯一的解釋了，那些鑽石、黃金，一定來自太空，決不可能是地球本身的東西。

那位朋友一直望著我，但是我卻已轉變了話題，道：「這裏附近，哪一個海灘的沙最美麗？」

以後，我未曾再隨便向人提起過那個「仙境」，這實在是一件很難做得到的事，因爲「仙境」中的一切，實在太誘惑人了。

可是我發現，每逢當我向人提起這件事的時候，聽到我講述這件事的人，反應不外乎兩種，一種是笑瞇瞇地望著我，道：「你的想像力實在太豐富了！」另一種則興致勃勃地道：「那是真的？如果是真的話，我們爲什麼不去？只要帶一顆綠色的鑽石出來，我們就是巨富了！」

在別人而言，可能很難想得通我爲什麼不再到那仙境去，但是我自己而言，那卻是再也明白不過的事情了，因爲我實在不想再看到德拉那種可怕的樣子。德拉在死了之後，或許繼續再變化，可能會變得更恐怖。

只有一次，一位原子物理專家，在聽了我的敘述之後，道：「你的推測不怎麼可靠，如果強烈的輻射能，根本不需觸摸，就會沾染了！」

我也承認他的話是對的，但是他所說的，是地球上有輻射性的物質，其他天體上的輻射性物質也是如此麼？

那就誰也不知道了！

〈完〉

追龍

序言

這個故事，是所有幻想故事中最奇特的一個，奇特在它雖然看來是一個幻想故事，可是卻再實在也沒有——東方的一個大城市會徹底毀滅，那是「氣數」，沒有任何力量可以挽回。

天知、地知，你知、我知，都知道這個大城市的名字，也知道這個大城市會在什麼時候毀滅。

衛斯理能做的事——孔振泉說他是「吉星」——只是在事前，也就是現在，盡他的一切可能告訴大家：如果有可能，趕快離開這座快毀滅的城市，別存半絲半毫倖念，趕快，盡一切可能！

大災劫必然會發生，一定會！

可以逃避的話，盡一切力量逃避！

留下來的，必然遭劫！

天啊！

倪匡

PS：兩點說明

第一點說明：香港俚語，「追龍」這個名詞有特殊意思——指吸毒，尤其指用錫紙加熱來吸食海洛英粉的行為，是一個專門動詞。香港的反吸毒運動，有標語：「生龍活虎莫追龍」，可知「追龍」一詞，應用相當普遍。

我寫的「追龍」故事，當然和這種特殊的意義毫無關連。這情形恰似早年記述過的一個故事「蠱惑」，我寫的是蠱的迷惑，和粵語中的「蠱惑」一詞的含義，絕無關連。

第二點說明：「蠱惑」是蠱的迷惑，「追龍」，是不是追尋龍的蹤跡故事呢？為了避免有這樣的誤會，所以要作第二點說明：也不是。

追尋龍的蹤跡，倒是一篇科學幻想小說的題材：恐龍是已經絕跡了的生物，某地，忽然發現了恐龍的足跡，於是組織探險家去追尋，結果可以是找到了恐龍或找不到，但過程，照例有很多驚險可寫——深入蠻荒啦，沿途的原始森林啦（可以查參考書，抄大量古代動植物的名稱、形狀、生長過程），也可以寫蠻荒的風景，可以寫大量古代生物（照樣查參考書，抄一些名詞上去，甚至連拉丁文名字也抄上去，以示作者的淵博），再加上人物有忠有奸，添點愛情，就是一篇科幻小說的樣版！

只可惜，照這樣方式寫出來的東西，決不會好看，可能有大量科學，卻少了幻想。

我如果照這樣的方式去寫，「衛斯理」這個名字，大約至多只能出現在三五本書上，而決不是像如今這樣的四五十本。公式化的故事，讀者很快就會厭倦。

那麼，「追龍」記述的究竟是什麼故事呢？當然不是三言兩語講得完，看下去，自然會明白。

第一部：一個垂死的星象家

那天晚上，雨下得極大。大雨持續了大半小時，站在歌劇院門口避雨的人，每個人都帶著無可奈何的神情，看著自天上傾瀉下來的大雨，雨水沿著簷瀉下來，像是無數小瀑布，雨聲嘩嘩地吵耳，有車子經過時，濺起老高的水花。歌劇散場，大量聽眾湧出來時，大雨已經開始。聽歌劇的人，衣著都十分整齊，很難想像衣著整齊的紳士淑女，在這樣的大雨之中冒雨去找車子，所以，湧出來的人，都停在歌劇院的大門口，大門口擠滿了人之後，人就擠在大堂，這樣的大雨天，天氣大都十分悶熱，小小的空間中擠了好幾百人，更是令人難以忍受，可是雨勢一點沒有停止的意思，越來越大。

我對歌劇不是很有興趣，它和我的性格不合：節奏太慢——主角明明快死了，可是還往往拉開喉嚨，唱上十分鐘。可是白素卻十分喜歡，我陪她來，她顯然對這次的演出十分滿意，所以看她的神情，並不在乎散場後遇上大雨的尷尬，還是在回想剛才臺上演出的情景。

等了大約十多分鐘，我覺得很不耐煩，一面鬆開了領結，一面道：「車子停得不很遠，大不了淋濕，我們走吧。擠在這裡有什麼好。」

白素不置可否，看起來她像並不同意，我又停了一會，忍無可忍，而且，劇院方面在這時候，竟然熄了燈，向外看去，在路燈的照映之下，粗大的雨絲，閃閃生光，去淋一場大雨，重新嚐嚐少年時常常淋雨的滋味，也是很有趣的事。

所以，我不理白素同意與否，拉著她的手，向外面擠去。

我一手伸向前，一面不斷道：「請讓一讓，請讓一讓。」

我快擠到門口，我向前伸出開路的手，推了一個人一下，那個人轉過身來，用十分粗大的聲音，向我呼喝著：「擠什麼，外面在下大雨。」

那是一個樣子相當莊嚴的中年人，身子也很高，身體已開始發胖，略見禿頭，濃眉、方臉，一望而知是生活很好、很有地位，一面還用十分不耐煩的神情望著我。

我冷冷地望了他一眼：「還是要請你讓一讓，我願意淋雨。」

那中年人的口唇動了一下，可是他卻沒有再說什麼，我拉著白素，在他身邊走了過去，一面向前走著，一面向白素咕噥著：「這種人，不知道為什麼這樣怕淋雨，看他的情形，就算他爸爸快死了，他也會因為下雨而不去看他。」

白素瞪了我一眼，她感到我說話太刻薄，就會這樣白我一眼。在白素瞪我的同時，我聽得那中年人發出了一下憤怒的悶哼聲。

也就在這時，忽有人大叫了起來：「衛斯理！」

這時，擠在劇院門口和大堂的人雖多，但是也決沒有人大聲講話，只是在低聲交談或抱怨，所以那一下大叫聲，幾乎引得人人注意。我站定，循聲看去，想看看是哪一個混蛋在做這種事。

我看到一個人距離我大約十公尺，正急急忙忙，向我擠過來，他擠過來的情形，比我剛才擠出來時粗野得多了，在他身邊的人都皺著眉。

我也立時認出他是什麼人來了，他是陳長青。

陳長青是我的一個朋友，至於他是一個什麼樣的人，我在「木炭」這件事中，有詳細的敘述。十分有趣，他不但接受一切不可理解的怪事，而且，還主動憑他的想像，去「發掘」古怪的事情。

他擠到那中年人的面前，伸手推那中年人，我心中暗暗好笑，心想，那中年人一定不肯放過陳長青。

可是，出乎我的意料之外，那中年人被陳長青推得跌了半步，他卻全然沒有憤怒的反應，他只是向我望來，張大了口，現出十分驚訝的神情。

我心中奇怪，無法去進一步想，何以那中年人對於陳長青粗魯的動作，竟然不提抗議。陳長青已經來到了我的身前，仍然大聲嚷叫著：「衛斯理，見到你可真好，我剛有事找你。」

他大聲一叫，附近人的目光，又集中到我們這裡來，我立時道：「好，有什麼話，我們一面走一面說好了。」

陳長青呆了一呆，陡然叫了起來：「一面走一面說？外面在下大雨！」

我實在不想和他多說什麼，所以我立時道：「那好，你避雨，我走了。」

我立時向外走去，不理會陳長青。陳長青叫道：「衛斯理，有一件怪事要告訴你，你不聽，會後悔。」

我十分明白陳長青這種拿著雞毛當令箭的人的所謂「怪事」是怎麼一回事：走路時有一張紙片飄到他的面前，他可以研究那張紙片一個月，以確定那是不是什麼外星生物企圖和他通信息。

我也知道他不會跟出來，他會以爲他的「故事」可以吸引我，會再轉回去找他。

我和白素向外走去，下了石階，大雨向我們撒下，不到半分鐘，我們已經全身都濕了，我覺得有人跟了出來。我並不回頭，反正身上已經濕了，淋雨變成十分有趣，我拉著白素向前奔著，故意揀積水深的地方用力踏下去，踏得水花四濺，然後哈哈大笑。

白素也興致盎然，跟著我向前奔著。

我們奔出了一段路，白素在我耳際道：「有人跟著我們。」

我想那是陳長青，所以我立時道：「陳長青，讓他淋淋雨也好。」

白素簡單地道：「不是陳長青。」我怔了一怔，停了下來，這時，我們恰好在路燈之旁，白素的身上濕透了，頭髮貼在臉上，滿臉都是雨珠，雨水還不斷打在她的臉上，看起來美麗得像是迷幻的夢境，我忍不住親了她一下，白素有點害羞，向我身後，略呶了呶嘴。

我轉頭看去，看到在我的身後，站著一個人。

他不是陳長青，身上當然也濕透了，頭髮貼在額上，直向下淌水，令得他連睜眼也有困難，樣子狼狽之極，我要仔細看，才可以認出，他就是剛才我向外擠出來時，呼喝過我的那個中年人。

我不知道他為什麼跟著我，只是一看到他現在的狼狽相，我忍不住哈哈大笑。一面笑，一面我昂起頭，讓雨水打進我張大的口中，那使人有一種清涼的感覺。

我還在不斷笑著，白素推了推我：「這位先生好像有話要對我們說。」

那中年人一面抹著臉上的雨水，一面望著我，欲語又止。

我不再笑，大聲道：「你想說什麼？剛才你已經告訴過我外面在下大雨，謝謝你提醒我。」

那人的樣子更狼狽，白素忙道：「我們的車子就在前面，到前面去再說吧。」

那人還沒有說什麼，一輛黑色的大房車，已疾馳而至，就在我們身邊停下，一個穿制服的司機，神色駭然地從車中連跳帶躍地下車來，向著那中年人，叫道：「二老爺，你你，二老爺，你……」這個司機多半從來也未曾見過那中年人淋雨，所以除了「二老爺，你」之外，他完全不知道說什麼才好，他被他的「二老爺」嚇壞了。

這時，那位「二老爺」才算是開了口，是對我說的：「衛斯理先生？」

我點了點頭——由於雨實在大，所以我點頭，竟有一蓬水點自我頭上灑了開來。

那中年人又道：「可以請兩位上車？」

我搖頭——又是一蓬水點四下散了開來：「我看沒有什麼必要。」

那中年人有點發急，一面伸手抹去臉上的水，一面道：「請……你答應，我有事……事實上，有一個人要見你，他……快死了，要見你是他的心願，我希望……對不起，我不是很習慣求人。」

我本來有點心動，本來，有一個快死的人想見我，不論目的是什麼，我總應該去讓他見一下。可是那中年人最後的一句話，卻又令我大是反感。

我立時道：「那麼，從現在起，你該好好習慣一下。」

那中年人給我的話弄得不知如何才好，我已經轉個身，準備離去，可是那中年人卻立時來到了我的身前，我向他望去，看到他滿臉雨水，簡直就像是在痛哭流涕。而白素又輕輕拉我的衣袖，我知道白素的意思，是要我答應他的要求。

那中年人嘆了一口氣：「衛先生，請你先上車再說！」

他說著，走過去，打開車門，而且一直握著車門的把手。

那個穿制服的司機又嚇壞了，大聲叫著：「二老爺，你，二老爺，你！」

這個司機，彷彿除了「二老爺，你」之外，就不會講旁的話。

白素說了一聲「謝謝」，先進了車，在我上車後，他才進了車廂。

大房車三排座位，他上了車之後，坐在正式座位對面的那排小座位上，面對著我們。

三個人的身上全濕透了，車子的座位上，套著白色的椅套——一般來說，只有老式和保守的人，才會這樣子做。椅套因爲我們一坐下，也變得濕了。

那司機連忙也進了駕駛座：「二老爺……」那中年人道：「回家去。」

司機答應了一聲，車子發動，向前駛去，車頭的燈光照射之處，雨還是大得驚人。

那中年人坐在我的對面，我直到這時，才仔細打量他一下，發現他接近六十歲，淋過雨之後，更顯得他臉上皺紋相當多。

他在身上摸著，在濕透了的上衣中，摸出了一個小皮包，小皮包往下滴著水，他苦笑了一下，在皮包中取出了一張名片來給我：「我的名字是孔振源。」

說出自己的名字，帶著一種自然而然的自負。孔振源，這個名字我倒聽說過。他不算十分活躍，但是卻有相當高的社會地位，屬於世家子弟從商，經營方法比較保守，殷實而可靠，決不參加任何投機冒險的事業，維持著自己的作風。

像我們這樣，全身透濕，坐在車子中，車子的設備再豪華，也不會是一件舒服的事，所以我想速戰速決，快把問題解決掉算了。

孔振尖一面不斷抹著臉上的水：「是家兄。」

我「哦」地一聲：「爲什麼呢？」

孔振源的神情，變得十分躊躇，像是他哥哥爲了什麼要見我，難以啓齒。

我向白素望了一眼，白素應該知道我望她是什麼意思，我是在對她說：「你看，你上了他車子，他講話就開始吞吞吐吐了。」

白素還望了我一眼，我也知道她的意思，是在安慰我：「既然已上了車，就算了吧。」

孔振源咳嗽了幾聲：「衛先生，家兄年紀比我大……」我聽得他這樣說，忍無可忍：「這不是廢話嗎？要是他年紀比你小，他是你弟弟了。」

孔振源給我搶白著，才被大雨淋過的臉，紅了起來：「不，不，我的意思是，家兄的年紀比我大很多，他大我三十八歲，我們是同父異母的兄弟，先父六十六歲那年才生我。」

兩兄弟之間，相差三十八歲，這並不常見，但也沒有什麼特別，而孔振源的父親是在哪一年生他的，想來想去，和我一點關係都沒有，所以我立時現出不耐煩的神情。

孔振源道：「家兄今年九十三歲。」

我揮了一下手：「告訴我，他爲什麼要見我，直接一點。」

我在這樣說的時候，心中在想：「難怪司機叫他『二老爺』，大老爺，一定就是他那位九十三歲的『家兄』。」

孔振源又再度現出吞吐和尷尬的神情，我有點兇狠地瞪著他，孔振源的樣子更惶恐，漲紅了臉，才掙扎出一句話來：「他……是個星相家。」

我還未曾有任何反應，他又補充道：「他自以爲是個星相家。」

我道：「那又怎樣？」

孔振源苦笑了一下，看情形，像是下定了決心，把要講的話講出來，他吸了一口氣：「星相家……他講的話，很多人……我意思是說普通人不容易聽得懂，而且他的年紀又大了，健康情形極差，所以，他說話，顛來倒去，很……」我總算明白了他的意思：「他說話不是很有條理？」

孔振源用力點著頭，我道：「閣下說話也未必見得有條理，他爲什麼要見我？」

孔振源自然很少給人加以這樣的評語，所以他現出了懊怒的神情，悶哼了一聲：「我不知道，但是他吵著要見你，至少已經有好幾年了，我一直不去睬他，因爲他看來實在很不正常，要不是他……健康情形越來越差，今晚又恰好踫到了你……」

我「哦」地一聲：「他快死了？」

孔振源搖著頭：「醫生說就是這幾天的事，根本他幾乎大部分的時間昏迷不醒。」

我皺著眉，和白素互望了一眼，白素也苦笑了一下。一個垂死的星相家，有什麼事呢？真是難以想像。

我並沒有多想，因為很快就可以見到這位垂死的星相家，他自然會告訴我為什麼要見我。

車子繼續向前駛，雨小了一點，路上的積水在車頭燈的照射下，反映出耀目的光彩。車子轉了一個彎，開始駛上山坡，可以看見一幢大屋子在山坡上。

那是真正的大屋子，完全是舊式的，在黑暗中看來，影影綽綽，不知有多大，那些飛簷，看來像是一頭一頭怪鳥。

我由衷地道：「好大的屋子。」

孔振源的語氣中帶著自豪：「先父完全仿照明代的一個宰相徐光啓的府第建造的。」

我笑了一下：「要是家中人少的話，住在這樣的巨宅之中，膽子得大才行。」

孔振源顯然有同感，點了點頭，車子已經來到了在門口，兩扇大門，襯著門旁的大石獅子，看來極其壯觀。司機按了按喇叭，大門緩緩打開，車子直駛進去。是一個極大的花園，黑暗之中，也看不清有多少亭台樓閣。

車子直駛到主要建築物前停下，雨已停了，兩個穿制服的男僕，走下石階，打開車門。當濕淋淋的孔振源跨出車子時，那兩個男僕的眼睛睜得比鴿蛋還大。

我和白素也出了車子，和孔振源一起進了大廳，又有幾個僕人走了出來，垂手侍立，神情都很古怪。因為我們三個濕透了的人，還在淌水。一個管家模樣的人，急匆匆地走了過來，叫道：「二老爺……」孔振源揮了揮手：「去看看大老爺是不是醒著，帶這兩位，去換一些乾衣服，快！」

官家連聲答應著，我雖然急於看一看那個九十三歲的垂死星相家，但是身上濕透了，總不是很舒服的事，所以由得那管家，帶著我和白素，進了一間房間。

房間的佈置半中不西，是四五十年前豪闊人家常常見的那種，如今只能在長篇電視劇中才看得到。

我們脫下外衣，管家捧了兩疊衣服進來，放下之後，又恭恭敬敬退了出去。

我拿起衣服來一看，不禁哈哈大笑，那樣的內衣褲，真只能在博物館中才找得到。送來給我的外衣，是一件質地柔軟的長衫，還有十分舒適的軟鞋。

等到白素穿好了衣服時，我望著她，她看來像是回到了二十年代，一件繡工極精美的長衫，月白色底，紫色滾邊，不知道以前是屬於這大宅中哪一位女眷的。

我們打開門，孔振源已等在門口，他也換上了長衫，他抱歉地道：「對不起，家兄未曾結過婚，我妻子早過世了，這是舊衣服。」

白素微笑道：「不要緊，這麼精美的衣服，現在不容易見到。」

孔振源吸了一口氣，帶著我們向前走去，走廊很長，建築的天花板又高，燈光又不明亮，就像是在一個博物館中。

走廊盡頭的轉彎處，是梯級相當大的樓梯，我們本來已經在二樓，又走上了兩層，才看到管家迎了上來：「大老爺一聽是衛先生來了，精神好得很，才喝了一盅蔘湯。」

孔振源點頭，我注意到，這是大樓的最高一層，這一層的結構，和下面幾層不同，並沒有長走廊，有兩扇相當大的門，門上畫的是一幅巨大的太極圖，看起來古怪之極。

在門外，另外還有幾個人在，有的穿著長衫，有的穿著西裝，還有幾個護士模樣的人。孔振源走過去，他們都迎了上來。

一個看來神情相當嚴肅的老者先開口：「情形不是很好，那是迴光反照。」

那位老先生看來是一位中醫，孔振源點了點頭，望向另外幾個人，那些人大約是西醫，其中一個道：「可能是，但是他一聽到衛先生會來，那種特異的表現，醫案中很少見。」

我聽到他們這樣說，心中更是奇怪，看樣子他們還要討論下去，我提高聲音：「別討論了，我就是他要見的人，讓我去見他。」

那個第一個開口的老者，用懷疑的眼光望著我：「閣下也是習醫的？」

我懶得回答他，只是向孔振源作了一個手勢，孔振源推開門，我們三個人，一起走了進去。才一進去，我就呆住了。

我從來也未曾見過那麼大的一間房間。看來，整個頂層，就是這一間房間，那房間中，全是一排一排的書架，那些書架不是很高，放滿了線裝書，在眾多的書架之中，是一張很大的床，一個人躺在那張床上。

那人一點也不是我想像中的垂死的老人，相反的，他身形十分高大，躺在那裡，給人以「巨大」的感覺，他仰天躺著，一頭又短又硬的白髮，很瘦，他是那種大骨架的人，所以在十分瘦削的情形下，使他看來十分可怖。

他雙眼睜得極大，望向上面，我循他的視線，向這間房間的天花板望去，又吃了一驚。在那張床的上面，天花板是一幅巨大的玻璃，足有五公尺見方。這時雨勢又開始大起來，雨點灑在玻璃上，形成一種看來十分奇特的圖案。

我知道這個躺在床上的老人，就是孔振源的哥哥，那個星相家，他這樣佈置他的臥室，自然是為了方便觀察星象。

孔振源帶著我和白素，向床邊走去，床上的老人緩緩轉過頭，向我望來。他的雙眼看來還相當有神。由於他瘦，骨架又大，整個頭部如一具骷髏，但偏偏又有一雙相當有神的眼睛，所以更是怪異。

孔振源沈聲道：「大哥，衛斯理先生來了。」

老人的眼睛轉動了一下，停在我的身上一會，我也來到了床邊，老人發出沙啞的「啊」的一聲：「你父親沒有來？」

我呆了一呆，不知道他這樣說是什麼意思，孔振源道：「大哥，他就是衛斯理先生。」

老人又「啊」地一聲，聲音聽來更沙啞：「是個小娃子？」

我搖頭道：「孔先生，那是因為你年紀太大了。」

床上的老人震動了一下，開始吃力地掙扎，孔振源忙過去，扶起他來，把枕頭墊在他的背後和頭部。老人又抬頭透過天花板上的玻璃去看天空，這時，除了雨水之外，什麼都看不到。

我耐心地等著，雖然不說什麼，心中卻在暗自焦急，因為看起來，這老人的生命不會有太久，他要是再不說，可能每一分鐘都會死去。

沈默足足維持了五分鐘，老人連續咳嗽了好一會，才緩緩地道：「衛斯理，你仔細聽我說的話……我沒有……時間再講第二遍了！你聽著，一定要找到他們。」

第二部：垂死星象家講的莫名其妙的話

我呆了一呆，老人講得很慢，有著濃重的四川口音，我全然可以聽得懂他的話。但是我卻全然不明白他的意思。

我還未曾來得及發問，老人突然激動起來，身子發著抖，抬起手來，像是想指向什麼，但顯然他已太老了，無法控制自己的肢體，所以實際上並沒有指向什麼，他幾乎是在嚷叫：「阻止他們！阻止……他們……」孔振源忙上去，握住了他的手，叫道：「大哥。」

老人嚷叫的聲音聽來十分嘶啞，簡直有點可怕，而且他一面叫著，一面手還在發抖、揮舞，身子也激動得在亂晃，我彷彿可以聽到他骨頭在發出格格聲！

孔振源叫了幾下，那老人略為鎮定，我忙趁機問：「對不起，請你說得具體一點，他們是誰？我上哪兒去找他們？阻止他們幹什麼？」

我意識到那老人的生命，隨時會消失，所以一連發了三個問題，想在最短的時間內，把問題弄清楚。

老人盯著我，他眼中那種難以形容的光采，令得他的眼珠看起來像是閃爍不定的寶石。被這種眼睛盯著，有蜈蚣在背脊上緩緩爬行的感覺，極不舒服。

他盯了我一會，突然轉過頭去，望向孔振源。

孔振源忙道：「大哥，有什麼吩咐。」

看來，孔振源對這個比他大了三十多歲的大哥，十分尊敬，而且也十分愛護。老人的喉際，發出了一陣痰涎滾動的聲音，發抖的手指著孔振源，罵道：「你……這小槌子，你騙我，隨便弄了一個小娃子來，告訴我……他是衛斯理，你……真不是東西！」

孔振源捱了罵，臉漲得通紅，向我望來，那神情活脫認爲我是冒牌貨，所以累得他捱罵。

我又好氣又好笑，立即自己告訴自己：把一切經過當成是鬧劇算了，應該離開了。

我並不生氣，反倒笑了起來：「對，我不是衛斯理，我是冒充的。」

孔振源大吃一驚，失聲道：「你——」那老人立時道：「當然是冒充的，如果他是真的衛斯理，他不會向我問那些蠢問題，我一說了，他就會明白。」他說著，還伸手在孔振源的頭上，輕輕拍了兩下，再道：「你上當了……快去……找真的衛斯理……我時間可不多了。」

他說著，身子左右挪動，孔振源一定習慣服侍他，立時又扶著他躺下。

老人躺下之後，神情相當奇特。通常，人躺下之後，眼睛總是閉著的，可是他躺下之後，雙眼卻睜得極大，一直瞪著。

孔振源顯得有點手足無措，不知怎麼才好。我本來已經不打算多逗留，可是老人剛才那幾句話，卻使我極不服氣。

我自然知道我是真的衛斯理，可是那老頭子說什麼？他說如果我是衛斯理，我就不會問他那些「蠢問題」。我的問題怎麼蠢了？他老糊塗了，說的話不清不楚，誰聽得懂？

可是我剛才已賭氣說了我不是真的衛斯理，現在一時之間又改不了口，看來，還是非走不可。就在這時，白素笑了一下，用道地的四川鄉音道：「老爺子，他喜歡開玩笑，他真是衛斯理，如果你有什麼事要他做，儘管吩咐。」

或許是白素的聲音比較動聽，也或許是她的態度比較誠懇。總之，不知是為了什麼，願意聽白素話的人，比願意聽我的話的人來得多，真正豈有此理。

這時，那老人也不例外，白素一說，他那雙雖然睜大著，但是眼珠卻凝止不動的眼睛，先向白素望了一眼，立時接受了白素的解釋，又向我望來，發出了一下表示不滿的聲音，我勉強向他笑了一下，他又掙扎著要坐起來，孔振源忙又把枕頭塞在他的背上。

他精神看來比剛才好得多，但是在開口之前，還是向我再度上下打量一番，我不去理會他，自顧自拽過一張椅子來，面對著椅背坐下——這樣坐法，不信可以作一個試驗，六七十歲的人，十個有八個看了要皺眉，何況那老人已經九十三歲了。果然，我才一坐下，那老人的神情就十分怪異，但是他卻沒有用言語表示不滿，他只是悶哼了一聲：「你知不知道，他們早就在搗亂，本來情形還好，可是現在越來越不像話了。」

孔振源告訴過我，他哥哥講話顛來倒去，這時，他說得認真，我還是聽不懂。我向白素望了一眼，白素也是一片疑惑之色，我向孔振源望去，他在苦笑。

我不再發問，問了，要給他說是假冒的，我假裝明白，點了點頭，附和著：「是啊，太不像話了。」

想不到這倒合了老人的胃口，他長嘆了一聲：「是啊，生靈塗炭！庶民何辜，要受這樣的茶毒！」

我想笑，但是有點不忍。

可是那老人像是遇到了知己：「有一個老朋友，在去世之前，我和他談過，他說：該找你談一談，唉，振源也是，有名有姓，可是他一找就找了好幾年，才見到你。」

孔振源有點委屈：「大哥！」

我笑著：「介紹人是誰？」

老人道：「江星月老師。」

我怔了一怔，刹那之間，肅然起敬。江星月是一個奇人，我和他之間的交往不十分多。江老師對中國古典文學有極深的造詣，醫卜星相，無所不精，尤其對中國的玄學，有著過人的見解。

江老師是一個非凡的人物，他是這老人的朋友，我可以相信一點：那老人的胡言亂語中，一定包含著什麼，值得仔細地聽一聽。

我坐直了身子，感到還是不妥，又把椅子轉了一個向，規規矩矩坐好，才道：「是，江老師是我十分尊敬的一個人。」

老人感到高興地笑了起來，用手撫摸著下頷：「江星月比我年紀輕，他學會看星象，是我教他的。」

我唯唯以應，心想老人多半在吹牛，反正江老師已經過世，死無對證，隨便他怎麼說好了。老人繼續在緬懷往事：「他學會看星象的那年是十三歲，比我足足遲了十年——」我咽下了一口口水，本來是想任由他講下去，不去打斷他的話頭的，但是實在忍不住，還是插了一句口：「那樣說來，你三歲就開始觀察星象？」

老人當仁不讓地「嗯」了一聲：「我三歲那年，就已經懂得星象了。」

我咕噥了一句：「比莫札特會作曲還早了一年。」這一句話，惹得白素在我的背後，重重戳了一下，我轉過頭去，向孔振源作了一個鬼臉，孔振源的神情，尷尬之極。

老人又發出了一下喟嘆聲：「九十年來，我看盡了星象的變化，唉，本來，我們有什麼辦法，只好眼睜睜地看著各路星宿，以萬物為芻狗，可是現在越來越不像話了，總得去阻止他們。」我用心聽著，一個研究星象九十年的人，世界上不可能再有一個人對星象的研究在他之上，所以我必須用心聽他的話。

可是他的話，不論我怎麼用心，都沒有辦法聽得懂。我只好仍然採用老辦法：「是啊，阻止……可是，怎麼……阻止呢？」

在我這樣說的時候，我心中暗罵了好幾聲見鬼。

老人卻鄭重其事，又嘆了一聲。要說明的是，他在和我說話的時候，雙眼一直瞪得老大，望著天花板上的大玻璃，可是天正在下雨，雨水打在玻璃上，四下散了開來，形成了奇形怪狀的圖案，根本看不到星空。

老人一面嘆著氣，又道：「至少，得有人告訴他們，換一個地方……換一個地方去……隨便到什麼地方去，不要再在這可憐的地方……戲耍了……他們在戲耍，我們受了幾千年苦，真該……」他斷斷續續講到這裡，突然劇烈地嗆咳了起來。我忙向孔振源使了一個眼色，孔振源倒十分識趣，忙道：「大哥，你累了，還是改天再說吧。」

我真怕那老人固執起來，還要絮絮不休地說下去，那真不知如何是了局。想不到老人倒一口答應：「是，今晚來得不是時候，明天……不，後天……嗯……後天亥子之交，衛先生，請你再來。」

我笑了一下，不置可否，「亥子之交」是午夜時分，我心想，我才不會那樣有空，半夜三更，來聽你這個老頭子胡言亂語。

孔振源看出我不肯答應，就挪動了一下身子，遮在我的前面，不讓他的哥哥看到我的反應。「大哥，你該睡了。」

老人點了點頭，孔振源又扶著他躺了下來，老人仍然把眼睜得很大。

我一時好奇，道：「老先生，你睡覺的時候，從來不閉上眼睛？」

老人看來已快睡著了，用睡意朦朧的聲音答道：「是，九十年了。」

我「嗯」地一聲，老人又道：「睜著眼，才能看。」

我問：「你睡著了，怎麼看？」

老人先是咕噥了一聲，看來他十分疲倦了，但是他還是回答了我的問題：「睡著了，可以用心靈來看，比醒著看得更清楚。」

在這樣一個老人的口中，竟然有這樣「新文藝腔」的話講出來，倒真令人感到意外，我道：「謝謝你指點。」

老人沒有再出聲，只是直挺挺地躺著，睜大著眼，看起來，樣子怪異之極。

孔振源向我作了一個手勢，我們一起退了出去，才出了那間房間，孔振源就向我打躬作揖：「對不起，真對不起，我說過，他講的話，普通人聽不懂。」

我苦笑：「不是普通人，是根本沒有人聽得懂。」

白素突然向我望了一眼，她不必開口，我就知道她的意思，是對我這句話不以爲然。

外面那些醫生，看到孔振源出來，都紛紛圍了上來，孔振源不理他們，一直陪我到客廳，我們被雨淋濕的衣服，已經熨乾，我們換好衣服，一打開門，看到他還站在門口。

這倒令我感到有點不好意思，我道：「孔先生，你太客氣了，我喜歡認識各種各樣的人，能見到令兄，我也很高興。」

孔振源嘆了一聲：「我想……請衛先生後天……」他支支吾吾著講不下去，我拍著他的肩：「到時，我沒有什麼特別的事情，我一定來。」

孔振源又嘆了一聲，才道：「謝謝。」然後他大聲吩咐司機，把我們送回歌劇院附近我們的車子處，我駕著車，駛回家。

第三部：白素對莫名其妙的話的解釋

在回家途中，我道：「剛才你瞪我一眼，是什麼意思，是說世上有人懂得那老人的話？」

白素搖了搖頭：「我的意思是，我們應該好好想一下，設法去理解他的話。」

我有點冒火：「他可以說得清楚一點，不要讓人家去猜謎。」

白素沈默了片刻，才道：「老人的話，其實也不是很難懂。」

我「嗯」地一聲：「請解釋一下，我不懂。」

白素道：「他的話，一再運用了『他們』這個代名詞，我想，那可能是一種神秘的力量，他自三歲起就研究星象，所以，可以容許作這樣的一個聯想：這種神秘力量，和星象、星空有關。」

我靜靜地聽著。

白素又道：「仔細回想一下他所說的話，你就可以得到一個印象：這種神秘的來自星空的力量，影響地球上普通人的命運，已經很久了，而他認為，越來越過份，所以，一定要阻止這種影響繼續發生下去。」

我還是保持著沈默。

並不是說，我對白素的話不同意，白素的解釋，有條理至極，能把雜亂無章的一番話，弄得可以說得通。我只是不認爲那老人知道什麼怪力量在影響人類。

白素再道：「他把阻止這種神秘力量影響的希望，寄託在你的身上，而他知道你，經由江老師介紹。」

我睜大眼：「你是說，他叫我飛上天去，去和那些星星打交道？」

白素皺了皺眉，我知道她不是很贊成我的這種態度，所以我又笑了一下：「那個老人，生命快結束了，人在臨死之前，會胡言亂語！」白素仍然蹙著眉，過了一會，才道：「或許是我的解釋太不清楚，事實上我也沒有一個明確的概念，所以說不明白。」

我道：「你說得很明白：來自星空的一種神秘力量，在影響著地球人。」

白素先是「嗯」地一聲，接著又沈默了相當時間，才道：「在你想來，我的解釋如果成立，那應是一種什麼樣的神秘力量，什麼樣的影響？」

我聽得她這樣問，不禁呆了一呆。白素的神情顯得十分認真，我自然也必須認真作答，所以，我也想了一想。在我思索不語之際，白素點燃了一支煙，遞了給我，我一直抽著煙，因爲這並不是一個容易回答的問題，在我思索的時候，我又仔細把那老人所說的雜亂無章的話，想了一遍。

然後，我才道：「如果肯定真有這種力量，有可能是，在無際的星空之中，在某一個星球上，有著一種科學高度發展的生物，這種生物，通過了特殊的方法，在控制地球人的思想和行動。」

白素雙眉蹙得更甚：「你這樣說，只是三流科幻小說中的情節。」

這句話，要是出自別人的口中，縱使我不當場翻臉，也非惱火不可。可是白素這樣講我，我除了不斷地眨著眼，表示抗議之外，只好道：「假設是你自己提出來的：有神秘力量來自星空，影響地球。」

白素像是在自言自語，不像是在回答我的話：「是啊！可是神秘力量，為什麼一定來自其他星球上有高度智慧的生物？」

白素的疑問，不可理解。如果星空中有力量可以影響地球人，智慧必然在地球人之上，這是邏輯上一個最簡單不過的引證，可是白素卻對之表示懷疑。

我也咕噥了一句：「那來自什麼？總不會是其他星球上的一塊石頭，具有神秘力量！」

白素沒有作聲，側著頭，忽然笑了起來：「你的話，有時會有點道理。」

我不禁呆了一呆，她剛才還否定我的話，怎麼一下子又變成有點道理了？

我想等著她進一步的解釋，可是她卻又沒有說下去，已經到了家門口，我們走進屋子，白素好像已經完全忘了這件事。

而我對那個老人的胡言亂語，本來也沒有多大的興趣，所以她不提，我也不提。

我進了書房，還沒有坐下，電話響，我順手按向電話座上的一個鈕掣，一個氣急敗壞的聲音傳出來：「謝天謝地，你終於回來了。」

我一聽就聽出那是陳長青的聲音，幾乎隨手就要按去另一個鈕掣，令對話中斷，可是陳長青已慘叫了起來：「別掛上電話！」

我想到上次，我們那麼多人，在他家裡耽了好幾個月，他一點怨言也沒有，似乎應該對他好一點。所以我一面脫下外套，一面道：「好，請長話短說。」

陳長青道：「我來看你，馬上來。」

我道：「現在好像不是訪客、交際的時間吧。」我這樣說，當然是說，已經很晚了，這種時候，不適宜到人家家裡去，諷刺和拒絕他前來。

可是陳長青在電話中的聲音，卻突然興奮了起來：「衛斯理，原來你也在研究。告訴你，現在最宜訪客。」我呆了一呆，不知道何以我這樣的一句話，會引得他有這樣的反應。我道：「你在說什麼？」

陳長青有點得意地笑了起來：「現在的時候，訪客大吉，對造訪者和被訪者，都是吉利的，但是，對坐在西南方的賭徒卻大凶，非輸個傾家蕩產不可。對於……」我不等他說完，就大聲吼叫了起來：「你語無倫次，在說些什麼？」

陳長青的聲音充滿了委屈：「我說的是星相學，根據星象來推算吉凶，你剛才不是說，現在好像不是交際訪客的時間，那可能是你推算有誤，你不妨再仔細算一下，現在的時辰是……」我啼笑皆非，我拒絕他來，他卻扯到時辰的吉凶方面去。可是他提到了星相學，卻又令我心中一動，因爲我才聽過一個老人的胡言亂語，何妨再聽聽陳長青的。

而且，我知道，如果我拒絕他，他一定會冤魂不息，一直纏我。我嘆了一聲：「你來吧。」

陳長青來得真快，不到十分鐘，門鈴聲已經響起。

我一面去開門，一面大聲道：「是陳長青，誰知道他又胡言亂語什麼。」

白素也大聲應我：「快去開門吧。」

我來到門口，門鈴不斷響著，那種按鈴的方式，實在令人討厭，我打開門，陳長青一步跨進來，我想起他剛才的話，一拳照準他的肚子打去。剛才他說現在是訪友的「好時辰」，我先叫他捱一拳，看看是不是真的「好時辰」。

我和陳長青極爲熟稔，對熟朋友，有時行動逾分一些，老朋友也不會見怪。

也當然，我那一拳，不會用太大的力道，大約會使他痛上半分鐘，令得他的表情十分怪異，如此而已。我一打出，陳長青陡然一驚，「拍」的一聲，拳打在他的腹際，他腹際分明有什麼硬物塡著，我一拳就打在那硬物之上。

這時，輪到我發怔，而陳長青卻得意非凡地哈哈大笑，一面笑，一面掀開上衣，取出他放在腹際的一本硬皮書。

他笑得極高興：「衛斯理，我早知道你會否定我的話，一見面就讓我吃點苦頭，打人是你的拿手好戲，所以我早有準備。」

我給他笑得十分狼狽，有點老羞成怒：「我現在還要重重踢你一腳，我不相信你的小腿上也有了保護。」

陳長青呆了一呆，然後一本正經地道：「你不會。」

我揚眉：「敢打賭麼？爲什麼我不會？」

陳長青道：「因爲我推算過了，現在是訪友的好時辰，不會有不愉快的事發生。」

我真想重重踢他一腳，但是我隨即想到：沒有理由這樣對待朋友，所以我沒有踢他，只是指著他：「我不踢你，是因爲我不想踢你，和時辰無關。」

陳長青大搖其頭：「你錯了，你不踢我，是因爲在這個時辰之內，不會有人去得罪朋友！」

我十分惱火，想踢他一腳，可是十分怪，我又真的不想踢他。我的神情十分怪，陳長青又高興地笑了起來：「你看，即使是你，也無法和整個宇宙的規律相抗。」

我用力關上了門：「什麼宇宙規律，你胡說八道什麼。」

第四部：陳長青的怪異經歷

陳長青舉起了手，樣子肅穆：「我的新發現：宇宙之中，有一種規律，這種規律，因為宇宙中億萬星球運行位置不同而產生，可以影響到地球上的一切。」

他講到這裡，戲劇性地頓了一頓，等待我的反駁，可以更引發他的長篇大論，我知道他的心意，故意表示冷淡和不感興趣，連「嗯」也不嗯一聲。

陳長青多少有點失望，只好自顧自再說下去：「最簡單的例子，是月亮的盈虧，可以影響地球上的潮汐，而地球上的一切生物的行為，也受無數星球運行的影響，若是掌握了這種規律……」他得意洋洋講到這裡，我才陡地插了一句：「那就可以做個算命先生，或者去擺一個測字攤。」陳長青瞪著我，大聲道：「衛斯理，我不知道你對星相學一點研究也沒有。」

我對星相學自然有研究。

事實上，還相當有研究。星相學的範圍十分廣闊，從觀察星象來預測地球上將會發生的大事，到根據星象來測定一個人的命運和揣摩一件事的吉、凶，等等，全是星相學。

這是一門極其深奧的學問，其理論基礎是：地球是宇宙無數星球中的一個，它就不能不接受其餘星球的牽引、影響，地球上的生物，更不能擺脫其他星球對之產生的影響作用。

我懂星相學，我只是不以為陳長青也懂星相學。

所以，陳長青這樣說，我「哼」地一聲，嗤之以鼻，連爭也懶得和他爭。

陳長青等了片刻，未見有什麼反應顯得很失望，改口道：「好了，就算你對星相學有研究，你也必然不知道我最新的研究，有了什麼發現。」

我先讓他上樓梯，請他在書房坐下，然後，十分誠懇地對他道：「長青，我對星相學的興趣不濃，也不想知道你有什麼發現，尤其是今天晚上。因為我才見過一個垂死的老人，他向我說了一連串有關星象的莫名其妙的話……」我想向陳長青解釋不想聽他多講的原因。

可是，陳長青才聽到這裡，陡然跳了起來，現出驚訝之極的神情來：「這……這個老人的名字是孔振泉？」

孔振源的那個哥哥究竟叫什麼名字，我始終不知道，這時陳長青叫了出來，我還是第一次聽到這個名字，我點了點頭：「我看是，他的弟弟叫孔振源。」

陳長青哼了一聲：「孔振源不是什麼好東西，愛擺老爺架子。」

我笑道：「你又不是他家的僕人，老爺架子再大，也擺不到你的頭上來。」

我順口這樣說著，可是陳長青的神情，卻怪到了極點，他看來十分忸怩和不好意思，但是卻又有一種掩不住的得意。

我不知道他何以對這句話會有這樣的反應，只好瞪著他，陳長青支支吾吾了半晌，才說道：「我做過孔家的僕人，專門伺候大老爺。」

我又是驚駭，又是好笑，指著陳長青，一時之間不知怎麼說才好。陳長青的家世十分好，承受了巨額的遺產，隨便他怎麼胡花都用不完，他怎麼會跑到孔家當僕人去了？

陳長青也不是什麼風流人物，不見得會是看上了孔家的什麼女孩子，像風流才子唐伯虎那樣，冒充書僮，為了追求異性。

這真是怪事一樁，令我不知如何開口才好。

陳長青又笑了一下：「真的，前後一年。」

我忙道：「從頭說來，不過別太囉嗦。」

這時候，白素走近門口，和陳長青打招呼，我忙叫住了她：「長青在孔振源家裡當了一年僕人，來聽聽他是為什麼，恐怕是為了追求孔家的女廚子。」

陳長青道：「少胡說，你們知道，我對星相學，一向很有興趣，很多人告訴我，真正對星相學有資格的，只有一個人：孔振泉。」

白素走進來，坐在我的身邊。陳長青又現出那種忸怩的神情，我道：「你不必怕難為情，你做過的怪事夠多了，不在乎那一樁。」

陳長青瞪了我一眼：「於是我就設法，想去向孔振泉請教，可是託了不少人，孔振泉根本不見人，我走投無路，看到報上有一則招請僕人的啟事，指定應聘者要懂古代星相學，有一定的學識，主要的工作，是服侍一個相當難服侍的老人。我一打聽，就是孔家在請僕人，於是，我立刻去應徵。」

我笑了一下：「以閣下的犖犖大才，自然是一說即合了。」

陳長青聽出我話中有諷刺的意味，有點惱怒，但是不知道如何回答才好。白素在一旁道：「陳先生你這種為了追求學問，鍥而不捨的精神，真令人敬佩。」

陳長青忙連聲道：「謝謝，謝謝。」

他一面向白素道謝，一面狠狠瞪了我一眼，我只裝作看不見。

陳長青又道：「我一去應徵，立即錄取，於是，我就成了孔家專門伺候大老爺的僕人，工作很清閒，因為孔大老爺幾乎大多數時間，不是看書，就是躺在床上，觀察星象。他關於天文星象方面的藏書極多，世上不會有任何地方，再有那麼多這類書籍。」

我到過孔振泉的那間大房間，雖然陳長青的話我大都不同意，但是，他這種形容孔振泉的藏書，我倒大有同感，所以點頭表示同意。

陳長青高興了起來：「他並不禁止我翻閱他的藏書，每當我有疑問，看不懂的時候，他甚至還替我解答，我和這個老人，相處得算是融洽，只有一次，他大發雷霆，幾乎將我開除。」

我揚了揚眉：「那一定是你做了什麼不應該做的事！」

陳長青現出十分委屈的神情：「其實不關我的事，在他那張床的床頭，有一隻黑漆描金的小櫃子，緊貼著他的床放著的……」他說到這時，向我望來，我有點慚愧，因為我沒有注意在床頭是不是有這樣的一隻櫃子在。可是白素卻立時道：「是的，有這樣一隻櫃子，金漆描的是北斗七星圖，而且還用一種十分古老的中國鎖鎖著，這種古老的鎖，十分罕見，叫九子連環鎖，要開啟這種鎖十分困難。」

白素說一句，陳長青就忙不迭地應一聲「是」，等到白素說完，他已應了十七八聲「是」，奉承得有點肉麻——多半是陳長青做了一年僕人養成的習慣。他示威似地望向我過來，令人十分生氣。我立時冷笑道：「誰不知道九子連環鎖，一定要把鎖上的九個連環扣解開來，才能開鎖，手續十分繁複，只有笨人才會對那種東西有興趣。」

我聽陳長青提到了這隻櫃子，又提到孔振泉大發雷霆，就猜到他一定是未經允許，自己去開那九子連環鎖所闖的禍，所以才故意那麼說，因為我知道，以陳長青的好奇、好動的性格，他若是天天對著這樣一柄鎖，一定會想去把它解開來。果然，我一猜就中，陳長青漲紅了臉半晌講不出話。過了好一會，他才道：「我喜歡難題，要解開這樣的鎖上的活扣，有時還必須運用中國古代的計算方法，所以一有空，我就趁大老爺不覺察，去解那個鎖。」

我抓住了他話中的語病：「為什麼要趁他不覺察的時候才進行呢？」

陳長青神情極尷尬：「我……第一次擺弄那個鎖的時候，就被他……嚴厲斥責過，叫我再也不要去碰它。」

我搖著頭，長嘆了一聲，沒有說什麼。事情再明白也沒有，越是叫陳長青別去踫，他越是要去踫，孔振泉的警告，顯然一點用也沒有。

陳長青道：「我花了一個月的時間把鎖解開了，打開了那個櫃門，櫃子內，是一隻較小的櫃子，在那隻較小的櫃子上，有著兩把九子連環鎖，正當我懊喪莫名的時候，明明是睡著了的那老傢伙，卻大喝一聲抓住我的頭髮……」我聽到這裡忍不住哈哈大笑：想想陳長青那時的狼狽情形，實在是沒有法子不笑。連白素也忍不住笑了起來。

陳長青自己也不禁苦笑，悻然道：「這糟老頭子也不知哪裡來的氣力，扯著我的頭髮向外拉，一面還殺豬一樣地叫著。他這樣一鬧，自然很多人都來了，孔振源也來了，擺起老爺架子罵我，我心想這裡也耽不下去了，態度反倒強硬。誰知我一強硬，老頭子反倒客氣了起來，趕走了所有人，先是望著我，半晌才說了一句：櫃子裡的東西動不得，你以後最好別再去動它。」

我「嗯」了一聲：「你肯不動？」

陳長青理直氣壯：「當然不肯，可是那小櫃子上的兩套連環鎖，實在太難解，費盡了心機，一點進展也沒有，不幾個月，孔老頭子的病越來越重，幾乎連說話的氣力也沒有，孔振源換了一批醫生護士來服侍他，就把我解雇。」

我「唔」地一聲：「雇主解雇你，你可以要求多發一個月工資。」

陳長青掄起了拳頭向我一拳打來，我一伸手，托住了他的手腕，叫道：「喂，是你自己說的，這是宜於訪友的時辰。」

陳長青叫道：「宜於訪友的時辰過了，現在，最宜打架。」

白素笑了起來道：「別像小孩子那樣，你和孔老先生在一起一年，在星相學方面，一定得益良多？」

陳長青縮回手去，神情變得很嚴肅：「是的，首先，我肯定了一個原則。」

看他說得那麼認真，我倒不好意思和他搗蛋，只是作了一個手勢，鼓勵他說下去。

陳長青像是一個演說家一樣，先清了清喉嚨，直了直脖子，才道：「我可以確定，中國傳統上，一切推算的方法，全源自天象的變幻，子平神數也好，紫微斗數也好，梅花神數也好……沒有一種，不是根據星象的運行、聚合來推算的。」

我道：「這算是什麼新發現？」

陳長青道：「連中國最早的一本占算的經典叫易經，也全和天上的星象有關。」

我以前聽得有人對「易經」持這種說法，但我在這方面的所知不是太多，所以只是答應了一聲。

陳長青道：「你不信，易經流傳幾千年，各家有各家的解釋，總是抓不到癢處，唯有依照星象來解釋，才能圓滿，例如，什麼叫『九龍無首，吉』呢？這裡的『龍』，是什麼意思？」

我態度嚴肅：「我想，『龍』，是代表了某一個星座。」

陳長青用力在我肩頭上拍了一下：「對！把一些星，用想像中的虛線連結起來，看來像是一條龍，當這些星體的運行，龍首部分觀察不到，就是大吉的吉日，一切占算推算的方法，全從星體運行而來。」

我舉起手來：「我完全同意你的說法，但是卻不認為那是什麼新發現。」

陳長青不斷眨著眼，像是想反駁，過了片刻，他才說：「你同意星象的變動，可以影響地球上人類的一切活動？」

我皺了皺眉，這個問題，很難回答，有一部分人，堅決相信，星象的變異，會影響地球上人或其他生物的活動，從而發展到，可以依據星象變異來預測吉、凶。這種學問，可以籠統地稱之為占星學。正如陳長青剛才所說，所有推算未來吉凶的學問，其實都屬於占星學的範疇。

占星學在古代就已經十分發達，「夜觀天象，見一將星下墜，知蜀中當折一名大將」這樣類似的記載，在中國古代，屢見不鮮。

一顆流星劃空而過，就可以斷定地球上某一個人的運命，這是一件十分玄的事，要我下肯定的答覆，當然不容易。

陳長青用挑戰的目光望著我，又道：「怎麼，你不是經常自稱可以接受一切玄奧的事情嗎？」

我攤了攤手：「是，但這種事，至少是要若干事實來支持，不單是一種憑空的想像。」

陳長青的樣子很迷惘，像是根本不在聽我的解釋，過了一會兒，他才道：「星象可以預示吉凶，只要肯定一點，就可以趨吉避凶。」

我悶哼了一聲：「理論上是這樣，只要你真推算得正確，而且知道會發生什麼樣的凶事、什麼樣的吉事。」

陳長青苦笑了一下：「唉，其實我對這方面的研究，還不是很深入。不過我相信——這是我和孔振泉相處一年來的心得，孔振泉的推算已達到了萬無一失的境地。」

我不置可否地淡然一笑，陳長青卻十分緊張，而且認真：「你想想，他既然有了這樣的能力，就可以洞察未來，知道災難會在什麼時候來臨，會在什麼地方發生，當一個人掌握了這種力量之後……」我吸了一口氣：「旁的我不知道，但是可以肯定，能預知未來，極其痛苦。」

陳長青瞪大了眼睛望著我，我伸直了身子：「在我過往的經歷之中，認識兩個人有預知未來的能力。一個是美麗的少女，她知道自己會在十分惡劣的環境中死去，而且屍體腐爛不堪，所以她就拚命去找屍體不腐爛的方法，結果，和她預知的一樣。」

陳長青喃喃地道：「太……可怕了。」

我攤了攤手：「另一個是一個十分出色的醫生，他有預知能力，他知道自己要死在手術臺上，結果也正是如此。他形容一個有預知能力的人，所過的日子，就像是在看一張舊報紙，全然沒有生活的樂趣和希望。」

陳長青緩緩點著頭：「我知道你說的那兩個人是《天書》裡的姬娜和《叢林之神》中的霍景偉。」

我嘆了一聲：「是啊，兩個可憐的有預知能力的人。」

陳長青用力揮著手，用十分高亢的聲音道：「那是他們自己不對，像姬娜，她明知自己要在惡劣環境中死去，她為什麼不去避免，防止死亡的發生，而只是消極地去追尋防止屍體腐爛的方法？」

我想了一想：「預知未來發生的事，無法改變。」

陳長青又道：「既然如此，她追尋防腐法不是多餘麼？」

我有點惱怒：「人到了沒有辦法的時候，總會做一點沒有意義的事情。」

陳長青再道：「還有，那位霍景偉先生，他自己要求上手術台，明知自己會死手術臺上，還要去作這種要求，這太說不過去。」

我悶哼著：「你想和命運作抗衡？」

陳長青陡然站了起來，把他的胸挺得筆直，看來十分有氣概，大聲道：「命運所最不可抗衡的一點，是它的不可測，既然事先可以測知，而且知道影響命運的來源，為什麼不能從根本上著手，來改變命運？」

我和白素，凝視著陳長青。

他站直身子，用慷慨激昂的調子說話，我心中有一種滑稽感。可是等到他講完之後，我卻默然，心中對他很有欽佩之意。

陳長青這個人有一種極度的鍥而不捨的精神。他相信世界上任何事情，只要通過不斷的努力，就一定可以達到目標，雖然事實上，世界上有太多的事情，決不是單靠努力就可以成功。

像他那種性格的人有可愛之處，也有可厭之處，可以肯定的是，當他這樣講的時候，他真相信自己所講的一切，而且，他會照他訂下的目標去做。

這值得令人欽佩。

白素的心意顯然和我的相近，她緩緩道：「陳先生，你的意思是，可以通過某種方法來改變人的命運，或者使應該發生的大災禍不發生？」

陳長青用力點著頭。

我忙道：「等一等，請你說得明白點，具體一點，有什麼方法可以改變地球上要發生的事？」

陳長青雙手揮舞著，由他的動作來看，可以看出他的思緒也十分混亂，連他自己也未能說出什麼具體的方法來。過了好一會，他才道：「我們先來確定一點，占星學也分為兩派，一派是認為，地球上將有什麼大事發生了，才在星象上顯示出來。」

我「嗯」地一聲：「對，另一派是認為，星象上有了顯示，地球上才會發生大事。」

陳長青立時釘了一句：「你認為哪一派的說法對？」

我只好苦笑：「我甚至不是星相學家，有什麼資格說哪一派對，哪一派錯？」

陳長青十分堅決地說：「一定要認定先有天象，再有世事，這才能改變世事。」

我舉起來：「對，不然，世事根本無法改變。可是，你要弄清楚一點：在你的前提下，要改變世事，必須改變星象。」

陳長青用力點著頭：「對，譬如說，熒惑大明，主大旱，那麼就使它的光度減弱……」

不等陳長青講完，我已忍不住怪叫起來：「你在胡說八道些什麼？」

陳長青道：「我在舉一個簡單的例子，說明改變星象就能改變世事。」

我道：「是啊，你的例子太簡單了，熒惑，就是火星，你是知道的？」

陳長青翻著眼：「當然知道，這還用你說？」

我道：「好，當火星因為某種完全不知道的原因，而光度忽然增強，就是星象上的『熒惑大明』，有這樣的天象，地球上就會大旱。」

陳長青道：「對，你何必一再重複？」

我吸了一口氣：「你消災的方法就是使火星的光度，回復正常。」

陳長青歪了歪嘴，一副不屑的神情：「總算使你明白了。」

我忍住了怒意，也忍住了笑：「好，那麼請問陳先生，你用什麼方法去使火星的光度暗下來？」

陳長青翻著眼：「那我不管，我只是提出一個可行的方法，怎麼去做，那不是我的事。或許，放一枚巨型火箭上火星，在火星上引起一場驚天動地的大爆炸，使火星光度減弱；或許，這樣一來，會使火星光度反而增強，造成更大的災害，那誰知道！我只是說，當火星的光度增強主大旱，必須令火星的光度減弱。」

我忍住了揪住他的衣領把他摔出去的衝動：「是啊是啊，有道理，我還有一個方法：製造大量黑眼鏡，叫地球上每個人都戴上，看起來火星的光度弱，大旱災就可以避免，風調雨順，國泰民安。」

陳長青知道我在諷刺他，漲紅了臉，嚷了起來：「那麼偉大的發現，你竟然當作玩笑！你……你……」我嘆了一聲：「我們不必再討論下去了。」

陳長青十分沮喪：「那麼，至少你該答應我的要求，當你再去見孔振泉的時候，帶我一起去。」

我道：「那老頭子倒是約我再去，可是我根本不準備去。或許，他活不到和我約會的那個時間，看看你有什麼法子可以使他長命些，例如，發射一枚火箭，去托住一顆小流星，不讓它掉下來，說不定孔振泉就可以不死了，再讓你去侍候他一年半載。」

陳長青滿臉通紅地吼叫起來：「衛斯理，你是我見過的混蛋中最混蛋的一個。」他罵著，向門口衝去，衝到了門口，停了一停，轉過身來，面上更紅，想罵我，卻沒有罵出口，只是轉向白素：「我真同情你。」

然後，他用一種十分重的腳步，奔下樓梯，又把大門重重關上，走了。

白素瞪了我一眼，我道：「你想我怎麼樣？他說的不是廢話嗎？」

白素想了一想：「至少，他在理論上提出了改變世上大事發生的一種方法。」

我道：「是啊，理論上，永遠無法實行的理論，就是廢話。」

白素不想和我爭論，伸了一個懶腰。當晚我看了不少有關星象方面的書才睡，先是孔振泉，後是陳長青，把我弄得有點糊裡糊塗，使我感到對這方面所知，實在不是很多，需要補充一下。

但是看了大半夜的書，卻並沒有多大的進展，中國的這方面著作，大都語意艱澀難解，西洋方面的，又刻意蒙上一層神秘。不過有一點可以肯定的：星體的運行，不單與地球為鄰的太陽系行星，甚至遙遠到不可思議的星座，它們的運行、位置，都對地球上的一切現象有密切關係。作為宇宙中億萬星體的一個，地球不能擺脫宇宙中其他星體對它的影響！

第五部：黑色描金漆的箱子

第二天，我有另外的事要做，決定把星相學一事，拋諸腦後。忙碌了一天回來，看到書桌上堆了很多新的、有關星相方面的書，而白素正埋首於那些書堆之中，我向白素作了一個鬼臉，自顧自去聽音樂。

第三天，又是個大陰天，下午開始就下大雨，雨勢極大，一直到晚上十一點，還沒有停止的意思。就在那時候，電話來了，我拿起來一聽，是孔振源打來的，結結巴巴地道：「衛先生，家兄叫我提醒你，今晚午夜，他和你有約。」

我望著窗外，雨勢大得驚人，雨水在窗上匯成水花，一片一片的濺著。

我有點嘲弄似地道：「孔老先生是約我今晚來看星象的，不過我想非改期不可了，府上附近，也在下雨？」

孔振源立時回答：「雨很快會停，午夜時分，就可以看到明淨的星系。」

我怔了一怔：「你去查詢過天文臺？」

孔振源笑了一下：「天文臺？多年來，我可以確知的是，家兄對於天文的預測，比起天文臺來，準確不知多少，百分之一百準。」

我不想和他爭：「好，只要天能放晴，我準時到。」

我放下了電話，聽著雨聲，對白素道：「老頭子在發什麼神經，下了一下午雨，會立刻放晴，好讓他夜觀天象？」

白素微笑了一下：「你倒因為果了，是由於天會晴，他才約我們去觀察天象。」

我不表示什麼，打了幾個電話，處理了一些事，已經十一時三十分了，雨還是一樣大。

我打了一個呵欠，可以不必到孔家去了，我想，可是我卻看到白素在作出去的準備，我瞪了她足有五分鐘之久，她平靜地道：「雨停了。」

我突然呆了一呆，是的，雨停了，已聽不到雨聲，我來到陽台的門前，推開門，走到陽臺上。不但雨停了，而且，天上的烏雲正在迅速地散去，下弦月被雲層掩遮著，若隱若現，在三分鐘之內，雲層散盡，星月皎潔，雨後，空氣清朗澄澈，看起來星月更是明潔，一切和孔振源在電話中所說的一樣。我忙看了看時間，若是動作快，還可以準時赴會，總算我行動很快，我駕車疾駛，有點不服氣，問：「你對那老頭子的預測，怎麼那樣有信心？」

白素道：「一個人若是觀察天象七八十年，連什麼時候放晴，什麼時候該雨都不知道，那麼，這七八十年，他在幹什麼？預測天氣，老農的本領，有時比天文臺還要大。」

我還有點不服，可是事實放在眼前，那也令我無話可說。白素又道：「在你忙著穿鞋襪的時候，我通知了陳長青。」

我想不出反對的理由，只好不出聲。

車子在孔宅大門前停下，孔振源在門口迎接：「真準時，家兄在等著。」說著，陳長青也來了，孔振源怔了一怔，滿面疑惑，我忙道：「這位陳先生，是我的好朋友，對星相學有高深的研究，令兄一定會喜歡見他。」

孔振源沒有說什麼，當他轉身向內走去的時候，陳長青過來低聲道：「謝謝你。」

我笑道：「希望等一會老頭子看到你，不至於因為吃驚而昏死過去。」

陳長青吐了吐舌頭。

我們走進孔振泉那間寬大得異乎尋常的臥室，我先向床頭看了一眼。果然，有一隻黑漆描金的櫃子在。上次我來的時候，沒有注意，那是我的疏忽。

孔老頭子的精神極好，半躺在床上，抬頭向上，透過天花板上的巨大玻璃屋頂，看著天空。我們進來，他連頭都不回，只是道：「有故人來，真好，長青，好久不見了啊。」

陳長青現出了欽佩莫名的神情來，趨前道：「大老爺這樣小事，你都觀察都出來？」

孔老頭子指著上面：「天市垣貫索近天紀，主有客來，且是不速之熟客，除了你之外，當然不會有別人。」

陳長青循著孔老頭子的手指，抬頭向天，聚精會神地看著，可是他卻是一片迷惑的神色，顯然他並沒有看出什麼來。我也聽得傻了，只知道貫索、天紀全是星的名字。

孔老頭子又道：「快子時了，衛斯理，你快過來，我指給你看。」

他一面說，一面向我招著手，我不由自主，被他話中的那股神秘氣氛所吸引，走了過去，同時看了看表，離午夜還有六分鐘。

我向白素作了一個手勢，白素也跟了過來。

我們一起抬頭向上看去，我不明白何以孔振泉的精神那麼好，這時，他看來不像是一個超過了九十歲的老人，他抬頭，透過屋頂上的那一大幅玻璃，望向星空，他的精神，簡直就像是初戀的小男孩，望著他心愛的小女孩。

我望著繁星點點的星空，那是每一個人，在每一個晴朗的晚上，一抬頭就可以看得到的星空，觀察星空，不必付任何代價，人人都有這個權利，而星星在天上，不知道已經有多少年，比任何人類的祖先，早了不知多少倍。在我的一生之中，我也不知道看過星空多少次，這時看到的星空，和我以前看到過的，也沒有什麼不同，我辨認著我可以認出來的星星，順口問：「老先生，剛才你說什麼天市垣貫索近天紀，它們在哪裡？」

孔振泉揮著手：「那是兩顆很小的小星，普通人看不見。」

我不禁回頭向他望了一眼，同時，也看了一下他那張大床的附近，我想找望遠鏡之類，用以觀察星象的工具，可是卻沒有發現。我有點不服氣：「你目力比別人好？為什麼你能看到別人看不到的小星星？」孔振泉顯得十分不耐煩：「當然我可以看到——我告訴你：那些星星，要讓我看到，讓我感到它們的變化，總要有人知道它們想幹什麼的，是不是？這個人就是我。」

我皺著眉，這一番話，我又不是十分明白。

我再向他望了一眼，他仍然專注著，凝視著星空。可是他卻可以感到我是在回頭看他，吼叫起來：「看著天，別看我。」

孔老頭子突然叫了起來，我倒還好，把在一旁的他的弟弟，嚇了一大跳，因為老頭子的身體，虛弱得很，上次我來看他的時候，上氣不接下氣，像是風中殘燭，現在居然叫聲宏亮，這實在是一種反常的情形。所以孔振源忙道：「大哥，你……」

他只講了二個字，孔老大一揮手，他就立時住口，不再講下去。

老頭子的雙眼，十分有神，當他望向星空，更在他的雙眼之中，有一股看起來像是在不斷流動的、十分難以形容的異樣光采。

我一面望向天空，一面仍然在討論剛才的那個問題：「老先生，你說……」

我只講了半句，孔振源陡然發出了一下驚呼聲一樣的呻吟，伸手向上，他的手在劇烈地發著抖、聲音也在發顫：「看，看，快出現了，快出現了。」

我和陳長青都手足無措，滿天都是星，看來一點異樣也沒有，真不知他要我們看什麼。可是看他的神情，聽他的語氣，又像是機會稍縱即逝，一下子錯過了，就再也看不到他要我們看的異象。

還是白素夠鎮定忙問：「老爺子，你要我們看哪一部分？」

孔振泉劇烈地喘起氣來：「青龍。青龍，你們看，看，快看。」他叫到後來，簡直聲嘶力竭，整個人都在發抖，努力要把聲音自他的身體之中擠出來，孔振源過來想搓他的胸口，卻被他一下子推了開去。

孔振泉這樣一叫，氣氛頓時緊張了起來，我一時之間，還未曾會過意來，因為平時就算我接觸星象，用的也全是現代天文學上的名詞，對於中國古代的天文學名詞，不是十分熟稔，看孔振泉的樣子這樣急促，可能是星象上的變異稍縱即逝，那使得我十分緊張，一時之間，更想不起他要我看哪一部分，向陳長青看去，看到他的神情十分專注，但是也充滿了懷疑的神色。

白素在我身際用極低的聲音道：「東方七宿。」

我「啊」地一聲，立時抬頭向東望去。

青龍是古代天文學名詞。中國古代的天文學家，把能觀察到的星座分為二十八宿，每七宿組成一種動物的形象，把東方的若干星，想像成一條龍，稱為青龍。四象之中的另外三組星星，則是朱鳥、白虎、玄武。

青龍，就是東方七宿：角宿、亢宿、氐宿、房宿、心宿、尾宿、箕宿，加起來，肉眼可見的星星，有三十餘顆，包括了現代天文學上星座劃分的處女座、天蠍座、天秤座、人馬座中的許多星星，排列在浩瀚星空的東南方。

一經白素提醒，我的視線，立時專注在東方七宿的那些星星上，我才找到了角宿中最高的一顆星，那是象形中的「青龍」的龍頭部分，這顆星，古代天文學家稱之為角宿一，但在近代天文學上，它屬於處女座，是一顆亮度一等的一等星，編號是「一」。

（聲明：在這篇故事之中，以後，將會提到不少星的名字，中國古代的名字是沒有問題，而現代天文學上，星的名字卻是用希臘字母來代表的，排字房中未必排得出來，而且排出來了，也不好讀，所以，一律將之改為相應的數字。希臘字母一共二十四個，第一個字母，就當作「一」，餘此類推）

處女一相當容易找到，它和牧夫座的一號星、獅子座的二號星，在天空形成一個等邊三角形，最南方的一顆就是處女一。

我找到了那顆星，一點也未曾發現有什麼異樣，我正想再去找亢宿、氐宿的那些星星，忽然聽得孔振源叫：「醫生，快來，快來。」

孔振源叫得那麼急促，逼得我暫時放棄了觀察天象，低下頭來。

每個人都抬頭專注於星空，孔振源一直在注意著他的大哥，孔老大這時的神情，可怕之極，他雙手揮舞，額上青筋突起老高，雙眼直盯著星空，在他的臉上，汗珠一顆一顆迸出來，匯成一股一股的汗水，向下淌。

我沒有看出星空有什麼異樣，我也承認孔振源這時叫醫生進來，是明智之舉，因為這個老人，已油枯燈盡了！

門打開，幾個人擁了進來，可是，孔振泉這老頭子卻突然用極其淒厲的聲音叫了起來：「閒雜人等統統滾出去，衛斯理，我要你看，你快看。」

他發抖的手指向上，我剛想說什麼，白素已經輕拉了一下我的衣袖，忙迭答應著：「是，老爺子，他在看，他在看。」

我瞪了白素一眼，白素回望了我一下，在她的眼神之中，我看出她實在也沒覺察到星空上的「青龍」，有什麼異象。

孔振泉這樣一叫，孔振源手足無措，進來的醫生護士也不知怎麼才好，孔振源叫道：「大哥，你……」

孔振泉的聲音，淒厲到了令人毛發直豎：「你也滾出去，你根本就不懂……快看，注意箕宿四，箕宿四……」

他講到這裡，已急速地喘息起來，他的聲調和神態，實在太駭人，我忙去尋找箕宿四，那是人馬座的第七號星，人馬座的彌漫星雲M8，是肉眼可見的星雲，而箕宿四就在附近，要找起來，並不困難，可是找到了和找不到，實在沒有多少分別，一顆星，就是一顆星，看起來一點異樣也沒有，它在黑暗的天空上，和其他星星一起閃著光，除非是光度特別強的星，不然，每顆星，看起來都一樣。我盯著箕宿四，有點頭眩和眼花撩亂，只聽得陳長青問：「老爺，箕宿四怎麼了？」

孔振泉尖聲答：「芒，你們看箕宿四的星芒，直指東方，尾宿七又有芒與之呼應……」

他講到這裡，整個人，突然一躍而起，站到了那張大床上。

他忽然之間有這樣的舉動，將每一個人都嚇了老大一跳。床褥上並不是很容易站得穩，老人家身子搖擺著，孔振源先是嚇得呆了，接著大叫了一聲：「大哥。」

他一面叫，一面撲上去，雙臂還抱住了老頭子的雙腿，好讓他站穩。孔振泉一直抬頭向著上面，不住喘著氣，神情怪異到極，雙手伸向上，手掌向後翻著，令得掌心向上，而且，作出十分用力的神情。看他的這種情形，活脫像是上面有什麼東西壓了下來，而他正盡力用雙手將之頂住。

我、白素和陳長青三人，看到了這種情形，面面相覷，實在不知道怎樣才好，而孔振源則抱住了他大哥的雙腿，也嚇得講不出話，於是整間房間之中，就只有孔振泉濃重的喘息聲。這種情形並沒有維持了多久，我剛想有所行動之際，孔振泉已經叫了起來：「你們看到了沒有？東方七宿，每一宿之中，都有一顆星在射著星芒。」

我看到白素緊蹙著眉，陳長青則像是傻瓜一樣地張大了口。他們都抬頭看著天空。我也抬頭向上看去。我不明白孔振泉所說的「星芒」是什麼意思。如果是指星星的閃耀不定的光芒而言，那麼，每一顆星都有，除非這顆星的光度十分微弱。如果是另有所指，那麼，我看不出東方七宿的那麼多星星中，有什麼異樣的光芒。

孔振泉卻還在叫著：「看，七股星芒，糟了，糟了，果然不出我所料，七色星芒，聯成一氣的日子已來到，不得了，不得了，大災大難……」

他叫到這裡，聲嘶力竭，孔振源被他大哥的這種怪異行為，嚇得幾乎哭了起來：「大哥，你先躺下來再說，大哥，你先躺下來再說。」

孔振泉這老頭子，也不知道是哪裡來的氣力，陡然大叫一聲，一振腿，竟然把抱住他雙腿的孔振源，踢得一個筋斗，向後翻了出去。

而看他的樣子，雙手像是更吃力地向上頂著，一面仍然在叫：「別讓他們進行，別……讓他們進行……」

我大聲問了一句：「他們想幹什麼？他們是誰？」

老人家的聲音變得十分嘶啞：「他們想降災，在東方降災……這個災難……衛斯理，你一定要去阻止他們……一共有過三次……有史以來……一共只有過三次七宿現異色星芒，……這是第三次了，衛斯理，你一定要去阻止他們……你……」

他的聲音越來越啞，這時，我在用心聽著，被踢開去的孔振源，重又來到床邊，再度抱住了老人家的雙腿。

老人家講到這裡，突然停止，剎那之間，房間之中，靜得出奇。

我還想等他繼續說下去，看他還有什麼怪異的話要說出來，可是卻聽不到任何聲音。就這時候，我和白素兩人，同時發出了「啊」的一下呼叫聲來。我們同時感到，房間中太靜了！即使孔振泉不叫嚷，他也應該發出濃重的喘息聲，可是這時卻根本聽不到任何聲音。

我在「啊」了一聲之後，立時向孔振泉看去，只見他仍然維持著那樣的姿勢，雙手仍然撐向天上，雙眼睜得老大，口半張著，一動也不動。

一接觸到他的雙眼，我就吃了一驚，以前，不論他多衰老，他的雙眼有著一種異樣的炯炯光采，可是這時候，他盡管睜大著眼，眼中卻已沒有了這樣的光采，看起來，像是蒙上了一層蠟。

我立即知道：孔振泉死了。可是，孔振源顯然還不知道，還緊抱著他的雙腿，我長長嘆了一口氣，過去拍了拍孔振源的肩頭，說道：「扶他躺下來，他已經過世了。」

孔振源一聽得我這樣說，陡然一震，鬆開了雙臂，他雙臂才一鬆開，孔振泉高舉著的雙臂，陡然垂下，人也直挺挺地倒了下來，仰天躺著，雙眼仍然睜得極大。

孔振源胡亂地揮著手，一副不知所措的樣子，看來他對他這位兄長的感情十分深。

這時，他兄長雖然以九十餘歲的高齡去世，但是對他來說，還是一個極嚴重的打擊。

我向早已走進來的醫護人員招了招手，讓他們走近床，兩個醫生一個抓起了孔振泉的手腕，一個側頭去聽孔振泉的心臟是不是還在跳動。我和白素知道這全是多餘的事，這個老人已經死了。

孔振源直到這時，才哭出聲來，一面哭，一面向那幾個醫生道：「快救他，快救他……他昏了過去……快打針，快！」

我忍不住大聲道：「孔先生，令兄死了。」

誰知道孔振源陡然跳了起來，樣子又急又凶，指著我叫了起來：「出去，出去。誰說他死了？你根本就不該來，你……你……出去！」

我心中雖然生氣，自然也不會去和一個才受了嚴重打擊的人計較什麼，白素還怕我會有什麼行動，拉著我：「我們該走了。」

我轉身向外就走，陳長青跟在後面，到了門口，我憋了一肚子氣，向白素道：「真是豈有此理，莫名其妙，來聽一個老瘋子的胡言亂語，受了氣，還沒地方出。」

陳長青卻一點也不識趣，一本正經地說道：「大老爺說的話，是天機，他洩漏了天機，所以立時死了。」

我瞅著陳長青：「你放什麼屁？什麼天機！」

陳長青伸手指著天空：「孔振泉在星象的變異上，看出了東方將有大災降臨，枉他那麼相信你，認為世界上只有你衛斯理一個人，才能阻擋這個災禍，你卻連他講的話都不相信，還稱他為老瘋子。」

我「哈哈」大笑起來：「對。對。我是蒙他抬舉了，他應該找你去，去阻止這場大災難。」

陳長青向我翻著眼睛，一副「我為什麼不能」的神態，我又道：「我建議你去弄一枚強力的太空火箭，把自己綁在火箭上，射上天去，去把什麼箕宿四、心宿三、房宿二的那種異樣星芒弄掉，那麼，天上星象既然沒有異象，災難自然也消解了。」

陳長青被我的話，說得滿面通紅，怒道：「你根本什麼也不懂。」

我高舉雙手：「是，我承認。」

白素嘆了一聲：「現在說這種話，有什麼意義，上車吧。」

我們來的時候，是在門口遇見陳長青的，此刻，白素請陳長青上車，陳長青卻犯了牛脾氣，大踏步向前走了出去，頭也不回，大聲道：「我不和什麼也不懂的人同車。」

我立時道：「小心，半夜三更一個人走路，小心遇上了七個穿青衣服的人。」

陳長青呆了一呆，轉過身來：「什麼七個穿青衣服的人？」

我忍不住又大笑：「東方七宿的代身啊，東方七宿又稱青龍，當然穿青衣服，說不定，臉也是綠顏色的。」

陳長青發出了一下憤怒的叫聲，向前走去。我一面笑著，一面上了車，坐在駕駛位上，白素也上了車，坐在我的身邊，默然不語。

我並不立即開車，白素也不催我，她知道我不開車的原因：先讓陳長青去走一段路，然後再追上去，兜他上車。

我等了沒有多久，就聽到警號聲，一輛救護車疾駛而至，在門口停下。看來孔振源還是不死心，認為他的兄長只是昏了過去，沒有死。

我發動了車子，緩緩向前駛去，白素直到這時才說了一句：「我看陳長青不見得肯上車。」

我嘆了一聲：「這個人其實十分有趣，只是太古怪了，而且，也沒有幽默感。」

白素不說話，只是發出了一下輕微的悶哼聲，我道：「有反對的意見？」

白素道：「當然，你這種幽默，若是由旁人加在你的身上，你會怎樣？」

我揮了揮手：「我根本不會給人家這樣諷刺我的機會，所以不必去想會怎樣。」

白素低嘆了一聲：「孔老的話，未必是瘋言瘋語，他觀察星象那麼久，有獨到之秘。」

我沒有再說什麼，如果這時，和我說話的對象是別人而不是白素，那我一定會說：「就算他說的全是真的，星象顯示了有大災難，我們生活在地球上的人，又有什麼辦法可以改變？」

但由於那是白素，所以我只是悶哼了一聲算數，誰知道白素立時問：「有反對的意見？」

我不禁笑了起來，正想回答，突然看到陳長青，站在路邊的一塊大石上，抬頭向天，雙手伸向上，手掌翻向天，直挺挺地站著，就是孔振泉臨死之前的怪姿勢。我呆了一呆，立時停車，按下了車窗。

車窗一打開，就聽到陳長青還在大聲叫著：「別讓他們進行。別讓他們進行。」

那也正是孔振泉臨死之前叫的話。

我伸頭出窗，叫道：「陳長青，別裝神弄鬼了，快上車吧。」

陳長青震動了一下：「衛斯理，我有什麼事求過你沒有？」

我「哼」地一聲：「太多了。」

陳長青急急地道：「是，我求過你很多事，可是你從來也沒有答應過我，現在我求你下車，站到我身邊來，求求你。」

陳長青在這樣講的時候，姿勢仍然沒有變過，而他的聲音，又是這樣焦切。一個這樣的要求，如果再不答應，就未免太不夠意思了，所以，盡管我心中還是十分不願意，還是一面搖著頭，一面向白素作了一個無可奈何的手勢，打開車門，躍上了那塊大石，到了陳長青的身邊。

陳長青仍然維持著那個怪姿勢，他道：「你知道我現在在幹什麼？我是在試驗，孔振泉是不是因為洩漏了天機，所以被一種神秘力量殺死了，如果事情真如我所料，那麼，這時，我也應該可以感覺到這種力量。」

我長嘆了一聲——那是一下真正的長嘆，然後我道：「我勸你還是快停止吧，如果你的試驗成功，你豈不是會被來自東方七宿的神秘力量殺死？」

我勸他停止這種「試驗」的理由，可以說再充分也沒有。可是陳長青卻極是嚴肅：「我死了有什麼關係？至少可以使你相信，天機真是這樣，那你就會盡你一切力量，去阻止這場大災難。」

我啼笑皆非，我倒絕不懷疑陳長青真有這樣偉大的胸懷，這個人，若是偉大起來，絕對可以到這種地步。我只是對他把孔振泉的話看得那麼重，有點不能接受。

我忙道：「那你準備這樣站多久？」

陳長青嘆了一聲：「我不知道，我已經站了一會，可是一點感應也沒有。」

他停了一停，突然又叫一聲：「衛斯理。」

我嚇了一跳，忙道：「別叫我和你一樣有這種怪姿勢來做你的試驗。」

陳長青又嘆了一聲，我慶幸自己早料中了他要我幹什麼，拒絕在先，好令他不敢開口。他在嘆了一聲之後：「衛斯理，在星相學中，有很多屬於星相學自己的語言，你當然知道。」

我笑道：「我可以和你詳細討論這個問題，上車再說吧。」

我知道要勸阻陳長青，不是一件容易的事，心想只要把他弄上車，送他回家去，就算他在他家的花園中，用這樣的怪姿勢站上三天三夜，也不關我的事，他就這樣站在路邊，我總不能就此捨他而去。

誰知陳長青聽了，一面仰著頭，一面又搖著頭，看起來十分滑稽：「不，現在先說說，屬於星相學的語言，有時很玄，但是也可以用別的語言來替代。譬如說，上應天命，就可以解釋說，星群中某一顆星的活動，對某一個人產生獨特的影響。」

我「嗯」地一聲，不置可否，心中在盤算著，是不是要把他打昏過去，弄上車子。

白素這時，也下了車，來到了大石之旁，看著我們。

陳長青又道：「當然你必須相信在地球上生活的人，一切行動、思想，都受到宇宙中無數其他星球影響，就是說，必須先承認星相學的根本說法，不然，不必討論下去。」

我趁機道：「我不承認，我們不必討論下去。」

陳長青的樣子，看來十足是一個殉道者：「不，衛斯理，其實你相信星相學的原則，宇宙中那麼多星體，幾乎每一個都有它獨特的能量，射向地球，使得許多對這種能量有獨特感應的人，受到這個星體的影響。」

我再嘆了一聲，沒有說什麼，白素卻在幫著陳長青作解釋：「這個受了某個星體獨特影響的人，在古代的語言或是星相學的語言上，就是某某星宿下凡。」

陳長青大是高興：「對啊，一個受了星體能量影響、文才特別高超的人，會被認為是文曲星下凡，一個受了某種星體影響、作惡多端的人，就是惡星下凡。」

我除了嘆氣之外，實在不能做什麼，連我說話的語調，也無精打采，一點也不像陳長青那樣，興致勃勃，我道：「是啊，梁山好漢一百零八條，都上應天象。」

陳長青十分認真地道：「我認為世上特出的人物，都應天象，受到某一顆星影響，庸庸碌碌的普通人，始終只能做普通人，不能成為大人物，就是因為受不到星體的影響之故。」

一聽到陳長青的這番話，我倒不禁肅然起敬，佩服他想像力的豐富。

他把傳說中的「什麼星下凡」這種現象，解釋為是地球上的某一個人在一出世之後，就受宇宙某一個星體所發射的一種不可測的力量的影響，真是聞所未聞。雖然恐怕他一輩子也無法證明，但是這種大膽假設，倒也足以令人敬佩。

我點頭道：「不錯，這是一個很好的設想。」

陳長青極高興，連聲道：「謝謝。」

他道了謝之後，反倒又不開口了，我問：「你轉彎抹角告訴了我這些，究竟想對我說什麼？」

陳長青又停了一會，才道：「我用這樣的姿勢，講這樣的話，一點感應也沒有，你，孔振泉一直在指定要你去對付星象上的異象，一定是他知道，你是……」

我大聲道：「我自己也不知道自己是什麼星宿下凡，或許是倒楣星。」

我說自己是倒楣星，是指認識了陳長青這種朋友而言，可是陳長青卻立時一本正經道：「這話怎麼說？嫂夫人還配不上你麼？你要自認倒楣。」我真是啼笑皆非。陳長青又道：「你是一個非常人，我想你一定是受了天體之中某一顆星的影響。」

我已經跨下石去，不準備再理他了。

我一面跨下大石，一面道：「希望你能告訴我，是哪一顆星，那麼，當你看到這顆星掉下來時，就可以知道我死了。」

陳長青道：「一個人在活著的時候，只有極少數的例外，才能知道影響他的是什麼星，例如皇帝，一般來說，都受到紫微星的影響。」

我跳下了大石，陳長青十分苦惱：「我本來想，由你來採取同樣的姿勢，講同樣的話，或者，你可以有感應，會感到來自星空的神秘力量，正要在東方造成一場嚴重的災難。」

我不由自主，又嘆了一聲：「謝謝你看得起我，可是我卻不認爲我會是什麼星下凡，我也不會像你那樣，去祈求星星給我感應，我只是一個普通人，甚至我沒有看到什麼變異。」

陳長青的聲音非常沮喪：「老實說，我也沒有看到有什麼異象，可是孔振泉他說，東方七宿之中，有七色星芒聯成一氣的現象。」

我道：「孔振泉也曾說過，他睡著的時候也睜著眼，這樣可以由心靈感應到星象。」

我這樣說，意思是孔振泉這老頭子的話，實際上不可信，不必再照他的話去做傻事。

可是陳長青真是死心眼得可以，他立時道：「是啊，如果星體對人的影響，來自一種神秘的放射能，那麼，用心靈來感應，確實比用眼來觀察更有效。」

我真正再也忍不住了，大喝一聲：「陳長青，你到底上不上車？」

陳長青仍然仰著頭，搖著，白素向我施了一個眼色，示意我順從一下陳長青的意思，我很少對白素生氣，但這時，我卻禁不住用十分發怒的聲音道：「你要我像他一樣發神經？」

白素低嘆了一聲：「不是，我只是覺得，孔振泉這個老人，他所說的話，雖然不可理解，但是卻有他一定的道理。他觀察了一種星象，主大災大禍，而聽他的語氣，這種大災禍像是可以消弭，而能夠消災去禍的人，又只有你。」

我苦笑，白素也相信我有通天徹地之能？我有什麼力量可以和天上的星象去對抗？東方七宿的星星，全是仙女座、天蠍座的，與地球之間的距離，全都以光年計，集中全世界的科技力量，也無法使我接近這些星座，這簡直不是開玩笑，而是癡人的夢囈了。

白素卻還在道：「陳先生堅持得很有道理，反正你不會有什麼損失，你不試一試？」

我笑了起來：「由此可知，你也根本不相信，要是你相信我真能接受什麼上天感應，或者說，能接受什麼星體的神秘放射能，你就不會叫我試，要是我也因爲洩露天機而被弄死了，那怎麼辦？」

白素神情迷惘：「我也不知道該怎麼辦，事實上，我的……想法也很矛盾，但是我認爲，不妨試一下。」

她這樣說的時候，瞪大了眼睛望著我，流露出了懇求的眼色。

我不知道何以白素要我堅持那樣做，她平時不是喜歡做無意義的事情的人，或許正如她所說，她對於一連串的事，想法也很矛盾，所以想要進一步的證實一下自己的一種模糊的、不成熟的想法。

就算陳長青跪下來求我，我也不會答應去做這種事的，但是在白素柔和動人的眼光下，我卻長嘆一聲，終於放棄了自己的主意。

我又跨上了大石，搖著頭，大概從三歲之後，就沒有做過這種怪事。我學著陳長青，雙手撐向天空，瞪大眼睛望著星空。然後，我大叫：「別讓他們進行，別讓他們進行。」

當我這樣叫的時候，陳長青也跟著叫，要是有什麼人經過，看到了我和陳長青的這種神態，不認為神經病院發生了大逃亡事件才怪。

我叫了三四遍，心想白素應該滿足，準備跳下那塊大石，突然之間，我呆住了，張大了口，一點聲都發不出來。

近南方的星空，也就是東方七宿所在處，有幾顆自東到西，距離相當遠的星星，突然發出了一種異樣的光芒，那種光芒又細又長，倏然射出七股光芒的顏色不同，細得像蛛絲，但是在那一霎之間，光彩不但奪目，簡直驚心動魄。

七股星芒，射向同一個目標，也就是說，七股星芒從不同位置的星球射出，但是七根直線卻射向一點，在這一點上交匯。

那七股星芒交匯的一點，是黑暗的星空，看不出有什麼星星。然而，就在星芒交匯那一剎那間，我又清楚地看到，在那交匯點上，迸出了一個星花，猩紅色，紅得如此鮮艷，如此奪目，所以當這一點紅光一閃，連同那七股星芒一起消失，我的視網膜上，還留下了十五分之一秒的印象，就像是有一滴鮮血，在漆黑的黑空上，忽然滴了下來，這種景象，真令人心頭震動，駭異莫名。

這一切，我用文字形容，相當多形容詞，才能說出一個梗概，可是實際上，這一切發生的時間，絕不會超過十分之一秒。

當那鮮血也似的一滴，在我視線中消失了，我第一件事，就是轉頭向陳長青看過去，陳長青還是傻瓜一樣地仰著頭，從他的神情上可以看得出，他在剛才那一霎間，根本沒有看到什麼。

我是不是真的看到了星空異象？爲什麼只有我一個人看到？真的是因爲我有一種特異的能力？還是那只不過是我的幻覺？

這真是怪異之極，星空的異象已然完全消失了，我還是維持著原來的姿勢，除了轉頭看了一下陳長青之外，沒有動過。白素十分急切地問：「你看到了什麼？」

我怔了一怔，用十分嘶啞的聲音答：「沒有，沒有看到什麼。」

當我這樣答白素的時候，我知道，多少年的夫妻，白素一聽就可以知道我在說謊，所以我連看也不敢看她，隨即放下手來：「陳長青！試驗做完，上車回去吧。」

陳長青失望之極，也放下手來，嘆了一聲，喃喃道：「真沒有道理，孔振泉的話，我相信是真的，我跟了他一年，他用觀察星象的結果來預言一些事，從來沒有不準。」

我「哦」地一聲：「例子呢？」

陳長青道：「那次他告訴我，畢宿五星，天潢星官大暗，主西方有要人當遇巨災，第二天，就有美國總統被刺，中了兩槍的消息傳來。還有一次，北斗七星之中天璇被異星所犯，主地動，結果，是一場驚人的大地震。」

我皺著眉，這時，我和他討論問題，態度已嚴肅。我道：「如果你指的地震，是那場著名的大地震，那麼時間不對，那時你不應該在孔家。」

陳長青道：「是的，那天，孔老頭子精神好，我又答對了他的幾個問題，他興致起來，就給我看他觀察星象的一份記錄，他早已經知道，必有地動，後來，果然如此，死了幾十萬人。」

我沒有再說什麼，下了那塊大石，陳長青跟了下來，還在喃喃自語，我也不去理會他，上了車，誰也沒有說話，我思緒極紊亂，也不想說話。陳長青本來還想跟我們回去再討論，可是看到我心不在焉，他也不知道發生了什麼事，所以沒有再提出來，只是在分手的時候道：「我們保持聯絡，誰有了發現，就先通知對方，嗯？」

我又答應了一聲，在陳長青走了之後，白素又沈默了片刻，才說道：「這樣，對陳長青不公平。」

我嘆了一聲，用手撫著臉：「我知道，但是事情十分怪異，先讓我定下神來。」

白素沒有再問我看到什麼，我又伸手撫著她的頭髮，在車到家門口之際，我道：「進去我就講給你聽。」

白素點著頭，但是她指著門口：「看，我們家裡有客人在。」

我也看到了，在我住所門口，停著一輛黑色的大房車，有著穿制服的司機，車座上，有著雪白的白布椅套。

這輛大房車，我絕不陌生，那天晚上，從歌劇院出來，大雨之中，我就是登上了這輛車子，才見到了孔振泉的，那是孔振源的車子。

我一面下車，一面道：「孔振源？不會吧，他大哥才死，他怎麼會到我這裡來？」

白素也大惑不解，我急步來到門口，打開了門，就聽到老蔡的聲音傳了過來：「我不知道衛先生什麼時候回來，你等得了就等，等不了就帶著那箱子走。」

老蔡是我們家的老僕人，這時他在發脾氣，由此可知，來客一定有更不客氣的言行，所以令得老蔡生氣。

我大踏步走進客廳去：「我回來了……」一進客廳，我就一怔，因為在客廳中，漲紅了臉、神情又急又怒的，不是別人，正是孔振源。

我離開孔家，是被他趕走的，我無意報復，但也感到十分奇怪，他來幹什麼？孔振源看到了我，他狠狠瞪了老蔡一眼，老蔡犯了僵脾氣，轉過頭去，睬也不睬他。孔振源指著地上放著的一口黑漆描金箱子，氣呼呼道：「家兄遺命，要把這口箱子，由我親手交給你，不能借旁人之手，現在送到，我告辭了。」

他說著，已經向外走去。

我看到了那口箱子，認出就是放在孔振泉床頭的那一口，上面的九子連環鎖也還在，這時，我只覺得事情十分突兀，有許多想不通的地方。

我所想到的第一點是，現在距孔振泉之死，大約還不到一小時，孔振源怎麼那麼快就去看孔振泉的遺書？我一想到這一點，就道：「你倒真性急，那麼快就去看你哥哥的遺書。」

孔振源怒道：「你在胡說八道什麼？」

我指著那口箱子：「你說是孔先生的遺命，你不看遺書，怎麼知道？」

我理直氣壯地，孔振源更是憤怒，脫口道：「放你的……」孔振源只罵了半句，就突然想起他是有身份，所以將下半句硬生生地收了回去。

我卻直視著他，等著他的回答，他吞了一口口水，大聲道：「家兄臨死時說的。」

我一聽得他這樣說法，眼睜得更大，真不明白世界上怎麼有這樣睜著眼說瞎話的人，他兄長死的時候，我就在旁邊，老人在最後叫了一句「衛斯理，你一定要去阻止他們」，就咽了氣。

當時的情形雖然很混亂，但是也決計沒有混亂到我聽不到他吩咐孔振源要把那口黑漆描金的箱子親手送給我的地步。

我立時道：「你在放什麼屁？孔先生死的時候，我也在，他說過什麼，我清楚。」

孔振源一下子衝到了我的面前，看來他的忍耐，已到了極限，所以他終於把那下半句話也罵了出來：「你才在放屁，你說他死，他根本沒有死，只是老人家閉過了氣去。」

我陡地呆了一呆，一時之間，還不知怎樣反應才好，白素也急急說道：「孔先生，你的意思是，我們走了之後，孔先生他……他……」孔振源悶哼了一聲：「我真懶得跟你多說，可是我大哥真還看得起你，他醒過來，坐直身，就吩咐我，一定要把這口箱子給你。」

我聽到這裡，也真呆住了。我又不是沒見過死人，要是連活人和死人也不能一眼看出來，那真可以弄一塊豆腐來撞死算了。

可是孔振源又沒有道理騙我，我忙道：「孔先生，你再趕時間，也不急在一時，把情形詳細向我說說。」

白素也道：「是啊，只耽擱你幾分鐘，孔先先生要他去做事，他一定要瞭解每一個細節，以免辜負了孔老先生的遺志。」

或許是白素最後一句話感動了孔振源，他悶哼了一聲，怒意稍斂：「你們走了之後，那幾個渾蛋醫生，也說他死了……」我想插一句口：「他本來就死了。」但是我口唇動了動，沒說出來。

孔振源續道：「我打電話叫急救車，一再搖著他，要讓他醒過來。」

孔振源講到這裡，聲音哽咽，我想像著那時的情景，孔振源對這個年紀比他大了三十歲的兄長，感情極濃，猝然受到打擊，有點反常的行動，場面倒很感人。

可是，死人是搖不活的，死人要是搖得活，天下還會有死人嗎？

孔振源聲音哽塞：「我搖了幾下，他就陡然坐了起來，身子坐得筆直，那些渾蛋，看到他醒過來，居然害怕，連跌帶爬，真不要臉。」

我勉強笑了一下，一個明明已經死了的人，忽然又坐直了身子，這使人聯想到「屍變」，在場的人，自然害怕，尤其是那兩個確知孔老頭子已經死亡的醫生，孔振源一再罵他們渾蛋，實在沒有道理。

我不作任何反應，孔振源又道：「他一坐直，就轉頭，指著那隻箱子：『振源，這箱子，你立刻送給衛斯理，要親自去，親手交到他手上，看他收妥了才能走，一刻也不能耽擱。』我看到他醒過來，高興極了，連忙答應。這時，急救車的人也到了，可是他在講了那幾句話之後，又倒了下去，這次……真的死了，怎麼叫也叫不醒。」

孔振源講到這裡，神情極難過，停了片刻，才又道：「我一想到他最後的話，明知我走不開，也只好先把這口箱子給你送來，但偏偏你又不在，我心急，貴管家又……」我忙道：「對不起，對不起。」孔振源唉聲嘆氣：「我要走了，唉，家兄一死，不知道有多少事情要辦。」

他向門口走去，我和白素忙送了出去，到了門口，我才問了一句：「這箱子裡，有什麼東西？」

孔振源搖頭道：「我一點也不知道，既然他遺命送給你，不論裡面是什麼，全是你的，你有處理的全權。」

他說著，急急上車，一定是他催促司機快開車，所以車子在快速轉過街角的時候，發出了一陣陣「吱吱」的聲響。

等到看不到他的車子了，我才道：「當時，老人家不是昏過去，而是死了。」

白素點頭道：「是，當他還站著的時候，已經死了。」

我攤著手：「這就怪了，死人怎麼還會復活，吩咐把那口箱子給我？」

白素沒有立時回答，轉進了屋內，站在那箱子之旁，用手撫摸著箱子，沈思著。

那是一口十分美麗的箱子。這種箱子，現在大多數被仿製來作爲出售給西方人作裝飾用，但是在古老的中國家庭之中，它卻確然曾是實用的家具。黑漆歷久而依然錚亮，描金的花紋，顏色十分鮮明。

金漆描的是北斗七星圖，配以圖案形的雲彩，看起來十分別致。

白素沈吟不語，我把鎖著箱子的九子連環鎖撥弄得發出聲響，白素道：「人死了之後，再忽然活回來的例子，倒並不罕見。」

我承認：「不錯，有的因之還記錄下了死亡之後的情形，有一本書，是一個美國醫生寫的，就記錄了許多這樣的實例。」

白素道：「所以，孔老的情形，不算太怪異，只不過這口箱子，他爲什麼這樣重視呢？」

我說道：「打開來一看就知道了。」

我一面說，一面抓住了鎖，就待向外拉。這種九子連環鎖的構造，十分複雜，要打開它，需要經過極其繁複的手續。

而且，我知道，陳長青曾打開過它，打開了之後，裡面是另一隻較小的箱子，也鎖著一柄較小的同樣構造的鎖。

箱子的鎖扣，看起來並不是太結實，我已經決定把鎖一下子拉下來算了，那是最直接的辦法。

白素卻陡然伸手，按在我的手背之上，向我搖了搖頭。我忙道：「這是最快打開箱子的辦法。」

白素道：「是，我同意，可是用這種法子弄開箱子，孔老頭對你一定失望。」

我笑了起來：「他已經死了，雖然他復活過一次，可是再也不會活了。」

白素道：「我不想任何人認爲我們連打開這種鎖的能力都沒有。」

我忙道：「誰說打不開？只不過太費時間！」

白素想了片刻，才道：「或許正要浪費那些時間，孔老先生十分精於占算，他一定算到——」

我笑得更大聲：「他一定應該料到我不會花這種冤枉功夫，而採取最直接的方法。」

白素側頭想了一想：「也有道理，反正該發生什麼，他應該早已預知的。」

她說著，將手縮了回去，我大是高興，用力一拉，就已經連鎖帶扣，一起拉了下來，打開箱子蓋，果然如陳長青所言，裡面是一口較小的箱子，形狀和花紋，一模一樣，也加著一把九子連環鎖，鎖也小了一號。

我把那較小的箱子提了出來，分量不是很重，一隻手可以輕而易舉提起來。然後，依樣畫葫蘆，又把鎖連鎖扣一起拉掉，再打開箱蓋，看到裡面，又是一口箱子，一模一樣，不過又小了一號。

我悶哼了一聲：「老頭子喜歡開玩笑，東西再重要，也不能這樣收藏法，這樣收藏，其實一點用處也沒有，人家只要把整個箱子抬走就行了。」

白素沒有說什麼，於是我又把那箱子提了出來。

把鎖連扣拔掉，打開箱蓋，這樣的動作，一共重複了七次。

也就是說，箱子之中還是箱子，已經一共有八隻箱子了，每隻箱子小了一號，到了第八隻，已經不是箱子。

這是一隻約有四十公分長的盒子了。可是花紋圖案，一模一樣。而最精妙的，是箱子上的九子連環鎖，一號比一號小，小到了第八號，還是同樣的鎖。這種鎖，有許多一個套一個的小圓圈，互相之間，在解的時候，要穿來穿去好多次，才能解開一環，這時鎖已這樣小，圓圈更小，如果要解的話，已無法用手指來掌握它們，而非用鑷子不可。

所有的鎖，都用上佳的雲南白銅鑄造，我從來也未曾見過那麼精緻的鎖，在第八號箱子上的鎖，由於體積小了，看起來更是精緻，我先輕輕拉了拉，望向白素，白素道：「現在，再想來慢慢解開它，太遲了！」

我笑道：「我是怕把鎖拉壞了。」

說著，取出了一柄小刀，撬著鎖扣，不多久，便把鎖扣撬了下來。

我用手向上一掀，將盒子蓋打開，我和白素兩人，同時發出了「啊」地一下呼叫聲。

箱子中的東西再奇怪，我們兩人也不會驚呼，可是這時，我們一起驚呼，是因爲第八號箱子打開之後，裡面根本是空的，什麼也沒有。

我在一時之間，還不相信自己的眼睛，伸手進去，在空盒子裡摸了一下，我發覺自己這樣的行動十分傻，縮回手來，不由自主紅了紅臉。

那時，我實在有點老羞成怒：「孔老頭子不是在開玩笑嗎？裡面什麼也沒有，死了之後再活過來，要他弟弟送來給我幹什麼？」

白素也呆著，出不了聲，過了一會，她才道：「實在也不能說箱子中什麼也沒有。」

我道：「有什麼？」

白素的回答很妙：「有箱子。」

我又罵了兩句，才道：「是啊，箱子裡有箱子，到最後一隻箱子裡面是空的，這叫作有東西？」

我一面說著，一面將八隻箱子蓋全打開，一隻一隻照原樣扔進去，最後，把八把鎖也拋進箱子去，蓋上蓋子道：「放到地下室去吧，什麼東西！」

白素遲疑地道：「或許是你開箱子的方式不對頭？」

我大聲道：「空箱子就是空箱子，不論用什麼方法打開它，都是空箱子。」

白素沒有和我爭辯，我又道：「孔老頭子活得太久了，沒事拿人來消遣，胡說八道，至於極點。」

白素道：「這樣說，不太公平吧，你剛才明明看到了什麼。」

第六部：天文台的答覆

我怔了一怔，坐到了那隻箱子上，有點言不由衷地說道：「因爲我受了孔老頭言語的影響，所以才會有幻覺。」

白素並不駁斥我的話，只是說道：「那就把你的幻覺，描述一下吧。」

我就把我當時看到的情形，向她說了一遍。白素靜靜地聽著，聽完之後，才道：「真奇怪，你說的情形，和孔老的話一樣。」

我道：「是啊，所以我才說這是受了他言語影響的一種結果。」白素十分心平氣和：「我看不到，陳長青也沒有看到，你看到了，說不定真是有什麼星體在影響你。」

我笑了起來：「是啊，你的丈夫，是天上的星宿下凡，爾等凡塵女子，還不速速下跪，拜見星君。」白素瞪了我一眼，自顧自上樓去了。我也上了樓，到了書房，把一幅相當大的星空圖，攤了開來。

雖然我把自己看到的情形稱爲「幻覺」，但當時那極短的時間內看到的情形，給我極深的印象，那令得我在一攤開星空圖之後，就可以指出，有星芒射出的七顆星，是哪七顆。

而印象更深刻的是，那七股星芒的交匯點，現出鮮紅色的那一點的所在，是在處女座的八號和十三號星之間，那是東方七宿之中，角宿的平道星官，兩星之間，並沒有肉眼可見的星星。

如果把整個東方七宿的星，用虛線聯結起來，想像成一條龍，那麼，那個七股星芒匯合的所在，是在龍形的頭部，或者可以更精確地說，是在龍形的口部。

我閉上眼睛一會，又自己問自己：那是幻覺嗎？當時的印象如此深刻，我真是看到了旁人所看不到的星空異象，孔振泉看到的是不是也是一樣呢？他所指的大災難，說是有史以來，只發生過兩次，指的又是什麼災難呢？

我不斷地想著，但一點結論也沒有。當我離開書房，回到臥室時，已經快凌晨四時，在這之前，我推開了窗，望著繁星點點的星空，又望了很久，可是那種異象，卻沒有再出現。

進了臥房，白素已經睡了，我躺在床上，翻來覆去睡不著，孔振泉淒厲的呼聲，像是一直在我耳際縈迴，十分可怕。

第二天一早，我就起了床，第一件事，就是和一個朋友聯絡。這個人，我不是很熟，只見過一次，是在一次偶然機會之中，談起外星生物時，他和我交談過幾句，他告訴我，他是天文學家，在比利時的國家天文臺作研究工作。

在那次簡短的談話之中，這位天文學家，曾經感慨地說過一番話：「人永遠無法瞭解星星的秘奧，試想，在幾百光年、幾千光年、幾萬光年的距離之外，去觀察星體，而想藉此瞭解星體的秘奧，這太奢求了！這和在一公里之外觀察一個美女而想去瞭解她，同樣不可能。」

這番話給我的印象十分深刻，因爲人類對現今的科學發現，充滿了沾沾自喜的情緒，以爲近一百年來的科學進步，已使人類掌握了許多天地間的秘奧！

有不少天文學家，更喜歡誇張天文學的成就，強調直徑巨大的電子望遠鏡的功用，但從望遠鏡中觀察天體，怎能瞭解天體？這位朋友所作的譬喻，實在是再恰當也沒有了。

所以，我想，我有天文學上的難題，找這樣一個在觀念上認爲人類無法掌握星體秘奧的學者去研究，那比較適合。

他遠在比利時，單是電話聯絡，已費了大約半小時的時間，那邊的天文臺先說殷達博士不聽電話，待知道是遠東來的長途電話，又叫我等一會再打去。

比利時的時間，比我居住的東方城市，慢七小時，我這裡是早上八時，他那邊是淩晨一時，作爲一個天文學家，那是觀察星象的最佳時間。

過了十五分鐘，我再打電話去，有人接聽之後，又等了一兩分鐘，才聽到了一個相當低沈的聲音，傳了過來：「是哪位？殷達在聽話。」

我忙道：「我是衛斯理，記得嗎？大約三年前，我們曾見過一次，你告訴我，用望遠鏡去看星星，就像在一公里之外觀察一個美女而想去瞭解她一樣。」

低沈的聲音笑了起來：「是，我記起來了，你曾回答我說，就算把一個美女娶回來做妻子，也無法瞭解她。」

我道：「是啊，當時你聽了我的話，十分沮喪地說：照你這種說法，天文學不存在了，就算可以登上星體，也無法瞭解它。」

低沈的聲音嘆了一聲：「正是，人類在地球上住了幾萬年，對地球又知道多少？連自己居住的星球都不能瞭解，何況是別的星球。」他說到這裡，停了一停，才又道：「朋友，我能爲你做什麼？」

我實在不知道怎麼向這位天文學家說才好，猶豫了一下：「事情相當怪異，昨天晚上，我觀察星象的時候，發現了一個十分怪異的現象。」

殷達笑了起來：「怎麼，發現了一顆新星？這是業餘星象觀察者夢想的事。請告訴我它的位置，替你覆查一下，我們這裡每晚都有天象的詳細紀錄。」

我忙道：「不是，不是，對不起，我不知道你對中國古代天文學程度怎樣。」

殷達遲疑了一下，語氣十分遺憾：「對不起，一無所知。」

我道：「那也不要緊，昨天晚上我觀察到的異象，是在處女座、天蠍座、天秤座、人馬座之中，一共有七顆星，各有一股極細的星芒射向東方，而在處女座八號和十二號星之間交匯，呈現一刹那之間，幾乎是鮮紅色的一點。一切全是一霎間的事，不知道是不是有紀錄，以你的觀點，怎樣解釋這種異象？」

殷達在聽了之後，靜默了大約半分鐘，才道：「請你再說一遍。」

我把我看到的景象再說一遍，他問：「你使用的是什麼設備？」

我道：「什麼也沒有，就用肉眼觀察。」

殷達博士又靜了半分鐘，才道：「朋友，我記得你告訴過我，你經常寫一些幻想小說？」

我不禁有點啼笑皆非，忙道：「不是我的幻想，在我看到之前十來分鐘，另外一個人也看到的。我要確定的是，是……」講到這裡，我自己也不禁猶豫了起來，因爲一切都那樣虛幻不可捉摸，究竟我想確定什麼，連我自己也不知道。我想確定什麼呢？確定這種發生在東方七宿中的異象，決定東方某地將有巨大的災難？殷達博士顯然不能幫助我。

我要確定的是異象是不是確然曾發生過，還是那只是我的幻覺。我想好了，才道：「我想確定我是不是真的看到了，不，想確定那些星座中的星，是不是有過異常的活動。」

殷達「嗯」地一聲：「我得回去查記錄，但是我可以先告訴你，要是星體的異常活動，強烈到肉眼也可以看得到，那是天體的大變動，天文臺方面會接到來自各方面的報告，世上千千萬萬人都可以看得到。」

我固執地道：「別理會這些，你替我去查一查，然後再告訴我。」

殷達爽快地答應了，我說道：「一小時之後，我打電話向你問結果。」

和殷達博士的第一次通話，到此爲止，放下電話，才發現白素在我身邊。

我向白素作了一個鬼臉：「你看，人總是喜歡被別人阿諛的，我現在，好像真有點受命於天的感覺，要爲人間消弭災禍。」

白素被我逗得發笑了起來。她隨即道：「如果你真要有行動，那麼，你不是受命於天，而是要和天命相違抗，天要降災，你要去對抗。」

我高舉雙手：「那未免太偉大了！」

白素笑了一笑：「我在地下室有點事要做，你真有要緊事找我，可以到地下室來，不然別打擾我。」我想不出她有什麼事要做，她有事要做，一定有她的理由，我也不必多問，我只是打趣地道：「暫時不會有什麼事，等我要坐火箭上天，去對付那些星宿的時候，倒希望你來送行。」白素笑了一下，自顧自下樓去了。

我喝了一杯牛奶，又在那張星空圖之前，確定了一下那有七股星芒射出來的星體的位置，把它們記了下來，半小時之後，門鈴忽然響起，我直起身，就已經聽到了陳長青的聲音在叫：「衛斯理，有一樁怪事。」

我嘆了一聲，大聲道：「上來說。」

陳長青蹬蹬蹬地奔了上來，一臉興奮的神色，可是雙眼中卻布滿了紅絲，可以看得出他一夜沒有好睡，他一上樓梯就叫：「你猜我昨晚回去之後，做了些什麼事？」

我冷冷地道：「別浪費時間了，自己說吧。」

陳長青踫了一個釘子，但是這個人有一樣好處，當他興高采烈的時候，再踫釘子他都不在乎，一樣興高采烈，他走進書房來：「我一回去就打電話，一共和世界八十六家著名的天文臺聯絡過。」我「哦」地一聲，心中大感慚愧，請他坐下來。陳長青有點受寵若驚，坐下之後，立時又站了起來：「我向他們詢問孔老頭子所說的那幾個星，是不是有異樣的活動。」

我點了點頭，表示讚許他的行動，他所做的事，比我早了一步，我一直到今早才去問殷達博士。

我十分專注地問：「結果怎麼樣？」

陳長青取出了一本小本子來，道：「三十七家天文臺說無可奉告，四十四家說沒有異象，只有五家天文臺，全是最具規模的，說曾有一項記錄，證明處女座、天蠍座、人馬座和天秤座的星體，曾在光譜儀上有過不尋常的記錄，但是無法查究原因。」

我深深吸了一口氣，陳長青提高了聲音：「衛斯理，那些星座中的星，正是中國古天文學上的東方七宿，孔老頭子真有鬼門道，他看到的異象，青龍七星聯芒，的確曾發生過。」

我問了那五家天文臺的名稱，並不包括殷達博士的那家在內，當然，天文臺對於普通的查詢，雖然作答，但只是一般的回答，不會十分詳細的。

殷達博士主持的比利時天文臺，對陳長青的查詢，就「無可奉告」。我揮了一下手：「我也去問過一位天文專家，看他的答覆如何。」

陳長青說道：「其實已經可以肯定了，衛斯理，東方要有大災禍！」

看他這副悲天憫人的樣子，我真是又好氣又好笑，陳長青又搓著手：「唉，只是不知道會發生什麼樣的災禍，又不知道會發生在什麼地方。」

他這兩個問題，當然沒有人可以回答得出來，陳長青也真好發問，他又道：「衛斯理，孔老頭說你能消災，你有什麼法子？」

我沒好氣地道：「是什麼災禍也不知道，怎麼去消除？別胡思亂想了。」陳長青把背靠在沙發上，仍是一副憂心忡忡的樣子，我嘆了一聲：「很對不起，昨天由於我自己也弄不清楚是怎麼一回事，所以，有一些事，我沒有告訴你。」

陳長青一聽，立時睜大了眼，我把我看到的情形，詳細告訴了他，他聽到一半，已經直跳了起來，團團亂轉，我又在星空圖上，把那幾顆有星芒射出的星指給他看，再用虛線表示星芒，然後，在七股星芒的交匯處，點了一點，望向他：「你對這個交匯點，有什麼意見？」

陳長青一點也沒有怪我昨天晚上不對他說，眉心打著結，在苦苦思索著，突然道：「看，這個交匯點，恰好在青龍的口前。」

我點頭：「是，我昨晚已經發現，但是這說明什麼呢？」

陳長青用力搔著頭，苦苦想著，一面不住喃喃地道：「太可怕了！太可怕了！天象示警，可是我們卻參不透，不知道真正的意思。」我也由衷地嘆了一聲：「要是孔振泉不死就好了，他多少會知道一點。」

陳長青陡地屏住了氣息好一會，才道：「我想，他就是因爲參悟了天機，所以才死的。」

他在這樣說的時候，望定了我，大具「風蕭蕭兮易水寒，壯士一去兮不復返」的易水送別的味道。我又揮了一下手：「別把我看得那麼偉大，我決不相信憑一個人的力量，可以挽救一場大災禍。孔振泉或許聽過一些有關我的事，以爲我可以做得到！」

陳長青忙道：「如果你可以出力，那你……」我道：「那我當然會盡力，可是如今，東方七宿中這樣的異象，只是星相學研究的大好材料。」

陳長青以手加額道：「我想起來了，孔振泉說這種七星聯芒的情形，以前曾出現過兩次，我要去查所有的書，把那兩次查出來，看看究竟是什麼的災禍。」

我倒很讚成他這樣做，立時道：「我看你不必到別的地方去找，就在孔振泉的存書中去找好了，我相信全世界再也沒有第二個地方，可以有比他那裡更豐富的中國天文學書藉。」

陳長青大點其頭：「對！孔老二雖然難纏，但是我有辦法。」

他一面說著，一面用力拍著心口，表示志在必得。

和陳長青說著話，時間過得快，已快接近一小時了，我向陳長青作了一個手勢，示意他暫時保持沈默，然後撥通了電話，把電話聽筒，放在擴音器上，使陳長青也能聽到殷達的聲音。

電話一接通，就是殷達來接電話，他的氣息像是十分急促，我才叫了他一聲，他就急急地道：「衛斯理，你剛才對我說，你是肉眼看到有七顆星，分別屬於處女座……有異常的光芒發生？」我忙道：「是，你們天文臺的儀器，記錄到了什麼？」

殷達「嗖」地吸了一口氣，又再叫著我的名字：「你不可能看到的。」

我道：「別理我是不是可以看得到，告訴我有沒有發生過變化。」

在一旁的陳長青的神情，也緊張了起來，殷達道：「我們最新裝置的光譜探測儀，和電腦聯結，剛才我查看電腦資料，的確，有七顆星，曾有光譜上的變異，那七顆星是處女座的……」他一串念出了那七顆星的名字來，他念一顆，陳長青就在那星空圖上畫一個記號，有五顆，正是我早已作了記號的，有二顆則位置有一點差異。那不足爲奇，我只是憑當時一霎間的印象，能夠記到大概的位置，已經算是很不錯了，何況有五顆全然正確無誤。

等他講完，我道：「不錯，就是這七顆，在處女座和十二號之間，有什麼發現？」

殷達道：「最奇怪的就是這個問題，那裡，原來有一顆七等星，但是在極短的時間內，記錄到的光度，忽然提高到三等，這種現象，有可能是星體突然發生爆炸，但是在極短的時間內，卻又回復了原狀，像是什麼事都未曾發生過。」

我急忙問：「那表示什麼？」殷達嘆了一聲：「誰知道，處女座離地球那麼遠，誰知道在那裡發生了什麼事。天文學要研究的課題，實在太廣泛。不過我可以絕對肯定，我們的光譜儀所記錄到的異象，決不是任何人的肉眼所能看得到的，絕對可以肯定。」

我吸了一口氣：「我不會反對你絕對的肯定，可能是心靈感應到的。曾有一位老先生告訴過我，用心靈感應天象，比用眼去看更有用。」

殷達的聲音之中充滿了疑惑：「我不明白……」我嘆了一聲：「那是星相學上的事，你不需要明白，對了，宇宙天體上的變化，對地球都會有一定影響的，對不對？」殷達立時道：「當然對，最簡單的例子是太陽黑子的爆炸，甚至可以切斷地球上的無線電通訊。」

我用十分清晰的聲音問：「那麼，照你看來，這七顆星的光度曾起變化，和那顆七等星突然光芒大盛，這種變化，會對地球發生什麼影響？」

殷達呆了半晌，才道：「朋友，你真是問倒我了，我相信全世界的天文學家，都連想也未曾想到過這個問題，那是占星家的事。」

我忍不住道：「古代的占星家就是天文學家，比近代的天文學家，所知似乎更多。」殷達提高了聲音表示抗議：「當然不對！」我道：「你剛才承認，任何星體的變化都可以影響到地球，只不過不知是什麼影響，那是科學上的空白！」

殷達道：「你究竟怎麼知道有這種事的？據我知道，全世界，除了我們天文臺之外，另外只有五家天文臺有同樣的設備，可以從光譜儀上，測度這種變化。」

我道：「對，那五家天文臺，在答覆公眾的詢問上，比你的天文臺好得多了。」

殷達顯然一時之間，不知道我這樣說是什麼意思，我也沒有作進一步的解釋，就向他說了再見，放下了電話。

放下電話之後，我和陳長青互望著，不知道說什麼才好。本來，事情十分無稽，可是如今，天文臺最新的探測儀器，卻記錄了這種變化。而這種變化，絕不是肉眼所能觀察得到，可是我卻清楚地看到。

不但我看到，孔振泉也看到，孔振泉不但看到，而且可以知道那是什麼樣的災禍，難道真的在浩渺的宇宙之中，有著什麼不知名的星星在影響著他和我？

我感到特別虛幻，是因爲我對這種「星體影響」連概念也沒有。是這種星體上有著高級生物運用他們的智慧在影響地球人？還是星球本身的一種放射能，或是其他的因素，在影響著地球人？被影響的地球人是選定的？還是偶然的？受不同星體影響的地球人就與眾不同？他們的行爲又可以去影響旁的地球人？

這一切疑問，沒有一個有半分現實意義。

我呆呆地坐著，看到陳長青在那幅星空圖上，畫來畫去，喃喃自語：「把東方七宿想像成一條龍，倒真是不錯，看，聯結起來的虛線，的確可以提供這樣的想像。龍是什麼的象徵？」

我被他聒噪得心煩，大聲道：「你靜一靜，少說點話，多想想好不好？」

陳長青靜了一會，忽然道：「嫂夫人呢？她的意見，往往十分中肯。」

我悶哼了一聲，不理會他，他又自顧自道：「龍，可以象徵一種力量，一種強大的力量，從龍的各部分射出的星芒，代表了龍體中力量的結合，這七股星芒的交匯點是在龍口部，那表示……」他講到這裡，猶豫了一下，沒有再說下去。我起初當他在胡說八道，但是聽下來，他的話倒也不乏想像力，所以我接上了口：「這表示，一股強大的力量，要把什麼吞沒。」

陳長青用力一拍桌子：「對，一股強大的力量，要吞沒什麼，可是，那怎麼會是巨災呢？」我道：「怎麼不是巨災，譬如說海嘯，海水吞沒了一切，那還不是巨災？」

陳長青望著我：「我不認爲巨災會是海嘯，因爲那是任何人阻攔不了的災禍。」

我道：「我沒說過我可以阻擋災禍，再聯想下去，龍象徵的強大力量，在中國來說，是來自高層結構的一種力量，帝皇通常是用龍來象徵。」

陳長青點頭：「有點意思，東方還有什麼皇帝，日本天皇？」

他講到這裡，我陡然一怔，突然之間，想到了什麼，陳長青的神情和我一樣，很明顯，他也在突然之間想到了什麼。

我們兩人互望著，幾乎在同時開口：「龍，也可以象徵在東方的一股強大力量。」

陳長青搶著說道：「一股強大的力量，那是指……指……指……」他一連說了三個「指」字，沒有再說下去，我也沒有說下去，大家又保持著沈默，然後我才道：「那麼要被吞噬的是……」我們都皺著眉，沒有答案，我陡然一揮手，嘆了一聲：「我們在這裡胡亂臆測，是沒有意思的，不如去實際進行點工作，走，我和你一起找孔振源去，在古籍中去找上一次七星聯芒，結果發生了什麼災禍，那就比較容易推想一些。」

陳長青本來就有點怕一個人去見孔振源，一聽我肯和他一起去，大是高興。我和他一起下了樓，在通向地下室的樓梯上，我看到地下室的門關著，我大聲叫：「我和陳長青到孔家去。」

白素的聲音從地下室中傳了出來：「好。」

我和陳長青到了孔家，孔家正忙著辦喪事，孔振源一見了我們，一副不歡迎的樣子，我相信要是陳長青一個人來，一定一見面就叫他攆了出來。

我說明了來意，他搖頭道：「我看不必了。」

我不禁苦笑，幾天之前，他在大雨之中，苦苦求我，現在，變成我求他了。我道：「這是孔先生的遺願，他生前要我去做點事，你也知道的，我一定要替他做到，你不想令兄在九泉之下怨你不肯合作。」

抬出了孔老大的招牌來，果然有效，孔振源的神情十分勉強，但總算點了點頭，他允許我和陳長青到孔振泉的房間中看書，但是：「千萬不能在屋子中隨便走動。」我們的目的已達，自然也不再去理會他的限制，連聲答應，就進了孔振泉的房間。

第七部：查到了七星聯芒的凶象所主和不知道白素在幹什麼

接下來，一連七天，我們飲食自備，我和陳長青兩人，一直在孔振泉的房間中查看著各種天文書藉。陳長青當了孔振泉一年僕人，沒有白當，他對古代天文學的知識，比我豐富了不知道多少。孔振泉的書實在太多，要詳細全部看完，至少要十年八載。

陳長青的知識豐富，就有好處，至少，他可以知道哪些書有用，哪些書，根本連翻也不必翻。我把這一部分工作留給陳長青，而我則專門看孔振泉的紀錄。

孔振泉留下來的他對觀察天象所作的紀錄之多，驚人之極，足足有三十書櫃，他的字跡又草，龍飛鳳舞，有時，字小得要用放大鏡，有時，每一個字又像核桃那麼大，估計他大約自二十歲起，開始有了紀錄觀察所得的習慣，一直到逝世，超過七十年的記載，所用的名詞、字句又全生澀不堪，七天看下來，簡直看得頭昏腦脹。但是卻也大有收獲，我發現，孔振泉不但對前人所知的星象主吉凶，有極熟悉的記憶，他還有許多獨特的見解。事先的占測得到了證實，再加以確定。

例如，在丙子六月初四（一九三六年），他記下了這樣一條：「太歲西移，東有星閃爍，又數見流星在太歲西，主有兵凶，由東至西，中國其將有大兵燹乎？」

在第二年，丁丑六月，抗日戰爭全面爆發，他記著：「一年之前，太歲西移，所主兵凶，應於此，大兵燹果然應天象而生，太歲來自東，此日本兵西移之兆也，痛乎早不知之。」

他說「痛乎早不知之」，實在令人有點啼笑皆非，就算早知道了，有什麼辦法？「太歲」就是木星，我相信「太歲西移」，大約是木星在它的運行軌道上，在向西移動，可以從地球上觀察到的一種現象，那麼，就算「早知」，又有什麼用處？難道可以把木星向西移的軌跡推而向東嗎？

在這場大戰之前，孔振泉倒確然作了不少預測，他也測到：「東有大凶」，指日本的侵略野心家。

可是，在抗日戰爭勝利之後，卻有好幾年，他沒有留下什麼記錄，只有一條，堪稱令人吃驚：「塡星出現陰影，大凶，主一大將，死於非命。」

後來，在三個月之後，加註著這一條：「戴笠墜機。」

這的確很令人吃驚，戴笠是什麼人，年輕朋友可能不清楚，他是中國近代史上一個十分出名的情報工作首領，有著將軍的頭銜，在南京附近墮機身亡，而孔振泉在三個月之前，就在星象之中，看到了會有這樣的事發生，只是他不知道會應在哪一個人的身上。

我越翻閱他的記錄，越覺得從星象來占算推測，可以科學化，有一定的規律可循，而孔振泉觀察功夫之細，也令人嘆服不已。

可是七天下來，我和陳長青兩人，還是未曾找到我們要找的資料。

在這七天之中，我和白素相見的時間極少，她一直在地下室中。那天我半夜回去，恰好踫到她從地下室出來，我大是好奇，問道：「你究竟在幹什麼？」

她用挑戰的語氣道：「你推門去看一看，就可以知道我在幹什麼了。」

我「哈」地一聲：「你以為我猜不到，唉，我第一次見孔振泉的時候，如果對星相學知道得像現在一樣多，我就可以知道他講什麼了，難怪他會對我失望，以為我是假冒的衛斯理。」

白素笑道：「你還不知道我在幹什麼。」

我笑說道：「我一定會猜得到的。」

白素有點狡猾地笑了一下：「其實，你如果稍為注意一下，早就可以知道我在幹什麼了。」

我感到十分狼狽，因為白素分明是在說我的注意力太差，所以才不知道她在地下室幹什麼，我攤了攤手：「真是，這七八天，被孔振泉的那些觀察天象的記錄，弄得頭昏腦脹……」

我接下來，向她講述了幾則有關孔振泉的記錄，白素用心地聽著，中間表示了一下她的意見。在講述的過程中，我仍然在轉著念，想知道白素在地下室在幹些什麼。有什麼事是需要她長時期工作的？我在孔振泉房間裡已經七八天了，她的工作還沒有完成。

可是這時候，我根本無法集中力量去想，因為我一集中思想，想的幾乎全是天上的星星和那些星的中國名稱和西方名稱。

我又說了一些話，高舉雙手，表示投降：「好，我猜不出。」

白素微笑道：「好，給你一點提示，家裡面少了什麼東西？」

我呆了一呆，我的注意力還不至於差到這種程度，家裡少了什麼我都會不知道？我立時四面看了一下，實在什麼也沒有少，我只好道：「好，再給我一天時間，我一定能知道你在幹什麼。」

白素沒有表示什麼，我知道白素這樣提示，少了的一定是十分明顯的、大件的物事，不會是什麼放在抽屜裡的小東西。

可是，一直到第二天早上，陳長青來按鈴，又約了我一起到孔振泉家去之前，我還是未曾發現少了什麼。白素又早已把她自己關在地下室，在進行她的「工作」了。

這一天，和以前七八天一樣，我和陳長青翻閱著記錄和書籍，我發現了相當重要的一條，特地用另一種紙張寫著，夾在大疊記錄之中，我一看就被吸引的原因是因爲上面提到了東方七宿。字條上寫著：

「東方七宿，主星青龍三十，赤芒煥發，主大禍初興，而雲氣彌漫，大地遭劫，生靈塗炭，亦自此始。三十主星之間，星芒互挫，主二十年之內，自相殘殺，血流成渠，庶民遭殃，悲哉悲哉！」

在這幾行大字之旁，還有一行小字注著：

「天輻暗而復明，另有太平盛世見於東方，真異數也。」

孔振泉的記錄，大多數文字十分晦澀，要人費一番心思去猜，這兩段文字，也一樣，不知道真正在說些什麼。似乎是說，東方七宿三十顆主要的星，忽然一起起了變化，那是人間大禍臨頭，生靈塗炭，而且災禍十分驚人。但是又有著轉契，在東方，就在房宿之下的天輻星官，先暗後明，卻又有太平盛世的異數，這不是自相矛盾嗎？我看了幾遍，對其中的含義，只能隱約領悟一些，我把陳長青叫了過來：「你過來看看，這兩條提到了東方七宿，是不是有特別的意義？」陳長青拋下手中的書本，轉過身來，皺著眉道：「好像不很容易明白。天輻……的位置，是在整條青龍的腹際，那說明什麼？」

我道：「生靈塗炭和太平盛世共存，這種矛盾的說法，似乎也很難理解。」

陳長青把紙條翻了過來：「看，後面另有記載。咦，好像他推算了東方七宿中三十顆主星的影響。」

我忙向他手中的字條看去，只見有幾行十分潦草的小字，要仔細辨認，才能認得出來，我和陳長青逐字辨認著，有三個字，無論如何認不出是什麼，但那倒無關緊要，因爲整個句子的文理，已經弄清楚了。

孔振泉用極潦草的字跡所寫下的句子是：

「費時一載，占算東方七宿三十主星氣機所應，所得結果，實為天機，已……藏於最妥善處，見者不祥，唯在日後，七星有芒，方可一睹。其時，生死交替，不復當年矣。」

我和陳長青看了，不禁呆了半晌，我首先打破沈寂：「這段話的意思很明白：三十顆東方七宿的主星，影響了三十個人的行爲，他連那三十個人是什麼人都推算出來了，列成了一張名單，只不過『見者不祥』，所以他把名單密藏了起來。但如今已到了他所說『七星有芒』的時候，名單應該可以出現了。」

陳長青心急地道：「在哪裡？」

我道：「耐心找，一定可以找得到的。」

有了這個發現，我和陳長青兩人都大是興奮，可是接下來三天，卻一點也沒有發現。

到了第四天，白素究竟在幹什麼，我還沒有猜出來，而陳長青在翻查古籍方面，倒又有了新的發現，而且，正是「七星聯芒」的那種異象，那是一本十分冷門的書，連書名也沒有，而且還是手抄的，真不知道孔振泉用什麼方法弄來這種書。這本書中有這樣的記錄：「建初三年戊寅七月，白虎七宿，七星聯芒，匯於極西，大凶，主極西之地，一年之後，毀一大城，無有能倖免者。」

陳長青一看到了這條記載，就大叫了起來：「看，七星聯芒的星象，原來是大凶之象，是表示有一個大城市要被毀滅。」

我忙也看了一下：「是啊，那次是西方七宿的七星聯芒，一個西方的大城市要毀滅，建初……建初……那是什麼皇帝的年號？」

陳長青翻著眼道：「中國歷代皇帝那麼多，所用的字眼又差不多，誰能記得那麼多？」

陳長青所說的倒是實情，除了幾個著名皇帝的年號之外，誰能記得那麼多？我一面想著，一面翻找著可以參考的書，找到了，急急查看。建初這兩個字不知道有什麼好，居然有三個皇帝用它來作爲年號：東漢章帝，後秦姚萇，西涼李嵩，年代分別是西元七十六到八十四年，西元三八六到三九四年，西元四〇五到四一七年。

看到西方七宿七星聯芒的日期，是「建初三年戊寅七月」，一年後，西方一個大城市將有全城毀滅的大災禍，那麼，這個大災禍發生的年代，一定是在下列三個年份之一：西元七十九年，西元三八九年和西元四〇八年。

我和陳長青把這三個年份，列了出來，我先指著「西元七十九年」這個數字，道：「西元七十九年，不免太早了吧，那時候，西方不見得會有什麼大城市可以供毀滅——」我才講到這裡，陳長青突然現出了一股古怪之極的神情，喉際也發出了「咯」的一聲響。

我一看到他這種樣子，就知道他一定想到了什麼，是以怔了一怔。而就在一怔之間，我也突然想到了，一時之間，我雖然看不到自己，但是我相信我的神情一定和陳長青一樣古怪，因爲我的喉際，也不由自主，發出了「咯」的一下怪聲。

而且，我和陳長青，不約而同，先吸了一口氣，然後又一起驚嘆：「天！」

那真值得驚嘆，因爲我們都想起了西元七十九年，在西方發生過什麼事，那是人類歷史上極其著名的一個大慘劇，當時，羅馬帝國全盛，龐貝城是當時世界上有數的大城市之一，西元七十九年八月，因爲維蘇威火山爆發，全城被火山熔岩和火山灰淹沒，毀滅於一旦，全部人口無一倖免。

西元七十九年八月，是建初六年（東漢章帝建初三年）七月，觀察到了西方七宿七星聯芒之後的一年。

七星聯芒，大凶，主一個大城市毀滅。

而東方七宿七星聯芒，當然也主大凶，表示東方有一個大城市要毀滅，就在這種異象發生之後的一年，這個大城市的毀滅，就會實現。

在西元七十九年，龐貝城的毀滅災禍之中，喪失了多少人命，已經全然無從查考了，但在當時，一個城市再繁華，聚居的人，只怕也不會超過十萬人。而如今的大城市，動輒聚居了數以百萬計的居民，如果整個城市遭到了毀滅的命運，那真是不堪想像的大災禍。

難怪孔振泉在觀察到了這種七星聯芒的異象之後，要聲嘶力竭地叫嚷「生靈塗炭」，要聲嘶力竭地阻止這種大災禍的發生，激動得終於死去。

我迅速而雜亂無章地轉著念，心中只有一種感覺：極度的震撼和恐懼。

本來，我並不十分相信地球上的人和事受來自天體的神秘力量影響，但是近十多天來，看了孔振泉的那麼多記錄，我已相信，在浩淼無邊的星空中，在億萬顆星體上發生的變化，都有可能影響地球上的一切「行動」。這種「行動」，從潮汐的漲退，無線電波的傳送，一直到地球上生物的行動，人的情緒的變化，等等，幾乎地球上一切行動，都包括在內。心理學家早已證實了月亮的盈虧，對人的心理、情緒有一定的影響。或許有人會說：月亮是離地球那麼近的一個星體！對，可是也別忘了，月亮在星群之中，是那麼小的一個星體，渺小得在整個宇宙之中，幾乎不值一提。

陳長青更加被這個發現震動得講不出話來。我抬頭向他看去，他張大了口，額上沁出汗珠。

過了好一會，我才講得出話來：「已經查明白了，七星聯芒，主一個大城市毀滅。」

陳長青先在喉際發出了一連串的怪聲，然後才道：「是……哪一個城市？」我也在想這個問題，東方的大城市相當多，這種凶象，會應在哪一個城市身上呢？我還沒有回答，陳長青又用相當尖銳的聲音道：「東京！我看是日本的東京。」

我吸了一口氣：「一九二三年的關東大地震，早就有地質學家指出，大地震六十年一個循環，一次比一次強烈，算起來，時間倒正是明年……難道整個東京，會在大地震中毀滅？」

陳長青喃喃地道：「無一倖免，無一倖免……東京現在有多少人？」

我苦笑了一下：「白天超過一千萬，晚上大約是六成，這場大地震……會在一年之後發生。」

陳長青抹了抹汗，神情忽然有點古怪：「孔振泉和日本人有什麼關係？爲什麼他要聲嘶力竭，求你去拯救日本人？」

我聽得他這樣講，啼笑皆非，用力揮著手：「你從頭到尾把我看得太偉大了，就算我們確定了一年之後，東京大地震，整個毀滅，我有什麼法子使得地震不發生？」陳長青望著我，點頭道：「是啊，你再神通廣大，只怕也沒有這個能力。如果你到日本去，開記者招待會，公開這件事，要日本人在一年之內，迅速放棄東京，作全民疏散——」陳長青講到這裡，我已忍不住喝道：「住口，你在胡說什麼？我們兩個人如果這樣做，唯一的結果，就是被日本人關到神經病院去。」

陳長青嘆了一聲：「說得是，不會有人相信，就像是我們居住的城市，如果忽然來了兩個人，說一年之後，整個城市要毀滅，趕快逃走吧，誰都會把這種話當耳邊風。」

我道：「是啊，所以我們就算知道了，也一點辦法都沒有。」

陳長青的神情有點滑稽：「至少可以通知所有相熟的人，明年那個時候，不要到東京去。」

我揮手：「去你的。」

我們兩個人都靜了下來，望著孔振泉生前所睡的那張大床。

當晚，在大雨之中，我被孔振源帶到這個垂死的老人面前，老人所講的話，當時的情景，又一幕一幕在我腦海之中浮現了出來。

當時，我對他講的話，一點也不明白，在經過了一連串經歷之後，現在回想起來，他的話，有一大半是可以理解。

要去理解孔振泉的話，其實很容易，只要相信真能靠星象預測地球上將發生的事就行。

我雖然已經相信了星相的正確性，但是孔振泉的話，還是不可理解，他一見到了我的時候就嚷叫：「阻止他們！阻止他們！」

同樣的話，他重覆了不少次，都是要求我去「阻止」一些事。

阻止什麼呢？我到現在還不明白，阻止東方七宿中的七顆星發出異色星芒？令那七股星芒不要交匯在一點？知道了有一種力量要毀滅一個大城市，去阻止這種力量的發生？

他比我早看到了東方七宿七星聯芒的異象，當時他就慘叫「不得了」、「大災大難」，又曾叫「他們要降災，你一定要去阻止他們」。

這更不可理解了，我無論如何沒有能力去消滅大災禍。

當我皺著眉在想著的時候，陳長青忽然道：「衛斯理，不對。」

我抬頭向他望去，他先吸了一口氣：「恐怕不是東京會發生大地震。」

我問：「你又想到了什麼？」

陳長青道：「孔振泉曾叫嚷著要你去阻止他們，你記得不？要是災象是指東京會發生大地震，你無法阻止。」

我嘆了一聲：「當一種災禍要使大城市毀滅，不論那是什麼力量，都無法阻止。」

陳長青遲疑著，我道：「我們不妨設想一下，有多少種力量，可以使一個大城市毀滅，使住在這個大城市中的人難以有倖免？」

陳長青「嗯」地一聲：「地震，火山爆發，海嘯。」

我道：「這三者全由於地殼變動而引起，是超級巨大的變動。」

陳長青道：「至少，那是能使大城市毀滅的力量，還有，如果是超巨級的旋風……」

我搖了搖頭，旋風能摧毀一個城市的部分，決不能把整個城市席捲而去。

陳長青又說道：「核武器的襲擊。」

我震動了一下，是的，核子武器的襲擊，但那也得是大規模的核武器襲擊。大規模的核戰爭，又豈止是毀滅一個在東方的大城市而已，那麼，是什麼呢？核電廠的意外爆炸？

我一面想著，一面道：「有這個可能，看來就是這幾種力量了。」

陳長青道：「自然的力量，都不是人力所能挽回的，任何人不能，只有人爲的力量，才能用人的力量去阻止，難道真是核戰？」

我沒有回答，心中在想的是，即使是核戰，我又有什麼力量去阻止？大量帶著核彈頭的火箭，飛向一個城市，這個城市就註定被毀滅了。

陳長青嘆了一聲：「唉，想不出還有什麼別的可能了，你有什麼意見？」

我只是聳了聳肩：「我們要查的事，已經有了答案，可以不必再來了。」

陳長青有點依依不捨：「這裡的藏書那麼多，我真想好好看上幾年。」

我作了一個「請便」的手勢，向外走去，離開了那間房間，在走下樓梯的時候，看到孔振源走過來，我陡地想起，他們兩兄弟感情很好，孔振源對星相學雖然沒有興趣，但他的哥哥一定曾和他提起過什麼，只要他記得，覆述出來的話，就很有參考的價值。

所以，我向他走去，道：「孔先生，能抽點時間和我談談麼？」

孔振源皺了一下眉，但還是點了點頭，陳長青這時，從房門口探出頭來，叫著我，我向上指了一指：「就到令兄的房間去如何？」

孔振源沒有反對，我們又一起走了上去，孔振源看著房間中的一切，神情十分傷感，忽然道：「那隻箱子，你打開來看了沒有？裡面有什麼？」

我有點懊喪：「開了，什麼也沒有……」我「啊」地一聲，突然之間，知道這些日子來，白素在做什麼了。

第八部：陳長青的星象和人生的新理論

孔振源提起了那隻黑漆描金箱子，使我想起了這十多天來，白素躲在地下室中，在做些什麼：她在對付那些九子連環鎖！白素有時會有很奇怪的想法，我用最直接的方法拉脫那些鎖，發現大箱子中是小箱子，小箱子中是更小的箱子，而最小的一隻箱子內又空無所有，白素曾說，孔振泉把這些箱子，用那麼複雜的鎖鎖起來，另有用意。當時，她表示應該耐心地去解開這些鎖，而不是用我所用的辦法。

這種想法就十分古怪，箱子裡面如果是空的，不論用什麼方法打開它，還是空的，用斧頭劈開，或是用鑰匙打開，結果一定一樣。

但是白素卻不相信這個如此簡單的道理。她一定在當晚，就把被拉脫了的鎖扣，再裝上去，然後，逐個逐個，去打開那些鎖，看看結果是不是會不同。她曾提示過我，問我少了什麼東西，那隻箱子不見了，由於根本是一隻空箱子，我對之已沒有興趣，所以也一直想不起來。

直到這時，我才知道她在幹這樣的傻事，不知道現在她已經弄開了幾把鎖了？那種九子連環鎖，本來就十分複雜，到最後一具，小得要用鉗子來操作，要弄開它，不知要費多少功夫！

我決定一回去，便告訴她我已知道她在幹什麼，並且勸她不必再幹下去了。

當下，孔振源聽了我的回答之後，神情十分訝異：「箱子裡什麼也沒有？」

我攤了攤手：「是的，不，箱子中是箱子，從大到小，一共是九隻，每一隻都有一柄九子連環鎖鎖著，打開了最小的一隻箱子，裡面什麼也沒有。」

孔振源的神情更是古怪：「真是，家兄行事，真是鬼神莫測。」

陳長青插了一句：「我不相信你那麼快就弄開了鎖。」

我笑道：「箱子是我的，我自然不會有耐心慢慢去解鎖，我……」我作了一個把鎖拉斷的姿勢，陳長青大不以爲然地搖頭：「衛斯理，你這個人，真是煞風景到了極點，你沒想到孔老先生這樣做，是有道理的嗎？」

我笑道：「當然有道理，就是想引你這種懂情趣的人去浪費時間。」

陳長青一臉悻然之色。

孔振源坐了下來，我向他簡單地解釋了一下我們的發現，他聽得十分不耐煩。等我講完，他呵呵笑了起來：「家兄也真是，衛斯理，我看你沒有能力可以挽回一個城市的浩劫。」

我攤著手：「當然沒有，但是我們想知道進一步的資料。孔老先生生前所講的話，有一些，你以爲並無意義，但可能十分重要。」

孔振源立時搖頭：「我不能幫你，他講的那些話，我根本聽不懂，如何記得住？」

我道：「這倒是真的，不過……你曾說過，他要見我，是很早以前的事情了，他要你找我，總得說個原因吧！那時候他的談話，你是不是還記得？」

孔振源皺著眉，想了一想，才道：「他第一次提起你，是江星月老師還在世的時候，有一次江老師來看他，兩人講著，他就把我叫了去……」孔振源又想了片刻，才說出當時的情形：

當時，孔振泉半躺在床上，江老師坐在床邊，孔振源一進去，孔振泉就道：「有一個人叫衛斯理，你找他來見一見我。」

孔振源知道他哥哥的脾氣，講話顛三倒四，今天講了，明天就會忘記，但是不答應卻又不行，所以連聲答應。

孔振泉吩咐完畢，自顧自和江老師在講話，孔振源對他的哥哥十分尊敬，不敢立刻退出去，又站了一會。

他聽得孔振泉道：「東方七宿，星芒才現，但遲早會聯芒，屆時將大禍降生！」

江老師長嘆一聲：「天行不仁，奈蒼生何？」

孔振泉道：「依我看，這次大禍，如果所托得人，還有一線轉機。」

江老師喟嘆著：「是啊，那位衛先生，他是一個奇人，希望那顆救星，應在他的身上！」

……

孔振源講到這裡，向我望了一眼：「我聽到這裡，就退了出去。」

陳長青一躍而起，指著我：「聽！雖然七星聯芒，大禍在即，但是他們兩位，早就看出有了救星！那救星可能應在你的身上！」

我苦笑著，指著自己的頭：「看仔細點，頭上是不是有五色雲彩冒起來？」

陳長青又踫了一個釘子，賭氣不再說什麼，我問孔振源：「後來有沒有再提起過我？」

孔振源道：「果然，他第二天就忘了，而且我也根本不知道你是誰，該上哪裡去找你，也就放下不理。」

孔振源道：「他每隔一個時期，會催我一下，我都敷衍了過去，到了最近，他健康越來越差，催得更急，那天我忽然聽到有人叫你的名字，就向你提出了要求。」

我感到十分失望，停了片刻，再問：「江老師死了之後呢？」

孔振源「哦」了一聲：「對，江老師出殯那天，他堅持要到靈堂去，勸也勸不聽，坐了輪椅，我一直小心地陪著他，在江老師的靈前，呆了許久，江老師是他唯一的朋友，自然他很傷心。」

我提示著：「那麼，他對江老師的遺體，是不是講了些什麼？」

孔振源點頭：「是，他呆了好一會，才叫著江老師的名字，說：『你倒比我先走，現在只有我一個人知道大禍將臨，除我一人之外，誰能看到七星聯芒異象的，吉星便應在此人身上。』就是這麼兩句。」

孔振源講來很平淡，可是我卻大爲震動，陳長青更是指著我的額角，「你聽到沒有，你是吉星，和凶象對抗的吉星。」

這時我突然感到了極度的疲倦，一件我根本不可能做到的事，硬派在我的頭上，而且這件事還是這樣虛無而不可捉摸，真令人心底感到疲倦。

我用力撫著自己的臉：「我才又想到一個整座大城市毀滅的可能。」

陳長青張大了嘴，我道：「如果有一顆小行星忽然脫離了軌跡，衝向地球，那麼即使這顆小行星的體積，只有直徑一公里，也足以令得一個大城市徹底毀滅。」

陳長青囁嚅地道：「即使再小一點，也足以造成驚人的破壞力。」

我攤著手：「那麼，你叫我怎麼辦？像電影中的『超人』，一面叫著，一面飛上天去，雙手托住那顆小行星，把它送回軌跡去？」

陳長青無話可說，但是他真正固執得可以，喃喃道：「總之……你是吉星……只有你看到了東方七宿中七星聯芒的異象，或許……那是另外一種形式的破壞力量，你可以阻止。」

我的聲音聽來更疲倦，但是我還是用了十分堅決的語氣道：「從現在起，我決定忘記這件事，把它當作是一場噩夢。」

陳長青怔怔地望著我，我已轉過頭去向孔振源道別，陳長青追了出來：「如果我想到了什麼破壞力量，你……」我嘆道：「不要浪費自己的腦力，還是那句話，一種力量，如果能夠毀滅一個大城市，那就決不是一個人的力量所能阻止的。」

陳長青道：「誰說一定是要你一個人的力量去阻止？也有可能是從你開始，發動起一股力量來，與毀壞力量相對抗。」

我緩緩地吸了一口氣，陳長青的話，倒不是沒有道理的，我想了一想：「好，我們不妨再努力找找看是什麼樣的破壞力量。」

我說著，又拍了拍他的肩：「看起來，吉星是你，不是我。」

陳長青十分嚴肅，一本正經地道：「那也沒有什麼稀奇，地球上有很多人，都受著億萬星體的影響，我想，那是由於人腦中有一種特殊的能力，每個人的這種能力又各自不同，億萬星體放射出來的億萬種不同的射線之中，充滿了不同的能量，可以和哪一個人的腦部活動相結合，就會影響這個人的腦部活動，決定他的才能、思考、活動，甚至性格。」

這時候，我和他已經走出孔家的大宅，我聽得他忽然講出了這樣有系統的一番話來，也不禁肅然起敬，「嗯」地一聲，表示同意：「你這種說法，十分新鮮，人與人之間，性格不同，才能有異，本來就是神秘不可思議，現代科學無從解釋，天才從何而來？性格由什麼來決定？你用不同的人，受不同星體的放射能量影響來解釋，真是創舉。」

陳長青高興之極，聲音也高了不少：「是啊，你想想，莫札特四歲會作曲，愛迪生一生之中發明了幾百種東西，愛因斯坦的相對論一直到現在還是科學的尖端。有的人天生是政治家，有的人天生是科學家，有的人庸庸碌碌，有的人光芒萬丈，全是不同的人，受了不同星體影響的結果。」

我拍了拍他的背：「要是兩個人性格相仿，才能相類，那就有可能是同一個星體，影響了兩個人。」

陳長青道：「我想是這樣。這是我一年多來研究所得，而且，我相信一個人接受星體的影響，從這個人一離開娘胎就開始。當這個人來到人世，宇宙星體運行情形起著決定作用。」

我緩緩地道：「你這樣說法，也簡略地解釋了何以根據一個人精確的出生時刻，可以推算出這個人大致命運的這種占演算法。」

陳長青更是興奮：「可以支持我理論的事實還是很多，西方人把人的出生月日，分成十二星座，他們早就發現醫生、藝術家等等，大家屬於同一星座。」

那時正是下午，我抬頭向天，自然一顆星也看不見，我的心中十分感嘆。就算是在晚上，我們抬頭，望向星空，可以通過肉眼看到的星星，只怕不過是實際上宇宙中星體的億分之一，宇宙中的星體數字，自然遠遠超過四十億地球人的數目。每一個人，可能有時還不止受一顆星體的影響。

陳長青知道我在想什麼：「當然，我想不是每一個人都有幸可以受星體影響，在非洲深山中的土人，就未必有，但是非洲部落中出眾的人物，如巫師、酋長、出色的獵人、戰士，他們爲什麼會特別出眾呢?自然有某種神秘力量，給他們才能。」

我來到了車邊，請陳長青先上車。

陳長青進了車子，還在起勁地道：「以前，有很多問題我想不通，譬如說人的命運，就奇妙之極。以中國過去的情形來說，譬如說打仗了，一條村的農民，一起去當兵，爲什麼十年八年下來，有的早就打死了，有的當來當去是小兵，有的卻成了將軍元帥？命運，其實也由星體的影響而來。」

我望著他：「你創造出了這種新鮮的論點，當然也是由於某個星體的影響了。」

我這時那樣說，一點譏嘲的意思也沒有，陳長青不敢妄自菲薄：「自然是，人的一切活動，皆源於此。只是我不知道那是一顆什麼星，或許離地球有幾百萬光年那麼遠。」

這種「星體的神秘放射力量影響人腦活動論」當然無法有什麼確切證明，但是恰如陳長青所說，可以解釋人的命運、才能、氣質、活動的來由。

我駕著車，送陳長青回去，陳長青還叮囑了我一句：「別忘了你是這次七星聯芒大凶象的吉星。」

我只好順口答應，直駛回家，一進門，我就直趨地下室的門口，大力敲著門：「你不必浪費時間去弄那些鎖了。」

我連叫了兩次，聽不到白素的回答，我還以爲她不在地下室中了，我去推門，發現門鎖著，我又叫了兩聲，才聽到「卡」一聲，門自裡打開，開門的正是白素。我一眼就看到，好幾隻黑漆漆描金箱子，放在地下室的中間，一共有九隻，箱蓋都打開著，看起來，白素已經完成了她的「壯舉」，連最小的那隻箱子上的九子連環鎖，都給她用正確的方法打開了。

我也看到，在一張桌子上，全是大大小小的白銅鑄成的圓環，那自然是從鎖上解下來的，每一具九子連環，一共有十八個銅環，八柄鎖，就有一百四十四隻大小不同的銅環，大的直徑有五公分，小的還不是十分之一。我搖著頭：「真偉大，你找到了什麼沒有？」

我一面向白素看去，一看之下，不禁陡然吃了一驚。剛才我在門一打開的時候，就注意箱子、銅環，並沒有注意到白素。

直到此際，我才看到白素的神色蒼白，一手按著桌子，幾乎連站都站不穩，分明是受了極度的震撼。我一驚之下，連忙四面看去，想弄清楚是什麼令得白素的神態如此反常。因爲要令得白素現出這種震懾的神情，那一定是非同小可的事。

可是我一看之下，卻並沒有什麼足以構成威脅的人和現象。

我心中陡然一動，忙問：「你真的在箱子之中，發現了什麼？」

照說是不可能的事，大大小小的箱子，每一隻我都打開過，空無一物，既然是空箱子，不論用什麼方法打開，始終是空箱子，我堅信。

白素迅速地鎮定了下來，不過她的聲音還是不十分正常：「不，我並沒有在箱子之中，發現什麼。」

我走過去，握住了她的手，她略避了一下，可是並沒有掙脫，她的手，竟然是冰涼的，這更令我驚駭莫名，我把她輕擁在懷中，連聲問：「發生了什麼事，發生了什麼事？」

她把頭靠在我的肩上，呼吸漸漸正常，過了片刻，她抬起頭，掠了掠頭髮。這時，在她的臉上，已再也看不到驚惶的神情了。

她先望了我一下，看到我因關心她而一臉驚惶，反倒微笑著安慰我：「別緊張。」

我忙道：「你沒看到你剛才的情形，你的手到現在還是冰涼的，發生了什麼事？」

白素低下頭去：「有了一些發現，但是我還不能確定是什麼，請你不要再問我，等我自己有了點頭緒，再告訴你，好不好？」這真是要命之極。白素明知我性急如焚，最藏不得啞謎，可是她卻又不說。而我又知道，白素如果說了叫我別再問她，那就是說，無論怎樣問，都不會有用。

我呆了一呆，哀求道：「先說一個大概，總可以吧。」

白素嘆了一聲：「如果我自己知道一個大概，那就告訴你了。」

我再向地下室看了一眼，除了打開的箱子之外，一點特別也沒有，看白素的身上，也不像有什麼特別可以令人震撼的東西藏著。

我可以立即肯定，白素有了一點發現，那發現令她震驚，就是在我回來之前一剎那的事，那麼，她的發現自然來自那些箱子。

我向那九隻大小不同的箱子，望了一眼，白素嘆了一聲：「不要花時間在那些箱子上。」

我笑了一下，盡量想使氣氛輕鬆一點：「此地無銀三百兩？」

白素又嘆了一聲：「隨便你，你不明白……」她講到這裡，頓了一頓，忽然轉變了話題：「今天怎麼那麼早就回來了，有了發現？」

我立時道：「是的，大發現。我們交換互相之間的發現，如何？」

我走過去，踢過來幾隻大墊子，拉著白素坐了下來：「我和陳長青在記載中，發現西元七十八年，有過一次七星聯芒的記錄，預兆著一年之後，一個大城市的毀滅。」

白素只想了幾秒鐘，就「啊」地一聲：「龐貝城！」

我道：「是，所以，這次東方七宿顯示了七星聯芒的異象，就有可能是預兆著……」白素緩緩地接下去：「東方一個大城市的毀滅。」

我移動了一下身子，使自己半躺得舒服些，又把孔振源的話，和我與陳長青的討論，以及陳長青的新鮮看法，都對她說了一遍。

講完之後，我才道：「孔老頭子這次恐怕弄錯了，毀滅一個城市的力量，不是人類所能挽回的。」

白素先是不說什麼，過了好一會，才道：「你們設想了許多可以毀滅一個城市的力量，像地震、海嘯，甚至連小行星脫離軌跡都想到了。」

我道：「是啊，我們設想了許多不同的可以毀滅一個大城市的情形……」我講到這裡，白素突然作了一個手勢，阻止我繼續講下去，我望向她，看到她正在沈思，可是等了好一會，又未曾說什麼。

我問：「你想到了什麼？」

白素的神情十分迷惘：「還是一個模糊的概念，唉，陳長青的說法很有趣，每一個人，都受一顆獨特的星辰的影響。」

她忽然之間又轉變了話題，我只好順口應著。白素又道：「這種說法可以成立，我想，受了影響而變成了大人物的，一定是十分顯而易見的星體？」

我陡然想起了孔振泉記錄中的那張字條：「是啊，孔振泉的想法和陳長青一樣，不過說法略有不同，陳長青的說法是現代語言，孔振泉用的是星相學的術語。」

白素大感興趣：「孔振泉怎麼說？」

我想了一想：「他說，東方七宿主星三十顆，都象徵著一個人，他連那三十個人的名字都查出來了，又說天下大亂，生靈塗炭，血流成渠，庶民遭殃，全從那裡開始。」

白素震動了一下，用十分緩慢的語調道：「是不是說，這三十顆星，影響了地球上的三十個人，使他們做出天翻地覆的事來？」

我道：「多半是這樣的意思，看起來，當日黃巢造反，殺人八百萬，星象之上，一定也有著明顯的示警，他還推算到這三十個人會在二十年之內，自相殘殺……」我講到這裡，陡然之間停了下來，立即又想到了孔振泉觀察到的天輻星由暗而明的現象，感嘆災禍太平盛世的共存，結合近代世界局勢的變化，怔呆而不能再講下去。

白素望著我：「怎麼啦？」

我深深吸了一口氣：「近三十年來的變化，孔振泉早已從星象上得到了啓示。」

白素神情看來有點悶鬱，緩緩點著頭：「是，早已在星象上有了警告。」

我和她都沈默，不知說什麼才好。象徵和提示如此明顯，使人感到震懾。

過了好一會，我才道：「東方一個大城市的毀滅，我和陳長青，都首先想到東京會遭受到一次大地震。」

白素淡然一笑：「相當合理，如今我們沒有什麼可以做的，我看將這些事全都忘了吧。」

本來，這正是我的意思，我已經對陳長青講過，把一切全都當作一場噩夢算了，但是這時，我卻不肯這樣做，因為白素明明是發現了什麼，但是又不肯和我說。她的這種神態，使我不肯放棄。

我想了一想：「我不會放棄，除非你將你的發現告訴我。」講了之後，我又道：「別忘記，我是這個未來大災禍的唯一吉星。」

白素笑了起來：「你這人，我已經告訴過你，我其實只是有一個極模糊的概念，根本什麼也說不上來，不然爲什麼不講給你聽？」

說著，她從墊子上跳了起來，無意義地來回走著，手放在桌上，撥動著在桌面上那些大大小小的銅環，看來正在思索著什麼。

我不去打擾她，她撥弄了那些銅環好一會，看來像是下了決心，轉過身來，揮著手：「我還是決定把整件事忘了，災禍真要降臨，誰也阻擋不住。我看你這個吉星是假的，起不了什麼作用。」

我也站了起來：「暫時只好這樣。」

當天晚上，我們在外面作了竟夜的消遣，晚飯後又到一個朋友家中去閒談，那位朋友又約了好些人來，我把陳長青也叫來，一面喝著醇酒一面天南地北地談著。我出了一個問題，叫大家回答，問題是：「試舉一種可以毀滅一個大城市的力量。」

答案倒不少，但無非是地震、瘟疫、核子戰爭等等，都是我和陳長青想到過的。

只有一個人的回答十分特別，他說：「大城市，是許多人聚居的一個地方，一定是這個地方有吸引他們住下來的理由，如果忽然之間，許多人都覺得不再想住在這個地方了，一起離開，那麼，這座大城市也等於毀滅了。」

這是一個很新鮮的說法，那人又道：「當年美國西部淘金熱，形成了許多鎮市，後來金塊淘完，大家都離開，這些鎮市就成了死鎮。」

我反駁道：「那是小鎮，別忘了我們指的大城市，至少有百萬以上居民。」

那位朋友大笑道：「我只是提出，在理論上有這個可能。事實上，就算是地震、核戰，也不會把一座城市徹底毀滅，總有一點剩下來的。」

陳長青不同意：「維蘇威火山的爆發，就毀滅了整個龐貝城。」

那位朋友立時說：「龐貝城在當時是一個大城市，和今日的發展相比，那不過是一個小鎮。」

陳長青眨著眼，答不上來，後來話題一轉，陳長青重說到了他對星相學的研究。

看來人人都有一種預知自己命運如何的願望，所以陳長青立時成了眾人請教將來命運的焦點。陳長青趁機，又大大發揮了一下人的命運受宇宙星體的神秘力量所影響的新理論。

大家討論得十分熱烈，我向白素使了一個眼色，向主人告辭，走了出來。

夜色十分好，我們駕車到了一處靜僻的所在，倚著車子，抬頭望向星空。這些日子來，我對星象已熟悉了許多，星象亙古以來都一樣，只有少數人才能從中看出它們對地球上的事物會發生巨大的影響。

看了一會，我忽然想起：「第一次我們見孔振泉回來，討論著星象的問題，你不同意神秘的影響力量是來自星球上的高級生物，我說總不會來自一塊石頭，你說我的話有點道理，是什麼意思？」

白素指著天空：「這還不容易明白。天上的每一顆星，都是一塊石頭，不過體積大一點。」我不禁啞然失笑：「原來如此。」

白素道：「可是那麼多石頭，加上無限的空間，構成了無邊無際的宇宙，在宇宙中，究竟存在著多少不可測的、對地球人的影響力量，只怕再過幾十萬年，人類也弄不明白。」

我沈默了半晌，才道：「看來你十分同意陳長青提出的觀點。」

白素遲疑了一下，才點了點頭，那顯得她的心中，也不是十分肯定。過了一會，她又道：「來自星體的影響力量，一定在不斷改變，如果能令得這種影響力改變，那麼受這星體影響的某一個人，思想行爲，就會改變，理論上可以這樣說，是不是？」

我呆了半晌，這是一個十分虛幻的問題，很難捕捉到問題的中心，想了一會之後，才道：「再作一種假設，那種我們所稱的神秘影響力量，是一種輻射能，由於和不同的人的腦部產生了某種聯繫，才影響了這個人，那麼，如果輻射能的性質改變，這個人就不再接受這個星體的影響了。」

白素道：「正是我的想法，結論是：這個人變了，和以前完全不同。」

我苦笑了一下，這真是不著邊際至於極點的討論：「是，理論上如此。」

可是白素卻一面望著星空，一面在作十分認真的思索，過了好一會，她才嘆了一聲：「回去吧。」

我倒真希望再讓我看到一次青龍七星中的星芒聯匯的情形，可是那種異象，顯然只有在十分獨特的時間中才能看得到，剛才已經看了很久，連脖子都有點酸了，還是什麼也沒有看到。

回到了家中，白素真是像完全沒有發生過什麼事，提也不再提星象這兩個字。她不再提，我也不說什麼。第二天我醒來之後，她已經出去了，我連忙到地下室，花了半天時間，把那七隻箱子，裡裡外外，仔細檢查了一遍。

要打開那九柄九子連環鎖，真不簡單，白素能夠在十多天的時間中就完成，不容易之極。可是九隻箱子，明明是空箱子，什麼也沒有，沒有夾層，也沒有任何秘密。

我不準備再浪費時間，轉身走出去，身子在那張桌子上蹭了一下，令得桌上的許多銅環相蹭，發出了一些聲響。

我思緒十分紊亂，順手拿起了其中一隻銅環來，玩弄著，視線仍然停留在那九隻空箱子上。突然之間，我覺出手中的銅環忽然變了形。低頭一看，手中的銅環，被我無意之中，拉了開來，原來銅環上有三處地方是有著製作極精巧的鉸鏈的，可以把圓環拉直，變成四個弧形。

我呆了一呆，再拿起其他的銅環來，不論大小，每一個銅環，皆是如此。

當我把十幾個銅環拉開來之後，還發現銅環上，都有十分細致的花紋刻著，那些花紋，全然沒有規則可言，如果只是單獨的一個來看，絕對看不出那些刻紋有什麼意義。在偶然之間，把兩個相同大小的銅環，並排放在一起時，才覺得值得注意。

圓形的環，被拉成四個弧形，一個和一個可以並排放在一起，我把十八個最大的銅環放在一起，注意到那些刻紋，如果經過排列，可以聯結起來，我約略排了一下，就達到了這一目的，呈現出了一個圓形，一看之下就呆住了。

那是一幅地圖，而且幾乎任何人一看，就可以認出來的地圖。在地圖中，有著黑點，黑點並不是太大，大小也不一。

銅環沒有被排列起來，這些黑點，絕對不會被留意，因爲環是白銅所鑄，有一些瑕疵，形成了小黑點，十分平常。

但是，當銅環被排列起來，現出了地圖，那些小黑點的作用，就十分明顯了，那一定是指示著什麼的。

一般來說，地圖上的點，當然是指示著地方的所在的，大的點，表示那是大地方，小的點，表示那是小地方。可是我仔細看了一下，又覺得那些黑點所指示的，並不是地方。因爲，在地圖的近中間部分，至少有六個黑點，聚集在一起，有大有小，包括了所有黑點中最大的一點在內。

既然地圖是我所熟悉的，我自然也可以知道，在那處，不應該有這樣密集的六個城市。

而另外有一個相當大的黑點所在的位置，根本不應該有城市。

那麼，這些黑點究竟代表了什麼呢？

第九部：空箱子上的秘密

我看了好一會，難以斷定，若說那是地圖上的什麼物產的分佈圖，黑點多的，表示那種物產集中在一個地區，看起來倒也有點像，但那又有什麼特別的意義呢？在中間部分，有那麼多黑點的地區，出產最多的是什麼，可能是稻米，但稻米在地圖南端的地區應該更多，何以反倒只有一兩個黑點呢？那些黑點，也不可能代表著人口的密度，因爲地圖的形狀如此熟悉，哪一部分人口密度高，哪一部分人口密度低，簡直是想都不用想的，黑點顯然不是指示著人口的密度。那麼，這些黑點，究竟代表著什麼呢？它們一定是有著某種特殊意義，不可能只是一些黑點，只不過是我想不出而已。

我一面想著，一面把大小不同的銅環，全部排列了起來，發現就算是最小的銅環都好，當它們排列了起來之後，上面精細的刻紋，都顯示出一個地圖來。所不同的，只是那些黑點數目的多寡。

在最大的銅環排列成的地圖上，我數了一數，一共有三十點黑點，然後，黑點的數目，依次減少，到了最小的一組上，只有七點黑點在，在最後的七個黑點，有一個相當大，是在地圖的西南部分，我注意到，這個大黑點，一直都在。

黑點由多而少，一定也是在指點著什麼，我自認對各種密碼全都精通，也很善於解開各種各樣隱秘的線索，可是面對著這些小黑點，作了種種的設想，還是想不出它們代表著什麼。

我思索了好久，才離開桌子遠一點，坐了下來，深深地吸著煙。這時，我想起了白素離開時的神情，和我回來之後她和我的談話，陡然之間，我心頭起了一下猛烈的震動，大叫了起來：「素。」

出乎我意料之外，白素的回答聲立刻傳了過來：「我就在這裡，你不必大聲叫喊。」

我回頭一看，她就站在地下室的門口，她站在那邊可能已經很久了，由於我一直全神貫注在那些黑點上，所以她是什麼時候開始站在那裡的，我也不知道。

白素用一種含有深意的眼光望著我，我揮著手，又衝到了桌邊，指著那些排列起來的銅環：「你看這些黑點，你一定想不到它們代表著什麼。」

白素微笑著：「意外嗎？我猜到了，也知道你也猜到了。」

我深深地吸了一口氣，向白素作了一個手勢，示意她和我同時講出來。

然後，我和白素異口同聲道：「人。」

在講出了這個「人」字來之後，地下室中，變得出奇的寂靜，我不出聲，白素也不出聲。在那短暫的沈靜之中，我心頭不由自主，感到了一股極度的寒意，由神秘的恐懼而造成。我甚至還不知道恐懼的由來，但是這股寒意卻是如此之甚。

我用力在自己的頭上敲了一下，白素忙道：「你是不是又捕捉了什麼？」

我搖了搖頭，動作十分緩慢，神情一定也十分遲疑：「只是一個模糊的概念，絕無法肯定……」講到這裡，我又怔了一怔，因爲同樣的話，正是白素不久前向我講過的。

由此可知，我和白素的思路循著同一個方向在進行。在我回來的時候，她早已知道銅環上的那些黑點代表著什麼。

既然兩個人的思路相同，要談論這件事，當然也容易得多，我指著那些銅環：「這就是孔振泉幾十年來觀察星象的結果，地圖上三十個黑點，代表了三十個人，而這三十個人，受東方七宿三十顆主要星辰影響，他們的思想行爲，可以預早在那些星象的變化之中，作出預測。」

白素「嗯」地一聲：「是，我們曾討論過，如果改變那些星辰——我的意思是，如果能把那些星辰的任何部分作改變，那麼，這些人的思想行爲也會隨之改變。」

我想了一想，緩緩點著頭，這是一種不可思議的情形，一來，人的思想行爲受著天體的影響，二來，改變天體的任何情形，都不是人類的力量所能做到的事。

我道：「是，理論上是這樣，譬如說，如果可以令房宿四的光度減弱一點的話，那麼，受房宿力影響的那個人，他的智慧、勇氣，或是暴戾、凶殘，就也會有所改變。這是一種假設。」

白素的動作也相當緩慢，她慢慢揚起手來，指著桌面上的那些銅環。或許是由於我們想到的，全是一些虛幻到全然無法捉摸的事，所以才會有這樣的情形出現，她道：「孔振泉很聰明，他用了那些人的出生地點來代表他們。」

我補充道：「還有黑點的大小，代表了他們的重要性。」

白素指著第一個銅環上，在地圖的中間部分那個最大的黑點，在那一部分聚集在一起的黑點相當多，大小不一，可是那個大黑點卻十分顯然，一望而知，那是最大的一點。我一看她指著那黑點，像是要張口把那黑點所代表的人講出來，我忙道：「別說出來。」

白素抬頭望向我：「爲什麼？」

我苦笑了一下：「人人都知道，何必還要說出來？」

白素吸了一口氣，沒有再說什麼，然後，她的手指移動著，來到了最小的那個銅環上，在那裡，還有七個黑點在，她又指著那個大黑點，和我互望了一眼，我們又諒解地點了點頭，表示大家都知道這個黑點代表了什麼人。

白素放低了聲音：「黑點逐步減少，那表示了這些人逐漸死亡。」我想了一想：「一共是八組銅環，每一組都有減少，開始的幾組，每一組的，差別只是一個黑點，或者兩個黑點，越到後來越多。」

白素道：「是啊，越到最後，這些人的年紀越大，自然更容易死亡。」我望向她：「你以爲怎樣？每一組銅環，代表著一定的年份，五年，或者四年？」

白素望著那些銅環上，由幼細的線條組成的細圖，想了片刻，才道：「我並不以為如此，我想，那是代表著不同的時期。這個時期，可能是十年，也可能是一年，那代表著有巨大事件發生的時期。」

我立時同意了白素的看法：「對，你看這一組，和它的下一組，黑點竟然少了九點之多，那一個時期是……」我講到這裡，停了下來，白素用十分緩慢的聲調道：「那一個時期是十年，誰都可以知道，在那個十年之中發生了什麼事。」

我沈默了半晌，才發出了一下嘆聲：「每一組銅環所代表的，其實也可以說是一場殘酷之極的戰爭，一些人在戰爭之中倒了下去，代表他的黑點，就在下一組銅環之中消失了，這種戰爭，有時規模龐大，也眾所周知，有時秘密進行，內幕可能永遠沒有人知道，相同的是極其嚴酷，使用了人類所能使用的所有手段在進行，其血肉橫飛的程度，絕不是局外人所能想像於萬一。」

白素也長嘆了一聲：「是啊，這些人，既然受了天上星辰的感應，而使他們的才能有異於常人，本來，大約沒有什麼力量可以消滅他們，唯一消滅他們的力量，來自他們自己的互相殘殺。」

我呆了半晌，才喃喃地道：「或許，自相殘殺，也是天上星辰給他們的影響。」

白素道：「自然是，中國歷史上不乏這樣的例子，多少手握大權的非凡人，他們最擅長的事，就是殘酷對付自己最親近的人，甚至包括了中國傳統道德上，最受尊重的倫常關係的親人。」

我來回踱了幾步，這時候，我們對於孔振泉觀察星象的能力，佩服得五體投地。我道：「可惜孔振泉死了，不然，我一定要跟他學觀察星象，我有這種特異的感應力。」

白素同意：「是啊，只有你和他，看到了七星聯芒的景象……」她講到這裡，忽然停了下來，現出了一種相當疑惑的神色，但是不等我開口，她又道：「我懷疑，事無巨細，他都能在星象上看得出來，說不定，你有這種對星象的特殊感染力，也是他早已從星象上看了出來。他知道你是受著那一顆星的影響，知道你一生的思想、行爲，全和那顆星的活動有關。」

我一面大點其頭，一面道：「我早和你說過了，我一定是什麼星宿下凡，不然，我怎麼會那麼突出。」

白素瞪了我一眼：「我不覺得你怎麼突出，而且，你的說法也完全不對。」

我眨著眼，一時之間，不知道她說我「全然不對」是什麼意思，我以爲我們兩人的思路完全一致，那麼，我的說法就沒有什麼不對。

我等了一會，白素一直沒有說什麼，我才問：「應該怎麼說？」

白素緩緩地道：「星宿下凡，是一個傳統的、十分簡單的說法，和我們所設想的情況，不大相同。」我立時抗議道：「我們都同意，在地球上，有相當數目的一群人，受了星辰力量的影響。」

白素道：「是，但是那和『星宿下凡』不同。星宿下凡，意思是這個人，就是這顆星的化身，自己可以作主，可以有自己的思想和行爲，自己是自己的主人。」

我漸漸明白了白素的意思，揮著手，想講什麼，白素又道：「但是，受星辰的影響，卻全然是另外一回事。地球上的一個人，可能是由於他的腦部結構，在某方面可以和某一個星體所發出的神秘力量發生感應，從此之後，他的一生思想行爲，就完全被這個星體所控制，他不再是自己的主人，而只是那個星體的奴隸，完全沒有自己，或者說，他以爲有自己，但實際上，沒有。」

我深深吸了一口氣：「你是說，星體上有某種生物，在控制著特定的地球人？」

白素搖頭：「有可能是，但是我的意思是，更大的可能，這種來自宇宙間億萬星體的影響力量，並不是由什麼生物所發射出來，而是星體本身自然產生的，舉個簡單的例子，月圓月缺，會影響某些特別敏感的人的情緒。太陽黑子的大批爆發，也可以引起地球人思想上的混亂，因而導致大規模的暴亂事件。」

我道：「月亮和太陽離得我們如此之近……」當我講了這句話之後，我自己也感到大有語病，月亮和太陽離我們當然不近，月亮離地球是三十八萬四千公里，太陽更遠，是一億五千萬公里。

我說它們「近」，自然是一種相對的說法，是和宇宙中其他星體的比較而得出的結論，和其他星體比較，自然是太近，地球和太陽間的距離，光行進的時間，只不過是八分鐘。而在無涯的宇宙之中，距離地球幾十光年的星體，也算是近的了，甚至有遠至幾千萬年的，比較起來，太陽自然近之已極。

白素諒解地望了我一下，表示她明白我的意思：「正由於太陽離地球近，所以，太陽上發生的變化，才能影響到大多數人，那些遙遠的星體，就只能影響少數人，或者是單獨一個人。」

白素的闡釋，十分簡單明瞭。本來，我頗以爲自己和某一個星體有關係而沾沾自喜，但這時，卻連最低程度的高興也消失了。

我不是什麼「星宿下凡」，只不過是恰好接受了某一個星體的影響。任何星體，都只是一塊石頭，我是一塊石頭的奴隸，這塊石頭，不知懸在無涯的太空何處，它所發出的力量，全然無意識，而我的思想、行爲，就不能擺脫它的影響。

這值得高興嗎？當然不是！想深一層，非但不值得高興，而且還可哀，倒不如那些不受星體影響的人，雖然在人類的觀念上，那是「普通人」，可是普通人至少是他們自己的主人，而受星體影響的那些非常人，實際上早已沒有了自己，而他們卻還不知道，爲了他們的各種不同的非凡成就而沾沾自喜！我的情緒猝然低落，白素看出了我在想些什麼，她嘆了一聲：「或許，我們根本每一個人都不能自行主宰，要不然，何以每一個人的命運，都可以通過星象的觀察而推算出來？」

我停了好一會，才道：「我倒不單是為我自己的命運而悲哀，而是我想到，地球人，全人類的生命、思想、行為，全受不同星體控制，那麼，人類生命的意義何在呢？」

白素攤了攤手，望著我，神情茫然而無可奈何。她並沒有說什麼，但是我知道她是在表示：那是一個亙古以來沒有人可以回答出來的問題。

最好不要去想這個問題。又沈默了好一會，白素才道：「這就是那描金漆空箱子的秘密，你必須不嫌麻煩，解開那些子母連環鎖，才能獲知秘密。」

我不禁有點臉紅，因為在孔振泉送那箱子給我的時候，他不會想到我竟然那麼不耐煩，要不是白素有那樣的耐性，只怕孔振泉的秘密，就成為永遠的秘密了。

我高舉雙手，表示內疚，白素笑了一下：「通知陳長青。」

我想了一想：「當然要通知他，但是要讓他自己去想。」

白素笑了起來，點頭同意，我走過去，把排列成九組的銅環，全都弄亂，而且使它們恢復環狀。陳長青隨叫隨到，半小時之後，他氣咻咻地奔進來，直嚷：「發現了什麼？是哪一個城市該當災？」

一聽得他這樣叫，我和白素都不禁怔了一怔。因為我們討論了半天，並沒有討論到這個

「七星聯芒」所指示的實際問題。

我感到有點不好意思：「還沒有研究到這一點，我們發現了孔振泉留下來的秘密，記得那個描金漆的箱子？白素已經把九把鎖完全照程式打開了，箱子內不是空的，秘密是在鎖環上。」

陳長青抹著汗，神情大是興奮：「什麼秘密？」

我道：「必須由你自己去發現，因爲我們都分別自己發現秘密。」

陳長青一下就接受了挑戰，但是他還是問：「有什麼提示？」

我笑了起來：「回憶一下孔振泉所說的每一句話，對不起，夜很深，我們要睡了，就算你在我們睡醒之前解開了難題，也別吵醒我們，一切全在地下室，你自己去吧。」

陳長青故作輕鬆地吹著口哨，走向地下室，我和白素回到了臥室。夜的確已很深，但我卻推開了窗，望向浩渺的星空。

一個善觀天象的人，可以在星空中，看出地球上大大小小即將發生的事，但是，普通人卻完全看不出來，只是覺得星空燦爛和美麗。

星相家在長久對星空的觀察中，又摸出了一整套規律：什麼樣的情形下會有兵凶，什麼樣的情形下會有天災，什麼樣的情形下會有偉人的死亡，什麼樣的情形下會有人類的瘋狂，等等，而七星聯芒的異象，則表示一個大城市的毀滅。

白素靠在我的身邊，很久，她才低聲道：「睡吧。」

我嘆了一聲：「真怪，除了前兩天看到七星聯芒的異象之外，我對於星象，可以說是一竅不通。」

白素笑了一下：「要是人人都能看得通星象，世間還有什麼秘密呢？」

我心中陡地一動：「像孔振泉那樣，有著特殊的觀察星象的能力，是不是也是受了某一顆星辰影響？」

白素道：「當然是。」

我又想了一想，把雜亂的概念整理了一下：「照這樣的情形看來，星辰也可以分爲善、惡兩大類，一類惡的星辰，專門在地球上製造災禍，包括各種自然的災禍和人的災禍在內，人的災禍比自然的災禍更可怕，例如青龍七宿中的三十顆星，就令得三十個人在地球上製造了生靈塗炭的大災禍。」

白素沈默了片刻，才道：「是，另一類善的星辰，則致力於消滅那些災禍，還影響了一批人，給人類以文明、知識、科學、藝術上的種種發展。」

我更加感到心情茫然：「那麼，地球是什麼呢？是天上諸多星辰中善、惡兩類的戰場？」

白素忽然道：「我倒覺得，更像是一個棋盤。」

我訝於她的設想：「棋盤？」

白素道：「對，棋盤，而在地球上生活的人類，就是棋子。受著自己全然不能瞭解的力量的支使，在棋盤上廝殺爭鬥，勝敗對人類全無意義。」我轉過頭望向她：「對什麼有意義，對那種支使力量？你剛才不是說，支使的神秘力量來自無意識的星體，並不是來自星體上的生物。」

白素神情一片迷惘，語調聽來也是一點主意也沒有。

「誰知道，」她說著：「誰知道。」

真的，誰知道！

這一切，都是超越了人類知識範圍之外的事，可能再經歷幾萬年，人類自以為自己的科學文明已達到頂點，仍然不能明白人類只是被神秘的星辰力量支使著在棋盤上移動的棋子，再重要的人物，也只不過是一枚主要的棋子。

而在棋盤上，每一枚棋子其實全一樣，看起來作用有大有小，那只不過是看支使力量如何支使他們。

我心情也極其悵惘，呆了好半晌，倒在床上，仍然睡不好。

我沒有再說什麼，也無法再向下想下去，一直到天色快亮，我才想起了兩句著名的白話詩：「做了過河卒子，只好拚命向前。」

心情迷惘而苦澀，朦朦朧朧地睡了過去，到中午時分才醒來，白素已經起來了。

當我們離開臥室時，老僕人老蔡神情緊張地走過來，把聲音壓得十分低：「那位陳先生……瘋了。」

我嚇了一跳，老蔡又道：「我早上起來，就看到他坐在客廳，不住流汗，問他要什麼，他雙眼發直，也不看我，也不說話，看起來，十足是中了邪。」

我和白素互望了一眼，急急向樓下走去，看到陳長青呆坐在角落處的一張沙發上，真是雙眼發直，而且滿頭大汗，頭髮濕得像是洗過，而且，汗珠還在不斷地大顆大顆冒出來。

我忙叫道：「陳長青。」

陳長青略爲震動了一下，可是並不向我望來，仍然像是老蔡所說的「中了邪一樣」。

我來到了他面前，勸道：「陳長青，就算你解不開那些銅環上的啞謎，也不必勞心到這程度。」

陳長青聽了，自鼻中發出了「哼」地一聲，翻起眼睛來，向我望了一眼，一副不屑的神氣。看了他這種神氣，誰都知道，他早已把孔振泉的秘密解開了。可是，如果他已經解開了謎，何以他的樣子會如此呢？看他的樣子，分明是心中不知受著多大的困擾，而且焦急、傷神，到了極點。

要不然，一個人絕不會一直冒汗，就算陳長青是一個極度神經質的人，也不會有這樣的情形出現。

那使我感到很大的困惑，白素在我的身後問：「你不舒服？」

陳長青又震動了一下：「不，我沒有什麼。」

他說著，站了起來。當他站起來之際，我和白素，更是相顧愕然。

因爲，在他坐過的地方，竟然出現了一大灘濕印子。

那表示他坐在那裡，已經很久了，而且，不斷在冒汗。一個人如果在這樣的情形下，甚至可能虛脫。他的聲音聽來有點啞：「水，給我一點水。」

我急步去倒了一大杯水給他，他一口氣不停就喝了下去，然後用手抹著臉，回頭看了看沙發上的濕印子，竭力裝出一副沒有什麼大事的神情來：「我流了不少汗？每當我在想一些重要問題的時候，總會這樣子，從小如此。」

我忍不住不客氣地道：「你不必用言語來掩飾了，你的身體已經告訴任何人，你爲了不知道什麼事，焦慮得快死掉。」

陳長青一面用手抹著臉，口唇掀動著，像是想否認什麼，但是他自己也明知道賴不過去，所以他嘆了一聲：「對，是有點心事。」

我盯著他，我知道他的脾氣，這個人如果有心事的話，絕不會在朋友面前隱藏的，自然會講出來。

可是，這次我竟然料錯了，他轉過頭去，避開了我的眼光，看來並沒有把他的心事告訴我的意思。我們就這樣僵持了好一會，我投降了：「好，有什麼心事，可以說給老朋友聽聽嗎？」

本來我大可以等他投降，把心事說出來，但是，陳長青這時的神態，大異於常，他可能真正需要幫助。朋友之間取笑是一回事，當他真正需要幫助的時候，那就要真正幫助他。

陳長青的身子震動了一下，半晌不說話，才道：「衛斯理，雖然你不是很喜歡我，可是我一直把你當作是我最崇敬的朋友。」

他那兩句話，說得十分誠懇，我怔了一下，十分感慨。我不是不喜歡陳長青，只是不很習慣於他的一些行爲，對他也不算很好，經常在言語之間譏諷他。這時，我感到有點激動和慚愧，忙道：「陳長青，要是朋友之間的意見不同和取笑，你也介意，那我願意道歉，我們當然是好朋友。」

陳長青一聽，倏然轉過身來，望著我，而且握住了我的手，連眼圈也在發紅，我更覺察到他的身子，在微微發抖。這一切，都說明他的心情，激動之極。

第十部：陳長青的怪異行為

我一時之間，不知道怎麼才好，只好道：「有話好說，不要這樣，不要這樣。」

陳長青顯然真的想說什麼，可是由於他太激動了，聲音哽在喉間，說不出話來，只是發出了一些含糊的聲音，誰也無法聽得明白這些聲音，表示著什麼。我又道：「我們是好朋友，你別急，有話慢慢說。」

陳長青更激動，將我的手握得更緊。這樣的局面，令我手足無措，我只好向白素望去，向她求救。

白素也是一臉疑惑，不知道陳長青在搞什麼鬼。她明白了我的意思，用聽來十分輕鬆的語調道：「你們怎麼啦？誰都知道你們是好朋友。」

陳長青哽塞的喉間，總算吐出了三個可以聽得清的字來：「好……朋友。」白素道：「是啊，發生了什麼事？像是生離死別一樣，快要唱風蕭蕭兮易水寒了。」

在這樣的情形下，白素說笑話，十分恰當，可以令得氣氛輕鬆，因爲我和他之間，根本沒有什麼嚴重的事情。

白素形容陳長青的樣子，像是生離死別，大有荊軻要去刺秦皇，明知自己一去無回的那種激動，完全沒有必要，那麼，陳長青該一笑之下，精神鬆馳，不再緊張。

可是，出乎我們意料之外！

陳長青的反應，竟然像是中了她重重一拳，陡然鬆開了我的手，身子搖晃不停，向後連退了兩三步，而且，面色鐵青，臉上的肉，在不由自主地跳動著。

這時，別說我呆住了，連白素也呆住了，不知道何以他的行止這樣怪異。

他轉過身去，伸手扶住了牆，白素向我作了一個手勢，示意暫時別過去。陳長青深深吸著氣，然後，即使從他的背影也可以看得出他在作極大的努力，使他的身子挺直。

又過了一會，他才十分緩慢地轉過身子。看起來，他已經正常很多，他用一種聽來十分疲乏的聲音道：「大嫂，你怎麼也學起衛斯理來了？不好笑。」

我和白素只好面面相覷，不知道白素剛才那句話，有什麼地方得罪了他。換了我，一定要不服氣，追問到底了。

但白素卻只是溫柔地笑了一下：「對不起，我不是故意的，只是想輕鬆一下。」

陳長青笑了一下，他的笑容難看到了極點，這證明他的心事，一定令他感到極度的不安和痛苦。陳長青自己，卻以為他的笑容已經可以掩飾了他的心情，還故意拍著手：「衛斯理，你花了多久才解開了銅環上的秘密？」

我道：「相當久，我還花了不少時間，研究那些空箱子。」

陳長青走動著，自己去倒了一大杯水，又一口氣喝乾，才道：「是，你給了我提示，我沒有再在空箱子中浪費時間，孔振泉把秘密這樣處理，真是除了你之外，沒有可以解得開。」

我道：「這全是白素的功勞。」

陳長青「嗯」地一聲：「嫂夫人解開了秘密，也是因你而起的，你的作用，就像是中藥方子中的藥引子，化學變化之中的觸媒劑。」

我聽得他拿我作這樣的譬喻，有點啼笑皆非。他又道：「所以，孔振泉找你，還是對的，由於你，嫂夫人解開了謎，而我……」他講到這裡，突然停了下來，不再講下去。

陳長青這個人，說起話來，滔滔不絕，不容人插嘴，而他自己講到了一半忽然住口不言的情形，更可以說是絕無僅有。

我等著他再講下去，可是當他再開口的時候，他已經變了話題，他道：「那些黑點，是代表著三十個人，在經過了種種變化之後，剩下七個。」

我和白素一起點頭，我還拍了拍手：「對，你真的解開了孔振泉的圖謎。」

陳長青默然半晌，在他沈默的時候，我和白素，把我們昨天晚上，由解開了圖謎之後的種種聯想，全都向他說了一遍。

陳長青聽我們敘述，表現十分沈靜，除了不住表示同意之外，並沒有插言。

等到我們講完，他才道：「人沒有自己意志？當一個人，決定了要去做一件大事……極大的大事，難道那不是他自己的意志，而只是受了來自星體的神秘力量的支使？」

我道：「除非把孔振泉的星象觀察完全推翻，不然，就得承認這一點。」

陳長青苦笑了一下，揮了揮手，像是不想繼續討論這個問題，我和白素都不敢亂講什麼，唯恐由於一句什麼話，他又會有異常的反應。

過了一會，他才道：「衛斯理，你看到了七星聯芒的異象，也知道了這種異象是表示一個大城市將會毀滅，可是你不知道會發生什麼事。」

我道：「是，你想到了？知道了會發生什麼事？」

陳長青卻並不回答，我道：「是什麼？富士山復活，毀滅了東京，還是檀香山被火山灰覆蓋？」

陳長青瞪了我一眼，仍然不說什麼，然後，他站起來：「我要告辭了，還有很多事要做。」

他說了之後，伸出手來，先和我握手，又再和白素握著手。

我們一面和他握手，一面心中仍不免在嘀咕：這傢伙，平時說來就來，說走就走，什麼時候和我們握手道別過來？

陳長青今天的行爲，真是怪異透頂了。

他走向門口，拉開門，又回頭向我們望了一眼，我忙道：「有什麼事要幫忙的，只管來。」

陳長青有點戲劇化地仰起頭來，「哈哈」一笑，跨開步子，揚長而去。

我和白素又呆了半晌，我才道：「陳長青像是另外一個人一樣。」

白素道：「我看他的心中，一定有十分重大的決定。」

我嘆了一聲：「這個人……」白素不讓我再說下去：「我看，我們得盡一點力，多注意他的行動，看他究竟想幹什麼。」

本來，陳長青想幹什麼，我不會感興趣，但是由於他行為實在太怪，完全不像他平時的為人，所以我道：「好，我找人留意他的行動，必要的時候，還可以派人去跟蹤他。」

白素道：「那樣最好。」

於是，在接下來的三天之中，我委託了小郭的私家偵探事務所，派幾個精明的人，去跟蹤陳長青，看看他究竟在搗什麼鬼，也可以在他需要幫助的時候，有人可以立即幫助他。

私家偵探每天送來一次報告，一連三天，看跟蹤陳長青的報告，我和白素都訝異不止，實在猜不透這傢伙究竟想做什麼。

他到一家律師行，立了一張遺囑。遺囑的內容，偵探買通了律師行的職員，所以也寫在報告之中。

陳長青的遺囑內容相當古怪，他在遺囑上寫著，他死了之後，所有的遺產，全權歸衛斯理夫婦處理。

我是他的好朋友，這樣處理，倒也不能說悖於常情，他又規定，我處理他的財產，最好是把錢用在擴展、鼓勵探索和研究一切不可解釋的奇異現象方面。

這一點也可以理解，陳長青一直對一切人類現階段科學還不能解釋的事，有著異乎尋常的興趣，把他的財產花在這一方面的研究和探索上，十分有意義。

而在他遺囑之中，最怪異的一條是說他在某一天，會打電話通知律師。由律師接到他那個電話開始，如果三十天之後，還未曾接到他第二個電話，就在法律上，宣佈他已死亡。

這極不合情理，可是他卻堅持要這樣做。普通，一個人要失蹤三年到七年，才可能由法庭宣佈死亡，陳長青只給了三十天，法律上自然不會承認他自行宣佈死亡。

陳長青也有權這樣做，在這樣的情形下，「遺囑」實際上，是一份財產處理委託書。我和白素看到了這樣古怪的一條，不禁都皺起了眉。

我道：「陳長青想去幹什麼？」

白素道：「看來，他將有遠行，要去從事十分危險的事。」

我悶哼了一聲，咕噥著罵了他幾句：「這人，異想天開的事太多，難道他又發現了什麼外星人，要到別的星球去？」

白素苦笑了一下：「那也難說得很，什麼樣的怪事都會發生。」

我拍一下桌子：「我去找他，問問他究竟想幹什麼，如果他亂來，至少好勸阻他。」

白素想了一想才道：「只怕沒有用，他如果肯說，你不去問他，他半夜三更也會來告訴你。如果他不肯說，問也不會說。」

白素說的，倒是實情，我只好生悶氣，再看報告的餘下部分：陳長青到了一家中學，在校舍的內外，徘徊良久。我看那家中學的名字，並不十分出名，校舍也不是什麼名勝古跡，附近更沒有什麼風景可供觀賞。

我瞪大了眼睛：「他在那家中學附近幹什麼？」

白素蹙著眉：「我想，那家中學，可能是陳長青的母校，他在那家學校中，度過了他的青年時期。人總是十分懷念那個時期的。」

我「嘿」地一聲：「他怎麼了？又不是快死了，要去自己成長的地方徘徊記憶一番。」

白素吸了一口氣：「記得我提及『易水送別』時他激動的樣子？」

我點了點頭，白素隨即道：「那可能是由於我說中了他的心事，無意之間說中的。他心中有了一個重大的決定，對他來說，一定是生死攸關，所以他那時的神態才會這樣怪異。」

我把陳長青當時的行動神態想了一遍，覺得白素說得十分有理。可是我還是不能接受這樣的想法，我道：「那算什麼？他準備去殺身成仁，捨身取義？現在既沒有神聖抗戰，也沒有世界大戰，他難道幫伊朗去打伊拉克，或者幫伊拉克去打伊朗？」

白素道：「真想不通，可是他有極其重要的決定，這可以肯定。」

我沒有再說什麼，只是當天晚上，和他通了一個電話，我想知道他究竟決定了什麼，不過沒有收獲。只是肯定了一點，那家中學，真的是他的母校。

第二天的偵查跟蹤報告，更是看得我和白素兩人，目瞪口呆。

第二天一早，陳長青就到了父母的墓地上去拜祭。

陳長青的父母去世相當早，在他少年時就已經去世了，我從來也不知道陳長青這樣孝順。看來，那又是他的一種「告別儀式」。

從他的這種行動看來，他真的將有遠行。墓地回來，他去見了很多人，一直忙到晚上，然後一個人在酒吧買醉，和一些莫名其妙的人乾杯，喝至酩酊大醉。

第三天，陳長青的行動令人吃驚，使我覺得，非出面和他說清楚不可了。

那一天早上，陳長青在家裡，打了幾個電話，就離開了住所。

由於我的要求，是「全面跟蹤」，所以小郭已派人在他家的電話中裝了偷聽器。其中有一個電話，小郭認為十分蹊蹺，所以那個電話的錄音帶，連同報告一起送來，我和白素聽了，感到吃驚。電話的對話雙方，一方自然是陳長青，另一方，是一個聽來十分嬌柔的女聲，電話由陳長青打出去，對話如下：

陳：昨晚上，在青島酒吧，我終於得到了這個電話號碼。

女聲：是，有什麼指教？

陳：（聲音有點猶豫）我……是不是打錯了？或者給我號碼的人令我上當，我想我應該聽到一個冰冷的男人聲音。

女聲：（嬌甜地笑著）你受電影的影響太深了，先生，事實和電影中所看到的，往往截然相反，你並沒有打錯電話。

陳：（深深吸著氣）好，聽說你有價錢。

女聲：先生，每個人都有價錢。

陳：我的情形有點特殊，我要和你見一見面。

女聲：（變得冷峻）這樣的話，如果你再重複一遍，你就會面臨死亡。

陳：（急急地）聽著，我誠心誠意，真正誠心誠意，我要得到一些我想要的東西……譬如說，你……職業上所使用的一些精巧的工具，我願付任何代價。

女聲：（沈默了片刻）什麼工具？

陳：你認爲最有效，又可以避過嚴格檢查的工具，要絕對有效。

女聲：可以供給你，但不能和你見面，代價是三十萬美元。

陳：（立即地）好，我準備現鈔，怎麼把東西交給我？

女聲：到機場公用電話第三十號去，接受進一步的指示。

陳：（連聲）是。是。謝謝你。

電話中的對白到此為止。

報告說，陳長青打完電話，立刻離開，直趨銀行。從銀行出來，手中多了一隻手提箱，裡面放的，可能就是三十萬美鈔。

然後，他到了機場，在第三十號公用電話的旁邊等著，等了很久。

有人來使用這具公用電話，陳長青就十分緊張，而當他發現用電話的人，並不是他等待的人，他就對人怒目相向，弄得打電話的人，不知道在什麼地方得罪了他。

有一個打電話的彪形大漢，甚至還和陳長青幾乎起了正面衝突。

在等待的三個小時之間，陳長青也打了幾個電話，可是顯然沒有人接聽。

在三小時之後，有一個坐輪椅的老婦人，由一個小姑娘推著，來到了公用電話之前，那小姑娘取出了一張鈔票，想和陳長青找換硬幣。陳長青開始很不耐煩，但是那小姑娘和陳長青不知道講了些什麼，陳長青欣然接過了鈔票，把硬幣給了小姑娘。就離開了公共電話，看來那小姑娘正是他要等待的人。陳長青在機場附近的停車場，上了他自己的車子，奇怪的是，他又到了銀行，再出來的時候，兩手空空，他在銀行的經理辦公室中停留了一會，跟蹤人員無法知道他在幹什麼。

從銀行出來，他就回到了家裡，一直沒有出來。

看完了這樣的報告之後，白素首先道：「陳長青在和一個秘密組織接頭。」

我冷笑一聲：「他真是活得不耐煩了，我可以肯定，和他接頭的，是一個第一流的職業殺手。」

白素揚著眉：「可是奇怪，他並不是要委託殺手去殺什麼人，而只是要殺手提供他殺人的工具，難道他準備去殺什麼人？由他自己下手？」

我道：「看來是這樣，我要去找他，不能再讓他胡鬧下去。」

白素嘆了一聲：「是要去阻止他，但是他不一定是在胡鬧，說不定他正準備進行一件大事。」

我想反駁，但是在不知道陳長青準備幹什麼之前，我也不想說什麼，提起了外套，我就離開了住所，駕車來到陳長青的屋子外，用力按著門鈴。

他的屋子極大，當日，研究一個被困在木炭中的靈魂，我曾在這屋子中住了好幾個月。

陳長青一個人獨住，屋子又大，他遲些出來應門倒是意料中事，可是在三分鐘之後，還沒有人來應門，這就有點不尋常。

我先是一面按鈴，一面敲著門，接著，用力踢著門，發出驚人的砰砰巨響。在我踢了七八下之後，門陡然打開，由於門開得那麼突然，我幾乎一腳踢到了他。陳長青開門，看到了我，也不禁一怔。

我「哼」地一聲：「在幹些什麼見不得人的事，怎麼那麼久不來開門？」

陳長青忙道：「對不起，我正在浴室……」他看到我一臉不相信的神色，忙又道：「是在樓上的浴室，沒聽到鈴聲。」

我冷笑了一聲，就算他說是在屋頂上的浴室，我也不會相信他，我一伸手推開了他，大踏步向內走去，陳長青叫了起來：「喂，這裡是我的家！」

我陡然轉過身來，直指著他：「暫時是，等你死了，或是三十天沒有消息之後，我就有全權處置這幢屋子，先來看看，可不可以？」

這種迅雷不及掩耳的方法，很有效果，可以令得對方連抵賴的機會都沒有，只好直認。

陳長青在聽了之後，陡然震動，面色難看之極，過了一會，他才道：「律師行應該開除不能保守秘密的職員。」

他承認了，我繼續指著他：「你應該知道，世上根本沒有所謂秘密。」

陳長青口唇掀動，想要分辯什麼，但是並沒有立即說話，他的神情，隨即變得堅強和自信，大聲道：「有，我就敢說，我的行動就是一個秘密，你不知道我要去做什麼，而且，不論你用什麼方法，我都不會告訴你！」

我的確不知道他準備去做什麼，我只不過知道了他有一連串不可理解的行動。但是在如今這樣的情形下，我當然不能說我不知道。

我現出了一副胸有成竹的樣子冷笑了兩下：「若要人不知，除非己莫為。陳長青，你連萬分之一成功的機會都沒有。」

我不知道陳長青要去做什麼，但是他要去做的事，一定十分困難，而且有生命的危險，這一點，可以從他的行動中，推測出來，我這樣說，聽起來就像是我已經知道了要做什麼一樣。

陳長青乍一聽到我這樣說，現出了震驚的神色，但那只不過是一霎間的事，他隨即連聲冷笑：「衛斯理，你這種話，唬不到我，回家抱孩子去吧。」

我感到有點狼狽，只好道：「好了，不論你要去做什麼，作為好朋友，我只勸你一句話：別去做，你已經把自己放在一個極危險的境地之中，不要再向前跨出半步，不然你就要後悔莫及。」

陳長青聽著，望了我片刻，來回走動著，踢開了亂放在地上的幾個大墊子，然後在一張沙發上坐了下來，一字一頓地道：「沒有用，我不會聽。」

我也生氣地踢開幾個大墊子，在他對面坐下：「你可知道和職業殺手打交道的結果？」

陳長青一揮手，一副漠不在乎的神態：「那實在不算什麼。」

和職業殺手打交道的後果，可以嚴重到令一個人死亡。職業殺手會為了保護自己，不使自己的秘密暴露而去殺死委託人。

那樣嚴重的情形，陳長青竟然說「那不算什麼」。

由此更證明白素猜測是對的，陳長青要去做的事，凶險絕倫，他準備用自己的生命代價去做那件事。

想到這裡，我只好苦笑：「認識了你那麼多年，真沒想到你竟然這樣偉大。」

一聽得我這樣講，陳長青又陡然激動，可是他立即控制了自己的情緒，連語調聽來，也十分平淡：「那不算什麼，一個人的一生，總要去做一些事的。」

我還沒有回答，他又「哈哈」一笑：「或許，正如我們所推測，我的行為，不是由我自己決定，而受某一個星體的影響和支使。我想不做也不行，對不對？所以，你不論講什麼，都不能使我的行動有改變。」

我有點啼笑皆非，他把我能勸他的話，全都封住了。由此可知，他對他要去做的事，真是下定了決心，非做不可的了。

我大體上可以知道他準備去做什麼，所以我道：「陳長青，你是一個很有才能的人，但是殺人並不是你的專長。殺一個人，並非有了精巧的殺人工具之後就可以實現。」

陳長青一聽，陡然跳了起來，立時又坐了下去，面色煞白：「你太卑鄙了。」

他罵我卑鄙，自然是因為他從我的話中，知道了我一直在跟蹤監視他。

我沈聲道：「誰叫我們是好朋友？要是別人，我才不會有興趣。」

陳長青勉強笑了一下，但是他立時又十分自豪地道：「你還是不知道我要去幹什麼。」

我承認：「是，不然我也不必來找你了。」

陳長青得到了我的承認，長長地吁了一口氣：「真好，真好。」

我退而求其次：「對於各種精巧武器，我比你在行，你得到的武器是什麼？有效程度如何，不妨拿出來，多少可以給你一點意見。」

陳長青更是得意非凡：「如果我要殺你的話，你的身體已開始變冷了。」

這時，我才注意到他的手中戴了一隻以前未曾見過的戒指，那戒指有一個平方公分大小的平面，銀質，上面雕刻著花紋，看來相當古樸。一個男人，手上戴著這樣的一隻戒指，不會引起旁人特別注意。

我伸手向那隻戒指指了一下，陳長青點著頭。

我道：「用這戒指去擊中目標，不是容易的事。」

陳長青搖著頭：「有效射程是十公尺。」

我感到一陣發涼，陳長青真的準備去殺人，他爲什麼突然之間有了這樣的念頭，真使我完全沒法子想像。

我只好苦笑：「射出來的……是針？」

陳長青點著頭。

我又道：「針上當然有毒，毒藥的成份是什麼？」

陳長青道：「是南美洲一種樹蛙的表皮中提煉出來的毒素。」

我雙手握著拳：「如果真是的話，這種毒素，只要進入人體，可以令中毒的人，在三秒鐘之內，因爲心臟麻痹而死亡。」

陳長青道：「是，正是如此。」

我嘆了一聲：「怕只怕你花了三十萬美金，得到的只是一個精巧的玩具！不錯，有枚細小的針射出來，但是上面並沒有所說的那種毒藥。」

陳長青「嘿」地一笑：「對方十分公道，我先把錢存進瑞士的一家銀行，等我做完了我所要做的事，確證毒效之後，他們才動用這筆錢。」

我呆了半晌，喃喃地道：「那……真公道得很，太公道了……如果你在行動中出了意外？」

陳長青道：「有一個期限，他們一樣可以動用那筆錢，只要在十公尺距離之內，抬一抬手——」他說到這裡，真的向我抬了一抬手，我立時抓起一個墊子來，擋在身前。

陳長青見嚇倒了我，高興得哈哈大笑。

殺人自然是一種劣行，可是從陳長青的神態、言語看來，他似乎堅決相信自己的行爲是正確的，這更是怪異莫名。

第十一部：陳長青的重大發現

想到這裡，我多少有點氣惱：「我沒有見過一個人，殺人之前，還那麼高興的。」

陳長青止住了笑聲，神情變得極其嚴肅：「你在指責我？」

我作了一個不想吵架的手勢：「不能說是指責，只是有點好奇，想約略知道一下你的心態。你決定去殺人，堅決地要實行你的決定，感覺怎樣？」

當然，我不單是好奇，想在他的回答中，捉摸出一點線索，弄明白他究竟想去殺什麼人。

陳長青看來毫無內疚地和我對望，過了好一會，他仍然沒有開口，他的那種眼光十分異特，看起來，反倒很有點可憐我。在他的那種眼光的注視下，我覺得自己由主動的地位，變成了被動。

我轉換了一下坐著的姿態，提醒他：「你還沒有回答我的問題！」

陳長青緩緩地道：「現在，我決不會回答你這個問題，等到我做了之後，你就會知道。老實說，我自己的心態如何，不是一個問題，問題是在於星體的神秘力量，既然影響了我，那我就非做不可。」

我「哦」地一聲：「和孔振泉在銅環上留下的秘密有關連？」

他的怪異行為，是那天晚上在我家地下室研究那些銅環之後開始的，所以我這樣試探著問他。可是陳長青抿著嘴，一點反應也沒有。

接著，又正面地、旁敲側擊地、軟聲要求地、大聲恫嚇地，揮著拳，或是跳起來，問了他許多問題，可是他不是抿著嘴，就是翻著眼，或者是發出一兩下聽了令人冒火的冷笑聲，一個字也未曾回答過我。

我終於頹然坐下，他才冷冷地道：「別浪費精神氣力了，回去睡覺吧。」

我惡狠狠地道：「我會就此甘休？」

陳長青仍然冷笑道：「那你能怎麼樣？至多不過繼續派人跟蹤我。」

我聽了之後，正想反唇相譏，陡然之間，我心中一動，想起了一個主意。

陳長青十分靈活，這三天來，小郭手下的偵探人員，能順利跟蹤他，是因為他根本未曾想到會有人跟蹤他。如今他知道了，小郭的手下再跟蹤，不是被他擺脫，就是被他愚弄，再派人去跟蹤他，已經沒有意義。

但正由於如此，我反倒故意道：「當然，繼續派人跟蹤你。」

陳長青「哈哈」大笑：「好，看看你派出來的獵犬能不能成功。」

我已經有了打算，所以跟著他笑了一會。陳長青這傢伙，竟然公然對我下起逐客令來了：

「你現在可以走了吧。」

我雙手按住沙發扶手，站了起來，挺直了身子，嘆了一聲：「你不應該把我放在敵對的地位上。真的，我十分誠心來幫你，當我和白素，猜到了你準備去殺人，就決定來幫你，因為我們相信，你一定有你的理由。可是，你卻完全拒絕了我的幫助，還要把我趕走。」

平時，我說話很少這樣長篇大論，但這時，我真的感到陳長青的行為非常怪異。對他來說，構成凶險，所以才十分誠懇地講了那番話。

陳長青聽了，神情感動，呆了半晌，才嘆了一聲：「你實實在在是個笨蛋。」

我料不到我一番好心，表示願意幫他，他明明十分感動，但是一開口，卻會講出這樣一句話來，那真叫人生氣。

陳長青看出了我神情難看，想了一想：「我說你笨蛋，是因為有一個相當重要的關鍵，你始終沒有明白。」

我大聲道：「好，講給我聽。」

陳長青笑了起來：「我就是要你不知道。」

和陳長青認識了那麼久，對他最無可奈何的就是這次，反正我已另有打算，所以我裝出一副已經失敗和放棄的樣子：「好，那只好祝你成功了。」

我無精打采地伸出手來，又出乎我意料之外的是，他熱烈激動地和我握著手，握了又握。

我擅於從他人的行動中去揣測一個人的想法，可是真的無法知道陳長青究竟葫蘆裡賣些什麼藥。

他一直送我到門口，等我走出了幾步，他還站在門口向我揮著手。這種情形，又使我想起白素的那句話來：「看你們，快要唱『風蕭蕭兮易水寒』了。」

我心裡不禁一陣難過。陳長青有了現在的決定，一定是那天早上在我家裡的事，當時他全身冒汗，可知他有過十分痛苦的心理歷程，而他的行動，也和他生死攸關。我覺得我有責任再次提醒他一下。

所以，我轉過身來：「你要知道，你去殺一個人，也有可能被殺，機會同等。」

陳長青竟然十分平靜地道：「我知道。」

他在講了這句話之後，略停了一停，又補充道：「我更知道，我被殺的可能性，高出了不知多少。」

我嘆了一聲：「既然這樣，你為什麼堅決不要我的幫助？我應付各種險惡環境的能力，絕對在你之上。」

陳長青一聽，立時轉過了身去，表示一點也不接受我的好意，而在他轉過身去之際，我還聽到他又罵了一句：「笨蛋。」

他接連罵了我兩次笨蛋！

我看著他走進屋子，關上了門，我也只好來到了車子前，駛走了車子，駛過了街角，肯定陳長青已不可能自他的屋子中見到我，立時停車，進了一家咖啡室，打電話給白素。

我急急地道：「把跟蹤用的用具帶來，從現在起，我和你，二十四小時盯著陳長青。我們要親自出馬跟他，才不會被他發覺，他決定去殺人，可是我卻完全無法知道他去殺什麼人。」

白素在電話中只是答應，並不多問。我又道：「我在他家屋子的牆角處等你。」

放下電話之後，我不再駕車，步行前去，在接近陳長青的屋子時，我行動已開始小心，我看到陳長青屋子樓下有燈光亮著，那是他的「工作室」，我轉過牆角等著。

不到二十分鐘，白素帶來了用具：「他在家，我打過電話問他你走了沒有，電話是他聽的。」

我吸了一口氣，把我和陳長青見面的經過，講給白素聽。白素並不問別的問題，只是道：「他爲什麼兩次罵你笨蛋？一定有一個重要的問題，我們沒有想到。」

我道：「是，那是什麼？」

白素蹙著眉，想了一會：「我也想不出來，你是不是有這種感覺：陳長青雖然要去殺人，但是他卻覺得自己的行爲十分偉大。」

我「嗯」地一聲：「是，一副慷慨就義的味道。」

白素又道：「他花了那麼高的代價，從職業殺手那裡買來了這樣的武器，他要進行的是暗殺。」

我點頭道：「是，真要是明刀明槍，我看他也沒有這個勇氣。」

白素望瞭望窗口透出來的燈光：「他又明知自己的行動，凶險成份極高，有了那麼多因素，實在可以肯定，他要去暗殺的，一定是一個有著嚴密保護的大人物。」

我陡然震動了一下，白素的推理，合情合理，我竟然沒有想到這一點。

我失聲道：「他算是在找死了。雖然他有十公尺之內可以致人於死的武器，可是如果對方是一個政治領袖，或者軍事領袖，即使他得了手，也絕沒有撤退的機會。」

白素緩緩地道：「是啊，所以他才會在決定時如此痛苦。」

我猛然一揮手：「你猜，他要去殺誰？他看了銅環上的秘密，有了這個決定——」剎那之間，在路燈微弱的光芒之下，白素的臉，變得十分蒼白，而我也突然感到了一股寒意，襲遍全身，還因為極度的震驚，臉部的肌肉，生出了一陣麻木之感。白素先我幾秒鐘，我們兩人，都想到陳長青要去殺的是什麼人了。

這個瘋子，我只好說他是瘋子，真是徹頭徹尾的瘋子，他絕對沒有成功的可能！

陳長青根本無法接近他要暗殺的對象，而且後果之可怕，真比死亡更甚。

我的聲音有點發顫：「不行，我們一定要阻止他。」

白素作了一個手勢，阻攔我向門口走去：「可是我們仍然不知道他為什麼要這樣做。」

我悶哼了一聲：「他瘋了，誰知道他為什麼要這樣做。」

白素喃喃地道：「一定有原因。」

我不理會白素，大踏步來到門口，又按鈴又捶門，又大聲叫著陳長青的名字。白素過來，皺著眉道：「你這樣子吵，把別人吵醒了。」

我停了一下，仍然不斷地按著門鈴。可是五分鐘過去了，仍然沒有人來應門，我越來越覺得不對頭，向白素作了一下手勢，打開了白素帶來的那個小包，取出了開鎖的工具，很快就弄開了鎖，推門進去，一面大叫道：「陳長青。」

白素跟著走了進來，我們推開了那間亮著燈的房間。那是陳長青的工作室，裡面有各種各樣的儀器和莫名其妙的設備，是陳長青為準備和外星人聯絡和與靈魂交通以及各種他所設想的怪異用途而設的。

在房間正中，是一張巨大的桌子，我看到桌子上有一張很大的白紙，白紙上寫著兩行字，我還未曾走近，就已經看到了那兩行字，我和白素都呆住了。

那兩行字寫得龍飛鳳舞，正是陳長青的筆跡，可見他寫字的時候，心情十分興奮。那兩行字是：「衛斯理，我知道你會親自出馬跟蹤，你從前門一走，我就從後門溜了，哈哈！哈哈！」

一看到那兩行字，我就站定，立時道：「快設法阻止他離境。」

白素苦笑了一下：「海陸空三處，都可以到他要去的地方，怎麼阻截？」

我道：「盡一切可能。」

抓起電話，先叫醒了小郭，叫他立時動員偵探社所有的人，到可能離境的所有地方去，一見到陳長青，就算把他的腿打斷，也要把他抓回來。

在接下來的兩小時之中，盡了一切可能，想阻止陳長青。陳長青看來沒有採用合法的途徑離境，我想到，他可能躲了起來，躲上十天八天再走，我要白素先回去，我就等在陳長青的家中，可是一天一天過去，半個月，他音訊全無。在這半個月之中，我至少罵了他一百萬次笨蛋，而且在半個月之後，我肯定他因爲暗殺失敗，已經死了，或者被抓了起來，每天每夜，在受著極其可怕審問。

我肯定他沒有成功，因爲我和白素，猜測到的他要去暗殺的那個對象，要是有了什麼三長兩短，那是全世界最轟動的新聞，絕不會風平浪靜，一無所知。

從第五天開始，我就知道陳長青的命運不妙，轉折地通過了不少關係，去探聽他的消息，托了人又托人，都是些間接的關係，自然不容易有結果。到了半個月之後，我和白素商量，也到那地方去，白素當時說：「要去的話，我去。」

我問：「爲什麼？」

白素沈聲道：「我不想你捲入這個漩渦！」

我大聲抗議：「我要把陳長青抓回來。」

白素搖頭：「你是一個那麼招搖的人，你的行動能躲過特務系統的監視嗎？」

我悶哼了一聲：「我躲得過世上任何特務組織的監視。」

白素嘆了一聲：「先讓我去，好不好？」

我凝視著她，心中知道，白素去，可能更好，所以我點了點頭。

白素笑了一下：「陳長青為什麼要去做這種事，你有沒有概念？」

我生氣道：「他瘋了。」

白素搖頭：「不，一定有原因，只是我們想不到，真怪，我們兩人的思索、推理能力，不會比他差，爲什麼他在看了那些銅環，忽然有了這樣的念頭，而我們卻沒有。」

我低聲咕噥了一句：「因爲我們沒有瘋。」

白素瞪了我一眼：「你又來了，我想你應該從頭到尾，把陳長青的言行再想一遍，你和他比較熟，對他的心態也比較瞭解。或者可以在他的一句不經意的話中，一個小動作之中，得到一點頭緒。」

我無可奈何地答應了下來。那時，白素到陳長青家裡來看我，她又道：「我去準備一下，就出發，會隨時和你保持聯絡。」

我送她到門口，看著她駕車離去，心裡極不是滋味，白素講得對，陳長青若是已有了行動，對方一定當作國際政治大陰謀來處理，無緣無故，都不知道可以牽連多少人，白素送上門去，一有閃失，那真是叫天不應，叫地不靈！

我寧願到非洲的黑森林去冒險，也比到那地方去打聽一個人的消息好，這真是一個極大的諷刺，人類竟會出現這種人為的愚昧和黑暗，比起原始森林來，還要令人感到可怖和窒息。

我思緒紊亂，大約過了半小時左右，忽然有人按門鈴，我把門打開，看到一個樣子十分普通的中年婦人，操著濃重的鄉下口音，還提著一些行李，一看就知道是鄉下才出來的，望著我：「請問張先生在家嗎？」

她一面說，一面還急急忙忙，打開了一封信來，將信上的地址，指給我看。

我一看地址，她找錯地方了，就指著對街：「你找錯了，你要找的地址在對街。」

那婦人向我連連道謝，吃力地提起行李，我轉過身，走進屋子，沒有再理會她。

我進了屋子之後，坐了下來，想照白素的話，把陳長青的言行，從頭到尾，再想一遍，誰知道背一靠向沙發，就發出了「悉悉」的聲響，我忙坐直了身子，伸手向背後摸去，一摸就摸到了一張紙，那張紙，竟然貼在我的背上！

在那一霎間，我驚訝之極。衛斯理，竟然會給人開了這樣的一個玩笑！這種玩笑只是小學生互相之間的遊戲，在紙上畫一個大烏龜，然後趁人不覺，貼在他人的背上。中學生都不幹這種事了，可是我卻叫人在背上貼了一張紙。我立時想到了那個問「張先生在家嗎」的鄉下婦人。也就在那一瞬間，我明白了，心情陡然由緊張變得輕鬆，伸手把貼在我背後的紙揭了下來，紙上寫著：「看，我懂得如何掩飾自己。」

我望著紙，心中實在佩服白素的化裝術，我對那個突如其來的鄉下婦人，連半絲懷疑都沒有，她的那種初到陌生地方的神情，希望得到幫助的眼神，都絕無可供懷疑之處。

我自信如果要去假扮一個鄉下人的話，也可以有接近的成功，但是在眼神上，卻很難做得到這樣逼真，我慢慢把紙摺了起來，靠著沙發，再把陳長青的言行從頭到尾，想了一遍。

我得出的結論，其實並沒有什麼新意，陳長青自己以爲在做一件十分偉大的事，他抱著慷慨赴義的心情去做這件事。目的是什麼呢？直接的目的，是去進行一次暗殺，可是暗殺的目的又是什麼呢？

給我印象最深的，自然是他兩次罵我「笨蛋」，爲什麼他會這樣罵我，而且又都是我十分誠懇地要幫助他的時候，爲什麼？

我想了好久，仍然得不出結論，而我覺得我留在陳長青的家中太久了，我又走進他的工作室，找了一張白紙，留下了一句話：「見字，無論如何立即聯絡，否則，哼哼。」

我希望陳長青會安然回來，看到這張字條。

然後，我嘆了一口氣，白素已經出發，希望她不會有什麼意外，雖然我相信白素的應變能力，可是在那種地方，不論有了什麼意外，都絕不會叫人愉快。

回到了家裡，老蔡一開門，就向我鬼頭鬼腦地眨著眼睛，我知道那一定是白素在化裝好了之後向他說過，要去戲弄我，我瞪了他一眼：「我被騙過去了。」

老蔡高興了起來：「是啊，扮得真像。」

想起白素當時的情景，我也不禁笑了起來，在我準備上樓的時候，又忍不住向地下室的門口看了一眼。在那一瞬間，我突然想起，陳長青解開銅環上的秘密，有了這樣念頭，我何不重複一次他的行動，也許可以得到點線索？走向地下室，推開了門。才一推開門，我就不禁一怔。

自從那天早上，見過滿頭大汗的陳長青，我還未曾進過地下室，白素也未曾來過，因為銅環上的秘密既然已經解開，也就沒有什麼可做的了，誰也不會再進來。這時，一推開門，我立刻就知道，我和白素都太疏忽了，應該早進來看一看。因為在放著銅環的桌子上，九組銅環，都整整齊齊地排在一起。這並不令人驚異，陳長青要解開秘密，當然要這樣做。

令我感到我們疏忽了的是，在桌上、地上，有許多團皺了的，看來是被隨手拋棄了的紙團，在一進門的地上，就有著一團。我拾起一團來，把紙攤平，看到上面寫著十分潦草的字，字跡是陳長青的。他在紙上寫著：

「七星聯芒，象徵著一個大城市的毀滅，可以肯定的如下：一、這個大城市在東方；二、這個大城市被毀滅是由於某種力量的破壞。三、？？？」

這一看就可以知道，是陳長青一面在想著，一面寫下來的。很多人都有這樣的習慣，一面想問題，一面將之順手寫下來，思考起來，可以容易一些。在桌上和地下的紙團，不下三十餘團，那自然是陳長青在地下室時的思考過程，要是我們早看到這些紙團的話，早已可以知道他心中在想些什麼了。

我一面懊喪，一面急急把所有紙團，全都集中起來，一張一張攤開，一面看著紙上潦草的字。有不少，都沒有用，陳長青在想的，我和他已經討論過。

但是有幾張，卻極其重要，我約略可以知道它們的先後次序，把它們照次序來編號，一共有六張，看完之後，我目定口呆，所有的一切，有關陳長青怪異的行爲，陳長青究竟決定了一些什麼，完全明白了，忍不住自己罵自己，真是笨蛋，陳長青罵得不錯，我真是笨蛋。

陳長青在那些紙上寫的字，十分潦草，他根本是自己寫給自己看的，有一些，簡直潦草得無論如何也無法辨認，不過根據前後的文義，可以猜測到那是什麼字而已。

在那一瞬間，我有了決定：立即出發。就算要找陳長青已經太遲，總可以把白素找回來。

我衝出了地下室。老蔡目定口呆地看著我，幸好他對於我的行動，早已見怪不怪，所以並沒有說什麼。

我用最短的時間化裝，包括用藥水浸浴，使全身皮膚看來黝黑而粗糙，把頭髮弄短，變硬等等在內，這種徹底的化裝，最快也需要幾小時。

當我準備好，再走下樓梯時，老蔡盯著我，我沒好氣地道：「怎樣？」

老蔡搖著頭：「天，你們準備幹什麼？」

我嘆了一聲：「講給你聽，你也不明白的。」

我說著，就離開了住所，接下來，弄假身份證明，假證件，那倒簡單的很，我至少認識一打以上、專門做這種事情的人，登上飛機，才吁了一口氣，不理會鄰座一個老太太在嚕唆航空公司不肯讓她帶五架電視機當行李，閉上了眼睛養神，心中在想，搭乘飛機而把電視機當主要行李的，全世界上千條航線之中，怕也只有那幾條了。

我閉上眼睛，又把陳長青所想到的想了一遍，雖然我仍然認爲陳長青是瘋子，但是他想到的，的確是我和白素未曾想到。

那六張有關他思路的紙上，他寫下了他的思考程式，那是極其縝密的推理。第一號，就是我在一進地下室門口時就揀到的那一張，內容已經寫過了。第二號，陳長青寫的如下：

「孔振泉叫衛斯理去解救這場災難，一個大城市要毀滅，衛斯理本事再大，有什麼能力可以解救呢？」

這也是我和他討論過的問題，可是陳長青有一個和我不同之點，就是他堅決相信孔振泉的預言，所以他又寫著：

「既然孔振泉說衛斯理能解救，就一定能解救，必須肯定。導致一個城市毀滅的因素有：

一、地震或海嘯；
二、火山爆發；
三、核子戰爭；
四、流星撞擊；
五、瘟疫——現代，不可能；
六、……

衛斯理皆無力解救，一定是另有原因。」

第三號的紙上，陳長青畫了很多圖形，那些圖形，全是點和線組成的，旁人看了這些圖形，可能莫名其妙，但是我卻一看就可以看出，陳長青畫的，全是「七星聯芒」的異象。

他沒有見過天空上實際的「七星聯芒」的現象，但我曾詳細地告訴過他，並且在星空圖上，指出過七顆星的位置。所以，陳長青畫出來的圖形，十分正確。在他所畫的圖形之中，七股星芒集中的那一處，是一個小圓圈。他畫了十來遍，才有了一句文字注解：

「看起來，像是一條惡龍，要吞噬什麼。」

那是他的想法，我也有過這樣的模擬。

七星聯芒，形成一個龍形，而七股星芒的聚匯點，恰好是在龍口，給人一條龍要吞噬什麼的感覺。但是我卻未曾想到陳長青所想到的另一點，他又寫下了這樣的一行：

「七股星芒的聚會點，指示著那個要毀滅的大城市？」

我看到這裡，閉上了眼睛片刻，回想當日仰首向天，看到那種奇異景象的情形。七股星芒的聚會點，形成一滴鮮紅，像是一滴鮮血那樣的觸目驚心。

陳長青有了這樣的聯想，當然是一項新的發展，但沒有意義，即使知道是哪一個大城市，明知這個城市要毀滅，又有什麼辦法？

在第四號紙上，開始仍然畫著同樣的圖形，所有的線條，都不是直線，而是在顫動，證明他在那時，可能在劇烈地發抖。

在三個同樣的圖形之後，接下來，是一個大致相同，但略為有點不同的圖形，而且那個圖形，只是大小不同的七個黑點。我立即認出，那七個黑點，是最小的那幾個銅環中顯示的位置。那七個黑點，代表七個受星體影響的人，這一點是已經肯定了的。

我心中登時「啊」地一聲，想到了什麼。我所想到的，陳長青也在圖形下寫了出來，他的手一定抖得更厲害，他寫著：

「七個黑點的排列位置，和聯芒的七星，何其近似？」

這又是陳長青的新發現，也令我猝然震動。一點也不錯，七個黑點的排列位置，和青龍七宿之中，發出長而閃亮的星芒的七顆星的位置，十分近似。

然後，就是關鍵性的第五號紙，在第五號紙上，他用幾乎狂野的筆跡寫下了以下的字句：

「七個星體，影響、支使著七個人，七個星體，聯成一條龍形，發出星芒，要吞噬什麼，就可以理解為在七個星體的支使下，七個人要吞噬什麼，這七個人……七個人……要吞噬的……對了，是一個大城市。」

在那幾行字之後，他用極大的字體寫著：

「要毀滅一個大城市，不一定是天災，也可以是人禍。人禍不一定是戰爭，幾個人的幾句話，幾個人的愚昧行動，可以令一個大城市徹底死亡。」

我的身子，也不由自主在發著顫。

我們一直在考慮地震、海嘯、火山爆發、核子戰爭、流星撞擊、瘟疫橫行，卻全然沒有想到，幾個人的幾句話，幾個人的愚昧無知的行動，一樣可以令得一個大城市遭到徹底的毀滅。這種特殊的情形，在人類的歷史上，還未曾出現過，所以難以爲人理解。

我又立即想起那天晚上，許多人在討論那個問題時，其中一位提出來的例子，那是美國西部，在掘金熱時代所興起的鎮甸，在掘金熱過去之後，居民相繼離開，而變成了死鎮的事實。那位朋友當時曾說：「一個大城市的形成，就是有許多人覺得居住在這個地方，對他們的生活、前途都有好處，當這種優點消失之後，成爲大城市的條件，就不再存在，這個大城市也就毀滅、死亡。」

當時，我並不以爲意，以爲那只是小市鎮才會發生的事情。

但是現在，我已完全可以肯定，一個大城市，即使是在世界經濟上有著重要地位的大城市，一樣可以遭到同樣的命運。

不必摧毀這個大城市的建築物，不必殺害這個大城市中的任何一個居民，甚至在表面上看來，這個大城市和以前完全一樣，但是只要令這個大城市原來的優點消失，就可以令這個大城市毀滅、死亡。而這樣做，可以只出自幾個人愚蠢的言語和行動。

僅僅只是幾個人狂悖無知的決定，就可以令得一個大城市徹底被毀，它可以仍然存在地圖上，但只是一具軀殼，不再是有生命的一座城市。

當時，我整個人如同處身於冰窖之中，遍體生寒。「七星聯芒」的景象，預示的是什麼，終於一清二楚，而那種災禍，確確實實已經開始了。我絕不感到恐懼、激動或是憤怒，我只是感到悲哀，極度的悲哀，爲人類的命運悲哀。

人類之中，總有一些人，覺得自己在爲改變人類的命運而做事，可哀的是，這些人完全不知道自己的行爲，只是受來自某些遙遠的天體神秘力量所支使的結果。他們沾沾自喜，以爲自己高出於一切人之上，實際上，他們只是一種不可測的力量的奴隸。

他們受著星體力量支配，甚至盲目，每一個普通人都可以看得淸淸楚楚的事實，在他們看來，完全是另一個樣子。

人人都知道他們的言行，會使一個大城市遭到徹底的毀滅，他們卻不這樣以爲。

在歷史上，多少人曾有過這種狂悖的想法，認為他們才是主人，從亞歷山大帝，到成吉思汗，到拿破侖，到希特勒，都曾以為他們可以成為世界的主宰，但實際上，他們身不由己，是完全失去了自己的奴隸，一種來自深不可測的宇宙深處神秘力量的奴隸。

孔振泉為什麼會以為我可以改變這種情形？我有什麼法子可以改變？就算有一個星體，賜給我像是漫畫書中「超人」的力量，也沒有法子去改變狂悖者的愚昧行動。

孔振泉一定弄錯了。

這一點，陳長青也想到了。在第六號紙上，他寫下了很多字句，第一句就是：

「孔振泉錯了，雖然知道了一切，明白會發生什麼事，仍然沒有任何人，包括衛斯理在內，可以挽救。」

在那兩行字之後，他接連寫下了七八十個問號，有的大有的小，可以說明他的思緒極度紊亂。

接著，他又寫了好幾十遍：

「星體支使人，支使獨一的一個人，要是這個人不再存在？這個人不存在，星體沒有支使的對象，就像有著控制器，但是機器人遭到毀壞，控制器又有什麼用？」

我看到陳長青這樣設想，不禁十分佩服。

把來自遙遠星空的星體的神秘影響力量和被這種力量支使的人，設想成為控制器和機器人，真是再恰當也沒有。機器人的接受信號部分，受了控制器所發出信號的支使，機器人可以做任何事。機器人本身，只是一種工具，沒有自主能力，機器人甚至會講話，會有思想的組成能力，但全是控制器發出信號的結果，不是機器人自己產生的能力。如果機器人被毀，單是一具控制器，發出的信號再強，失去了接收部分，也就等於零。

陳長青想到了這一點，接下來他再想到什麼，自然而然。他又這樣寫：

「沒有人有力量改變星體，也就是說，沒有人可以去毀滅控制器，那麼，唯一的方法，就是去毀滅受控制的機器人！」

我接連吸了幾口氣，所以，陳長青想到了去殺人。

在他想來，那不是去殺人，只是去毀滅「機器人」，阻止狂悖愚昧的行爲通過「機器人」來執行。

他在第六號紙上繼續寫：

「孔振泉對，衛斯理有能力這樣做，但是他為什麼不知道災禍的由來和如何遏制？對了，實情是，通過衛斯理，這個責任，落在我身上。」

他在第六號紙上繼續寫在那幾行字之後，又是一連串大大小小的問號，說明他的心情，實在十分矛盾。

我看到此處，也只好苦笑，陳長青和孔振泉未免太看得起我，我根本沒有這個能力，暗殺絕不是我的專長，非但不是，而且那種行爲，還能引起我極度的厭惡，就算想通了來龍去脈，不會想到去「毀滅機器人」！

他接下來所想的，令我十分感動。

「不要讓衛斯理去，這是生死相拚的事，成功可能太少，衛有可愛的妻子，每一個朋友都喜歡他，讓我去好了，讓我去好了。」

「我去！」

這「我去」兩個字，寫得又大又潦草。

這就是陳長青全部的思路過程。這就是爲什麼當我兩次誠心誠意提出要幫助他，而他罵我「笨蛋」的原因。因爲我根本沒有想到，他爲了不要我去涉險，而替代我去行事。而我還要去幫助他，這不是笨蛋到了極點？這也是爲什麼他會如此激動和我道別的原因，他明知自己此去凶多吉少，也明知自己可以不去，不會有任何人責怪他，但是他知道，他不去的話，我就有可能去。

而他，由於是我的好朋友，所以他寧願自己去，而不願我去。

他當然經過了縝密的思考，才作出了這樣決定，那種思考的過程，令得他汗出如漿，而我和白素，卻一點也不瞭解他。

陳長青這種對朋友的感情，是古代的一種激盪的、浪漫的、偉大的俠情。

我一方面由於陳長青的這種俠情而激動，回想著他種種不可理解的言行，這時都十分易於理解，但是我另一方面，還是不住地在罵他，罵他想到了這一切而不和我們商量。

要是他和我們商量，我們就一定不會讓他去冒險，我和白素，也不會去冒險。或許，他說得對，他曾說過我像是中藥方中的「引子」，像是化學變化中的「觸媒劑」，白素解開了初步的秘密，陳長青解開了進一步的秘密，全由我身上而起。

我感到極度的迷惑，但是我立時有了決定：白素去接應陳長青，那還不夠，我也要立刻去。不管這是我的決定也好，是受了什麼神秘力量的影響使我有了這種決定也好，我都要去，立刻去。

這就是此刻，我爲什麼會在這架破舊窄小的飛機中的原因。

第十二部：異地之行

我知道陳長青要去「毀滅機器人」，毀滅了一個，是不是可以使「七星聯芒」的現象遭到破壞？誰也不知道！

他開始行動至今，已經超過了半個月，「機器人」顯然未曾被毀滅，還在繼續接受著星體的支使，在使那座要被毀滅的大城市，遭到根本性的破壞。

他雖然有了在十公尺之內，可以輕易致人於死的上佳武器，可是問題是：他有什麼法子可以使自己接近目標到十公尺？

而且，更令我心寒的是，就算他有了離目標十公尺的機會，他行動，成功了，他絕無可能全身而退！

所以，在鄰座老太太不斷的嘮叨聲中，我又有了決定：如果我和白素，能夠找到陳長青，決不會被他任何言語所打動，我們所要做的事是——立刻離開。

我並不擔心如何和白素聯絡，即使是在一個陌生的地方，即使是在千萬人之中，我們自然有可以聯絡得上的辦法，擔心的是陳長青，他這個人，真要不顧一切起來，比什麼都可怕。

看起來在航程之中我一直闔著眼，但是心中七上八落，不知想了多少事。等到飛機降落，我使用最多人使用的交通工具，到我要去的地方去。

我第一件要做的事，是先和白素取得聯絡。我們有一個十分原始的聯絡方法，那就是在這個地方的一些著名場所，留下只有對方才看得懂的記號。

譬如說，如果在巴黎，我們要聯絡，就會在巴黎鐵塔、羅浮宮、凱旋門附近，可以留下記號的地方，留下記號，如果在倫敦，就會在西敏寺大鐘、白金漢宮附近留下記號。

白素不知道我也來，她當然不會留下任何記號給我，但是我卻希望，她能記得我們的約定，到一些著名的地方去，看到我留下的記號。

我找了一所很多普通旅客投宿的旅店，然後離開，在六七處地方，留下記號。然後回到旅店。

在這個地方，人和人之間互相望著對方的時候，總有一種懷疑的眼色，我不想引起太多的注意，行動十分小心。

可是，還是有人走過來問：「你是第一次來？爲什麼一直留在旅店中？」

我也不知道這樣來問我的人是什麼身份，只好含糊應著：「我在等朋友。」

那個人接著又問了不少問題，我都沒有正面答覆，那個人帶著懷疑的神情離開。

我回到自己的房間中，才躺下，門就被打開，一張平板冷漠的臉，一面替熱水瓶加著水，一面卻不斷地乜睨著打量著我。

我只好嘆了一口氣，重新起身，離開了旅館，到我留下記號的地方去。

本來沒有抱著任何希望，可是才到了第三處，那是一座相當著名的公園，一座有著龍的浮雕的牆前，我陡然看到在我留下的記號旁邊，多了一個同樣的記號。

我真是大喜若狂，連忙四面打量。這時，已經接近黃昏時分了，附近的人並不多，有幾個西方人正在大聲讚嘆建築物的美妙，我看到在一株大樹旁，有一個中年婦人在。

我幾乎叫了出來：「白素！」

可是那中年婦人的手上，卻拉了一個五六歲大的小男孩。怎麼會有一個小孩子呢？我猶豫了一下，那中年婦人卻在這時，向我望了過來，她只望了我一眼，就拉著那男孩，看來極不經意地走了開去，背對著我。

可是她的手放在背後，卻向我作了一個手勢。

我一看到那個手勢，伸手在自己的頭上打了一下，那真是白素。

她這樣的打扮，再加上手上拉著一個小男孩，可以使任何人，包括我在內，都認不出她。保持著一定的距離，一直到離開了公園，路邊的行人相當多，白素俯下身，對那小男孩講了幾句話，小男孩跳蹦著，一溜煙跑走了。那時，天色已迅速黑了下來，我在她過馬路時，追上了她，白素向我望了一下：「唔，化裝倒還不錯，爲什麼立刻追來了？還是不放心？」

我搖頭：「不是，有了重大的發現。」

我們擠在人群中走著，不會引起任何人的注意，我把在地下室中看到有關陳長青留下的字紙的事情，詳細向她敘述著。

白素在聽完之後，嘆了一聲：「陳長青的設想很對，可是他行動瘋狂，毀滅了一個機器人，控制器不會另外去找一個機器人麼？」

我猶豫著：「但是，孔振泉卻……要我去解救這場災難，我們應該相信孔振泉的判斷。」

白素抿著嘴，沒有回答。

一直等到又走出了十來步，她才道：「孔振泉的判斷，當然應該相信，但是我敢肯定，決不是陳長青所想用的方法。」

我苦笑：「那怎麼樣？我又不能真的飛上天去，把那七顆看來像是龍一樣的星辰上的星芒消滅。」

白素望了我一眼：「你沒有抓龍的本事，誰都沒有，但是，可以有追逐這條惡龍的本事。」

我全然不明白：「追逐……惡龍？」

白素揮著手，看得出她的思緒也十分迷亂，過了一會，她才道：「我的意思是，這條龍的動向，我們知道了，它要吞噬一座大城市，我們唯一能做的是追逐它的動向，把它的每一個動向，早一步向世人宣佈。」

我一腳將腳下的一張紙團踢得老遠：「那有什麼用？並不能改變事實。」

白素嘆了一聲：「這已經是我們可以做的極點，我們總無法以幾個人的行動，去影響一個龐大勢力的決定。」

我苦笑了一下：「或許，努力使那幾個人明白，他們這樣做，是在毀滅一個大城市，還比較有用。」

白素望著我：「記得嗎？那是星體影響的結果，除非能改變星體的支使力量，不然不能令他們改變主意。還是設法救陳長青吧，你有什麼特別的方法？」

我抬頭望向前，夜色更濃，在眾多暗淡的燈光之下，人影幢幢，擠成了一團，看起來令人心慌意亂。在茫茫人海之中，要把陳長青找出來，的確不是容易的事。我想了一想：「他是一個外來者，外來者逗留的地方，一定是旅館，我們分頭去找，一家一家找過去，總可以找得到。」

白素看來並不是很同意我的辦法，但是也想不出有更好的辦法來，只好點了點頭。我和白素約好了每天見面一次，就分頭去行事。一天接一天，一直又過了十天，仍然未能找到陳長青，我越來越是焦急，那天晚上，又和白素見面時，我道：「這裡，把人抓起來，根本不公佈，或許陳長青早已失手被捕，我們怎能找得到？」

白素想了一想：「再努力三天，不要用以前的方法找，我們到每一家旅館去留言，要找陳長青，叫他和我們聯絡，當然，也要留下我們的名字，不論他化了什麼裝，用了什麼身份，好讓他知道我們來了，希望他來和我們聯絡。」

白素的辦法，會使我和白素的身份暴露，但是除此而外，也沒有別的辦法了。而且，我們自己也不必把自己設想得太偉大，人家未必知道我們是何等樣人。

於是，在接下來的三天中，我們就用了白素的辦法，第三天晚上，我和白素見面，有兩個人，逕自向我們走了過來。一看這兩個人的來勢，就知道他們不是普通人。

那是兩個個青年，其中一個頭髮較短的，打量我們，冷冷地道：「你們在找一個叫陳長青的人？」

我吸了一口氣，點了點頭。

另一個的聲音聽來更令人不舒服：「你們是一起的，可是住在不同的旅館，每天固定時間，見面一次。」

我一聽，就知道我們被注意已不止一天。一個取出了一份證件，向我揚了一揚：「你們要跟我們走。」

我向白素望去，徵詢她的意思，那兩個人立時緊張起來，一起低聲喝：「別想反抗。」

白素緩緩點了點頭，表示可以跟他們去。剛好這兩個人這樣呼喝，我立時道：「像是我們被捕了。」

兩人連聲冷笑，短頭髮的那個道：「現在還不是，但必須跟我們走。」

我聳了聳肩，表示沒有意思。那兩個人在我們旁邊，和我們一起向前走去，忽然之間，也不知從什麼地方冒出了六七個人，將我們圍在中間，一輛小型貨車駛過來，我們被擁上了車。

上了貨車之後，有人鋪上了防雨的帆布篷，把貨車的車身遮了起來，車上有著兩排板凳，有四個人和我們坐在一起，我問了幾聲「到什麼地方去」而沒有人回答我，也就不再出聲。

車行大約半小時，那四個人站了起來，兩個先下車，兩個傍著我們下車，那是一個相當大的院子，望出去，全是灰撲撲的水泥地、水泥牆，我們被帶到了一間房間，又等了一會，有兩個人走了進來，那兩個人大約五十上下年紀，一看而知地位相當高，進來之後，也不說話。

我和白素保持著鎮定，也不開口，又等了一會，進來了一個看來地位更高的人，那人一坐下，就道：「你們在找陳長青？」

我點了點頭，那人又問：「爲什麼？」

我早知道對方會有此一問，也早作好了回答的準備，所以我立時道：「他是我們的好朋友，神經不很正常，會做莫名其妙的事，在旁的地方，問題不大，但在你們這裡，可能構成嚴重的罪行，所以我們想找他，趁他還沒闖禍，把他帶走。」

那人悶哼了一聲：「神經有毛病？真還是假？」

我小心地回答：「真的，而且相當嚴重，他堅信可以做重要的事！」

我說得十分小心，因爲我不知道陳長青的處境怎樣。我堅持他神經不正常，這樣才容易替他的行爲開脫。

那人聽得我這樣說，「呵呵」笑了起來：「是的，他的確有這種行爲。」他說到這裡，頓了一頓，陡然臉色一沈：「我們已經作了初步調查，這個人的背景，異常複雜。」

我挪動了一下身子，白素問：「請問，他被捕了？」

那人考慮了一會，才點了點頭，我不禁焦急起來，白素向我使了一個眼色，不讓我說話：「請問他爲什麼被捕？」

那人冷冷地道：「亂說話。」

我吁了一口氣，陳長青還沒有做出來，只是亂說話。我忍不住道：「本來是，在這裡，任何人說話都得打醒十二萬分精神才好。」

那人的臉色變得更難看，聲音也變得嚴厲：「他假冒記者……」我不等他講完，忙道：「他真有記者身份。」

我這樣說，倒並不是詭辯，陳長青這個人，什麼都要插上一腳，他的確有新聞記者的身份，那是獨立的記者，不屬於任何報館的那種。

那人「哼」地一聲：「那種記者，我們不承認。」我攤了攤手，表示如果那樣的話，那就無話可說。那人盯著我和白素，冷峻地問：「你們的身份又是什麼，坦白說。」

我鬆了一口氣，當然不會笨到「坦白說」，我指著白素：「她是中學教員，我在大學的圖書館工作。」

那人悶哼了一聲，從另一個人的手中，接過文件夾，翻閱著，我不禁緊張，那人看了一會，合上了文件夾：「陳長青這個人，我們不相信他有神經病，認爲他有意在進行破壞行動，所以要扣留審查，你們兩人不要再到處找他，那會造成壞影響。」

我聽了之後，啼笑皆非：「我們的一個朋友忽然不見了蹤影，難道不能找他？」

那人沈下了臉：「現在你們已經知道他在什麼地方，當他把一切問題交代淸楚，自然會有明確的處理。」

白素嘆了一聲：「這人神經不正常，請問是不是可以讓我們知道，他究竟講了些什麼？」

那人悶哼了一聲，轉過身去，和先前進來的那兩個人，低聲交談了幾句，那兩個之中的一個，走了出去，房間裡沒有人再講話，氣氛壞到了極點，有極度的壓迫感。使我感到慶幸的是，陳長青只是「亂說話」，還未曾使用他從殺手集團處高價買來的那秘密武器。

等了相當久，仍然沒有人開口，我實在忍不住：「我們在等什麼？」

那人冷冷地道：「你剛才的要求，我們正在請示上級，看是不是批准。」

我「哦」地一聲，只好繼續等下去。沈默又維持了幾分鐘，那人開始有一搭沒一搭地和我們閒聊起來。

我和白素要十分小心地回答他的問題，因為我們既不敢作違心之言，又不能直言——「亂說話」正是陳長青的罪名，所以氣氛更是惡劣，我倒寧願大家都保持沈默。

足足半小時，離去的人，走了進來，來到那人的身旁，俯耳低語了幾句。在這裡，就算最普通的事情，也用一種神秘（兮兮）的態度在進行！

那人點了點頭，站了起來，向我們作了一個手勢，向外走去。我們仍然被擁簇著，到了另外一間房間。

那間房間除了幾張椅子和一架電視機，別無他物，那人示意我們坐下來：「通過電視，你們可以看到陳長青的行為。要注意的是，你們看到的一切，都是秘密，對外不公開，不能隨便向人提起。不然，就是與我們為敵。」

我悶哼了一聲，表示聽到了他的話，那人走到牆前，在牆上拍了兩下。電視開始有畫面，先是一座相當宏偉的建築物的門口，接著，有一群人走了出來。這群人的中心人物，一望而知是一個個子相當高，樣子也算是神氣，但卻不倫不類，戴了一副黑眼鏡的中年人。

這一群人步下石階，另外有一群人，迎了上去。迎上去的那群人，一看便知道全是記者，白素在這時，輕輕碰了我一下，我也立時注意到，陳長青混在那一群記者之中。

我不禁有點緊張，那戴著太陽眼鏡的中年人，是一個地位重要的人物，雖然那不是陳長青行動的主要目標，但如果陳長青認爲他無法接近那主要目標而胡來，也真是夠瞧的了。

人聲很混雜，記者群迎了上去之後，七嘴八舌，向那主要人物問了很多問題，那主要人物笑著，太陽眼鏡遮去了他的一部分眼神，他的聲音蓋過了其他人的聲音：「你們怕什麼？」

電視畫面在這裡，停頓了下來。那人指著電視機：「接下來發生的事，並沒有公開過，在新聞傳播上，被剪去了。」

我和白素一起「嗯」了一聲，然後，電視機畫面又開始活動，只看到陳長青越眾而前，用更高的聲音叫道：「當然怕，就是怕你們把一個大城市徹底毀滅。」

那主要人物轉過頭去，不看陳長青，現出厭惡的神色，立時有兩個毫不起眼的人，來到陳長青的身邊，一邊一個，將他夾住，拖著他向外走去。那兩個人對於如何令得一個人離開，顯然訓練有素，他們抵住了陳長青的腰際，那會令得陳長青全身發軟，使不出勁來掙扎，只有迅速地被拖離。

但是，那種手法，卻不能令得陳長青不出聲，陳長青在被迅速拖開去之後，在大叫著：「別以爲那是你們自己的決定，你們身不由己，受了幾個大石塊的神秘影響，你們……」陳長青只叫到這裡，已被拖出了鏡頭之外，在電視畫面上，看不到他了。那個主要人物像是完全沒有什麼事發生過，又講了幾句話，轉身向內走去。電視畫面在這時候，也停止了。

我一等電視畫面消失，便忍不住叫了起來：「這算是什麼亂說話？有人問，他回答，那也算是亂說話。」

那人的面色極難看：「當然是。」

我還想說什麼，白素向我使了一個眼色：「陳長青他說什麼受一個大石頭的影響，那是什麼意思？真莫名其妙。」

我一聽白素那樣講，不禁一怔，陳長青那種說法，別人聽來自然莫名其妙，但是我和白素，卻應該再明白也沒有，陳長青指的是人類的思想行為受某些星體的神秘力量影響，她為什麼還要這樣問？但我只是怔呆了極短的時間，就立時明白了她的意思，所以我馬上附和道：「是啊，他胡言亂語，一定是他間歇性的神經病發作，這個人，唉。」

那人用十分疑惑的眼光看著我，我則一個勁兒搖頭，嘆息，表示陳長青這個人，若是神經病發作起來，真會胡言亂語。

過了一會，那人才道：「他的話，沒有人明白，他被捕之後，還聲稱如果讓他見到最高首長，他會說出一個驚人的秘密，和什麼星象有關。」

我苦笑了一下。陳長青太異想天開了！我忙道：「你們唯物論者，自然不會相信他的鬼話。」

那個人「嗯」了一聲：「可是這個人的行動，已經構成了一定程度的破壞。」

我道：「一問一答，不算是破壞，如果不讓人家有回答，何必發問？」

那人怒道：「回答，也不可以亂答。」

我道：「我明白，回答問題，一定要照你們的意思來回答，陳長青太不識趣。」

那人斜睨了我半晌，我坐直了身子：「對不起，我所想的，就是我所說的。」

那人神情仍難看：「我們對他進行了詳細的調查，當然不會讓他去見最高首長。」

我和白素都暗中鬆了一口氣，白素道：「調查有結果了？」

那人悶哼一聲，並沒有直接回答，只是道：「他被列爲絕對不受歡迎人物，會在短期內驅逐出去，你們兩位，不必再在這裡等他。」

一聽得他這樣講，我真是如釋重負，連聲道：「是，我們立刻就走，在邊境等他。」

那人又盯了我們一會，他的目光十分銳利，我心中也不禁有點發毛，他望了一會，才道：「會有人帶你們離去。」

我和白素當天晚上，就離開了這個城市。

在邊境等了兩天，那天下午，看到兩個武裝人員，押著陳長青，走出了關閘。

第十三部：氣數

陳長青十分垂頭喪氣，他看到我和白素，翻了翻眼，一副受盡了委屈的樣子，我忙道：「不必多說，我們也去過，全知道了。」

陳長青語帶哭音：「我失敗了。」可是他隨即挺了挺臉：「不過，至少我令全世界知道，他們會把一個大城市徹底摧毀。」

看到陳長青這種神情，我實在有點不忍心把真相告訴他，但是他始終會知道的。所以我一面和他向前方走，一面道：「你連這一點也未曾做到，你不知道電視畫面可以任意刪剪的嗎？」

陳長青像是受了重重的一擊，「啊」的一聲，張大了口，說不出話來。白素安慰他道：「回去再說，你的行動已經證明了你人格的偉大，而且，絕無疑問，你是我們最好的朋友。」

陳長青十分重感情，他聽得白素這樣說，神情激動，眼圈也紅了，伸手在自己的鼻子上擦了擦：「我失敗了，衛斯理，你……會再去冒險？」

我十分堅決地搖頭：「決不。因爲我知道，類似你這樣的行動，一點用處也沒有！」

才一見到陳長青，我就注意到，他手上仍然戴著那隻「戒指」，這時，我又自然而然，向那隻「戒指」望了一眼。陳長青的神情十分憤慨，他脫下了那隻戒指，用力向前拋出，我剛想阻止他，已經來不及了，這種來自殺手集團的精巧武器，有時是很有用處的。

那戒指落在跟上，一輛卡車駛過來，輪胎剛好壓在那戒指之上，等到卡車駛開去，路面什麼也不剩下。

我嘆了一口氣：「多少萬美金？真是世上最大的浪費。」陳長青恨恨地道：「錢不算什麼，我只是怪自己太沒有勇氣。」我忙道：「我不同意。」

陳長青嘆了一聲：「我大聲回答『怕什麼』的問題，我應該有行動。找不到主要的目標，次要的也好。」

白素搖著頭：「那是幼稚！無知！一點也起不到作用。」我大聲道：「對。」陳長青又嘆了一聲：「那我們應該怎麼辦呢？」

這個問題，我答不上來，白素也答不上來。

我們不但當時答不上來，在好幾天之後，每天都和陳長青討論這個問題，仍然沒有答案。開頭的時候，陳長青堅持：孔振泉說可以挽救這場災禍，一定可以。在我和白素說服他的過程之中，他甚至還提出了許多挽救的方案，照他的說法，從根本上著手。

陳長青所謂從根本上著手的方法，是要去改變星體對人的影響，他說：「理論上來說，東方七宿中聯芒的七個星體，只要稍爲有一點點變化，那種神秘的影響力量，就也會起變化，也就是說，受它們支使的七個人，想法就會不同。」

我拍著他的肩：「我完全同意你的理論，可是，如何使那七座星體發生最輕微的變化呢？」

陳長青還是興致勃勃：「理論上來說，一枚火箭如果撞擊星體表面，爆炸，這種小小的影響，已經足夠。」

我只好嘆氣：「現在沒有火箭。可以從地球上發射，射到青龍七宿的任何一顆星體上去。不但現在沒有，在可見的將來，也不可能。」

陳長青仍然不肯放棄：「使一顆小行星改變它的軌跡，撞向那七顆星體中的任何一顆，效果會更好。」

不過，在提出了這個辦法之後，他自己也感到了行不通，懊喪地搖著頭：「用什麼力量去使一顆小行星改變它的軌跡呢？」

有一次，陳長青又忽發奇想：「派能言善道的人，去說服他們，改變主意，好讓大城市繼續照它自己的方法生存下去。」

但他隨即又否定了自己的想法：「不行，那沒有用，說服力再強，也敵不過來自星體的支使力量。他們是那種神秘力量選定的工具，神秘力量支配著他們，要他們去做這種事，沒有人可以說服他們。」

在陳長青提出了種種方法，而其實沒有一樣可以行得通之後，我道：「請你注意一點，孔振泉觀察星象，對星象影響地球上大大小小的事和人這方面，確然有獨特的成就，但是終他一生，他只是觀察、預知，而從來也未曾在知道之後，改變過一件事。」

陳長青眨著眼道：「你的意思是——」我道：「我的意思是：天象示警，使少數對天象有感應力的人，知道了會有什麼事發生。就算這少數人昭示天下，使得天下人都知道，而且也相信了，但是，天象所警告的那件事，還是會發生，沒有任何力量，可以使之改變。」

陳長青道：「那麼，孔振泉為什麼要你……」我嘆了一聲：「孔振泉太老了，老糊塗了，以為可以挽救，事實上，那不可能！」

陳長青的神情十分難過，他接受了「不可改變」這個事實，但是還是心有未甘：「也不一定完全不能改變，可以有多少改變。」

我苦笑：「你又有什麼新花樣？」

陳長青揮著手：「譬如說，將近一千九百年前，龐貝城毀滅的那次，如果事先有人發出了警告：龐貝城快毀滅了，大家快離開，而城中的居民又相信了，大量離開。雖然結果不變，龐貝城仍然被火山灰所淹沒，但是至少可以使許多人不至於死亡。」

他講到這裡，興奮了起來：「我們就可以用這個辦法，使這座注定了要被徹底毀滅的大城市中的居民，盡一切可能離開。」我和白素聽得陳長青這樣說，都同時長嘆了一聲。

陳長青瞪著眼：「怎麼，這不是可行的辦法麼？」

我點頭：「是，但這種事，不必我們作任何宣告，任何人都可以看得出來，和火山灰猝然覆蓋不同，這座大城市的死亡，將是逐步逐步的，在它的死亡過程中，可以離開的人，誰還會留下來？而離開的人越多，死亡的過程也越快，你仔細想想，是不是這樣？」

陳長青呆了半晌，才自言自語地道：「明知會發生，而又無可改變的事，叫什麼？」

我和白素異口同聲答：「氣數。」

這時，正是午夜時分，陳長青走到院子中，抬頭向天上看去，天上繁星無數，點點生輝，陳長青伸手指向天空，苦笑著：「東方七宿真的可以排列成一條龍的形象，這條龍……這條龍……」我和白素站在他的身後：「天體和地球人思想行爲的關係究竟如何，太深奧了，只知道有事實存在，但無法知道其究竟。」

陳長青喃喃地道：「將來，一定會知道的。」

我反問：「多久的將來？」

陳長青默然，我默然，白素也默然。

〈完〉

再加一點說明

「追龍」是一個沒有結果的故事。別以為所有的故事都是有結果的，事實上，太多故事沒有結果，「追龍」就是其中一例。

在以往每一個故事中，衛斯理都做了一些事，或成，或敗，但是在「追龍」中，衛斯理什麼也沒有做。是的，別以為世上所有的事都可以通過努力而達到目的，事實上，世上有太多的事，再努力也達不到目的。

或問：「追龍」想說明些什麼呢？別以為每一個故事，都一定要說明什麼，事實上，世上太多的故事，根本不說明什麼。

再問：「追龍」是寫給什麼樣人看的故事呢？別以為所有的故事，都可以使人看得明白，世上有太多的故事，不容易看得明白。

但是「追龍」畢竟還是一個很容易明白的故事。

你已經明白了，是不是？

一定是。

蠱惑

序言

在科幻小說的創作中，第一次接觸到「蠱」這個題材，就是本書兩篇故事之一的「蠱惑」。

「蠱惑」這個故事，在所有衛斯理故事中，相當奇特，苗族少女芭珠的葬禮上，衛斯理也不禁放聲大哭，可知當時的情景之動人。故事中對「蠱」的解釋，自然是想像出來的，事實上是不是這樣，無人可以斷定。而「蠱」卻又是一種事實的存在，大抵總有一天，可以有確實的答案，不必再靠設想的。

「蠱」和「降頭」不同，降頭的範圍更廣，甚至包括了法術、巫術等內容，而「蠱惑」這個故事，提及的只是各種各樣的蠱。

倪匡

第一部：闔家上下神態可疑

在未曾全部記述這件怪事之前，有幾點必須說明一下。第一、這不是近代發生的事，它發生到如今，已超過二十年。正因爲已超過二十年，所以使我有勇氣將它記述出來，而不再使任何人因爲我的舊事重提，而感到難過。

第二、我想記述這件事，是在這件事的發生之後，以及這件事的幾個意料不到的曲折，全都過去了之後決定的。也就是說，約在二十年前，我已決定記述這件事。所以，「蠱惑」這個名稱，早已定下。我的意思，是因爲整件事和「蠱」是有關的，「蠱惑」表示「蠱的迷惑」，或是「蠱的誘惑」之意。

但是，在粵語的詞彙裏，「蠱惑」這兩個字，卻另有一種意義，那是調皮、多計、善於欺騙等意思，那當然不是我的原意，然而，我也想不出還有什麼更比「蠱惑」更恰當的名詞，可以如此簡單明瞭地闡明這件事，是以早已定下的名稱，無意更改，但必須說明一下，這個篇名，和粵語詞彙中的「蠱惑」，全然無關。

事情開始在蘇州，早春。

天氣還十分冷，我乘坐北方南來的火車越是向南駛，就越使人濃烈地感到春天的氣息，等到火車一渡過了長江，春天的氣息更濃了。

我是在江南長大，因爲求學而到北方去，已有兩年未回江南，是以在火車過了江之後，感到一股莫名的喜悅，那種喜悅使得我坐不住，而在車廂之中，不住地走來走去，甚至好幾次打開車門，讓其實還很冷的春風，捲進車廂來。

那時，我還很年輕很年輕，我的這種動作，只不過是爲了要發洩我自己心中喜悅，我並沒有考慮到會妨礙到別人。

當我第三次打開車廂的門時，我聽得車廂中，傳來了一陣劇烈的咳嗽聲，接著，一個人用一種十分怪異的聲音：「將門關上！」

我轉過身來，車廂中的人不多，我所乘搭的，是頭等車廂，連我在內，車廂中只有六個人。

那個正在咳嗽的，是一個老者，大約五十多歲，穿著一件皮袍，皮袍的袖子捲起，翻出上好的紫貂皮，他一面在咳嗽，一面身子在震動著，我還可以看到，他的手腕上，戴著好幾個玉鐲。其中有兩個是翠玉的，雖然我只是遠遠看去，但是我也可以肯定那是一等一的好翠玉，是極其罕見的東西。

從衣著、裝飾來看，這個人，一定是一個富翁。

但是，不知怎地，當時我一看到他，就覺得這人的神情，十分怪異，十分邪門。那實在是無法說得出來的，可以說只是一種直覺，但是卻已在我的心中，造成了一種根深蒂固的印象。

在那老者的身邊，坐著一個二十多歲的年輕人，那年輕人正怒目望著我，剛才對我發出呼喝聲的，當然就是這年輕人。

我在向他們打量了一眼之後，因為其錯在我，是以我向他們抱歉地笑了一下：「對不起。」

那年輕人「哼」地一聲，轉過頭去，對那老者，講了幾句話。

本來，我對這一老一少道了歉，事情可以說完結了，我雖然感到這老者有一種說不出來的怪異之感，但我急於趕到蘇州去，參加我好友的婚禮，是以我也不會去深究他們的身份。

可是，一聽到那年輕人對那老者所講的幾句話，我不禁呆了一呆。

我在語言方面，有相當超人的天才，我那時已學會了好幾種外國語言，而對中國的方言，我更是可以通曉十之六七，所謂「通曉」，是我可以說，而我聽得懂的方言，自然更多！

但是，那年輕人所講的話，我可以清晰地聽到，但是我卻聽不懂他們在講些什麼。

他講的話，似乎不屬於任何中國方言的範疇，但是也絕不是蒙古話或西藏話——這兩種語言，我學得差不多了。

那究竟是什麼語言？這一老一少，是什麼地方的人？這一點引起了我的好奇心。

而我的好奇心在一開始的時候，還只是著眼於語言，我想如果我認識了他們，那麼，我就可以多學會一種語言了。

我心中感到驚詫，只不過是極短的時間，我既然已決定結識他們，是以我向他們走過去，在他們的對面，坐了下來，笑道：「真對不起！」

那老者已停止了咳嗽，只是以一種異樣的眼光望著我，看不出他對我是歡迎還是不歡迎，但是那年輕人，卻表示了強烈的反應。

「先生，」他說：「請你別坐在我們的對面。」

年少氣盛，是每一個人都免不了的，我年紀輕，笑臉迎了上去，忽然碰了這樣一個釘子，當然覺得沈不住氣，我的笑容變得十分勉強，我道：「我是來向你們道歉的，你不知道麼？」

「我說，先生，」那年輕人仍然堅持著：「別坐在我們的對面！」

我真的發怒了，霍地站了起來，實在想打人，但當我向車廂中別的旅客看去時，卻發現他們都以一種十分不以爲然的眼光望著我。

這使我知道，是我的不對，不應該再鬧下去了，是以沒有再說什麼，當然也不會出手打人，就那樣聳了聳肩，走了開去。

我特地在他們斜對面揀了一個位置，那樣，他們非但不能干涉我，我要觀察他們的行動，倒很方便。我既然覺得那老者十分怪異，便決定利用還有幾小時的旅程，來仔細觀察。

我坐下之後，頭靠在椅背上，閉起了眼睛，裝作假寐，但實際上，我的眼睛不是完全閉上，而是睜著一道縫，在監視著他們。

那一老一少兩人，一動不動地坐著，幾乎不講話，就算偶然交談幾句，我也沒有法子聽得他們在講些什麼話。

我注意了近半小時之後，只感到一點可疑之處，那便是一隻舊籐箱。

那時候，當然沒有玻璃纖維的旅行箱，但是大大小小的皮箱，還是有的。那老者的衣著裝飾，既然表示他是一個富有的人，那麼，這隻籐箱便顯得和他的身份，不怎麼相配了。

而且，這隻籐箱，已經十分殘舊，籐變得黃了，上面原來或者還有些紅色或藍色的花紋，但因爲太過陳舊，也難以分辨得清楚。在籐箱的四角，都鑲著白銅，擦得晶光錚亮。

這証明這籐箱雖然舊，但是主人對它，十分鍾愛。其實，從那老人的一隻手，一直放在籐箱上這一點上，也可以証明。

我足足注意了他們達一小時，沒有什麼發現，而我的眼睛因爲長時間都保持著半開半閉，變得十分疼痛起來。

我索性閉上了眼睛，在火車有節奏的聲音中，我沈沈睡著了。

而當我醒來的時候，只聽得一聲「肉骨頭」之聲，我知道車已到無錫了。我睜開眼睛來，那一老一少已不在我對面的座位上。我怔了一怔，連忙探頭向窗外看去，剛好來得及看到那一老一少兩人的背影，他們的步伐十分迅速，穿過了月台，消失在人叢中。

我感到十分遺憾，因爲我連他們兩人，是什麼地方的人也未曾弄清楚！如果不是我的好友正在蘇州等我的話，我一定會追下去的。

火車停了很久才開，過望亭、過滸墅關，沒有多久，就可以看到北寺塔了。

蘇州是中國城市之中，很值得一提的城市！

蘇州的歷史久遠，可以上溯到兩千多年之前，它有著數不清的名勝古跡，它的幽靜、雅致和寧謐，也很少有其他的城市，可與之比擬。

車未曾進站，我已提著皮箱，打開車門，走了出來，等到車子已進了站，還未全停，而速度不那麼快時，我就跳上了月臺，我是第一個走出車站的搭客。

而一出車站，我就看到了那輛馬車。

那是一輛十分精緻的馬車，我對這輛馬車是十分熟悉的，這便是我的朋友，蘇州城中數一數二的大富豪，葉家大少爺的七輛馬車中的一輛。

而在馬車旁邊的車夫，我也是十分熟悉的，他叫老張，人人都那麼叫他，如果世上有沒有名字的人，那麼老張就是了。

我向前奔了幾步，揚手叫道：「老張！」

老張也看到了我，連忙向我迎了上來，伸手接過了我手中的皮箱，又向我恭恭敬敬地叫了一聲：「衛少爺。」

我道：「你們大少爺呢？在車中麼？」

我一面問，一面已揚聲叫了起來：「家祺，家祺，你躲在車中作什麼？」

老張聽到我大叫，忽然現出了一種手足無措的神態來，他慌慌張張地搖著手：「別叫，衛少爺，別叫！」

他的神態大異尋常，這令得我的心中，陡地起疑，我側頭向他望去：「為什麼別叫？」

老張乾笑著，道：「我們大少爺……有點事，他沒有來，就是我來接你。」

老張的話，的確是十分出乎我的意料之外的。我到蘇州來，葉家祺居然不到車站來接我，這實在是不能想像的一件事。因為我們是最好的朋友，在分別了兩年之後，應該早見一刻好一刻！

但是，我的心中，卻是一點也沒有不高興之感。

因為老張既然說他有事，那他一定是被十分重要的事情絆住了，所以不能來接我，他快要做新郎了，像他那樣的富家子，一個快要做新郎的人，格外來得忙些，那也是理所當然的事情！

是以我只是略呆了一呆，便道：「原來他沒有來，那你就載我回去吧。」

老張像是逃過了一場大難似地，鬆了一口氣：「是，衛少爺。」

我跳上了馬車，老張也爬上了車座，趕著車，向前駛了出去。

當時的蘇州當然有汽車，但是我卻特別喜歡馬車。我當然不會落伍到認為馬車比汽車更好。但是，我卻固執地認爲，在蘇州的街道上，坐馬車是一種最值得記憶、懷念的享受。

葉家的大宅在黃鸝坊，從車站去相當遠，但是我東張張、西望望，卻一點也不覺得時間過得久，等到馬車停在大宅門口之際，我心中還嫌老張將車子趕得太快了。

車子才一停下，便有兩個男工迎了上來，我和葉家祺是中學的同學，每年寒暑假，我幾乎都要在他家住上些時日，是以他家的上下人等，我都熟悉，那兩個男工同樣恭敬地叫著我，其中一個提著我的箱子，另一個笑著道：「衛少爺，知道你要來，老太太一早就吩咐，替你收拾好房間了。」

聽到了這句話，我又呆了一呆。

因爲我不在葉家住則已，只要在葉家住，我一定和葉家祺睡一間臥房，有時我們會通宵達旦地閒談，或者是半夜三更，一齊偷偷地爬起來，拿著電筒，去看他們一家人都確信不疑，言之鑿鑿的狐仙。而且，在他決定結婚之後，寫信給我，要我一定來參加他的婚禮，他希望在結婚之前的最後幾晚，再能和我詳談，因爲婚後，他自然要陪伴新娘子，只怕不再有這樣的機會了。

可是，那男工卻說什麼「老太太已吩咐替我收拾房間」了，這算是什麼？

老太太自然是指葉家祺的母親而言，她可以說是我所見過的老婦人中，最善解年輕人之意，而且最慈祥的一個，或許她認爲那是對我一種應有的禮節吧！

我想到這裏，自以爲找到了答案，是以我笑道：「不必另外收拾房間了，我自然和家祺住在一起，一直到新娘進門爲止。」

那兩個男工一聽，臉上立時現出了一種十分尷尬的神色來。

他們一起無可奈何地乾笑著，一個道：「衛少爺，是……這是老太太的吩咐，我們可不敢怠慢了……客人。」

我又是好氣，又是好笑，我叫著那男工的名字：「麻皮阿根，你是怎麼了？我什麼時候，成了你家的客人了，嗯？」

麻皮阿根十分尷尬地笑著，這時，我們已進了大門，只看到人來人往，婚禮的籌備很費事，是以宅中也有著一片忙亂的景象。

我還想問麻皮阿根老太太爲什麼忽然要這樣吩咐時，一個中年婦人已向我走了過來，她向我招著手，道：「衛家少爺，你過來。」

那婦人是葉家祺的四阿姨，我一直跟著葉家祺叫她的，是以我笑著走了過去，攤了攤手道：「四阿姨，我什麼時候，成了葉家的客人了？」

四阿姨笑了起來，但是我卻可以看出，她的笑容，實在十分勉強。

她道：「衛少爺，你當然不是客人，只不過你遠道而來，還是先去休息一下的好，跟我來。」

她叫我「衛少爺」，那絕不是表示生疏，蘇州人極客氣而講禮貌，葉家祺的母親，也叫我「衛少爺」的。這時，她不待我回答，已向前走去。

我已經覺得我這次來到葉家，似乎處處都有一種異樣之感，和我以前一到葉家，便如同到了自己家中一樣，大不相同。

我自己在問自己：那是爲了什麼？

而且，我已經來到了葉家了，爲什麼還未見到葉家祺，這小子，難道要做新郎了，就可以躲了起來，不見老朋友了麼？

我忍不住問道：「四阿姨，家祺呢？」

四阿姨的身子，忽然震了一震。

她是走在我的前面的，我當然看不到她臉上的神情，但是，我卻也可以揣想得到，她一定被我的話，嚇了老大一跳！

可是事實上，我問的話，一點也沒有什麼值得吃驚之處的，我只不過問她，家祺在什麼地方而已。

四阿姨未曾回答我，只是急步向前走去，我的心中，已然十分納悶，而一路之上，當我試圖向葉家的男女傭人招呼，或是想向在葉家吃閒飯的窮親戚點頭之際，發現他們都似乎有意躲避我之際，我的納悶更甚了。

而我也立即感到，我似乎是一個不受歡迎的人！

如果不是我和葉家的感情，十分深厚的話，處在這樣令人不愉快的氣氛之中，我早已一走了之。但正因爲我和葉家祺的交情，非同尋常，是以我只是納悶，只是覺得奇怪，並沒有走的意思。

四阿姨帶著我，穿過了許多房屋，又過了一扇月洞門，來到了一個十分精緻的院落中。在那月洞門前，四個穿著號衣的男傭人垂手而立，而我被四阿姨帶到了這裏來，這不禁使我大是愕然，因爲我知道，這裏是葉宅中，專招待貴賓的住所。

記得有一年的暑假，我和葉家祺曾偷偷地來到這個院落之中，看到一個形容古怪的老頭子，據說那老頭子，在前清當過尚書。又據說，當年五省聯軍的司令，也曾在這裏下過榻。

總之，這個院落中的住客，全是非富即貴，可以受到第一等待遇的貴賓。

如今，我被帶到這裏來，固然表示了主人對我的尊敬，但是以我和主人的交誼而論，我被當作貴賓安置，這不是有點不倫不類，而且近乎滑稽麼？

是以，我立時站定了腳步，想對四阿姨提出抗議，可是就在此際，一個少女自前面的走廊中，轉了出來，叫了我一聲：「斯理阿哥！」

我抬頭看去，不禁呆了一呆，那是一個十六七歲，十分美麗的少女，在我乍一見到她時，不禁陡地呆了一呆，但是我立即認出她來了，她是葉家祺的妹妹葉家敏，兩年前我北上求學的時候，她還小得不受我們的注意！

可是黃毛丫頭十八變，這句話真的一點不錯，兩年之後，她已亭亭玉立，使得人不敢再將她當作小孩子。看到了她，我像是一直在陰暗的天氣之中，忽然看到了陽光一樣，感到一陣舒暢。

我忙道：「小敏，原來是你，你竟長得那麼大，那麼漂亮！」

葉家敏急急地向我走來，當她來到我面前的時候，我才呆了一呆，因爲她不但雙眼發紅，像是剛哭過，而且，臉上的神情，也是十分惶恐！

這種神情，出現在一個少女的臉上，已然十分可疑，更何況是出現在這個十足可以被稱爲「天之嬌女」的葉家敏身上！

我實在不明白她會有什麼心事，以致要哭得雙眼紅腫！我自然而然地向前走去，可是就在這時候，卻聽得四阿姨高聲叫道：「小敏！」

小敏抬起頭來，臉上一副委屈的神情。

四阿姨不等我發出詫異的問題，便急急說道：「小敏，你真是越大越任性了，衛家少爺遠道而來，要休息休息，你來煩他作什麼?走，快去！」

據我所知，四阿姨是最疼愛小敏的。事實上，葉家上上下下，可以說沒有一個人不疼愛小敏的。

可是這時，四阿姨卻對小敏發出了斥責！而且，她斥責小敏的理由，是如此地牽強，幾乎不成其為理由！

我看到小敏的眼一紅，幾乎就要哭了出來，我忙道：「四阿姨，你怎麼啦！我雖然遠道前來，卻是坐火車來的，不是走路來的，小敏和我說幾句話，又有什麼不可以？小敏，來！」

我伸出手去，看小敏的樣子，也是準備伸出手來和我相握的，但是就在這時，四阿姨卻又發出了一聲吼叫！

四阿姨在我的印象中，一直是一個十分和藹可親的人，可是這時，我卻不得不用「吼叫」兩字，來形容她講話的神態。

因為她的確是在吼叫！

她大叫一聲：「小敏！」

隨著她那一聲大叫，小敏的手，縮了回去，她的淚水已奪眶而出，她轉過身，急步奔了開去！

這種情景，不但使我感到驚詫、愕然，而且也使我十分尷尬和惱怒，我轉過身來，勉強笑著，道：「四阿姨，我……想起來了，我看我還是先回上海去，等到家祺的好日子時再來，比較好些。」

我的話說得十分之委婉，那自然是由於我和葉家的關係十分深切之故。如果不是那樣，那麼我大可以說：「你們這樣待我，當然是對我不歡迎，既然不歡迎，那麼我就告辭了！」

我當時，話一說完，就伸手去接麻皮阿根手中的皮箱，可是麻皮阿根閃了一閃，又不肯將皮箱給我，而四阿姨又聲音尖銳地叫我，道：「衛家少爺！」

我聽出四阿姨的聲音，十分異樣，我轉過頭去，卻發現她的雙眼，也已紅了起來。

我呆了一呆，再去看那兩個男工時，只見他們兩人的眼角，竟也十分潤濕！

我心中的驚疑，實是到了極點！

我不知道究竟是發生了什麼事，但是有一點，我卻可以肯定，那就是在葉家，絕不是正因為迎接一件大喜事而興高采烈，恰恰相反，他們一定為了一件極悲哀的事，而在暗中傷心！

他們是在為什麼事而傷心呢？為什麼他們都隱瞞著，不肯告訴我呢？

我攤了攤手，道：「好了，四阿姨，我才兩年沒有來，你們全當我是外人了，我真不想住了，除非你們對我說明發生了什麼事？」

四阿姨偏過頭去，強逼出一下笑聲來：「什麼事啊？你別亂猜，我們怎麼會將你當陌生客人，來來，你的房間快到了！」

她說著，急急地向前走去！

她這樣想騙過我，那實在是一件幼稚的事情，因為她一面向前走去，一面卻又忍不住用手巾抹著眼淚！我連忙轉頭向那兩個男工望去，那兩個男工也立時避開了我的視線。

我的心中，又是好氣，又是好笑，葉家上下人等，我實在太熟，如果那是一件人人都知道的秘密，我存心要探聽出來，實在太容易了。

所以這時，我也不再向四阿姨追問，我心想，我心中的疑問，只不過多存片刻而已，那又有什麼關係？

四阿姨將我帶到了他們爲我準備的房間，那是一間既雅緻又豪華的臥室，和臥室相連的是書房。書房之外，是一個小小的院子，在芭蕉和夾竹桃之間的，是奇形怪狀的太湖石，和一個金魚池。金魚池中，有兩對十分大的珠鱗絨球，正在緩緩游動。

四阿姨的眼淚已抹乾了，她道：「你看這裏還可以麼？要不要換一間？」

我忙道：「不必了，這裏很好，四阿姨，我可以問你一件事麼？」

四阿姨的神色，又變了一下，她道：「什麼事啊？」

我笑了起來：「四阿姨，我什麼時候，可以看到家祺？」

這實在是一句普通之極的話，我既然是家祺的好朋友，而且我遠道而來，是應他之請而來的，我問問什麼時候可以見到他，那實在是平常之極，理所當然的事情。可是，四阿姨的身子，卻又震動了起來。

而如果是家祺發生了什麼事，他們竟然瞞著我的話，那實在是太豈有此理了，是以我忍不住大聲叫了起來：「家祺究竟怎麼了？他發生了什麼事？你們爲什麼瞞著不告訴我？」

四阿姨像逃一樣地逃了出去，她全然不回答我的話，我一個箭步，竄向前去，本來，我是可以抓住四阿姨的，但那實在是太不禮貌了。是以，我竄向前去，一把抓住了麻皮阿根，大聲道：「阿根，你說不說？」

麻皮阿根急得雙手亂搖，張大了口，講不出話來。

我沈聲道：「你們大少爺怎麼了，你告訴我，不要緊的，你告訴我！」

麻皮阿根道：「大少爺……很好啊，他……快做新郎官了，他很好啊。」

第二部：大少爺身上發生了怪事

我冷笑一聲，道：「麻皮阿根，你想騙我麼？走，帶我去見你們的老太太！」

我一面說，一面推著他便向外走去，他可憐巴巴地望著我，也不敢掙扎，我們才走出了兩步，屋內的電話，忽然響了起來。

葉家是豪富，屋中幾乎每一個角落，都有電話。他們家中自己有總機，而且，還有和上海，以及各地別墅直通的對講電話。電話鈴一響，另一個男工，連忙走了過去，道：「是，是，衛家少爺剛到。」

他立時向我道：「衛家少爺，我們大少爺，他找你聽電話。」

那男工的話，令得我陡地一呆。因爲從種種跡象來看，像是葉家祺已然有了什麼意外！可是，事情卻又顯然出於我的意料之外，因爲正當我在向麻皮阿根逼問葉家祺遇到了什麼意外之際，葉家祺竟有電話來找我！

我呆了一呆，放開了麻皮阿根，走向前去，將電話抓了起來。

我才一將電話湊向耳邊，便聽得葉家祺的聲音，十分清楚地傳了過來：「你來了麼？已經在我家中了麼？真好！真好！」

我又是好氣，又是好笑：「廢話，我不在你家中，怎能聽到你的電話？你在什麼地方？不在家中？你們家裏是怎麼一回事？竟替我準備了一間客房！」

葉家祺道：「我也不知道他們在鬧些什麼？」

他講到這裏，忽然頓了一頓，我連忙問道：「家祺，你在什麼地方？」

葉家祺這才道：「我在木瀆——」他只講了四個字，又頓了一下。我忙道：「你快做新郎了，不在家中，卻躲到木瀆去做什麼？太湖邊上的西北風味道好麼？你準備回來，還是怎樣？」

我知道葉家在木瀆，近太湖邊上，有一幢十分精緻的別墅，葉家祺既然說他在木瀆，那麼自然是在這所別墅之中。可是，那所別墅一直只是避暑之所，現在天那麼冷，他卻躲在那別墅中，令人匪夷所思。

他笑了一下：「你還是那麼心急，今天晚上，我來見你。」

他不等我回答，便掛上了電話。

當我轉過身來時，看到麻皮阿根和另一個男工，如釋重負似地望著我。

我已和葉家祺通過電話，那當然已証明葉家祺發生了什麼意外的假設，不能成立。但是，我心中的疑惑，卻也並未盡去。因爲我這次來，葉家的人，行動、言詞，都令人生疑！

我向他們揮了揮手：「你們去吧！」

兩個男工連忙放下皮箱，急急地走了。

我在床上躺下，閉上眼睛，仔細地想著我下火車以後，見到、聽到的一切，我首先肯定葉家並不是不歡迎我，但爲什麼他們的言詞那樣閃爍？莫非，將要舉行的婚禮，使人感到不太滿意？然而，這也是不可能的事，女家也是蘇州城內財雄勢大的富豪。如果說，葉家祺本身不同意這件事，那更不可能的。

因爲我最知道葉家祺的性格，沒有什麼人，可以強迫葉家祺做一件他所不願意做的事。葉家祺的性子犟得可以，他那種硬脾氣，用蘇州話說，叫「欏順毛」，你若是軟求，他什麼都肯，若是硬來，什麼都不幹。

我想來想去，想不出什麼道理，就信步向外走去，我才走出屋子，忽然看到屋角處，有一個人，正向我招著手。我定睛看去，只見那是一個十五六歲，伶伶俐俐的一個小丫環。這小丫環我不認識，但是她既然向我招手，我當然走了過去。

等我來到那小丫環的面前之際，那小丫環前張後望，現出十分慌張的神色來，我問道：「是你叫我麼？什麼事？你說好了。」

那小丫環顯然是十分害怕，是以她的臉色也白得駭人，她道：「你是……衛少爺？小姐叫我告訴你，她在西園等你，叫你不要告訴家中的人！」

她話一講完，便匆匆地走了，留我一個人呆呆地站在那裏。

那小丫環口中的「小姐」，自然是葉家敏。

而她說的「西園」，我也知道，那是蘇州許多有名的園林中的規模極大的一個，它有很大的羅漢堂，有亭台，有樓閣，是一個名勝。葉家敏約我和她在西園見面，還要我不可以告訴她家中的人，當然是有什麼秘密事要和我說，我是去呢？還是不去？

老實說，我對人家的秘事，如果人家是一心瞞著我的話，我絕無知道的興趣，可是我立即又想起葉家敏那種雙眼紅腫的情形來，如果她有什麼事要我幫助，我不去，豈不是太說不過去了？我忽然又想到，事情可能和葉家祺無關，完全是小敏的事！

我立即匆匆地向門外走去，還未穿過大廳，便遇到四阿姨，她忙道：「衛家少爺，你到哪裡去？」

我裝出若無其事地道：「反正家祺要晚上才和我相見，我要出去走走。」

四阿姨道：「那麼，我叫老張備車！」

我連忙搖手道：「別客氣了，我喜歡自己去走走。」

「那麼，替你備汽車怎樣？」

「四阿姨，我年紀已不少了，而且，蘇州也不是什麼大地方，我不會迷路的，你忙你的好了，我出去走走，回頭再來向老太太請安！」

四阿姨笑了起來，然而她笑得十分勉強：「那倒不必了，老太太這幾天忙過了頭，不舒服，醫生吩咐她要靜養，不能見客。」

我隨口「哦」地答應了一聲，便向前走了出去。我當然不相信四阿姨所說的什麼「生病」、「不能見客」等鬼話，老太太只不過是因爲某種我還未知的原因，而不想見我罷了！

我離開了葉家，向前走了好幾條街，一直到了閶門外下車時，已然是黃昏時分。

西園濃黃色的高牆，在暮色中看來，另有一種十分肅穆之感，由於天冷，再加上天黑，是以根本沒有什麼人，我匆匆走了進去，在園中打了一個轉，卻看不到葉家敏，我連忙又轉到了園門口。

那裏仍然一個人也沒有，我揚聲大叫了起來，道：「小敏！小敏！」

我叫了幾聲，有好幾個人向我瞪眼睛，那幾個人看來是西園的管理人，我還想再叫時，只見一個人向我匆匆地奔了過來。

我還以爲那是小敏了，可是等到那人奔到了我身前之際，我才看清，他原來是老張。

這實在可以說是天地間最令人尷尬的事了。

因爲我出來的時候，是向他們說我隨便出來走走的，可是事實上，我卻來這裏見小敏，老張又在這時撞了來，當他在我面前站定的時候，我不由自主，面紅耳赤了起來。

我還想掩飾過去，是以我假作驚奇地道：「咦，你怎麼來了，老張？」

可是老張卻道：「衛少爺，小姐已經回去了，你是不是也回去？」

我當時真恨不得有個地洞，可以鑽下去。我的心中，突然恨起葉家敏來，是不是這個鬼丫頭，暗中在捉弄我呢？

可是，葉家敏那種雙眼紅腫的情形，正表示她的心中十分傷心，那麼她又怎會捉弄我呢？我無可奈何地問道：「小姐爲什麼回去了？」

老張道：「四阿姨知道她來了，派汽車來將她接回去的，衛少爺，天黑了，路上怕碰到什麼，我們還是快回去的好。」

我有點老羞成怒，道：「會碰到什麼？」

老張忙道：「你別見怪，你是新派人，當然不信，可是我相信。其實，唉，也不由你不信，大少爺——」他才講到這裏，便覺出自己失言了，是以他立時住了口，不再向下講去。

我立即用力抓住了他的手臂，將他拉出了幾步，在一石凳上坐了下來，我道：「好，老張，我和你現在說個明白，大少爺怎麼了？」

老張的神色，在漸漸加濃的暮色中，可以說慌張到了極點，我從來也未曾看到一個人的面色，會表現得如此驚惶，如此駭然的。以後，過了許多許多年，我時時想起當時的情形來，我想，如果我那時，不是年紀如此之輕，不是如此執拗地想知道究竟發生了什麼事情的話，那麼，我一定會可憐老張，將他放了的。

但是當時，我卻絕沒有這樣做的意思，我仍然握著他的手臂，我將我的臉，逼近他的臉，我提高了聲音，近乎殘忍地問道：「說，怎麼一回事？」

老張的身子，開始發起抖來，他道：「大少爺……很好……沒有什麼。」

「那麼，大小姐呢？」

「大小姐？」他反問著：「大小姐沒有什麼啊！」

老張連續回答我兩個問題的口氣，使我明白，問題仍然是在葉家祺的身上。因爲當我問及他大少爺時，他慌慌張張地否認，但是，提及葉家敏時，他卻有點愕然，因爲葉家敏根本沒有事！

我冷笑一聲：「老張，你敢對我撒謊？」

老張忙雙手亂搖：「不敢，不敢，衛少爺，老張什麼時候對你說過謊，你也一直對下人很好的，你可別發脾氣。」

我冷笑道：「好，那你就告訴我，你如果不告訴我，那我就對老太太說，老張不是東西了，我不住了，回上海自己家去了！」

我所發出的是可能令得老張失業的威脅！我當時實在不知道這是一個十分殘酷的威脅，因爲我太年輕，我根本不知道什麼是失業，也不知道像老張那樣的年齡，如果他離開了葉家，他的生活，會大成問題。是以老張的身子抖得更劇了。

我等著，我想，老張一定要屈服了。

可是，出乎我的意料之外，老張竟然用十分可憐的聲音，說出了十分堅決的話來。他道：

「衛少爺，沒有什麼，實在沒有什麼。」

我大聲道：「你在說謊！」

老張畢竟是一個老實人，他呆了一呆，才道：「是的，我是在說謊，但是不論你問我什麼，我決計不說，我決計不說。」

我怒極了，我真想打他，但我揚起手來，卻沒有打下去，我道：「好，我立即去對老太太說，老張，你很好，你有種……」

老張站了起來，看他的樣子，像是急得要哭，一副手足無措的情狀，他道：「衛少爺，你別去見老太太，這些日子來，老太太已經夠傷心的了，你不肯住，她一定更傷心！」

我一聽得老張這樣講，心中不禁陡地一動。而同時，我的怒氣，也漸漸平定了下來。

原來，在那一剎間，我陡地想起，老張是一個粗人，我越是要強迫他說出什麼，他越是不肯說，如果我略施技巧，說不定他就會把事實從口中講出來了。

於是，我裝著不注意地，順口問道：「老太太為什麼傷心？」老張道：「大少爺——」他只講了三個字，便突然住了口。但是，僅僅是這三個字，對我來說，卻也已經夠重要的了！因為這三個字，使我確確實實地知道，事情是發生在大少爺葉家祺的身上！

老張突然停住了口，神色更加慌張了，而我卻變得更不在乎了，我道：「行了，老張，不必說了，家祺有什麼事，其實，我早已知道。」

老張不信似地望著我，道：「你……早已知道了？」

我道：「當然，我們回去吧，剛才我只不過是試探你的，想不到四阿姨吩咐你不要說，你果真一字不說，倒是難得。」

老張忙道：「不是四阿姨吩咐，是老太太親口吩咐的，衛少爺，你……知道了？這是誰對你說的？」

我冷笑道：「自然有人肯對我說，你當個個都像你麼？但是我當然也不能講出他是誰來，一被老太太知道，就會被辭退了，是不是？」

老張道：「是，是！」他像是對我已知道了這件事不再表示懷疑了，他望著我：「衛少爺，你已知道了，你……不怕？？」

我呆了一呆，因爲我口說知道了，事實上，究竟是什麼事，我卻一無所知。而且，我只是覺得狐疑、好奇，卻還從來未曾將事情和「害怕」兩字，連在一起過。

是以我立時反問道：「怕？有什麼可怕？」

老張唉聲嘆氣：「衛少爺，你未曾親眼見到他，當然不怕，可是我……我……唉……卻實在怕死了，我們沒有人不怕的！」

我仔細地聽著老張的話，一面聽，一面在設想著那究竟是一件什麼樣可怕的事。但是我從他的話中，卻只知道了一點，那就是：這件事，令得很多人害怕，害怕的不止他一個！

是以我立時道：「你們全是膽小鬼！」

老張嘆了一口氣：「衛少爺，我們大少爺和你一樣，人是最好的，你說，他忽然——」

老張講到這裏，正當我全神貫注地在聽著的時候，老張的話，卻被人打斷了，一個人走了過來道：「天黑了，兩位請回府吧！」

那人多半是西園的管理人，我拉著老張，走了出來，老張的馬車，就停在園外，我心中暗暗恨那傢伙，若不是他打斷了話頭，只怕老張早已將事情全講出來了！

這時，爲了和老張講話方便，我和他一齊並坐在車座上，老張趕著馬車回城去，我又道：「是啊，你們大少爺是最好的了！」

老張這才接了上去：「那樣的好人，可惜竟給狐仙迷住了，唉，誰不難過啊！」

我陡地一呆，剎那之間，我實是啼笑皆非！講了半天，我以爲可以從老張的口中，套出什麼秘密話來。可是，老張講出來的，卻是葉家祺「被狐仙迷住了」，這種鬼話！

講起狐仙，我在這裡加插一小段說明的必要。在中國，不論南北，都有狐仙的傳說，「聊齋誌異」更將狐仙人性化寫了多篇動人的小說。而在我所到過的地方中，最確鑿地相信狐仙存在的城市是蘇州。

我第一次到葉家來，我還只是讀初中一，十二歲，葉老太太見到了我，第一件事便是警告我，叫我不可以得罪狐仙，當時，我自然是不相信有狐仙這件事的，葉老太太像是也知道我不相信，是以她在告誡我之後，還給我看了二十多隻雞蛋殼。

那當然不是普通的雞蛋殼，那是完整的雞蛋殼，殼上連一個最小的小孔也沒有，但卻是空殼。

葉老太太告訴我，這就是狐仙吃過的雞蛋。

的確，因爲我想不通爲什麼連一個小孔都沒有，而蛋黃、蛋白便不知去向的原因，是以對狐仙的存在，也抱著將信將疑的態度。

以後，又陸續有好幾件事發生，都是不可思議和不可解釋的，但是我始終未曾見過「狐仙」，當然我也不會確鑿地相信。

是以，這時當我聽說一個年輕人，大學生，居然被狐仙所迷之際，我實在是忍不住，立時「哈哈」大笑了起來。

老張卻駭然地望著我：「衛少爺，你……笑什麼？你別笑啊！」

我仍然笑著：「老張，你說你們少爺被狐仙迷住了，我看，你們少爺不是被狐仙迷住，他生性風流，只怕是被真的狐狸精迷住了吧！」

這時，我又自作聰明以爲自己將事情全都弄清楚了，我想，那一定是葉家祺在外面結識了什麼風塵女子，是以才和家中引起了齟齬的。

可是，我「狐狸精」三字，才一出口，老張的身子一震，連手中的馬鞭，也掉了下來。他一聲叱喝，馬車停住，只見他跳下去，將馬鞭拾了起來，他一面向上爬，一面道：「衛少爺，你……你做做好事！」

我知道，在對狐仙所有的忌諱中，「狐狸精」是最嚴重和不能說的。這也就是爲什麼老張嚇得連馬鞭也跌了下去的原因。

我看他嚇成那樣，只覺得好笑，道：「老張，你怕什麼？叫狐狸精的是我，就算狐仙大人不喜歡，也只會找我，不會找你的。」

老張嘆了一聲：「衛少爺，我就是替你擔心啊，如果你竟像我們的大少爺那樣，唉！……」

他一面揮著鞭，一面仍在搖頭嘆息。

我感到事情似乎並不值得開玩笑，因爲每一次，當他提到他們大少爺之際，他面上神情之可怖，都是十分難以形容的。

我正色道：「老張，你們大少爺，其實並沒有什麼不對啊，我還和他通過電話來。」

老張道：「好的時候，和以前一樣，可是——」

他才講到這裏，在馬車的後面，突然射來了兩道強光，同時，傳來了「叭叭」的汽車喇叭聲，老張連忙將馬車趕得靠路邊些，「呼」地一聲，一輛汽車，在馬車的旁邊，擦了過去。

就在車子擦過的那一刹間，我看得清清楚楚，坐在汽車中的正是葉家祺！

我絕不是眼花，因爲老張也立時失聲叫了出來：「大少爺！」

我也忙叫道：「家祺！家祺！」

可是，葉家祺的車子開得十分快，等到我們兩個人一齊叫他之際，他的車子早已在十來碼開外了，而且，他顯然未曾聽到我們的叫喚，因爲他絕沒有停車的意思，而且轉眼之間，他的車子已看不到了。

我忙道：「老張，不管我們是不是追得上，我們快追上去！」

老張的身子哆嗦著，道：「這怎麼會的？他們怎麼會讓大少爺走出來的。」

我聽出他話中有因，忙道：「老張，你這樣說是什麼意思？大少爺難道沒有行動自由麼？他爲什麼要接受人家的看管？」

「唉，」老張不住地嘆著氣：「你不知道，衛少爺，原來你什麼也不知道！」

我點頭道：「是的，我到現在爲止，仍然莫名其妙，你告訴我，究竟是怎麼一回事？」

老張喘著氣，看來，他像是已下決心要將事情的真相告訴我了，但是，就在這時，「呼」地一聲，另一輛汽車，又在馬車邊上，停了下來。

那輛汽車的門打開，一個彪形大漢，跳下車來，叫道：「老張，大少爺走了，他開著汽車，你看到他沒有？他走了！」

老張氣咻咻地道：「我看到他，他剛過去！」

那大漢一閃身，已然準備縮進車子去，但我也在這時，一躍下車，到了那大漢的身前。那大漢見了我，突然一呆。

他顯然是想不到我會在這時出現的，他有點驚喜交集，叫道：「衛少爺！」

那大漢是葉家祺父親葉財神的保鏢之一，他自然認識我。我只是隨口答應了一聲，推開了他，向汽車中望去。

除了司機之外，車子後面，還有一個面目莊嚴的中年人，好像是一個醫生，我大聲道：「下車，下車，統統下車來！」

那醫生怒道：「你是什麼人？」

我也不和他多說什麼，打開車門，劈胸抓住了他的衣服，便將他拉出了車來，那司機連忙打開車門，也走了出來，我又高聲叫道：「老張，你過來。」

老張戰戰兢兢，來到了我面前，我道：「進車去，我和你去追你們大少爺！」

老張像是不肯，但是我已將他推進了車廂，我自己則坐在司機位上，一踩油門，車子飛似向前，駛了出去。我將車頭燈打大，好使車頭燈的光芒射出老遠，我下決心一定要追上葉家祺。

老張神情驚惶地坐在我的身邊，我一面駕車，一面問道：「你們大少爺怎麼樣了？」

老張的聲音，有些嗚咽，他道：「大少爺一定是得罪了狐仙，所以狐仙在他的身上作祟！」

我大聲道：「我不要聽這種話，你講清楚些。」

老張喘著氣：「衛少爺，你可千萬不能說那是我講的，大少爺他……沒有事的時候，全是好好的，可是忽然間會大哭大叫，亂撞亂跳，見人就追，事情過後，他卻又和常人一樣了。」

我聽了之後，不禁呆了半晌，這樣說來，葉家祺是得了神經病了！

老張又道：「這樣子，時發時好，已經有三個多月了，也不知看了多少醫生，老太太還差人陪他到上海去，給外國醫生檢查，外國醫生說他十分健康，一點病也沒有，老太太求神拜佛，都沒有用處，後來，才想到了要他快點成親的辦法來。」

我一直在皺起了眉聽著，並不去打斷老張的話。

老張又道：「反正，大少爺的親事，是早訂下的，衛少爺你也知道，王家小姐，大少爺也是十分喜歡的，一聲要迎娶，王家自然答應，可是……可是大少爺他卻在七天之前到了王家，在廚房中搶了一把菜刀，他……唉，他……搶了一把菜刀……」

我聽到這裏，實在忍不住了，將車子停了下來，道：「老張，你胡說！」

老張忙道：「我要是胡說，我口上生一個碗大的疔瘡，大少爺抓著菜刀，當時就將廚房中五六個廚師砍傷了，他還一路衝了出來，砍傷了王小姐兩個哥哥，王小姐的大哥，傷得十分重，現在還在醫院中，唉，我那天是送大少爺去的，我們幾個人合力，才將大少爺拖住，王家小姐，立時昏了過去！」

我又呆了半晌，道：「那樣說來，這門親事，是結不成的了。」

老張嘆了一聲：「王家的人，立時搖電話給老太太，老太太趕到王家，幾乎就要向王家的奶奶跪下來叩頭，王家奶奶倒也是明理的人，她說大少爺多半是被狐仙纏上了，所以才這樣子的，家醜不可外揚，婚事還是照常進行，事實上，王家只是場面上好看，他們開的兩間錢莊，早已空了，全是我們老爺在撐著！」

我並沒有十分注意去聽老張以後的話，我只是在想著：何以葉家祺忽然會瘋了呢？如果他真的是瘋了的話，那麼，何以上海的醫生，竟會檢查不出，而說他的健康十分良好呢？

老張的話，聽來實是十分荒誕，但是我卻沒有理由不相信他的話，就算他膽大包天，也不敢這樣信口胡謅！

第三部：不斷的死亡威脅

我感到如今，最主要的便是我要見到葉家祺！葉家祺的行動失常，當然容易被人當作是狐仙作祟的，但是我卻不信，葉家祺要麼就是裝瘋，但不論是真是假，都一定有原因的。

老張又道：「後來，老太太無法可施，將他送到木瀆的別墅中，命人看管著他，他在木瀆，已經有六七天，不知怎地，又逃了出來，唉，不知他……他又想去……殺什麼人了！」

我也不禁被老張的話，弄得汗毛凜凜起來，我忙道：「別胡說，我想他一定是回家去了，我們也趕快回家去再說。」

我重新開動車子，十分鐘之後，車子已在門口停了下來，葉宅的大門開著，我奔了進去，只見每一個人的神情，全是那樣異乎尋常，他們不是呆若木雞似地站著，就是在團團亂轉。

我才一走進門，葉老太太便走了出來，一把拉住了我的手，叫道：「衛家少爺。」她的聲音，十分哽咽，而她雙眼紅腫，可見在近幾天來，她一直在以淚洗面。

我連忙安慰著她：「老太太，我什麼都知道了，別難過，我會有辦法，剛才我在路上見到家祺，他在什麼地方？」

老太太顫聲道：「在他自己的書房中。」

我又道：「他現在沒有什麼，是不是？」

老太太道：「我不知道，我不知道，唉，衛少爺，我們葉家，不知作了什麼孽——」

我不等她講完便道：「老太太，我去看看他，我想一定沒有事。」

當我講出了這句話之後，我發現周圍的人，全將我當作是一個志願去赴死的人那樣望著我！

連葉老太太也流著淚：「你還是不要去的好，讓他去吧！」

我幾乎有點粗暴地推開了葉老太太，因為我實在忍不住當時的那種氣氛。當時，所有的人，似乎都被一種神秘的力量控制住一樣！

我推開了葉老太太之後，便大踏步地向葉家祺的書房走去。我走得十分快，不一會兒，便已將嘆息聲和哭泣聲，一齊拋在身後了。

我來到了葉家祺的書房之前，書房的門關著，我伸手扣了扣門。裏面立時傳來了葉家祺的聲音，道：「誰？請進來。」

我連忙推門進去，我站在門口，我是期待著葉家祺的極其熱烈的歡迎的。

可是，我卻看到，葉家祺只是坐在寫字台前面的椅子上，轉過頭來，望了我一眼，立時又轉回頭去，在他向我望一眼的時候，我看到他的臉上神情，十分怪異。

接著，我便聽得他道：「原來是你，你來了……你，你……」他講到這裏，忽然喘起氣來。

我連忙向前走去，他卻向我揮著手：「你，你還是快出去的好，我忍不住了，我已經忍不住了！」

我可以清楚地看到他的身子在劇烈地發著抖，他的雙手緊緊地抓住了椅子的扶手，像是正在和一種十分可怕的力道相抗衡。

同時，他的口中，也發出了一種十分奇異，十分尖銳的叫聲來。

那種叫聲，即使是發自我最好的朋友葉家祺的口中，聽來也令得人毛髮直豎，我連忙再向他走去，可是我才來到了椅子之後，他已經站了起來。

葉家祺是突如其來地站了起來的，是以，當他站起的時候，將椅子也掀翻了。

然後，他立即轉過身來。

在他轉過身來的那片刻之間，我真的呆住了，因爲我離得他極近，只不過兩三尺，但是我卻不能相信，站在我面前的人是葉家祺！

他整個臉可怕地扭曲著，抽搐著，他的額上，現出豆大的汗珠來，他的臉上，綻出許多紅筋，盤在他的皮膚之下，看來像是還在蠕蠕而動。

他繼續張大口，發出一陣陣的怪聲，然後，他突然向我撲了過來，緊緊地捏住了我的脖子。

我是正在極度的驚愕之中，被他的雙手捏住了脖子的，是以我根本連出聲呼叫的機會也沒有。而如果不是我從小就有著十分好的中國武術造詣的話，那我也一定會被他捏死了！

我那時，只覺得眼前金星直冒，困難地揚起手來，在葉家祺的「太陽穴」上，重重地扣了一下，令得他鬆手。

然後，我猛地翻起身，手肘在他的下頦之上，重重地撞了一下。

那一下，令得他仰天跌倒在地上。

我那兩下重擊，是足可以令得一個強壯如牛的人昏迷不醒的。

而我那時候，也的確想他昏過去，因爲我除了使他昏過去，鎮定一下之外，也沒有別的好辦法。

可是，出乎我的意料之外，葉家祺在跌倒之後，卻並沒有昏過去，而是立時跳了起來！

他一跳了起來之後，雙眼睜得老大，望著我，可是他的眼中，我卻幾乎看不到眼珠，只看到一片極深的深紅色，像是他的眼珠已被人挖去，只留下了兩個深深的血洞！

我從來也未曾看到過一個人的眼睛如此恐怖（在以後的二十年中也未曾看到過），我發呆似地站著，而葉家祺則發出了一下怪吼，又衝了過來。

他雙拳齊出，一起擊在我的胸口。

我根本料不到葉家祺會發出那麼大的力道來，這兩拳之力，令得我的身子，凌空飛了起來，向後直撞了出去，我的背部重重地撞到了牆壁之上。

那一撞，使我坐倒在地，而且，要花好幾秒的時間，才站得起來。

當我站起來的時候，葉家祺抱住了頭，正在團團地轉著，呼哧呼哧地喘著氣。

我實在不知道在我最好的朋友身上，究竟發生了什麼事，他何以變得那樣子？他一定是瘋了，不論是由於什麼原因，他毫無疑問地是瘋了，在屋中團團亂走，剛才差一點將我捏死的人，一定是一個瘋子！

雖然他曾和我通過電話，而且在電話中，他講話十分清醒，他的瘋狂，或者是間歇性的！

我的心中難過到了極點，我呆呆地站著，低聲叫道：「家祺！家祺！」

但是葉家祺對我的叫喚，卻是一點反應也沒有，他只是不斷地轉著，而且越轉越快。

就算我是在一個中國武術上有著相當造詣的人，我也不能這樣去不斷地旋轉著而不跌倒，他足足轉了有了十分鐘，我也呆立了十分鐘。

然後，我實在忍不住了，一步一步地向他走過去，陡地伸出了雙臂，將他攔腰抱住，他不再旋轉，但是拼命地掙扎著。

葉家祺掙扎的力道極大，但是我抱住他的力道，卻也不小，我下定決心要將他抱住，我使出了最大的力量！

於是，我們兩個人的身子，就在他的書房之中，撞來撞去，我們幾乎撞倒了一切陳設，發出驚人之極的聲音來，在書房外面，也聚集了不少人，大多是葉家的男工，最後，葉老太太也來了。

我一面抱著葉家祺，一面叫道：「老太太，我會令他安靜下來，我會令他安靜下來。」

葉老太太也不說什麼，只是哭。做母親的，除了哭之外，還有什麼別的法子？

我抱著葉家祺，和葉家祺在房間中足足鬧了半小時，葉家祺才軟了下來，他軟倒在我的身上，一動也不動。看他的樣子，他像是一具機器，燃料突然用罄了一樣，我用腳踢起一張椅子來，將葉家祺放了下來。

葉老太太急急忙忙地想進來看他，但是卻被我阻住了，我道：「老太太，他現在沒有事了，我想讓他靜一靜，你們都離他遠些，讓我一個人陪著，或者，會在他口中問出些名堂來的。」

葉老太太垂著淚走了開去，一干男傭人也都嘆息著，散了開去。

我關好了門，轉過身來，看到葉家祺像死了一樣躺在椅子上，汗珠還在不斷地湧出來。

我也一樣滿頭大汗，我抹了抹汗，這才有機會打量他的書房。

他的書房是我最熟悉的地方，當我們兩人，都迷於鬥蟋蟀之際，他的書房中，便全是各種各樣的蟋蟀罐；當我們兩人，迷於做模型飛機時，他的書房中，便全是飛機材料和丙酮的氣味，可是這時，當我打量他的書房時，卻發現和我兩年前離開時不同了。

這時，書房中的好幾個架子，全部跌倒在地上，架上東西，也散落了一地，那些東西，全是我以前未曾見過的，那全是動物和植物的標本。

許多浸有動物標本的玻璃瓶打碎之後，甲醛流了出來，發出難聞的氣味，然而，那種難聞的氣味，比起有些標本的醜惡來，那簡直不算怎麼一回事了。

就在我足尖之前，有一條大蜈蚣的標本，我從來也未曾見過那麼大的蜈蚣，它足有兩尺長，背上紅藍交界，顏色鮮明，身體的兩旁全是腳。看到了之後，令人不期而然地感到全身肌肉在收縮，可是，比起那幾隻蜘蛛來，我卻又寧願選擇那蜈蚣了。

那幾隻蜘蛛，大小不同，最大的一隻，足足有拳頭般大，足上有著一寸來長的暗紅色的長毛，還有一隻蜘蛛，背部的花紋，十足是一個人的臉孔。

我自然知道葉家祺在大學中讀的是生物，讀生物的人，自然要搜集各種各樣標本，但是，他究竟是從什麼地方，找到這許多可怕的東西的呢？

當我在慢慢地打量著他書房中這許多標本之際，他開始呻吟。

我繞過了那條大蜈蚣，來到了他的面前。

他慢慢地抬起頭來，望了望我，又望著書房中淩亂的情形，苦笑了一下：「我剛才有點失常，是不是？」

我並沒有回答他，如果剛才他那樣，只算是「失常」的話，那麼，什麼樣的人才算瘋狂呢？

我的不出聲，分明使他十分不快，他道：「你這樣望著我幹什麼？每一個人都有情緒激動的時候，這又有什麼奇怪的！」

我不知對一個有著間歇性神經失常的人（當時我如此肯定），是不是應該直截地向他指出這一點，但是我卻感到，葉家祺像是知道自己的失常，而且，他還竭力地在掩飾著他的失常！

這種明知自己有錯，但是卻還要不住掩飾的行爲，我最討厭，我一聲冷笑：「家祺，你不是激動，你是神經失常！」

葉家祺猛地站了起來：「胡說，胡說！」

我冷冷地道：「你剛才差一點將我捏死！這是由於你情緒激動麼？還有，前幾天，你到王家去，操著刀，還砍傷了人，這也是情緒激動麼？」

在我毫不客氣地指責著他的時候，他的眼球亂轉著，葉家祺從來就是一個十分誠實的人，可是這時的神情，卻十足是一個被捉住了的待審的小偷。

等到我講完，他突然低下頭去，而且，用手捧住了自己的頭，喘著氣：「不會的，不會的，我不相信，我真的不相信！」

他說「不會的」，那分明是他抵賴，這令得我十分生氣。但是，他又說「我不相信」，這又是什麼意思呢？這實在令我心中起疑。

我拉了一張椅子，在他的對面，坐了下來，道：「家祺，我們還是好朋友，是不？」

「這是什麼話，我們一直是好朋友。」

「那就是了，家祺，你如今有麻煩了，很大的麻煩，你立刻和我坐夜車到上海去，我認識幾個第一流的精神病專家——」

我還未曾講完，葉家祺已然叫了起采，道：「別說了，我不要什麼精神病專家，我沒有病，我根本沒有病，我告訴你，我是一個正常人！」

葉家祺說他是一個正常的人，但是我卻可以肯定他絕不正常！

我搖頭著：「家祺，你這樣諱疾忌醫，對你實在沒有好處的。」

葉家祺尖聲叫了起來：「我沒有病。」

我也尖聲道：「好的，你沒有病，那麼我問你，你爲什麼操刀殺人？」

葉家祺轉過頭去，我看不到他臉上的神情，但是我卻聽得他在不住地喘氣，過了好一會兒，他才道：「斯理，我疲倦了，我要睡了！」

他竟然對我下起逐客令來了！

這實在使我又是生氣，又是難過，我道：「好，今夜你休息，可是明天，我綁也要將你綁到上海去！」

我大踏步地走出了他的書房，「砰」地一聲關上了門。

我才一走出來，幾個男傭人便悄聲問我：「大少爺怎麼了？」

我向他們作了一個手勢，示意他們不要出聲，然後，我躡手躡足地來到窗前，向裏面偷窺。

只見葉家祺仍然呆若木雞地坐在椅上，過了好久，直到我彎著的身子，已然覺得腰酸背疼了，我才看到他站了起來，他站了起來之後，行動卻沒有什麼異樣，只見他將倒了的標本架扶起來，又將跌在地上的東西，一件一件，拾了起來重新放好。

我仍然在外面注意著他的行動，他將可以拾起來的東西，都拾了起來之後，坐在書桌前，雙手支著頭，又坐了片刻。

然後，只見他抬起頭來，臉上現出十分憤怒的神色來，伸手「叭」地一聲，在桌上擊了一下，從口袋中取出了一小團被捏得很皺了的紙團來，看了一下，將紙團用力拋開去，跌在屋角。

他向房門走來，打開了門，我連忙閃過了一邊，不讓他看到。他走出了幾步，那幾個男工人一齊恭手侍立，道：「大少爺，老太太吩咐——」

葉家祺怒道：「別管我，我愛上哪裡，就上哪裡！」

那幾個男工連忙道：「是！是！」

葉家祺也不再去理會他們，逕自向前，走了開去。

我連忙向那幾個男工，打了一個手勢，他們向我奔來，我沈聲道：「你們吩咐下去，是我說的，不論他到哪裡，都不要阻攔他。」
那幾個男工，現出十分為難的神色來，我已頓足道：「照我的吩咐去做，聽到沒有！」
他們幾個人只得道：「是！是！」
我已疾閃進了書房，在書角處，將那個紙團拾起，並且展了開來。
那是一張十分普通的白紙，上面寫著幾個字，是用鉛筆寫的，十分潦草，我辨認了一下，才看出來那是「我們來了」四個字。
在那四個字之下，另有一行小字，是「福盛旅店三〇三號房」。在那行小字之下，則是一個十分奇怪的符號，那符號像是一隻僵直了的蜘蛛，看來給人以一種非常詭異的感覺。
我將紙折好，向外走去，已有男工來道：「大少爺又駕著車出去了。」
我略呆了一呆：「你們誰知道福盛旅店，在什麼地方的？」
一個車夫用十分異樣的眼光望著我：「衛少爺，福盛旅店在火車站旁邊，那是一家十分骯髒的小旅店，是下等人住的。」
我道：「我相信你們大少爺，是到福盛旅店去了，你準備車子，我們立即就去。」
那車夫道：「好，可是，要告訴老太太麼？」
我搖頭道：「不必了，你們老太太，已將大少爺完全交給我了。」
我和那車夫，匆匆地向外走去，我上了車，車夫趕著馬車，便離開了葉家，這時，夜已十分深了，街頭十分靜寂，幾乎沒有什麼人。

是以，馬蹄聲敲在街道上，發出的聲音，也格外冷寂和空洞。

等到我們快到目的地的時候，天似乎在下著雨夾雪，天氣十分之冷，但是我仍然不斷地探頭外望，因爲我希望可以在半路上看到葉家祺。

但是在冷清清的馬路上，卻發現不了什麼，一直到我到了福盛旅店的門口，我才肯定葉家祺真的是到這所旅店來了，因爲他的汽車就停在門口。

那車夫講得不錯，這是一個十分低級的小旅店，以至於葉家祺的那輛汽車，停在門口，看來十分異樣。

那家旅店的門口十分汙穢，裏面的一切，全都極其陳舊，充滿了黴黑的陰影，一盞電燈，看來也是半明不暗的，我走了進去，櫃後一個茶房向我懶洋洋地望上一眼。

我向他身後，牆上所掛的許多小竹牌上看了一眼，在「三〇三」號房之下掛的小竹牌上，寫著「陶先生」三個字。葉家祺的車子既然在門口，那張紙條上，又寫著「福盛旅店三〇三」，那麼，葉家祺如今一定是和那個「陶先生」見面了。

我走到那茶房的面前，道：「三〇三號房的陶先生，在麼?」

「在，」茶房仍縮頭著，姿勢不變地回答我：「剛才還有一位先生上去探他。」

我向他點了點頭，向樓梯走去，我才走到了樓梯的轉角處，突然黑暗之中，一隻瘦骨嶙峋的手，疾伸了出來，抓住了我的衣服。

我給這突如其來的事，嚇了一大跳，連忙回過頭去，只看到在我的身邊，站著一個幽靈似的女人，她的年紀不很大，而且也不大難看。

但是，她的臉色卻蒼白得可怕，她不但蒼白，而且瘦，可是她卻竭力地擠出一個笑容來，她望著我：「先生，你……你……」

她一面緊拉著我的衣袖，一面卻講不下去，但是她不必講明白，我已經恍然大悟了，她是一個可憐的妓女，在這樣寒冷的天氣中，她想要我作爲她唯一的顧客。

我嘆了一聲，輕輕地拍著她的手背：「不，我要去找人，有要緊的事。」

但她仍然不肯放開，道：「先生，我可以——」

我不等她講完，便已摸出一些鈔票來，塞在她的手中：「你拿去，我今晚有事。」

她接過了鈔票，有點不知所措地望著我，而我已趁機用力一掙，掙開了她，繼續向樓上走去。

我的腳步踏在木樓梯上。發出咯吱咯吱的聲音，在將到三樓的時候，我放慢了腳步。這旅店的房間，都是用木板來隔開的，而大多數的木板，當中都有著隙縫。當我一登上三樓之際我就聽到了葉家祺的聲音。

我只聽得他在忿怒地叫著：「你們不能這樣，你們怎能這樣。」

接著，是一個相當蒼老的聲音，講了幾句話。

我一聽那幾句話，便不禁陡地一呆。

那幾句話我沒有一個字聽得懂，我竟不知道他在說些什麼，而在我一呆之際，立時便想起我在火車上遇到的那一老一少兩人來。

那幾句話，似乎和那一老一少兩人在火車中所說的話，屬於同一種語言的範疇的。

我連忙加快了腳步，到了三〇三號房的前面，從板縫中張望進去。

我看到了葉家祺，也看到了在房間中的另外兩個人！

那兩個人，正是我曾在火車中遇到過，曾和他們發生過小小爭執的那一老一少！

當時，在火車之上，我就覺得這兩人，神情十分詭異，這時，在黯淡的電燈光和簡陋殘破的低級旅店的房間中，他們的神情，看來更是詭異莫名。

那個老者仍然在繼續講話，一面講著，一面在指手劃腳，神情十分激動。

而葉家祺顯然聽得懂那老者在講些什麼，他神色驚怖，但仍然十分倔強，只聽得他不斷地在說著：「不會的，我不信，你不能！」

那老者突然間住了口，那年輕的道：「葉先生，我們知道你不肯回去，所以特地來勸你，你一定要回去，不然，你是絕對逃不過我姐姐布下的羅網的，而且，也沒有什麼人能救你！」

葉家祺「砰」地一掌，用力地擊在桌上，將桌上幾隻滿是茶漬的茶杯，震得一起跳了起來，他大聲道：「你們不必恐嚇我，我不信，我不會死，我一定會活著，活得很好！」

那年輕人卻有點悲哀地搖著頭：「葉先生，你不能活了，你一定會死，而且，就是我姐姐所說的那個日子，你就會死！現在，你一定已感到很不對頭，是不是？為什麼你還不信？」

葉家祺的面色，變得十分難看，他仍然大聲道：「我不信，你們的這些鬼把戲，嚇不倒我，明天，我就到上海找醫生檢查！」

那年輕人仍然搖著頭：「沒有用，葉先生，那些拿刀拿針的醫生，一點用處也沒有，只有我姐姐才有法子！」

我在外面，聽到了這裏，心中的驚訝，實在已到了難以形容的地步，而且，我心中的憤怒，也很難再遏止下去的了。

這一老一少兩人，不斷以死亡在威脅著葉家祺，而且，葉家祺的行動失常，似乎也找到了原因，那就是因為他不斷地受著恐嚇的緣故。

這實在太豈有此理了，這一老一少是什麼東西，居然敢如此欺侮我的好朋友，他們何以能隨便定人的生死？難道他們是死神的使者？

我猛地用力一推，我這一推，並沒有將門推開，但是由於我用的力道太大了，「嘩啦」一聲響，整扇門都塌了下來，而我也一步跨了進去。

我的突然出現，令得房中的三個人，盡皆一呆，一個茶房聞聲，驚惶失措地走了過來，道：「什麼事？什麼事？」

我向他揮了揮手：「走開，沒有你的事，就算我們要打架，打壞的東西，也一律算在我的帳上。」

那茶房看了看我，又向房內張望了一下，他忽然看到了葉家祺。葉家祺是蘇州著名的大少爺，那茶房一看就認得他了，立時點頭哈腰：「原來葉大少爺在，那就不妨事！」

那茶房退了開去，葉家祺才頓了頓足：「唉，你怎麼來了？」

第四部：苗疆奇遇

聽他的口氣，像是嫌我多事一樣，我也不去理會他，轉身向那一老一少道：「兩位是什麼堂口的？有什麼事，找我好了。」

我一面說，一面已連連做了幾個手勢。

這幾個手勢，全是幫會中人見面時，表示是自己人的手勢，我因爲從小習中國武術之故，和幫會中的人很熟悉，而這時，我也以爲他們兩人所講，我聽不懂的話，是一種江湖上的「切口」。

但是，當我這樣問那一老一少兩人的時候，他們卻睜大了眼，大有瞠目不知所對之狀。

我又「哼」地一聲：「你們不給我面子，那你們要怎麼解決？說好了！」

那一老一少，仍然不出聲，而葉家祺則道：「唉，斯理，你弄錯了，你完全弄錯了！」

我道：「這兩個人不是在威脅你麼？」

他答道：「可以那麼說，但是事情卻和你想像的絕對不相同，來，我們走，連夜開汽車到上海去，我將經過的情形告訴你。」

我疑惑地望著他，那年輕人又叫道：「葉先生，你已沒有多少時間了，三天之內，如果你不跟我們走，那就來不及了。」

葉家祺冷笑道：「我根本不會跟你們走，而且，我也絕不會死，你們別再放屁了！」

那年輕人對著老者，嘰咕了一陣，看樣子是在翻譯葉家祺的話。

而那老者聽了，卻嘆了一聲，大有可惜之狀。

這時，葉家祺已不理我同意與否，而將我硬拉出房間來。

我在被他拉出房間之時，仍然回頭看了一下，我看到那一老一少兩人的臉上，都現出十分悲傷而憂戚的樣子來。

我絕不能說他們臉上的那種神情是僞裝出來的。然而，這兩個人，分明是用死在威脅著葉家祺，他們當然不是什麼好東西。

但是，如果他們是壞人的話，在他們的臉上，又怎麼可能有這樣的神情呢？

我想要停下來，再問一個究竟，然而葉家祺卻用極大的力道，一把將我拖了下去，直到了旅店的門口，他才喘了一口氣，又拉著我來到了汽車邊。

那車夫一看到我們，立時迎了上來，葉家祺向他揮著手：「去，去，我和衛少爺到上海去，你自管回去好了，別那樣瞧著我！」

葉家祺最後一句話，是大聲吼叫了出來的，嚇得那車夫連忙向後退去，葉家祺已打開了車門，葉家祺肯到上海去，那使我十分高興。

因爲在上海，我知道好幾個名醫，那幾個名醫若是能夠診治葉家祺的話，當然可以找出病源來的。

我和他一齊上了車，他駕著車，不一會兒，便到了公路之上，他一直不出聲，我也不去打擾他。

過了約有十來分鐘，他忽然「哈哈」地笑了起來，道：「你不要以爲我在說笑，雖然我自己也不信，但是剛才那一老一少兩人，卻堅持說我中了蠱，至多還有二十天的命！」

我吃了一驚，對於「蠱」，我所知極少，只不過從書上看來的，而且多半還是在小說中看來的，尤以還珠樓主所著的小說爲多。

我還是第一次從一個人的口中聽到「中蠱了」這樣的話來。

我竭力使自己保持冷靜，我知道，葉家祺已肯向我講出一切經過來了，我淡然道：「究竟是怎麼一回事？你慢慢和我說。」

葉家祺又沈默了片刻：「爲了搜集生物標本，去年夏天到雲南去了一次，雲南省可以說是天然的動物園和植物院。」

我訝然道：「爲什麼你在信中，一點也沒有和我提起？」

葉家祺道：「我本來是想等回來之後，將各種標本整理好，等你來找我時，看到了這些標本，嚇了一跳之後，再告訴你的。」

那些標本，倒的確曾令我嚇了一跳。然而當時葉家祺的情形，更令人心跳，是以我全然未曾對那些標本的來歷，多加注意。我點了點頭，問道：「在那裏，你遇到了什麼？」

葉家祺又呆了許久，才道：「我是和一個大學講師以及兩個同學一起去的，名義上，我們是一個考察團，我們先到了四川，再到康定，然後一路南下，沿著瀾滄江向南走，那一次旅程，簡直是奇妙極了，所經過的地方，景色之雄奇，絕不是我所能形容，那一段旅程，簡直就像神仙過的日子一樣！」

我對葉家祺的話，並沒有什麼特別反應，這一段路，全是最崎嶇，最難行的山路，以及人跡不到的蠻荒之地，旅程絕不可能愉快，他當然是過甚其詞。

葉家祺繼續道：「我們一直止於普洱以南約八十里的一個苗寨之中，那地方，是崇山峻嶺中的一個小山谷。」

葉家祺說：「在瀾滄江邊，有一條巴景河注入江中，那河的河水，當真是美妙之極了，瀾滄江的江水是何等湍急，可是那河的河水，卻平靜得像鏡子，清澈得像水晶！」

自他的臉上，現出了十分嚮往的神色來。

「我們用兩顆金珠子，向一個苗人買了他搭在河邊的一幢竹屋子，那種屋子有趣極了。屋頂全是芭蕉葉蓋成的，雨灑在上面，發出美妙的聲響，我們本來帶著最現代化的篷帳，但是在那地方，苗人搭的屋子，不知曾用過什麼方法，毒蛇和毒蟲爬不進去。」

「本來我們是計劃住一個月的，但是，一件突然的事，卻打亂了我的計劃。」

葉家祺講到這裏，停了下來。

他不但停了口，而且，也將車子停了下來。

那時候，主要的遠程交通工具是火車，極少人用汽車來往上海和蘇州之間的，是以，當汽車一停下來之後，我們都覺得四周圍靜到了極點。

葉家祺伸手按在額上：「我也不知道那是不是夢……那當然不是夢。那一天晚上，我在河上蕩著小舟，只是我一個人，其餘三人都忙著在整理我們已然搜集到的標本。

「突然間，在河的上游，我聽到了一陣嘻笑聲，那陣嘻笑聲，在寂靜的黑夜中，傳入我的耳內，令我覺得十分好奇，於是我逆水划船而上，過了半小時，我看到河中有許多火把，而那些火把，全是自一艘樣子很奇特的船上發出來的。

「那其實不是一隻船，而是十幾艘獨木舟頭尾串在一起，我看到有許多人在船上嬉戲著，我是帶著望遠鏡出來的，我一手打著槳，令船在水面上團團地轉著，一手持著望遠鏡，有男有女，他們的打扮，十分奇特，和我一路前來見到的苗民不同。

「我自然知道，中國滇、黔、湘、桂四省的苗民，真要分起不同種族來，不下數百種之多，苗民只不過是一個統稱而已。我由於好奇，一直在向前看著，卻不料在我看得出神之際，就在我的小船之旁，發出了一陣水響，我覺得小船側了一側，有水濺到我的身上。

「這令我嚇了一跳，我連忙放下望遠鏡，可是當我低頭一看間，我不禁呆住了。

「一個女孩雙手攀住了船舷，正仰頭望著我，她的臉上、頭髮上全是水珠，在月色之下，那些水珠，就像是珍珠一樣，一顆一顆地自她的臉上滑下去，我從來也未曾見過那麼美麗的少女，直到現在爲止，我還不知道怎樣來形容她才好。」

葉家祺輕輕地喘著氣，我仍然不出聲，怔怔地望著他。

葉家祺又沈默了半晌，才道：「她望著我，我望著她，她從水中跳了起來，跳到了我的船上，她身上幾乎是全裸的，我的心跳得劇烈極了，她這樣美麗，而且還是裸的，我不知怎麼才好，船在順流淌了下來，她卻毫不在乎，向我的望遠鏡指了指。

「她一定是從那一串獨木舟上游下來的，她大約在水面上看到我用望遠鏡望前面很久了，是以她才會對望遠鏡感到好奇。

「我連忙將望遠鏡遞給她，她將之湊在眼前一看，她只看了一看，就嚇了一跳，手一鬆，望遠鏡跌到了水中，我連忙伸手去撈，已經來不及了。」

葉家祺繼續說下去：「那女孩子也吃驚了，她身子一聳，立時跳了下去，我知道河水十分深，要找回望遠鏡，自然是不可能。

「是以，當她潛下去又浮起來的時候，我對她大聲叫道：不必找了，你不要冒險。她雖然不懂我的話，而我的叫聲，卻引起了上游獨木舟上的人的注意，獨木舟於是順流放了下來。

「那些人見了我，都好奇地交頭接耳，那女郎不久又浮了上來，大聲講了幾句，那些人一齊都跳到了水中，我明知他們白辛苦，可是和他們語言不通，卻也沒有辦法可想。

「那些人一齊潛水，足足找了一個小時，當然找不到我的望遠鏡，這時又有一艘獨木舟順流而下，獨木舟上是一個年輕人，那些人見到了他，又紛紛地叫了起來，她愁眉苦臉，對那年輕人不斷講著什麼。

「那年輕人的面色，變得十分凝重，他划著船，來到了我的船邊，道：『先生，芭珠說，她失去了你的寶物，你的寶物，可以使人由這裏，一下子飛到那裏去的。』我聽了之後，幾乎笑了出來。

「望遠鏡使被看到的東西移近，但是芭珠——那當然是女郎的名字——卻以爲是她的人，一下子到了遠處，還以爲我的望遠鏡是寶物，那年輕人既然會講漢語，我自然可以和他交談，我道：『那不是什麼寶物，只不過是一具望遠鏡，不見了就算了，不必再找了。』那年輕人似乎有點不信我的話。

「他側著頭，小心聽著我所講的每一個字，直到我講了第二遍，他才大喜過望地點著頭，又向那少女講了幾句話，那少女臉上的愁容消失了，顯然是那年輕人轉達了我的話，我第一次看到一個少女笑起來有那樣的美麗，我實在難以形容。」

葉家祺講到這裏，又停了半晌。

我只是呆呆地聽著，連身歷其境的葉家祺，這時追憶起來，都有著如夢似幻的感覺，我是聽他講的人，當然更有那種感覺。

一直等到他略停了一停，我才吸了一口氣，道：「那年輕人——」

「那年輕人，就是你剛才在旅店中見到的那個，他叫猛哥，是芭珠的弟弟，那老頭子的兒子。」葉家祺在講到「那老頭子」四字之際，他的身子又發起抖來，而他的雙手，也緊緊地掩著他的臉。

我為了使他的神經鬆弛些，也為了調和一下當時車廂中那種令人不舒服的氣氛，我笑了起來：「那不錯啊，漢家少年，遇上了苗家少女，她那銷魂蝕魄的一笑，大概表示她對你有了情意——」

我才講到了這裏，葉家祺突然放下了掩住臉的雙手，向我大聲喝道：「住口！」

他這一聲呼喝，是如此之粗魯，以致他的唾沫，都噴到了我的臉上。

這不禁使我大是愕然，我並不是一個好開玩笑的人，然而我和葉家祺如此之熟，他何以對我的話，反應得如此之憤怒？

我可是講錯了什麼？

從他的神態來看，我的話，一定觸到了他心靈之中最不願被人觸及的創傷。但事實上，根據他的敘述，他和芭珠之間，必然是有了深情的，而且，發展下去，事情似乎也不會不愉快。

在那一剎間，我還以為葉家祺的「病」，又要發作了，我驚愕地瞪著他，他喘著氣，足足過了一分鐘之久，他才道：「對不起，真對不起。」

我毫不在乎地說：「不要緊，你心境不好，不時發脾氣，不對我發又去對誰發？」

只有真正的好友之間，才能講這樣的話，是以葉家祺聽了，握住了我的手好半晌，才道：「當時，我完全被芭珠的笑容迷住，我和你的想法一樣，這樣的事，在小說中，在電影中，看到太多了，令得我那時的心中，起了一種十分甜蜜的幻想，我看到芭珠一面望著我，一面又對猛哥說了些話。

「然後，猛哥告訴我，他們這一族人，是附近數百里所有苗人之中，最權威的一族，叫著『阿克猛族』，只有幾百人——」

葉家祺講到這裏，又頓了一頓。然後他嘆了一聲，道：「那時候，我不知道『阿克猛』在他們這一族的語言中的意思就是『蠱』，如果知道，我或許不會去了。但……那也難說得很，因為我對於『蠱』的觀念，也模糊得很，我根本不知道苗人之中，有一族叫作『蠱族』的，而且，芭珠的笑容——」

葉家祺又苦笑了一下，才又道：「猛哥說，他們那一族，多少年來，居住的地方是絕不准外人進去的，只有五年前，有一個金頭髮，綠眼睛，全身都有著金色的細毛，鼻子又高又勾，皮膚白得出奇的『怪人』，因為曾救了他們族中的一個人，所以曾進入過他們居住的所在，而那『怪人』立即迷戀住了他們居住的地方，所以一直住了下來。

「如今，由於我的大方和慷慨，我可以作爲第二個例外，到他們居住的地方去。

「我當時聽了猛哥的話之後，幾乎沒有考慮，你知道，我天性好奇，聽猛哥將他們所住的地方，形容得如此神秘，而且居然還有一個『綠眼睛生金毛』的『怪人』，那我更是要去看一看。而且，芭珠正笑殷殷地望著我，她毫無疑問對我有著十分的好感，也毫無疑問，她是希望我答應的。」

他又嘆了一聲，才道：「我，立即就答應了他。」

當他在講出這句話的時候，像是在痛悔自己做了一件極端錯誤的事一樣。

然而我卻不明白他有什麼錯，因爲如果換了我，我也一定答應去的，苗人居住的區域，本來就是桃花源式的神秘之極的地方，何況這一族的苗人，更比別族苗人神秘，怎能不去看個究竟？

停了好一會兒，葉家祺才又道：「於是，猛哥扶住了我跳上了他的獨木舟，向前划去，芭珠的獨木舟緊靠著我們的獨木舟，我無法和她交談，只好和她相視而笑。

「獨木舟逆流而上，他們划船的技巧十分高，是以船的去勢很快，不一會兒，船便已到了河邊的懸崖上，那貼近河邊的懸崖，有著許多山洞，所有的人，都在高聲唱著十分優美的山歌。但是在突然之間，歌聲停止了！

「我這才發現，我們已到了一個十分狹窄的山縫前。那山縫十分狹窄，恰好只可以供一艘獨木舟通過。而且，河水顯然是注入那山縫中的，是以在山縫口子上，形成了一股急流。

「那股急流產生極大的力量，使獨木舟一旦擺橫，對準了山縫之後，便會被急流的力道，帶著向山縫中直淌了進去。

「山縫之中一片漆黑，那是一段十分長而曲折的道路，所有的人都不出聲，除了水聲以外，沒有第二種聲音，而且，獨木舟是不必划的，完全是順水在淌著。

「約莫過了二十分鐘，眼前突然一片清明，我們已從山縫之中出來了。

「而當我看清楚了眼前的情景時，我實在呆住了，我實在不相信世上有那麼美麗的所在！

「獨木舟自山縫中淌了出來之後，緩緩地駛進了一個很大的湖中，月光照在平靜的湖水上，使我覺得沈浸在一片銀光之中。

「在那美麗的湖旁，我看到許多屋，房屋的樣子，也是特別的，有著很技巧，很尖的頂，和很高的架子，房屋架在空中。每一幢房子都有一架長梯通向屋子。

「有皮鼓的砰砰聲傳來，一定是代表某種語言，接著，無數火把出現了，數十艘獨木舟，從湖的對岸迎了過來。

「那幾十艘船，全對我表示歡迎，事後才知道，阿克猛族的苗人，對於私有觀點，極之尊重，尊重到了超過我們想像的程度。像在河上發生的事情那樣，我可以堅稱那望遠鏡是寶物，而芭珠失去了我的寶物，我不但可以索取極高的賠償，而且也可以要求芭珠作為我的奴隸，而她不得拒絕。

「但是，我卻大方地不計較，而芭珠又是他們族中，地位最高的一個人的女兒，那麼我受到盛大歡迎，自然順理成章。

「我被擁上岸，在那裏，我首先見到了那個『金毛怪人』，他使我笑得打跌。

「做夢也想不到，猛哥口中的那個『金毛怪人』，絕不是什麼史前的怪物，而是一個文明人，他就是前五六年，忽然在內地失蹤的瑞典著名的生物學家，國際上細菌學的權威平納教授，大學課本，有好幾種就是平納所著的！

「但是說猛哥形容錯了，那也不公平，他只不過將一件人所皆知的事情，再形容得十分詳細而已。這位著名的教授，的確是一頭金髮和碧眼，而且，他的金色汗毛，即使在月光之下，也閃著異樣的光芒，他鼻子高，皮膚白，一言以蔽之，他是一個典型的北歐人。一個只曾在苗區中生活的年輕人，不將一個北歐人當作是吃人的怪物，那已很不容易了。

「平納教授一見到了我，顯出異常的高興，在我的肩頭上大力地拍著，他的英語帶著極濃的北歐口音，他不斷在和我說著話，可是，他只不過和我交談了幾分鐘，便被打斷了。

「二十多個年輕男女，將我擁到一幢最大的屋子之前，我不明白他們是什麼意思，猛哥在人叢中擠了出來，在我的耳邊道：『你應該去見我的父親。』這是一個合情合理的要求，因爲看來，猛哥和芭珠的父親，正是這個族的族長。

「我點了點頭，猛哥補充道：『你必須一個人進去，這是特殊的榮耀。』我笑了一下，向前走去，來到了那幢屋子的門前，那扇門是用極細的一種草編成的，十分緊密，當我的手向那扇門推去時，我突然聽得平納教授在大聲道：『看天的份上，別進去！』」

葉家祺講到了這裏，又停了下來。

他將他自己的頭，深深地埋在雙手之中，我明知他大約又有了什麼痛苦的追憶，是以也不去催他。

葉家祺在那個神秘的地方，接下來又發生了一些什麼事，實在是我所無法想像的，所以我也沒有法子問他什麼。

過了好一會兒，才聽他又道：「我當時呆了一呆，不知道平納教授這樣高叫是什麼意思，我回頭看去，可是圍在我身後的人，已開始唱歌和跳舞，我看不到平納，也沒有再聽到他說什麼——唉，那時，我若是聽他的話，別推開那扇門就好了。」

然後，他才又嘆了一聲：「但當時我完全被這種新奇的環境所迷惑了，我也根本未曾去細想一下平納教授的高呼，我伸手推開了門，走了進去。

「別看那扇門只是草編成的，但由於它十分堅厚，是以有極佳的隔音效果。是以當我一推門走了進去，順手將門關上之後，便什麼都聽不到了。

「屋中的光線十分黑暗，在我剛一將門關上之際，幾乎什麼都看不到，為了怕有失禮儀，是以在未曾看清眼前的物事前，我只是站著不動。

「在我站立不動之際，我首先聞到一種異樣的氣味，我很難說出這是一種什麼氣味，那是好幾種氣味的混合，有的香、有的腥，這種氣味，使我覺得身在異域，我是處在一個我無法瞭解的神秘環境之中！

「不消多久，我的視力便適應黑暗的環境，我看到，在屋中央，一個老者，席地而坐。

「我想那老者一定就是猛哥和芭珠的父親了，我正在想著如何向他行禮才比較得體，卻突然看到，有一串，足有六七隻，三寸來長，赤紅色的毒蠍子，正在那老者赤裸的上身之上爬著！

「那六七隻毒蠍子的尾鉤高高地翹著，我是學生物的，自然知道，這種劇毒的毒物，只要它的尾鉤向下一沈，鉤進了人體之中，那麼，再強壯的人，也會在半分鐘內斃命！

「當時我簡直嚇得呆了，一句話也說不出來。也就在這時，我覺得的我手背上發癢，我連忙揚起手來一看，唉，我實在難以形容我心中的恐怖，不知什麼時候，在我的手背上，爬上一隻長滿了紫黑色長毛的黑蜘蛛，我只看一眼，便立即可以斷定這種蜘蛛是世界上最毒的毒蜘蛛之一，雖然我到這一帶來的目的，有一大半是想找到一隻這樣的蜘蛛做標本，但是當這樣的蜘蛛出現在手背上，那無論如何，是一件極不愉快的事。

「我僵立著，身子在發抖，那老者則微笑，欠了欠身，用一隻鳥羽做成的掃帚，在我的手背上掃了一掃，把那隻蜘蛛掃了下地，那隻蜘蛛，迅速地向他爬去，爬上了他的膝，爬上了他的身子，我清清楚楚地看到，那蜘蛛爬到了他的脅下，就伏了下來不動，像是回到了它自己的窩中一樣！

「我感到一陣昏眩，在那樣的情形下，我也不顧禮儀了，我連忙拉開門，我幾乎是跌下梯子去的。當我到了下面時，猛哥連忙問我，道：『我爹對你做了些什麼？』我急促喘了口氣，道：『他……他似乎將一隻蜘蛛，放在我的手背之上！』

「我不知我這樣說法對不對，因爲事實上，我只看到那蜘蛛爬回他的身上去，而沒有看到那蜘蛛自他身上爬出來。

「可是，猛哥一聽我那樣講，卻立時歡呼起來，我也不知他叫了一句什麼，所有的人都呼叫了起來，歡聲雷動，芭珠也在這時，被人推了出來，她顯然刻意地打扮過，她的頭上，潑滿了一種發出異樣的香味的白色的小花，令得看來更像仙女，她被推到我的身邊，猛哥向我高叫道：『你已被認爲是我們族中的一員，爹已准了你和芭珠的婚事！』

「直到此際，我才陡地一驚，我和芭珠的婚事？我並未向芭珠求過婚，如果我這樣，那不是太兒戲了麼？我想要分辯幾句，可是那晚，月色是那樣皎潔，芭珠是如此美麗，族人的歌舞，又是如此狂熱，我實在無法抗拒那麼多的誘惑，所以，在我呆了一呆之後並不分辯，立時抱住了芭珠。

「一批一批的人，灌我飲一種十分甜冽的酒，那是瘋狂的時刻，我在飲了酒之後，和芭珠遠遠地奔了開去，在那時，根本沒有想到和芭珠成婚，我只感到，這是我的一段艷遇，芭珠固然美麗，但是娶她爲妻，還未免不可想像，當她躺在我臂彎中時，我已經在想，當我回到上海，向人講起這段艷遇時，會引起多少人的欣羨！」

葉家祺又停了下來，向我苦笑了一下：「如果我真的不能救了，那是報應，薄倖兒不是總有報應的麼？可是……可是我從頭至尾，根本沒有愛過她，我根本不愛她。」

我想責備葉家祺幾句，責備他既然根本不愛芭珠，爲什麼當時不立即拒絕。

但是我卻沒有出聲，因爲我瞭解葉家祺的心情，在他的敘述中，我已經完全可以明白當時的情形了，有哪一個年輕人可以抵抗半裸的苗女的誘惑呢？而且，正如葉家祺所說，他以爲那是艷遇，以爲那是隨時可以離開的，而且不必負責的事！

葉家祺用力地搖著頭，又道：「這樣，過了七天，我想起了平納教授，我想見他，可是他卻不知道到什麼地方去了。我想起了我的標本採集隊，於是我告訴猛哥和芭珠，我要離去。

「但是，當我這樣告訴他們之際，他們卻只是用搖頭來回答我，這使我十分惱怒，我終於不告而別，從另一道石縫的急流中淌了出去。

「我剛一出了那山縫口，重又來到河面上之際，猛哥追上了我，他要我立時回去，我當然不肯，他最後才道：『你要走也沒有法子，但是我不妨告訴你，我們的族人，最精於下蠱，我的父親，我、芭珠，都是此道的高手。你絕不能離開超過一年，而且，你和芭珠已經結了婚的，你不能再結婚！』當時，我只將他的話，當作是無聊的恫嚇！

「我當然不作理會並告訴他，我是一個文明社會的人，他們要我在他們這種未開化的地區過日子，那是不可能的事！

「猛哥卻不顧我說什麼，只自顧自道：『芭珠准你離開一年，一年之內，你一定要回來，如果你不回來的話，你一定會瘋狂，你的瘋狂是逐步來的，在大半年之後，是每隔十來天一次，以後就越來越密，直到完全瘋狂為止。但是，如果你竟然和別人結婚的話，那麼，你必然在結婚的第二天早上慘死！』猛哥講得十分認真，像是他的話是一定會實現的一樣。

「當時，為了怕他們大隊人追上來，強將我攔了回去，所以我只敷衍著，告訴他，我先回家去安排一下，或者我會回來久居。

「當夜，我回到了營地，立即逼著土人嚮導連夜起程，不幾天，我們已遠離了那個苗區，人家問我那幾天在什麼地方，我也只說是迷了路，我沒有對任何人提起過那一段經過，我自己也將之淡忘了，可是，可是……」

葉家祺講到這裏，便難以講下去。

可是他不必講下去，我也可以想到他所要講的是什麼了，他在離開的時候，根本沒有將猛哥的話放在心上，可是到了如今，猛哥的話，已然漸漸成為事實了！

我聽了他的敘述之後，心中的駭然，難以形容，因爲他所講的一切，實在太不可思議了。天下真的有「蠱術」麼？真的有一些人，精於「蠱術」，可以使人在不順他們的意思之際，令得中了「蠱」的人瘋狂或死亡麼？

如果真的有，那麼「蠱術」究竟是什麼？是一種什麼力量？

從眼前葉家祺的情形來看，他已中了蠱，漸漸地變爲瘋狂，但是真的是如此麼？

我的腦中，亂成了一片，我呆了半晌，才道：「家祺，你好好地休息一下，換我開車，到了上海之後我們好好地找精神病專家來研究一下。」

葉家祺苦笑了一下：「直到如今，我還是不相信猛哥的鬼話的，我一切全正常，世上也不會有那種神秘的力量的。」

第五部：美女芭珠

我和他換了一個位子，由我來開車，我又問道：「那麼，猛哥和他的父親，找到你之後，又和你講了些什麼？」

「他們和我的交涉，我想你已全都聽到，他們要我跟他們回去，並且一再說，如果我結婚的話，一定性命難保，他們也不想我死，可是那是芭珠下的蠱，他們也沒有法子解。」

我道：「這樣說來，事情越來越奇了，我根本不信有這種事，我也很高興你不信，家祺！」

葉家祺欣然：「我們畢竟是好朋友！」我早已說過，我那時，很年輕很年輕，葉家祺也一樣。在我們年輕的想法中，有一個十分幼稚的概念，那便是認爲人類的科學，已可以解釋一切現象！

如果有什麼事，是科學所不能解釋的，那他們就認爲這件事是不科學的，是違反科學的，是不能存在的，是虛假的。

直到以後，經歷了許多事之後，我才知道，有些事是科學所不能解釋的時候，那些是因爲人類的知識，實在還是太貧乏了，科學還是太落後了的緣故。

只是可惜得很，當我知道了這一點之後，已然是很久很久以後的事情，久到了我連後悔的感覺，也遲鈍了。

在天濛濛亮的時候，我們到了上海。

我將車直駛進虹橋療養院，替葉家祺找了一個頭等病房，當天中午，名醫畢集，對葉家祺進行會診。會診一直到旁晚時分才結束。

在會診結束之後，一個德國名醫拍著我的肩頭，笑道：「你的朋友極其健康，在今天替他檢查的所有醫生全都死去之後，他一定還活著！」

聽了這樣的話，我自然很高興，可是我的心中，卻仍然有著疑問。

我道：「可是，大夫，我曾親眼看到他發狂的，他本來是一個十分文弱的人，但是在發狂的時候，氣力卻大得異乎尋常，而且，他自己對自己的行為，也到了絕不能負責的地步。」

那專家攤了攤手：「不可能的——照我們檢查的結果來說，那是不可能的。」

我苦笑了一下：「大夫，那麼總不是我和你在開玩笑吧？」

專家又沈吟了一會兒，才道：「那麼，唯一的可能，便是他在發瘋之前，曾受催眠，催眠者利用他心中對某一事情的恐懼，而造成他暫時的神經活動不受大腦中樞控制，這是唯一的可能了。」

專家的話，令得我的心中，陡地一亮！

在葉家祺的敘述中，我聽出他對於猛哥的話，雖說不信，但恐懼卻是難免，一定是他心中先有了恐懼，而且猛哥和他的父親，又做了一些什麼手腳，是以葉家祺才會間歇地神經失常。

這使我十分憤怒，我認爲這些苗人，實在是太可惡了，我走進了病房，將會診的結果，和那位德國專家的見解，講給葉家祺聽。

最後，我道：「家祺，我們快趕回蘇州去，將那兩個傢伙，好好教訓一頓。」

葉家祺在聽了我的話之後，精神也十分之輕鬆，他興奮地道：「這位德國精神病專家說得對，我雖不信猛哥的話，可是他的話，卻使我心中時時感到害怕！」

我道：「這就是了，這兩個苗人，我要他們坐幾年牢，再回雲南去！」

我們有說有笑地，在當天就離開了療養院，當天晚上，回到了蘇州，直衝到那家小旅店之中。

可是，到了旅店中一問，今天一早，猛哥和他的父親，已經走了，是夥計送他們上火車南下的。

我一算，他們走了一天，如果我們用飛機追下去的話，那是可以追到他們的，而以葉家的財勢而論，要包一架小飛機，那是輕而易舉之事。

我立時提出了我的意見，可是葉家祺卻猶豫了一下：「這未免小題大做了吧？」

我忙道：「不，只有捉到了他們兩人之後，你心頭的陰影才會去淨！」

葉家祺笑道：「自從聽了那德國醫生的分析之後，我早已沒有什麼心頭的陰影了，你看，我和以前有什麼不同？何必再爲那兩個苗人大費手腳？」

我雙手按住了他的肩，仔細地看了他好一會兒，感到他實在已沒有事了，是以我們一齊大笑了起來。

等到我們一起走進葉家大宅，我和葉家祺一起見到葉老太太時，葉老太太也感到葉家祺和時時發病時不同，她一面向我千恩萬謝，一面又派人去燒香還願。

而接下來的幾日中，我雖然是客人，但是由於我和葉家祺非同尋常的關係，有許多事，下人都走來問我，求我決定，我也儼然以主人的身份，忙著一切。

這場婚禮的鋪排、繁華，實在難以形容，而各種各樣的瑣事之多，也忙得人昏頭轉向，葉家祺一直和常人無異。

葉家的空房子住滿了親戚朋友，我和葉家祺一直住在一間房中。

到了婚禮進行的前一晚，我們直到午夜才睡。

睡了下來之後，我已很疲倦，幾乎立時就要睡著了，可是葉家祺卻突然道：「如果芭珠真下了蠱，後天早上，我就要死了！」

我陡地一呆，睡意去了一半，我不以爲然地道：「家祺，還說這些幹什麼？」

葉家祺以手做枕地躺著，也聽出我的聲音十分緊張，他不禁哈哈笑了起來：「看你，像是比我還緊張，現在我心頭早已沒有絲毫恐懼了！」

我也不禁為我的緊張而感到好笑：「快睡吧，明天人家鬧新房不知要鬧到什麼時候，你還不養足精神來對付？？」

葉家祺笑了起來，他笑得十分輕鬆，也十分快樂，這是一個新郎應有的心情，尤其他的新娘，是他自己一直十分喜歡的，想起以後，新婚燕爾的旖旎風光，他自然覺得輕鬆快樂了。

他躺了下去，不久便睡著了。

第二天，更是忙得可以，各種各樣的人，潮水一樣地湧了進來。

葉家的大宅，已經夠大了，大到我和葉家祺這兩個天不怕地不怕的小子，在夜晚也不敢亂走，但這時，只見到處是人。

大廳上，通道上，花園的亭子上，所有的地方，可以擺筵的，全都大擺筵席，重要的人物，自然全被安排在大廳之上，有人來就鬧席，穿著整齊號衣的傭人，穿梭在賓客中來往著。

下午吉時，新娘的汽車一到，更是到了婚禮的最高潮，我陪著新郎走了出來，陪著新娘下車的美人兒，一共有三個人之多，她們是新娘的什麼人，我也弄不清楚，只覺得她們全都明艷照人。

婚禮半新不舊，叩頭一律取消，代之以鞠躬，但是一個下午下來，只是鞠躬，也夠新郎和新娘受的了。

到了晚上，燈火通明，人聲喧嘩，吹打之聲，不絕於耳，我幾乎頭都要漲裂了，終於抽了個空，一直來到後花園，大仙祠附近的一株古樹之旁，倚著樹坐了下來。

全宅都是人，只有大仙祠旁邊，十分冷清，我也可以鬆一口氣。

那地方不但十分靜，而且還很黑暗，所謂大仙祠，就是祭狐仙的，那也只不過是小小的一間，可以容兩三個人進去叩頭而已，祠門鎖著，看來十分神秘。

我坐了下來不久，正想趁機打一個瞌睡，因爲我知道天色一黑，當那些客人酒足飯飽之後，就會向新娘、新郎「進攻」，而我是早已講好，要盡力「保駕」的。

我閉上了眼，在朦朦朧朧，正要睡去之際，忽然聽得有腳步聲傳了過來，我立時睜大了眼睛，只見黑暗中，有一個女子，慢慢向前走來。

我吃了一驚，可笑的是，我的第一個反應，竟認爲那是狐仙顯聖來了，因爲狐仙多是幻成女子顯聖的。

但是，等到那女子來到了我面前之際，我自己也覺得好笑，那是葉家敏，而她顯然也不知道我在這裏，只是自顧自地向前走來。

我心想，如果這時，我一出聲，那定然會將葉家敏嚇上一大跳的，是以我沒有出聲。

我貼著樹幹而坐，而且，樹下枝葉掩遮，連星月微光也遮去，更是黑暗，葉家敏就在我的身前經過，也沒有看到我。

我一見她時不出聲，是怕她吃驚，但是等到她在我的身前走了過去之後，我卻生出了極大的好奇心。

我心想：她家正逢著那麼大的喜事，她不去湊熱鬧，卻偷偷地走來這裏做什麼？

我又想到，我第一天才到的時候，葉家敏曾約我到西園去和她見面，結果她被四阿姨追了回去，我並沒有見著她。而事後，我好幾次向她詢問，她約我到西園去是爲了什麼，但是她卻支吾其詞，並沒有回答我。

少女的心思，本就是最善變的，是以我也沒有放在心上。但這時，我卻覺得她的態度十分可疑。

我隨著她的去向，看她究竟來做什麼。

只見她來到了大仙祠的外面，便停了下來，也不推門進去，卻撲在門上，哭了起來。

這更令我吃驚了，今天是她哥哥的結婚日子，她何以到那麼冷僻的角落，哭了起來？

她一直哭著，足足哭了十分鐘，我的睡意，已全給她哭走了，才聽得她漸漸止住了哭聲，卻抽噎著自言自語道：「爲什麼要這樣？爲什麼要這樣？」

我實在忍不住了，站了起來：「家敏，你在做什麼啊？」

我突然站起，和突然出聲，顯然使葉家敏蒙受極大的驚嚇，她的身子陡地向後一撞，撞開了大仙祠的門，跌了進去。

我連忙趕了過去，大仙祠是點著長明燈的，在幽暗的燈火照耀之下，我看到葉家敏滿面淚痕，神色蒼白地跌倒在地上。

我連忙將她扶了起來，抱歉地道：「家敏，我嚇著你了，是不？」

葉家敏看到是我，又「哇」地一聲，哭了起來。我忙道：「你已經長大了，怎麼還動不動就哭？」

葉家敏始起頭來，道：「衛家阿哥，大哥……大哥他……就要死了，所以我心中難過。」

我連忙道：「別胡說，今天是他的好日子，你這話給四阿姨聽到了，她要不准你見人了！」

葉家敏抹著眼淚，她十分認真地道：「是真的，衛家阿哥，那是真的，大哥的事，我早已知道了，在你剛到的那一天，我就想告訴你了，你們以爲他已經好了，但是我卻知道他是逃不過去的。」

我聽得又是吃驚，又是好笑：「你怎知道？你知道些什麼？」

葉家敏正色道：「我知道，因爲我見到了芭珠。」

一聽到了芭珠這兩個字，我不覺整個人都跳了起來。那証明她真的是什麼都知道了，不然，她何以講得出「芭珠」的名字來？

而也知道了一切，當然也是芭珠告訴她的。

我立即又想到，芭珠只是一個苗女，沒有什麼法律觀念，她會不會在葉家祺的婚禮之夜，前來生事，甚至謀殺葉家祺呢？

我一想及此，更覺得事情非同小可，不禁機伶伶地打了一個寒戰，忙道：「家敏，你是在哪裡見到她的？告訴我，快告訴我！」

葉家敏道：「早一個月，我上學時遇到一個十分美麗的女郎，那女郎就是芭珠，她將一切全告訴了我，她在結識了大哥之後才學漢語，現在講得十分好，她說，大哥若和別的女子結婚，一定會在第二天早上，死於非命的。」

我沈聲道：「你相信麼？」

葉家敏毫不猶豫道：「我相信。」

我又道：「爲什麼你相信？」

葉家敏呆了一呆：「我也說不上爲什麼來，或許是芭珠講話的那種神情，我相信她說的每一句全是真話，她要我勸大哥，但是我向大哥一開口，就被大哥擋了回去。她又說，她的父親和哥哥也來了，可是自然也勸不動大哥，衛家阿哥，你爲什麼也不勸勸他？」

我搖頭道：「家敏，你告訴我，她在哪裡？世上不會有法術可以使人在預言下死去，除非她準備殺害那被她預言要死的人。」

葉家敏吃驚地望著我，道：「你這話是什麼意思？」

我道：「那還用說麼？如果你大哥會死，那麼她一定就是兇手，快告訴我，她在哪裡？」

葉家敏呆了半晌：「她住在閶門外，我們家的馬房中，是我帶她去的，馬房的旁邊，有一列早已沒有人住的房子——」

我不等她講完，便道：「我知道了，你快回去，切不可露出驚惶之色，我去找她！」

葉家敏望著我：「你去找她，那有什麼用？」

我立時道：「至少，我可以不讓她胡來，不讓她生事！」

葉家敏低下頭去：「可是她說，她不必生事，早在大哥離開她的時候，她已經下了蠱，大哥一定逃不過她的掌握。」

我笑了起來，可是我卻發現我的笑聲，十分勉強。然而我還是道：「你別阻止我，也別將我去找她的事講給人家聽，我相信只要我去找她，那一定可以使你大哥大事化小，小事化無。」

葉家敏幽幽地嘆了一口氣，點了點頭。

我和她一起向外走去，到了有人的地方，就分了手，我又叮囑了她幾句，然後，我來到廚房中。這時，最忙碌的人就是廚子了。

廚房中人川流往來，我擠了進去，也沒有人注意，我穿過了廚房，從後面的小門走了出去，出了門之後不久，我就到了街上，攔了一輛馬車，直向閶門外的葉家馬房而去，那輛馬車的馬夫，聽說我要到葉家馬房去，面上現出十分驚恐的神色來。

我知道他所以驚恐的理由，是因為那一帶，實在太荒涼了。

所以我道：「你什麼時候不敢向前去，只管停車，不要緊的。」

車夫大喜，趕著車，一直向閶門而去，出了城門不久，他就停了下來，我只得步行前去，越向前去，越是荒涼，當我終於來到了那一列鄰近葉家的屋子之際，天色似乎格外來得黑。

所以，當我向前望去的時候，我只看到黑壓壓的一排房屋，一點亮光也沒有，陰森得連我心頭，也不禁生出了一股寒意來。

我漸漸地接近那一排屋子，我不知道芭珠在其中的哪一間，我想了一想，便叫道：「芭珠！芭珠！」

我叫了好幾聲，可是當我的聲音靜了下來之後，四周圍實在靜得出奇，我心中的寒意，也越來越甚，我大聲咳嗽了幾聲，壯了壯膽，又道：「芭珠？你在麼？是家敏叫我來的。」

果然，我那句話才一出口，便聽得身後，突然傳來了一個幽幽的聲音，道：「你是誰？」

那聲音突如其來地自我身後傳來，實是令我嚇了老大一跳，我連忙轉過身來。

恰好在這時，烏雲移動，月光露了出來，我看了芭珠，看到了在月光下的芭珠。

當時，我實在無法知道我呆了多久，我是真正地呆住了，從看到她之後，一直到現在，我還未曾看到過比她更美的女子。

她的美麗，是別具一格的，她顯然穿著葉家敏的衣服，她的臉色十分蒼白，看來像是一塊白玉，她的臉型，如同夢境一樣，使人看了之後，彷彿自己置身在夢幻之中，而可以將自己心頭所蘊藏著的一切秘密，一切感情，向她傾吐。

如果說我一見到了她，便對她生出了一股強烈的愛意，那也絕不爲過。而且，我心中也不住地在罵著葉家祺，葉家祺是一個什麼樣的傻瓜！

也就在這一刻起，我才知道我和葉家祺雖然如此投機，但是我們卻有著根本上的不同。他可以忍心離開像芭珠那樣的女郎，我自信爲了芭珠，可以犧牲一切——如果芭珠對我的感情，如她對待葉家祺一樣的話。

過了好久好久，我才用幾乎自己也聽不到的聲音道：「你，芭珠？」

我從來也不是講話這樣細聲細氣的人，但是這時，似乎有一種十分神奇的力量，使我不能大聲講話。

她也開了口，她的聲音，美妙得使人難以形容，她道：「我，芭珠。」

我幾乎忘了我來見她是爲什麼的了，我本以爲她可能是兇手，所以才趕來阻止她行兇的，但事實上，她卻是這樣仙子似的一個人！

我又道：「我是葉家祺的好朋友。」

一聽到葉家祺的名字，她的眼睛中，立時現出了一種異樣的光彩來。

我不能斷定她眼中的那種光彩，是由於她高興，還是因爲傷心而出現的淚光。

我忙又道：「芭珠，別傷心。」

我也不知道我何以忽然會講出這樣一句話來的，而那時，我實在變得十分笨拙，連講出話來，也變得莫名其妙。

經我一說，芭珠的淚珠，大顆大顆地湧了出來，我更顯得手足無措，我想叫她不要哭，可是我卻知道她爲什麼要哭，是以我的舌頭像是打了結，張大了口，卻是一句話也說不出。她顯然不想在一個陌生人的面前哭泣，是以她急急地抹著眼淚，可是她雖然不斷地抹著，淚水卻還是一樣地湧了出來。

這時候，我又說了一句氣得連我自己在一講出口之後想打自己耳光的傻話，我竟道：「你別抹眼淚，我……我喜歡看你流淚。」

可是，竟想不到的是，我的這句話，使得她奇怪地望著我，她的淚水漸漸止住了。

我大大地鬆了一口氣，她又問道：「你……家敏叫你來找我做什麼？」

她雲南口音的漢語，說來還十分生硬，但是在我聽了之後，只是攤了攤手，竟只是滑稽地笑了一下，事後我想起來，幸而芭珠沒有看過馬戲，不然，她一定會以爲我是一個小丑。

她嘆了一口氣，低下頭去：「是不是家敏怕我一個人冷清，叫你來陪我的？」

叫一個陌生男人去陪一個從未見過面的女子，這種事情自然情理所無。但這時芭珠已替我找到了我來看她的理由，我自然求之不得，大點其頭。芭珠又呆了半晌，才慢慢地向外走開了兩步，幽幽地道：「他……他的新娘美麗麼？」

我道：「新娘很美，可是比起你來，你卻是……你卻是……」

我不是第一次面對一個美麗的女子，而我以往，在面對著一個美麗的女子之際，我總可以找到適當的形容詞來稱讚對方的美麗。

但是這時，我卻想不出適當的形容詞，我腦中湧上來的那一堆詞句，什麼「天上的仙女」啊，「純潔的百合花」啊，全都成了廢物，仙女和百合花比得上芭珠麼？不能，一千個不能！

她等了我好一會兒，見我講不出來，便接了上去：「可是我卻被他忘了，可憐的新娘，我……不是有心要害她，而且，她有一個負心的丈夫，還是寧願沒有丈夫的好。」

我尷尬地笑著：「你這樣說，是什麼意思？」

芭珠一字一頓地說著，奇怪的是，她的聲音，竟是異常平靜，她道：「因為明天太陽一升起，他就要死了，因為他離開了我。」

我感到一股極度的寒氣，因為芭珠說得實在太認真了，而且，她在講這句話的時候，她眼中的那種神色，令我畢生難忘。

這種眼神，令得我心頭震動，令得我也相信，她的確有一種神奇的力量懲罰葉家祺，而這種懲罰便是死亡！

我呆了好一會兒：「他……一定要死麼？」

芭珠緩緩地道：「除非他拋下他的新娘，來到我的身邊，但是，他會麼？」

這時，我才一見到芭珠時，那種如夢似幻的感覺，已然不再那麼強烈了，我也想起了我來見她的目的，是爲了葉家祺。

而這時候，我又聽得她如此說，是以我忙問道：「那麼，你是說，你可以挽救他，令他不死？」

然而，芭珠聽了我的話之後，卻又搖了搖頭。

這實在令我感到迷惑了，我忙道：「那麼是怎麼一回事？你對他下了蠱——？」

「是的，」芭珠回答：「我下的是心蠱，只有他自己能救自己，當他的心向著我的時候，他絕不會有事，但是當他的心背棄了我，他就一定會死。」

「那太荒謬！」我禁不住高聲呼叫。

「你們不明白，除了我們自己之外，所有人都不明白，但是那的的確確是事實。」芭珠仍幽幽地說著。

我竭力使自己冷靜，芭珠的話，本來是無法令人相信的，因爲那太荒謬了。

但是，正如葉家祺所說，芭珠說話的那種語氣、神態，卻有一種極強的感染力，使人將根本不可能的事，信以爲真。

我呆了片刻，才道：「那麼，什麼叫蠱，蠱究竟是什麼東西，你可以告訴我麼？」

芭珠睜大了眼睛望著我，過了一會兒，才道：「我不知怎麼說才好。」

我並不以爲她是在敷衍我，或是不肯講給我聽。正如她所說，她是不知如何才好，她或許不能用漢語將意思表達出來，或許那根本是不能用語言來表達的一件事。

但是，我還是問道：「那麼，照你的說法，你下了蠱，是不是表示你將一些什麼東西，放進了葉家祺的體內，是不是？」

芭珠皺起了眉：「可以說是，但也可以說不是，我只不過將一些東西給他看一看，給他聞一聞，那就已經完成了。」

我忙道：「你給他看的是什麼？可以也給我看一看麼？讓我也見識見識。」

芭珠揚起臉來望著我：「可以的，但是你看到了之後，或是聞到了之後，你也被我下了『心蠱』了。」

我不禁感到一股寒意，一時之間，很想收回我剛才的那個請求。

但芭珠接著又道：「你從此之後，就絕不能對你所愛的人變心，更不能拋棄你曾經愛過的人，去和別的女子結婚，不然，你就會死的。」

我聽得她這樣講，心中反倒定下來，因爲我自信我不愛一個女子則已，如果愛的話，那我的愛心，一定不會變。

我於是笑道：「給我看。」

她又望了我一會兒，嘆了一口氣：「你跟我來。」

她轉身走去，我跟在她的後面，不一會兒，便走進了一間十分破敗的屋子中，那屋子中點著一盞燈火如豆的菜油燈，地上放著一張毯子，和一隻小小的籐箱。

芭珠蹲下去，打開了那隻籐箱，就著黯淡的燈光，我看到那隻籐箱之中，全是大大小小，形狀不同的竹絲編成的盒子。

那些竹盒編得十分精美，而且有很奪目的圖案和顏色，芭珠取出了其中的一隻圓形的盒子來。

那隻盒子，大約有兩寸高，直徑是五寸左右，竹絲已然發紅了，有藍色的圖案，圖案是一個男人和一個女人。芭珠將盒子拿在手中，她的神情，十分壯嚴，她的口中，喃喃地在念著什麼。

她可能是在念著咒語，但是我卻聽不懂，然後，她慢慢地將盒子遞到了我的面前，抬起頭來：「我剛才是在求蠱神保佑你，將來獲得一位稱心如意的愛人，你放心，只要你不變心，它絕對無害。」

我實是難以想像這小竹盒中有什麼神秘的東西，竟可以用一個人心靈上的變化，來操縱一個人的生死，是以我的心中也十分緊張。

芭珠的左手托著竹盒，竹盒離我的鼻尖，只不過五六寸，她的右手慢慢地揚了起來，用一種十分美麗的姿勢，打開了竹盒蓋。

我連忙向竹盒中看去。

當我第一眼看去的時候，我幾乎要放聲大笑了起來，因爲竹盒中什麼也沒有，它是空的！可是，就在我想要揚聲大笑之際，一股濃冽的香味，突然自鼻孔鑽了進來，令得我呆了一呆。接著，我也看清，那盒子並不是空的！

在竹盒的底部，有東西在，而且，那東西還在動，那是有生命的東西！

我實在對這竹盒中的東西無以名之，而在以後的二十年中，我不知請教了多少見識廣的專家，也始終找不出答案來。

那是一團暗紅色的東西，它的形狀，恰好像是一個人的心，它的動作，也正像人心在跳動，而且，它的顏色，在漸漸地轉變，由暗紅而變成鮮紅，看來像是有血要滴出來。

當我看清楚了之後，我立時肯定，那是種禽鳥的心臟，但是何以這顆禽鳥的心臟，會在那竹盒之中，有生命一樣地跳動著？

由於眼前不可思議的奇景，我的眼睜得老大，幾乎連眨也不眨一下。

接著，我又看到，有兩股十分細的細絲，從裏面慢慢鑽了出來，像是吹笛人笛音之下的蛇一樣，扭著、舞著。我一生之中，從來也未曾見過那麼奇異的景象，我完全呆住了！

大約過了兩分鐘，芭珠將盒蓋蓋上，我的神智，才算是回復了過來。我苦笑了一下：「你剛才給我看的，究竟是什麼？」

芭珠講了一句音節十分古怪的苗語。

我當然聽不懂，又道：「那是什麼意思？」

芭珠向我搖了搖頭：「我不知道如何說才好。」

我用力再嗅了嗅，剛才還在我鼻端的那種異樣的香味已經消失了。難道，經過了這樣的兩分鐘之後，我以後就不能再對我所愛的女子變心了？

我仍然不怎麼相信，也就在這時，遠處已有雞啼聲傳了過來。

一聽到了雞啼聲，芭珠的身子，突然發起抖來，她的臉色變得難看之極，她望著我：「雞啼了，已經來不及了！」

我知道她是指葉家祺而言的，我道：「雞啼也與他生命有關？」

我的話，並沒有得到回答，她突然哭了起來，她哭得如此之傷心，背對著我，我只看到她的背部，在不斷地抽搐著。

我用盡了我的可能，去勸她不要哭，但是都沒有成功。直到第一線曙光，射進了破屋之中，她才止住哭聲，她的雙眼，十分紅腫。

她低聲道：「你可以回去了，你的好朋友，他，他已經死了。」

她的這一句話，倒提醒了我來看她的目的。我來看她，是怕她前去葉宅生事，雖然我一見到了她之後，對她的觀念，有著極大的改變，但是我監視她的目的，總算達到了。

我一直和她在一起，她不能到葉宅去生事。她說葉家祺已死，那可能是她的神經不十分正常之故，我仍然不相信。

是以我點頭道：「好的，我走了，但是我還會來看你的，你最好別亂走。」

芭珠輕輕地嘆著氣，並沒有回答我。

我又呆立著看了她片刻，才轉過身，向外走去，走到了大路上，我就叫住了一輛馬車，回葉家去。當我迎著朝曦，被晨風吹拂著的時候，我有一種這件事已完全解決了的感覺。

芭珠當然是被損害的弱者，如果說她有神奇的力量可以令得損害她的人死去，直到這時，我仍然不相信，這太不可思議。

第六部：可憐的新娘

我在歸途中，只是在想著，我應該用什麼方法，來勸慰芭珠，然後，再送她回家去。

我雖然一夜未睡，但是我卻並不覺得什麼疲倦，我只是催著車夫將車趕得快些。

不需多久，我已到了葉家的門口，我還未曾跳下車來，就覺得情形不對。

我從來也未曾看到過一些人的臉上有著那麼慌亂的神情，我看到許多葉家的男工和車夫，在毫無目的地走進走出。大門口迎親的大紅燈籠，還一樣地掛著，然而那幾盞大燈籠，在這樣的氣氛之下，卻一點也不給人以喜氣洋洋的感覺。

我呆了一呆，下了車，付了車錢，所有的人，竟沒有一個看到我。

我抓住了老張的衣領，問道：「什麼事？」

可是老張卻驚得呆了，他只是直勾勾地望著我，張大了口，他的舌頭在口中不斷地顫動著，卻是一點聲音也發不出來。

我一連問了幾個人，都是這樣子，我不得不向前衝了進去。

我第一個遇到葉家的人是四阿姨，四阿姨正雙手抱著頭，在團團亂轉。她那種團團亂轉的樣子，看來實在是十分滑稽的。然而那時，我卻一點也笑不出來。

我來到了她的面前，叫道：「四阿姨。」

她的身子陡地一震，站定了再不亂轉，抬起頭向我望來，她一望到是我，雙手便緊緊地抓住了我的手臂，她抓得如此之緊，我感到了疼痛！

我像是已有預感一樣，竟立時問道；「家祺怎樣了？他怎樣了？」

四阿姨的身子發著抖，她幾經掙扎，才講出了三個字來：「他……他死了！」

我猛地掙脫了她，向葉家祺的新房奔去，我相信我那時的神態，比起別人來，一定好不了多少。我事後甚至無法回憶起我是怎樣奔出那一段路的，我只記得，我跌過不止一跤。

而當我來到新房門前時，我又看到了呆立在門前的葉財神。

葉財神是一個非常之胖的大胖子。這時，他仍然十分胖，但是他的樣子，就像是漏了三分之一空氣的氣球，他臉上的肥肉，可怕地盪了下來，像是一團揉得太稀的麵粉：隨時都可以掉下來。我也不理會他是我的長輩，因爲他就擋在門前，所以我十分粗暴地將他推了開去，同時，我一腳踢開了門。

新房中沒有人，床上則顯然還躺著一個人，只不過那人的全身都被被子蓋著。

我兩步跨到了床前，揭開了被子。

我看到了葉家祺！

沒有人會懷疑他是不是一個死人，他可以說是我在許久許久以後，所看到的死人之中，死得最可怖，最令人心悸的一個。

他的雙眼，可怕地向外突著，七孔流血，面色青紫，有點像一氧化碳中毒而死的人的那種情形，他的全身都呈蜷縮之狀，我在一看之下，立時向後不斷地退了出去，我撞在葉財神的身上，葉財神那時，身子已坐在地上。而當我俯身去看葉財神時，發現他也死了！

葉家父子在一日之間一齊暴斃。葉財神之死，醫生裁定是腦溢血。然而，葉家祺是怎麼死的，醫生卻說不出所以然來。

葉財神死了，葉家祺死了，四阿姨和葉老太太沒有了主意，葉家敏年輕還小，新娘子回娘家去了，一切主持喪務的責任，全落到了我的身上。

我先說服了葉老太太，堅決堅持要對葉家祺的屍體，進行解剖。

現在，再來敘述那幾天中的煩亂，是沒有意思的，屍體解剖是在葉老太爺落葬之後進行的，我也在解剖室之中，而進行解剖的醫生，都是第一流的專家和法醫。

解剖足足進行了六個小時，等到七八位專家滿頭大汗地除下口罩，走出解剖室的時候，他們的臉上都出現了不可思議的，一種極之怪異的神色來！

他們退到了會議室中，但是卻沒有人出聲，我忙問道：「怎樣了？各位可有什麼發現？他是怎麼死的，致死的原因是什麼？你們怎麼全不出聲？」

我對這些專家的態度，可以說是十分不禮貌的。但是，他們之中，有好幾位是我父親的好友，別的也全是這幾位舉薦來的，而他們這時所表現的沈默，也的確令人心焦，是以我想，我的反常態度，一定是可以獲得他們的原諒。終於，有人出聲了。

出聲的是一位滿頭紅髮的德國醫生，他用聽來十分平靜的聲音道：「毫無疑問，他是死於嚴重的心臟病，和嚴重的心臟血管栓塞，自然致死。」

我幾乎要直跳了起來。但是，在我的反駁還未曾開始時，那德國醫生已經先說了，他說的正是我要責問他的事，他道：「可是，我們看過他生前的一切有關健康的記錄——」

我高叫道：「他是一個十分健康的人，他壯健如牛！」

那德國醫生立時表示同意：「你說得不錯，從他心臟受損害的情形來看，他存在著心臟病，至少也應該有十年以上的歷史了，但事情卻不是那樣！」

另一個專家接了口：「事實上他的心臟，絕無問題，造成他心臟的損害，似乎是一夜之間形成的，而何以一夜之間，會使他從一個健康的人變成了病者呢——」

我大聲問道：「為什麼？你說，是為了什麼啊？」

那位專家抱歉似地看了我一眼，道：「很抱歉，年輕人，我只能說，我們只能說不知道，不知道是為了什麼，現在醫學的水準，還是太低了！」

不知道，不知道為了什麼，這就是屍體解剖後得到的唯一答案了，葉家祺的死因獲得肯定，但何以會有這個死因，十餘個專家的回答就是「不知道」！我當時真想大聲告訴他們，我知道，我知道葉家祺為什麼死：他中了蠱，但是我只是嘴唇掀動著，卻一個字也未曾講出來，因為那實在太滑稽了，我就算講了出來，會有人相信我所說的話麼？

我默默地退出了休息室，

別以為我忘記了芭珠，在出事之後一小時，我就曾叫葉家敏快點去找芭珠，但是家敏回來告訴我，芭珠已經不在了，她顯然在我一走後就離去了。我也曾自己立即去找過她，可是也沒有結果，而接下來，由於我需要照料喪事，是以無法進一步找她。

而那時，當我從休息室中出來之時，我的心中已有了決定，我要去找芭珠，葉家祺是死在她手中的，她如此美麗，然而，她卻是一個美麗的女兇手！

雖然，在現代法律上的觀點而論，我對芭珠的控訴，一點根據也沒有，事實上，當晚芭珠和我在一起，而葉家祺之死的死因也是肯定的，而且，也不會有什麼法官和陪審員，會相信有「蠱」這件事。

然而，我還是要去找芭珠。

我不以為葉家祺拋棄芭珠的行為是正當的，但是，我也以為葉家祺絕不應該受到死的懲罰，而且，因為葉家祺之死，多少人受了害，葉財神甚至當場因為驚恐交集而腦溢血死去了，我已經下定決心，要揭露那所謂「蠱」的秘密，使它不能再害人！

我回到了葉宅，向葉老太太，四阿姨等人，報告了解剖的結果，我當然加了一些謊言進去，我說葉家祺是早有嚴重的心臟病的，只不過並沒有檢查出來，新婚使他興奮，也使他的心臟病發作云云。

我的話，其實並不能使他們的傷心減輕些，我告辭出來，我決定去看一看王小姐——本來她應該是葉家祺的新婚太太，但現在卻只好如此稱呼她。

我之所以要去見她，是因為她是當晚和葉家祺在一起的唯一的人，而且，葉家祺的死亡，也是她第一個發現的，所以我要知道葉家祺死前的情形，要必須找她。

我的造訪，使王家的人感到十分之尷尬和難以處理。這可以想像，他們是有名望的人家，女兒嫁出去一夜，新郎便突然死了，他們女兒的地位如何呢？我想，他們在商量是不是讓王小姐來見我，化費了很多時間，以致我在豪華的客廳中等候了許久。

然後，王家的一個人（我不知道他的身份）出來，十分客氣地請我進去，我在一間十分精緻，一望而知是女子的書房中，又等了片刻。然後，我才看到那位不幸的王小姐，走了進來。

王小姐是典型的蘇州美人，十分白皙，而這時候，她臉色蒼白得可怕，我站了起來，道：「王小姐，請原諒我冒昧來訪。」

她聲音低沈，道：「請坐。」

我坐下來，她在我的對面坐下，看她的樣子，像是勉強想在她蒼白的臉上，維持一個禮貌的微笑，但是，卻在所不能，她略略偏過頭去：「你是家祺的好朋友，我聽他講過你好幾次了。」

我在想著，我應該如何開口才好。但是，我發現不論我的措詞如何好法，我都不能避免引起她的傷心，是以我決定還是直截了當地照直說的好。我咳嗽了一下：「王小姐，我要請你原諒我，因為又要你想起你絕不願意再想起的事情來，那實在十分抱歉。」

她苦笑著，緩緩地搖了搖頭：「不要緊的，你說好了。」

我又頓了一頓，才道：「王小姐，我們都是受過高等教育的人，家祺的死亡，實在來得太突然了，所以我必須追查原因，我是他最好的朋友，所以我請你告訴我他臨死時的情形。」

王小姐的眼圈紅了，她呆呆地坐著，由於她是如此之蒼白，以致在那一剎間，她看來實在像是一尊大理石的雕像。過了很久，她才道：「那天晚上，等到所有鬧新房的人離去之後，已經是五點左右了，他……他的精神似乎還十分好，我……我……」

她停了一停，我也十分諒解她的心情，她遭受了如此巨變，我還要她再詳細敘述新婚之夜的情形，這實在殘酷一點。

是以我忙道：「你只對我說說他臨死前的情形好了。」

王小姐低著頭，又過了半晌，她才道：「那是突如其來的，那時，天也已快亮了，我疲倦得睜不開眼來，家祺還像是在對我說著一些什麼——」

她講到這裏，略停了一停，又長長地嘆了一口氣。

我並沒有催她，只是等著，又過了好一會兒，王小姐才道：「我在朦朧中，好像聽到了雞啼聲，我知道天快亮了，那時，我只想能多睡一會兒，我太倦了。可是，我卻沒有睡著，因為家祺在那時，竟然尖叫了起來。」

王小姐講到這裏，她蒼白的臉上，更出現了駭然之極的神色來，她續道：「我……自然被他的尖叫聲弄醒了，我想埋怨他幾句，但是我……我……」

她站了起來，雙手無力地揮動著，大約是回想起那時的情景來，令得她太吃驚，是以她才會有那樣失常的行動的，她的身子，像是要跌倒。

她的聲音開始變得哽咽了：「我向他看去，他在叫著，雙手緊緊地抓住了胸口，他的眼睛，像是要從眼眶中跳出來一樣，他不住地喘著氣。」

王小姐苦笑了一聲，又道：「他的叫聲，終於驚動了別人，幾個男工衝進房來，家祺站了起來，他的樣子，將幾個男工嚇得退了出去，而他自己，也站立不穩，倒在地上，就這樣，他……死去了。」

我沈默了片刻：「王小姐，他死前沒有說什麼？」

王小姐道：「有的，他說：『原來是真的！』說了兩遍。」

王小姐立時抬起頭來望著我，道：「衛先生，你是他的好朋友，你可知他連說了兩遍『原來是真的』，那是什麼意思，什麼『原來是真的』？」

這件事，如果要說的話，那實在是太長篇大論，而且，我也根本不準備將事實告訴任何人，包括王小姐在內，是以我只是道：「我不知道，或許他一直不信自己有心臟病，直到這時，他才相信。」

王小姐沒有說什麼，只是低著頭抽泣著，我心中十分難過，如果說芭珠是一個受損害的女子，那麼我以為王小姐所受的損害，實在更進一步。

我默默地站了起來，走到她的身邊，站了好一會兒。

然後，我才道：「很抱歉，我不能給你任何安慰，但是請你相信我，我極度同情你，謝謝你肯見我，我想應該是我告辭的時候了。」

王小姐有禮貌地站起身來：「謝謝你來探望我。」

我告辭而出，我和王小姐的見面，可以說一點收獲也沒有，如果勉強要說有的話，那就是當時家祺開始大叫的時候，正是第一次雄雞高啼的那時刻。

而那時刻，我正和芭珠在一起，芭珠也曾於那時流淚，說葉家祺已然遭了不幸，這只証明一點：葉家祺的死芭珠的確預知，而且，是她所一手造成。

當然，芭珠是不會承認這一點的，根據她的說法，葉家祺是自己殺了自己，因為葉家祺若不是變心的話，他就絕不會死，一定還十分健康地活著。為什麼一個人變心之時，便突然會死亡呢？為什麼？

我一定要弄清楚這個謎，是以，我要到葉家祺遇見芭珠的地方去找她的決心更堅定了，我一定要去會見那一族有著如此神奇能力的苗人，弄明白他們那種神奇能力的來源，以及弄明白科學是不是可以解釋這些事！那是我一定要做到的事情。

在這兒，我要附帶說一說有關王小姐的一些事。

葉家祺父子之死，不但對王小姐一個人，是一個極大的打擊，而且，對王小姐的一家人來說，也是一項極其嚴重的大打擊，他們無法再在蘇州住下去了。

是以，王小姐的父母，便開始以極賤的價格，變賣他們一切的不動產，集中了一大筆現款，舉家遷離了蘇州，他們離開了中國，但是卻沒有人知道他們究竟到了什麼地方定居了，我後來查訪了許多人，只知道他們離開國境之後，第一站是香港。

在香港之後，有人在日本看到過他們，再接著，他們到什麼地方去，再沒有人知道，他們可能在南美洲的某一個國家中，與世隔絕地生活著。

當時，我在離開了王家之後，仍然回到了葉家，又住了好幾天，一直等到葉老太太的一位兄弟，從南洋趕了回來，接管家事，我才向他們告辭。

而在那幾天中，我每看到了葉家敏的時候，我的眼光絕不敢與她接觸，因為這件事的始末，她也知道，而且，她早已相信了，而我卻不信。

第七部：河上的葬禮

固然，我信不信，於事無補，就算早已深信，也沒有這個力量，可以勸葉家祺回到芭珠的懷抱中去，但是我卻總有做錯了什麼的感覺。

直到我要離去了，我才找個機會和家敏單獨在一起。

當家敏聽到我要到雲南去的時候，她哭了起來：「你為什麼要到那麼可怕地方？為什麼要去？」

我悵然地回答：「我也不知道我為什麼一定要去，但是我卻知道一點：我實在是非去不可。家敏，你一定會明白我心情的，我實在非去不可！」

葉家敏哭了好一會兒，才緩緩地點頭道：「我明白。」

我苦笑了一下：「那麼，你別對任何人說起。」

葉家敏點了點頭，她忽然握住了我的手，望了我好一會兒，然後道：「衛家阿哥，如果你在那裏，也愛上了一個苗女的話，那麼，你千萬不要變心！」

她是囑咐得如此一本正經，我自然也笑不出來。

我道：「我明白了，我會寫信給你，我會將我的發展，逐點告訴你的。」——然而，我卻並沒有實現我的諾言，我一封信也不曾寄過給她，一封也沒有。

而當時，我和葉家敏分手的時候，我們兩人，誰都未曾想到，我們這一分手，竟會再也不曾見過面。

在我和葉家敏告別之後的第二天，我離開了蘇州。

半個月之後，我使用了各種各樣的交通工具，終於來到了葉家祺到過的那條河邊，並且，還找到了他們曾駐足的那一個苗寨，和他們當時所住的房子。

那是一個十分神奇的地方，那條河十分寬，但是河水卻十分平靜，而且清澈得出奇，芭蕉和榕樹，在岸邊密密層層地生長著，各種各樣的羽毛，美麗得令你一見便畢生難忘的鳥兒，根本不怕人，而且不論什麼花朵，在這裏也顯得分外地大。

那真是一個奇異而美妙的地方，如果人間有仙境的話，那麼這地方實在就是仙境了。我之所以覺得那地方像仙境，不但是由於那地方的風光好，而且，還由於那地方的那種特有的平靜，在人和人之間，根本不必提防什麼。

當時的苗人，可以說是全世界最淳樸，最肯助人，和最有道德觀念的人（雖然他們有些道德觀念，在我們看來是可笑和愚蠢的），人們可以說是完人。

我就在葉家祺曾住過的那間屋中住下來，我向這個寨中的苗人，打聽葉家祺提到的那一族苗人的事情。可是接連幾天，我在他們口中，卻什麼消息也得不到。

這些苗人，他們肯告訴你任何事情，但就是不肯和你談起哪一族是善於施蠱的蠱苗。

而且，當你提起蠱的時候，他們也絕不會巧妙地顧左右而言他，他們只是在突然之間停止講話，然後用驚恐的眼神望定了你，使你感到毛骨悚然。

我在苗人的口中，問不出什麼之後，就決定自己去尋找。那是一個月圓之夜，我划著一隻獨木舟，慢慢地向河的上游划去，我相信那正是葉家祺經過的途徑。

當我的獨木舟，划出了半里許的時候，突然在身後，有人大叫我，我回過頭去時，看到有兩隻獨木舟，正以極高的速度，向我追了過來，追來的獨木舟，是由四個人划著的，而在舟上，另有兩個老者。

他們很快地追上了我，那兩個老者伸手抓住了我的獨木舟，道：「先生，你不能去，連我們都不敢去的地方，你絕不能去的，你是我們的客人，你不能去！」

我在來的時候，曾經過昆明，一個父執知道我要到苗區去，曾勸我帶多些禮物去送人，而我接受了他的勸告，所以我很快便得到了苗人們的友誼。

這時，那兩個老者，的確是感到我再向前去，便會有意想不到的危險，是以才趕來警告我的。我當然十分感激他們，但是我卻也不能接受他們的意見。

我只是笑著：「你們別緊張，我想不要緊的，我認識猛哥，也認識芭珠，我更認識他們的父親，我像一個朋友那樣去探望他們，不要緊！」

那幾個苗人，一聽到我提起了「猛哥」、「芭珠」這兩個人的名字，面色便變得難看之極，那兩個老者也鬆開了手，其中一個道：「你千萬要小心，別愛上他們族中的任何少女，那你或者還有出來的希望！」

我道：「謝謝你們，我一定會小心的。」

那兩個老者，這才又依依不捨地和我告別。有了他們這一番警告，我的行動自然更加小心，我一直向上游划去，夜越來越深，月色也越來越皎潔，河面上十分平靜，直到我聽到了那一陣歌聲。

那毫無疑問是哀歌聲，它哀切得使人的鼻子發酸！

我那時心情不好，但是也決不致於傷心流淚。可是，在我聽到了那一陣哀歌聲之後，我卻不由自主間，鼻子發酸，落下淚來。

我仍然向前划著，而哀歌聲聽來也漸漸地真切。

那實在不是在唱歌，而是有許多人在肝腸寸斷地痛哭，令得人聽了，不得不陪著來哭，我抹了幾次眼淚，我將獨木舟划得更快，向上游用力划去。

這時，已經是午夜，那夜恰好是月圓之夜，等到我的獨木舟，轉過了一片山崖之後，我已然可以看到河面上出現的奇景，我首先看到一片火光，接著，我看到了一隻十分大的木筏，足有廿尺見方。

在那木筏上，大約有七八十人，每一個人都唱著，用手掩著面，而在每一個人的身邊，都插著一個火把，所以我可以清楚地看到他們哀痛欲絕的神情。

在木筏的中央，有四個少女，頭上戴著一種雪白的花織成的花環，她們正在唱著歌，她們一面唱歌，一面流著淚，而在她們的腳下，則躺著另一個女子，那女子躺在木筏上，一動也不動的，像是在沈睡。

木筏停在河中央不動，因為有四股長籐，繫住了岸上的石角，而當我的獨木舟，越划越近之際，木筏上幾乎沒有一個人注意到我在向他們接近。

當我來到離木筏只有十來尺之際，我已經看清，那躺在四個少女中間的女子，正是芭珠，芭珠的身子，蓋滿了各種各樣的鮮花，只有臉露在外面。

她的臉色，在月色下看來，簡直就是一塊毫無瑕疵的白玉，她閉著眼，她的那樣子，使人一看，就知道她已經離開人世，我的眼淚，立時便滾滾而下，那是我真的想哭，所以才會這樣流淚的。

我一面哭著，一面將獨木舟向木筏靠去，一直等到我上了木筏，才有人向我看了一眼，向我望來的，正是猛哥，猛哥一看到了我，略怔一怔，想過來扶我。

但是，我卻用力一揮手，近乎粗暴地將他推了開去。

我像是著了迷一樣，又像是飲醉了酒，我直來到了芭珠的面前，然後，連我自己也不知道是怎樣開始的，我和著那四個少女的歌聲，也開始唱了起來。

本來，只是那四個少女在唱著哀歌，突然加進了我這個男人嘶啞的聲音之後，哀歌的聲音，聽來更是令人哀切，所有的人，也哭得更傷心了。

我唱了許久，然後，伏下身來，我用手指輕輕地撥開了芭珠額前的頭髮，在月色下看來，芭珠就像是在熟睡，像美麗得如同童話中的睡美人。

而如果我的一吻可以令得她醒來的話，我一定會毫不猶豫地去吻她的，但是，她卻是不會醒的了。

而且，她是被我最好的朋友所遺棄的人，我心中的感情，實在很難形容。

我並不是一個好哭的人，然而，我的淚水卻不住地落下，滴在她的臉上，滴在她身上的花朵上，我不知時間過了多久，直到第一絲的陽光，代替了月色。那四個少女的歌聲，才突然地轉得十分柔和起來。

我住了口，不再唱，也不再哭，沈醉在那種歌聲之中。

那種歌聲實在是十分簡單，來來去去，都是那兩三句，可是它卻給人以極其安詳的感覺，令人聽了，覺得一切紛爭，全都歸於過去了，現在，已恢復平靜了。

那四個少女唱了並沒有多久，太陽已然升起，河面之上，映起了萬道金光，那四個少女將芭珠的屍體抬了起來，從木筏上，走到了一艘獨木舟之中。

我還想跟過去，但是猛哥卻一伸手，拉住了我的衣袖。

他用一種十分平靜的聲音道：「謝謝你來參加芭珠的喪禮，但是你不能跟著去，只有聖潔的少女，才能令死者的靈魂，不記得在生時的痛苦，永遠安息。」

直到這時，我從一聽了哀歌聲起，便如著了迷一樣的心神，才恢復了清醒，我急急地問道：「猛哥，告訴我，芭珠為什麼會死的？她可是——」

我本來想問：「她可是自殺的」，但是我的話還未問出口，猛哥已然接上了口；「她是一定要死的。」

我仍然不明白，追問道：「那，算是什麼意思？」

猛哥的聲音，平靜得像是他在敘述一件許多年前的往事，他道：「芭珠用了心蠱，仍然未能使受蠱的人回心轉意，她自然只好在死中求解脫了！」

我用力地搖著頭，因為直到此時，我除非承認「蠱」的神秘力量是一件事實，否則，我仍然不明白一切！

我還沒有再說什麼，猛哥已經回答道：「你該回去了，我們的地方，不適宜你來，為了你自己，為了我們，你該回去了，那全然是我的一番好意。」

我苦笑了一下：「不，我要弄明白蠱是什麼？」

猛哥搖著頭：「你不會明白，因為你根本不相信有這種神奇的力量存在，你就像那個綠眼睛，長金毛的人一樣，他也想明白蠱是什麼，但是他無法明白。」

我忙道：「這個綠眼睛金毛的人，是一個很有名的人物，我至少要見一見他才回去，不然我不走。」

猛哥望了我片刻：「那麼，你可能永遠不走了！」

猛哥的話，令得我心頭陡地出現了一股極度的寒意來。

但我那時，實在太年輕了，年輕人行事，是不考慮結果的。

所以我仍然堅持道：「我要去，猛哥，帶我到你居住的地方去，我絕沒有惡意，你可以相信我！」

猛哥道：「如果你一定要去的話，那麼，你沒有再出來的機會，你必須成為我們的一份子，像那個綠眼睛金毛的人一樣，永遠在我們處住下去。」

我甚至不曾再多考慮，便大聲道：「我完全明白！」

猛哥拗不過我，他嘆了一聲：「好，希望你不要後悔，你要知道，我們實在無意害人，除非有人先想傷害我們，而且，你也看到，芭珠付出的代價何等巨大，我想你會明白。」

我也嘆了一聲：「我明白，我不妨對你說，我並不知道芭珠已經死了，我也不是為了她的喪禮而來的，我來，是為了想弄明白你們那種神奇的力量！」

猛哥用一種十分異樣的眼光望著我，好半晌不出聲。

然後，他才道：「你是可以弄明白的，只要你在這裏一直住下去，我看你可以和那綠眼睛的怪人做朋友，不過他十分蠢，簡直什麼事也不明白！」

我苦笑了一下，我不知道舉世聞名的細菌學的權威平納教授在聽到了對他的這樣評論之後，會有什麼感想，而且我也想知道，平納教授何以會在這裏，是以我立時點頭：「我可以和他做朋友的，只要他也願意和我做朋友。」

猛哥不再說什麼，我和他同上了一艘獨木舟，在我們後面，還有許多獨木舟，一齊向上游划去，在划出不遠之後，正如葉家祺所說那樣，鑽進了一個石縫。

一進那石縫之後，獨木舟被水推動，自動在前進。我的心中十分緊張，因為我立即就要到達一個極其神秘而不可思議的地方了！

在那地方的人，有一種神秘的力量，可以致人於死！

這種可以致人於死的東西叫「蠱」，然而，究竟什麼是「蠱」，卻是科學所沒有法子解釋的，而我，就是要找出這個解釋來。而且，我還相信平納教授，可能已經有了結果，只不過不能脫身而已。

所以，當獨木舟在黑暗中迅速地移動之際，我心中已在盤算著，我應該用什麼方法，帶平納教授離開，好令得「蠱」的秘密，大白於天下，揭穿它神秘的外幕。

但是，在幾小時之後，我就知道我自己的想法，完全錯誤了。那時，我已經進入了那個美麗得像圖畫一樣的山谷，而且，被分配了一間屋子，屋子的底部，是用竹子支起來的，離地大概有七八尺高下。

我也見到了猛哥的父親，他叫京版，是整個苗區最權威的蠱師，所謂「苗人」，實在是一種總稱，他們的種類，不下數十種之多，但是每一種，都是奉他們這一族人為神明，絕不敢得罪。

而其他各族的酋長，往往有事來求他們，所求的是什麼事，我也不甚瞭解，而他們有一個固定接見客人的地方，每一個有事來求的人，都備有極其豐厚的禮物，看到了那些禮物才知道苗區物資之豐富，實在是難以形容，後來有一次，猛哥還曾向我展示過他們的藏金，那全是一大塊一大塊的金塊，足有兩竹簍之多。

這一切，我都約略帶過，不準備詳細敘述，因為那是和整個故事沒有關係。我到了那山谷的第一夜，平納教授在我的屋子中開始和我交談。

平納教授看到了我，我顯得十分興奮，他答應第二天一早，就帶我去看他幾年來苦心建立的實驗室，他又問我這幾年來文明世界的種種新的發展情形。

他幾乎不停地在講話，令我難以插得進口，直到天快亮了，我才有機會問他道：「教授，你在這裏住了許多年，究竟什麼是『蠱』，我想你一定明白了？」

平納教授一聽得我這樣問他，立時沈默。

同時，他的面色變得十分難看，過了好一會兒，他才搖了搖頭，緩緩地道：「這幾年來，我幾乎是一天工作二十小時，致力於研究這件事，可是我也只不過知道蠱有八十三種，而且每一種蠱，都有它們神奇的力量，但它們究竟是什麼，我卻不知道。」

我皺起了眉，平納教授的這個回答，卻是出乎我意料之外的，我呆了片刻，才道：「有一個年輕人，叫葉家祺，曾在這裏住過，你可還記得麼？」

「我記得的，而且我知道，他已經變了心，死了！」

我不由自主，伸手抓住了他的衣服，大聲道：「他為什麼會死的？他的屍體經過解剖，說是因為嚴重的心臟病，但是我卻知道，他一直壯健如牛！」

平納教授嘆了一聲：「他死了，那是由於他變了心，而芭珠是曾對他下過心蠱的，中了這種蠱的人如果愛上一個女子的話，就絕不能變心，否則，他就會變得瘋狂，而當他又另娶一個女子時，他就會死。」

我大聲道：「這些我全知道，我所要問的是：為什麼會如此？」

第八部：「蠱」的假設

平納教授緩緩道：「年輕人，如果說我這幾年來，一點研究成果也沒有，那也是不確實的，至少我已發現了八十三種新的細菌，是人類所還未曾發現的。」

我忙道：「那麼你的意思是說，所謂『蠱』，只是細菌作祟，它可以看作是一種人為的、慢性的病，是不是可以這樣解釋？蠱的問題就是如此？」

平納教授沈深道：「你這個問題，我實在很難回答，這正像你去問人：數學是什麼？二加二等於四，這是數學，但是微積分，也是數學，細菌在『蠱』中，只不過是一個因素，實際情形，還要複雜得多！」

我苦笑了一下：「芭珠曾經對我下了心蠱，那麼，你的意思是，我的體內，現在有著某一種還未為人所發現的細菌在了？是不是這個意思？」

「可以這樣說。」平納教授回答著：「明天就可以証明給你看了，我已經搜集了八十三種蠱的細菌標本在，明天我抽你的血，在顯微鏡下，或者可以看到你的血中，有著某種細菌，那是科學研究的証明，也或者什麼都沒有。」

我苦笑道：「可是為什麼我現在一點事也沒有？為什麼細菌在我的體內不會繁殖？為什麼一等我變了心，這些細菌就會致我於死？難道細菌是有思想的麼？」

平納教授道：「細菌當然不會有思想，但是我認為這裏的人，對於人體內最神奇的組織——內分泌部分，有著極其深刻的認識。」

我呆了一呆：「和人體內分泌組織，又有什麼關係？」

平綱教授好一會不出聲，陷入沈思之中，他足足呆了五分鐘，才道：「內分泌最神奇，現在的醫學，已知道內分泌可以影響一個人的情緒，反言之，一個人的情緒，也可以影響內分泌。」

我仍然不明白：「那又怎樣？」

「而內分泌又可以促成維生素的生長和死亡，某些人，常常因為內分泌的失常，而陷入永遠的營養不良狀態之中，這種例子，屢見不鮮。」

我有點不耐煩，攤著手：「教授，你仍然未曾觸及事情的中心！」

平納教授嘆了一聲：「你別心急，孩子，我是在企圖使你明白整件事的真相——其實在我的心中，這也只是一個十分模糊的概念而已，所以為了使你明白，我不得不從頭說起。」

我苦笑道：「好，那我不打斷你了，你說到內分泌對人體內的維生素，有著促成或破壞的作用。」

「是的，由這一點看來，內分泌對於人體內的細菌或微小得看不見的病毒，也一定有某種作用，例如說，在某種內分泌加速活動的情形下，對某種細菌或病毒，便有加速繁殖的功效。」

我並沒有打斷教授的話頭，我只是緊皺著眉頭，用心地聽著。

「我假定『蠱』是一種可以致人於死的細菌或病毒，但是這種細菌或病毒，卻只有在某種情形下，才會在人體之內，迅速地繁殖，在極短的時間內致人於死。由於這種細菌或病毒根本是人類還未曾發現的，所以一旦發作，也無從醫治。」

我有點明白平納教授的意思了，所以我不由自主地點了點頭。

平納教授又道：「譬如說，你已經被芭珠下了『心蠱』，某一種細菌或病毒，已在你的體內潛伏著，但只是潛伏而已，直到你對一個女子變了心，你的情緒起了變化，影響到你的內分泌，而內分泌的變化，又使得那種病毒迅速生長，到達最高潮時，你的心臟，便受到嚴重的破壞，看來像是心臟病發作一樣！」

我不斷地深吸著氣，平納教授這幾年來在這裏對「蠱」進行研究，顯然不是白費光陰，因為，他已經對不可思議的「蠱」，提出了科學的解釋。

雖然他的解釋，還只是一種「假設」，但是這種假設，也已有極強的說服力，由此可知，平納教授是世界上第一個研究蠱，而且有了成績的人。

平納教授在停了一會之後，又道：「當然，蠱不止一種，有好幾種蠱的情形，是和『心蠱』相類似的，我相信那和內分泌有著不可分割的關係！」

我問道：「那麼，其餘的蠱，又是怎麼一回事呢？」

「其餘的比較簡單，那是一種特殊方法時間控制。下蠱的人，毫無疑問在細菌學方面，有著極其高深而神奇的認識，他們可以算出細菌繁殖的速度，可能精確地算出，從下蠱的時候起，到細菌繁殖到足可以奪去生命的那一段時間，而在那一段時間內，如果你回來了，那麼他們就有解藥，可以使中蠱的人，若無其事。」

我苦笑著：「教授，這是不是太神奇一點了麼？」

平納教授立時同意了我的說法，道：「是的，極之神奇，神奇到了不可思議的地步，但是那卻是事實！」

我們兩人，又好一會不出聲，平納教授才又道：「孩子，現在你明白了麼？我想，我即使再過十年，再下十年功夫，也不見得能提出一個完整的報告。」

我忙道：「事實上，你現在的假設，已經使我不虛此行，我相信葉家祺的確是因為變心，由情緒影響了內分泌，是以才會猝然致死的。」

他拍了拍我的肩頭：「所以，你千萬要小心些。」

我勉強笑了一下：「教授，如果我現在去進行驗血的話，我當然可以被查出，在我的血中，有著一種不知名的細菌存在的了，是不是？」

平納教授道：「在理論上來說是如此，而事實上，我對你說『細菌』，只不過是為了講述的方便而已，那事實上不是細菌，是極小極小的一種病毒，那幾乎是一種不可捉摸的東西，顯微鏡下也看不見，真不明白他們何以對之有如此深刻的研究！」

我沒有再說什麼，我們兩人，默然相對，後來，又在一種極其迷惘的心情中，睡著了。第二天，平納教授帶我參觀了他的工作，出乎我意料之外，他的工作設備，並不簡陋，而十分完善。

那是他進入苗區之際，已然存心對「蠱」作深入的研究的緣故。而他在進入中國苗區之前，他曾在新加坡停留過一個時期，觀察過三個「怪病人」。

那三個怪病人就是中了蠱的，所以他對「蠱」的概念，早已形成，他自然也是有準備，才進入苗區的。

他給我看八十三種「病毒」中，通過他的顯微鏡，可以拍攝下來的三十多種照片，我並不是這方面的專家，當然看不出什麼名堂來，要他逐個向我解釋。

在他的解釋中，我才知道了在八十三種「蠱」中，「心蠱」還不是最神妙的一種。有的酋長，帶了他的部下來，要求下「叛蠱」，如果他的部下，對他叛變的話，那麼，「蠱毒」就立時發作。

還有一種，是懲罰對神靈不敬的「蠱」，更有一種，是懲罰偷竊的，林林總總，難以盡述，光是時間控制的「蠱」就有好幾十種之多，多到記不清。

而每一種「蠱」的「培養劑」都不同。

大體說來，每一種「蠱」都以一種蟲做它的「培養劑」，有的是蜘蛛，有的是蠍子，還有許多，是見也未曾見過的怪蟲，有一種可以控制時間最久的「蠱」，可以在三年之後發作，它的「培養劑」看來像一片樹葉。

但是那卻不是樹葉，事實上，那是一隻像樹葉的蛾。而且，也不僅是蟲，而且還有各種各樣的動物內臟，例如「心蠱」的「培養劑」，就是一種雀鳥的心。

平納教授也指給我看那種雀鳥，那是一種十分美麗的小鳥，羽毛作寶藍色，鳴叫聲十分動人，若是說那種雀鳥的心臟，可以培殖一種細菌，而這心臟又可以經歷許多年，仍保持鮮紅色，而那種細菌又可以使人在對情人變心時死去，那麼除非這個人曾和我有同樣的經歷，否則實在無論如何不會相信。

我在那整整的一天中，聽平納教授講解有關「蠱」的一切，如同在做一個惡夢，我只是不斷地苦笑。最後，到了傍晚時分，平納教授才向我提出了一個極之嚴重的問題來：「你不是準備在此長住吧？」

我怔了一怔，然後才回答他道：「當然不，我要走的，而且，我想明天就走，因為我來這裏的目的已達，我已知道『蠱』究竟是怎麼一回事情了！」

平納教授有點悲哀地望著我：「我想你不能夠出去，他們對於他們的秘密，看得十分嚴重，你既然來了，想要出去，就絕不是一件容易的事。」

我不禁呆了半晌，抬頭向外望去，晚霞滿天，整個山谷，全在一種極其異樣的氣氛之中，要翻過山嶺離開這個山谷，幾乎沒有可能，而如果想由唯一的通道出去，那當然不能偷出去，而必需與他們講明才是。

我想了一想：「教授，我想和他們講明，我要離去，他們或者不致於不答應。」

平納教授搖著頭：「你的機會只是千分之一，但是你不妨向他們試講一下——」他講到這裏，突然停了下來，側耳細聽，我也聽到了一陣鼓聲。

那一種鼓聲，十分深沈，一下又一下敲擊著，令人不舒服到了極點，平納教授道：「他們在召集族人了，我看，這次召集的目的，和你有關。」

我道：「那麼，你算不算他們的族人之一呢，你在這裏，已經有好幾年了，難道你還不是他們中的一分子麼？」

平納教授道：「當然不是，在他們眼中，我只是一個綠眼睛，生金毛的怪物，他們也不知道我在這裏做什麼，如果他們知道我的工作，是要將他們的秘密公諸於世的話，那麼，我早已死於非命了！」

這時，鼓聲已漸漸地變得急驟了起來，我看到猛哥在向前走來，猛哥來到了平納教授的工作室的下面，昂起頭叫道：「衛先生，請你下來，我父親要見你。」

我爬下了竹樓，跟著他向前走去，一路上，我好幾次想開口，詢問他我要離開，是不是有此可能，但是他卻只是埋頭疾行，不給我和他講話的機會。

我覺得他是故意躲避著我，難道他已經知道了我的心意？

越向前去，鼓聲越是響亮，而天色已經漸漸地黑下來，我看到前面火光閃耀，點燃著幾個十分大的火堆，圍著那堆火，已坐著不少人。

有一隊「鼓手」，正在蓬蓬地敲著幾面老大的皮鼓。我和猛哥一到，鼓聲便靜了下來，我看到猛哥的父親，用十分莊嚴的步伐，向前走來，走到了最大的一堆火旁，伸手指住了我，大聲講起話來。

他講的話，我一句也聽不懂，我以為他是在對我進行著一項什麼儀式，是以我忙向身邊那猛哥問道：「我應該怎麼樣去配合你父親的動作才好？」

猛哥冷冷地道：「你只要站著，不動，那就足夠了！」

猛哥的態度忽然如此之冷，這使得我不勝訝異，我只好不出聲，而他的父親，一直指住了我，在不斷地說著，他所說的自然是和我有關。

猛哥的父親，足足講了二十分鐘之久，才向我招了招手，我雖然聽不懂他的話，但是他做的手勢我卻是看得懂的，我立時大踏步地向前走去，來到了他的面前，他伸出他又粗又大的手，按在我的肩上，我在那剎間，只覺得肩頭上，突然一陣發癢。

我的身子，不由自主，縮了一縮，而在我一縮之前，他那手也移開了，我連忙向自己的肩頭看去，一看之下，我不禁呆住了，在我的肩頭上，有一隻僵死的蜘蛛，那蜘蛛是灰白色的，有著黑條紋。

更令得我全身發麻的，是那蜘蛛所有的腳，全都扎透了我的衣服，而碰到我的肌肉，我的腦中，立時閃電似，閃過了一個「蠱」字，我不由自主，驚叫了起來！

這時，猛哥也來到了我的身邊，我幾乎要粗魯地拉住他胸前的衣服，但是那時我的身子卻因為恐懼而僵呆，以致我無能為力，我只是瞪著他：「你……父親做了些什麼？你告訴我，你快說！」

猛哥卻道：「你快向我的父親致謝。」

我怪叫了起來，道：「我向他致謝？為什麼？他在我身上下了蠱，我還要向他致謝，他向我下了什麼蠱，你快告訴我，快拿解藥給我，快！快！」

我不知被人下了什麼蠱，我自然驚惶，我終於揚起了手臂來，抓住了猛哥的手，猛哥道：「你應該向我父親致謝的，他的確在你的身上下了蠱，但那是他看出你不能成為我們的一分子之後才做的事情。」

我仍然不明白：「這是什麼意思，你說明白些。」

猛哥道：「這表示你隨時可以離開這裏，到你最喜歡去的地方去。但是，在二十年之內，如果你洩露秘密，向人道及我們的一切的話，那麼，你的蠱就會發作，你的喉部就會被無形的東西塞住，你不能出聲，不能進食，你將受極大的痛苦而死亡！」

我呆呆地站著，喃喃地道：「二十年……我記得了。」猛哥道：「你最好牢牢地記得！」

他握了握手，鼓聲重又響了起來，他帶著我離開了那曠地，回到了我的住所之中，我燃著油燈，仔細地觀察看我的肩頭，卻什麼痕跡也找不到！

「故事」講完了，但是有幾件事，卻是必須補充一下的。第一、在二十年之內，我的的確確，未曾向任何人提起過我在苗區的遭遇，甚至有人問我是不是認識葉家祺，我也搖頭否認，因為我怕蠱毒發作。而現在，已經超過二十年了，所以我才不再怕。

第二、猛哥形容我如果不替他們保守秘密的話，我的「蠱毒」發作時的情形，其症狀和「喉癌」相當接近。這更使我想到，「蠱」和「癌」之間，可能也有著十分密切的關係。

第三、葉家祺當然是假名。這個故事披露到一年時，我接到一封信，指責我即使用假名，也不應該再舊事重提，信並沒有署名，措詞也是哀傷多過指責，我知道這封信不署名的理由，是發信人不想我知道是誰寫這封信的。但是我卻已知道信是誰寫的，還有什麼人，能和我一樣對這件事表示如此哀痛呢？讓我們都將這件事完全忘了吧！

（完）

倪匡珍藏限量紀念版 12

衛斯理傳奇之追龍

作者：倪匡
發行人：陳曉林
出版所：風雲時代出版股份有限公司
地址：10576台北市民生東路五段178號7樓之3
電話：(02) 2756-0949
傳真：(02) 2765-3799
執行主編：朱墨菲
美術設計：許惠芳
業務總監：張瑋鳳
出版日期：2024年11月倪匡珍藏限量紀念版二刷
版權授權：倪匡
ISBN：978-626-7153-95-6
風雲書網：http://www.eastbooks.com.tw
官方部落格：http://eastbooks.pixnet.net/blog
Facebook：http://www.facebook.com/h7560949
E-mail：h7560949@ms15.hinet.net
劃撥帳號：12043291
戶名：風雲時代出版股份有限公司

風雲發行所：33373桃園市龜山區公西村2鄰復興街304巷96號
電話：(03) 318-1378
傳真：(03) 318-1378
法律顧問：永然法律事務所 李永然律師
北辰著作權事務所 蕭雄淋律師

行政院新聞局局版台業字第3595號 營利事業統一編號22759935

定價：340元　**版權所有　翻印必究**

國家圖書館出版品預行編目資料

衛斯理傳奇之追龍 ／ 倪匡著. -- 三版. --
臺北市：風雲時代出版股份有限公司，2023.03
面；公分　倪匡珍藏限量紀念版

ISBN 978-626-7153-95-6（平裝）

857.83　112000198